KB045912

샤녀 샤르위나

삼녀 플로미나

차녀 엘레티나

장녀 알피나

"이 몸이 퍼주마."

육녀 셀레스티나

칠녀 크리스티나

오녀 엘리비나

바르바토스

발렌틴

미라

메이린

브루스

"그러면, 쳐들어가 보실까!"

현자의 제자를 자칭하는 현자

6

류센 히로츠구 저자

후지 쵸코 일러스트

덩재닉 옮김

She professed herself pupil of the wise man.
story by hirotsugu ryusen, illustration by fuzichoco

현자의 제자를
She professed herself
pupil of the wise man.
자칭하는 현자

16

밤보다도 어두운 하늘에 지상에서는 결코 볼 수 없을 만큼 수많은 별들이 반짝이고 있다.

그러면서도 주변 일대는 밝아서 상공을 향해 계단처럼 늘어선 섬들이 잘 보였다.

마치 밤과 낮이 동시에 존재하고 있는 듯한 장소, 그것이 이 발할라였다.

또한 이곳은 전쟁의 처녀들이 사는 장소이기도 하다.

"흐음…… 섬이 늘어났나?"

이전에 왔을 때에 비해 늘어선 섬들의 수가 많아진 듯한데. 그런 생각을 하며 무지개 계단을 끝까지 오른 미라는 그 중 가장 아래에 위치한 섬에 내려섰다.

이번에 미라 일행이 발할라를 찾은 이유는 항간에서 유행하고 있는 마물 퇴치 부적에 대한 수수께끼를 해명하기 위해서다.

그것은 어쩌면 흑악마가 관여되어 있을지도 모르는 물건으로, 그 중심부에는 아무르테라는 특수한 물질이 사용되었다. 신역이나 그에 가까운 장소에만 존재하는 물질이다.

그렇기에 이에 간섭하는 작업은 본래 존재하는 장소에서 하는 편이 좋을 것이다.

더불어 안에 자리한 흉흉한 기운의 정체를 밝혀내어 흑악마의 흉계를 파헤치는 것이 이곳에 온 이유였다.

"발키리 씨들이랑 대련해보고 싶다해!"

"다소 성가신 용건도 있지만── 다른 건 둘째 치더라도 소환 계약은 했으면, 하는 바람이 있습니다. 부디 계약할 기회를 주시면 좋겠군요! 말이 나와서 말이지만 저는 이 날을 위해──."

발할라의 입구에 해당되는 거대한 문. 간소한 갑옷을 걸치고 칼을 찬 두 소녀가 그 문을 지키듯이 서 있었다. 그 발할라의 문지기가 이곳을 찾아온 이유를 묻자 메이린과 브루스는 그렇게 답했다.

메이린은 척 봐도 당초의 목적을 잊은 듯했다. 여전히 특훈이라면 사족을 못 쓴다.

또한 브루스는, 목적은 잘 알고 있지만 꿈에 그렸던 발할라에 오게 되자 자신의 욕심을 주체할 수 없게 된 듯했다. 술법의 탐구를 최우선시하는 탑의 연구자답다는 생각이 절로 들었다.

하지만 두 사람의 답은 아주 틀린 것이라 단언할 수도 없었다.

이 거대한 문은 발할라에 들어가기 위한 최종 면접 같은 것이기 때문이다.

문지기에게는 거짓말이 통하지 않아 진실만을 말해야만 한다. 부정한 생각으로 찾아온 것이라면 이곳에서 쫓겨나게끔 되어 있는 것이다.

그리고 덧붙여 말하자면 방금 물은 것은 이곳에 온 가장 큰 목적이다. 본래 아무르테의 개봉이라는 중요한 목적이 있었지만, 두 사람에게는 그보다 우선인 것이 있었던 모양이다.

특히 브루스는 발키리와 소환 계약을 하는 날을 얼마나 꿈꿔 왔는지를 쉴 새 없이, 끊임없이 떠들어댔다.

"알겠어. 그만 됐어!"

그의 열정이 전해졌는지, 결국 문지기 소녀는 난감한 표정을 지은 채 통행을 허락해주었다.

또한 메이린도 당당하게 합격했다. 오히려 그녀의 순수한 대답에 문지기들이 당황했을 정도다.

"나 원, 저 둘…… 목적을 잊은 것은 아닐는지 모르겠군."

그런 두 사람에 이어 미라의 차례가 되었다. 앞의 두 사람과 달리 미라의 '목적'은 아무르테를 개봉하는 것과 그에 따른 위험에 대비하기 위해 알피나 일행에게 도움을 요청하는 것이었다.

또한 미라를 대하는 문지기들의 반응은 조금 전과 달랐다.

처음에는 당황했고 놀란 기색을 감추지 못하더니 정중하게 인사하는 식으로 바뀐 것이다.

"잘 오셨습니다, 환영합니다."

두 소녀는 끝으로 나란히 그렇게 말했다.

그렇다, 이전에도 온 적이 있는 데다 알피나 일행의 주인인 탓에 최종 면접은 얼굴만 비춰도 통과인 것이다.

그 얼굴 자체가 바뀌기는 했지만 그녀들은 내면의 연결고리를 보는 힘이 있었기에 문제는 없었다.

문을 지나자 낙원이라 형용하기에 걸맞은 광경이 펼쳐져 있었다. 화사한 꽃들이 피어 있는 들판에 커다란 호수. 그 중심에는 힘차게 솟아난 거목 한 그루가 있었다.

"오오…… 이곳이 발할라. 소문으로 들었던 것 이상이군……

아주 멋져!"

엄청난 절경에 브루스는 탄성을 흘리더니 가만히 있을 수가 없다는 듯한 발걸음으로 달려 나갔다.

게다가 이 발할라에는 곳곳에 농밀한 마나가 모여 있다. 그것들에 흥미가 동했는지, 그는 때는 지금이라는 듯이 섬을 탐색하기 시작했다.

또한 놀라운 것은 자연뿐이 아니었다. 지상에서는 본 적도 없는 동물들이 한가롭게 노닐고 있었는데, 미라 일행이 다가가도 딱히 경계하지 않았다. 경계하기는커녕 호기심 때문인지 다가오기까지 했다.

미라의 주변에는 작은 동물들이 모여들었다. 손을 내밀면 앞다투어 몰려들어 핥거나 비비적거리는 모습을 보고 미라는 행복한 미소를 지었다.

그런 낙원 그 자체인 풍경 속에, 다소 방향성이 다른 분위기를 풍기는 곳도 있었다.

"역시 발할라의 동물이다이거…… 엄청난 힘이 느껴진다해!"

이 호반의 주인이라고 말하는 듯한 풍격을 지닌 수소 앞에서 메이린은 설레고 신난다는 표정을 지은 채 투지를 불사르고 있었다.

이렇게 평화로운 낙원에서 뭘 하는 게냐. 라고 미라가 주의를 줄까도 했지만 아무래도 그 일대에서는 그게 평상시의 풍경인 듯했다.

수소가 '네놈, 보통내기가 아니군'이라고 말하듯이 자리에서 일어서더니 역시나 투지를 내비치듯 땅을 긁기 시작했다.

그렇게 느닷없이 메이린 대 발할라의 수소의 대결이 시작되었다.

그것은 그야말로 장렬한 싸움이었다.

발키리들이 나날이 단련을 하는 발할라답게 그곳에 사는 동물역시 평범한 것들과 차원이 다르게 강했다.

둘의 시합은 메이린의 승리로 끝났지만 수소는 정말이지 용맹하고도 과감하게 싸웠다. 싸움이 끝나자 메이린과 수소는 어느샌가 친구 같은 관계가 되어 있었다.

소란스러운 시합이 끝나자 그러기를 기다리고 있었는지 하얀날개를 지닌 소녀가 미라 일행의 곁으로 날아왔다.

그녀는 발할라의 안내인이다. 미라도 처음 소환 계약을 하러이곳에 왔을 때 신세를 졌던 상대였다.

소녀는 내려서자마자 메이린을 슬쩍 쳐다보았다. 힘쓰는 일은그리 자신이 없는지 두 번째 시합이 시작되지는 않을까 경계하는눈치였다.

"발할라에 오신 것을 환영합니다."

메이린 일행의 태도를 보고 당분간은 괜찮을 것 같다고 판단한것인지, 소녀는 작지만 방울처럼 잘 울리는 목소리로 그렇게 말하더니 미라를 물끄러미 쳐다보았다. 그러고는 어라, 하고 고개를 갸웃한 직후, "다, 당신은……!" 하고 무언가가 떠올랐다는 듯한 얼굴로 허리를 꼿꼿이 폈다.

"저기, 저번에 오셨을 때와는──."

"──어이쿠, 그보다 볼일이 좀 있어서 말이다!"

소녀는 분명 저번에 왔을 때와는 모습이 다르다는 말을 할 생각이었으리라. 그러도록 둘 수는 없다는 생각에 말을 가로막은 후, 미라는 만약을 위해 브루스의 위치를 확인하고서 "알피나는 있느냐"라고 작은 목소리로 말했다.

알피나. 그 이름을 덤블프에 관해 잘 아는 브루스가 들으면 또 일이 복잡해질 것 같았기 때문이다.

하지만 만나기만 하는 건 문제 없을 것이다. 브루스가 알피나 일행을 직접 본 적은 없을 테니.

그녀들은 주로 수도 방어전이나 레이드급 전투에서나 활약했었다. 당시만 해도 소년이었던 그는 방어전에 참가하지도 않고, 이후부터는 소환술의 탑에 틀어박혀 있었다.

그러니 이름만 귀에 들어가지 않으면 괜찮을 것이라고 미라는 생각했다.

하지만 신중을 기해 물어본 것까지는 좋았지만 아무래도 일이 예정대로 풀리지는 않을 듯했다.

"아뇨, 알피나 님은 지금 자매분들과 함께 특별 합숙을 떠나셨습니다. 아스가르드에 신설된 합숙소의 개장 기념 주빈(主賓)으로 초대를 받아서요. 역시 발할라 제일의 일곱 자매예요!"

소녀의 말에 의하면 발키리 자매들이 집중적으로 훈련을 할 수 있도록 여러 장소에 합숙소가 만들어졌다는 모양이었다.

그중에서도 이번 것은 합숙소 제작으로 정평이 난 장인들이 기술의 정수를 모아 만들어낸 합숙소라는 듯했다. 발할라에 있는 모든 발키리들이 주목하고 있는 그곳의 첫 번째 이용자로 선택된 것이 알피나 일행이라고 하는데, 소녀도 어쩐지 자랑스러운 눈치였다.

"호오…… 그랬더냐. 흐음, 그렇다면 어쩔 수 없지."

발할라라는 세계와 발키리들에게도 여러 가지 관계와 교류가 있다는 사실을 새삼 알게 된 미라는 이제 어쩔까 고민하기 시작했다.

아무르테에서 느껴지는 흉흉한 기운은, 정령왕의 말에 따르면 다소 마(魔)속성에 가까운 파장을 띠고 있다고 한다.

그렇기에 여차할 때에 대비해 성속성을 지닌 발키리인 알피나에게 도움을 요청하려고 한 것인데, 자리를 비웠다니 어쩌겠는가. 게다가 듣자하니 지금은 바쁜 모양이다.

하지만 이곳은 발할라다. 대신 부탁할 만한 발키리가 어딘가에 있을지도 모른다.

미라가 그런 생각을 하던 중에 "그쪽에 계신 분은 혹시 안내인이십니까?!"라는 소리와 함께 브루스가 부리나케 돌아왔다.

안내인인 그녀가 발키리 자매와의 계약을 관리하는 역할도 하고 있다는 사실을 알기 때문이리라. 브루스는 긴장과 기대감으로 가득한 얼굴을 한 채 그녀의 앞에 꼿꼿하게 섰다.

(흠…… 이쪽이 빠를지도 모르겠군그래.)

힘을 빌려줄 만한 발키리를 찾기보다는 브루스가 계약한 발키리에게 도움을 받는 게 편할── 확실할 것이다.

그렇게 생각한 미라는 "안내인공, 이쪽이 이번에 소환 계약의 시련에 임하고 싶다 하더군. 먼저 봐주겠는가?"라면서 브루스를 소개했다.

"오오…… 미라 공. 그래도 되겠나?! 아무르테를 규명하는 일을 우선시할 줄 알았다만?"

이곳에 온 가장 큰 이유는 마물 퇴치 부적의 수수께끼를 해명하는 것이다. 브루스는 상당히 들떠 보이기는 했지만 일의 우선순위를 잊지는 않은 듯했다.

소환 계약을 먼저 하라는 이야기가 나오자 기대감이 커지기는 했지만 정말 그래도 되는 건가 싶었는지 얼굴에 약간의 당혹감이 감돌고 있었다.

"음, 상관없다. 이 몸이 계약한 자매들이 조금 바쁜 모양이거든. 그래서 이번에는 그대가 발키리와 계약하면 그대로 협력을 부탁하려는 것이야."

그렇게 계약을 권한 후, 미라는 웃으며 "관심이 없는 발키리보다는 그 편이 부탁하기 쉬울 것 아니냐?"라고 말했다.

"과연, 듣고 보니 그렇군. 계약을 해두는 편이 여차할 때 대응하기도 좋을 테고."

소환술사는 계약을 통해 여러 방면으로 계약 상대를 보조할 수 있다. 무엇이 튀어나올지 모르는 이상, 대응 수단은 되도록 많이 준비해두는 편이 좋을 것이다.

미라의 말을 듣고 납득한 브루스는 "당신이 시련에 임할 자입니까?"라는 안내인의 물음에 긴장감이 담기기는 했어도 힘찬 목소리로 "맞습니다. 잘 부탁드립니다"라고 말하며 고개를 숙였다.

"그럼 시련 희망자 한 명을 안내하겠습니다."

안내인은 미라에게 고개 숙여 인사한 후, 브루스를 끌어안고 바로 옆에 있는 섬으로 날아갔다.

이제 브루스의 발키리 계약 시련이 시작될 것이다. 과연 그는 어느 수준까지 통과할 수 있을까.

미라는 아무르테를 꺼내놓고 앞으로 일어날지도 모르는 문제와 대응책에 관해 정령왕과 논의했다.

또한 메이린은 친구── 친구소가 된 수소와 근처에 있던 나무에 열린 과일을 따서 함께 먹고 있었다.

최선의 경우에서부터 최악의 경우에 이르기까지, 예상 가능한 범위의 대응책을 모두 세운 미라는 이전에 사두었던 만화를 읽으며 얼마 동안 기다렸다. 그때, 문득 작은 동물들이 술렁거리더니 일제히 하늘을 올려다보았다.

무슨 일인가 싶어서 미라도 하늘을 보았다. 그러자 멀리 떨어진 섬에서 무언가가 날아오는 것이 보였다.

"오, 저건……."

날아온 것은 사람이었다. 멀리서도 대충 알아볼 수 있었다. 저건 분명 안내인의 품에 안긴 브루스일 것이다.

하지만 그뿐이 아니었다. 그 밖에도 세 사람이 그 뒤를 따라 날아오고 있었다.

"흠, 제법이로군그래."

그것을 확인한 미라는 살며시 미소 지었다. 그는 보기 좋게 발키리와 계약을 맺는 데 성공한 모양이다.

얼마쯤 지나자 그들은 그대로 입구섬으로 내려왔다.

"기다리게 해서 미안하군."

브루스는 조금 전에 비해 어쩐지 인상이 달라진 듯했다. 시련을 통과해 안심한 덕에, 어느 정도 여유가 돌아온 것이다.

"흠, 무사히 계약한 모양이로군."

그는 시련을 통해 한층 더 성장한 듯했다. 미라는 브루스의 성장을 기뻐하며 그 뒤에 늘어선 발키리들에게로 시선을 옮겼다.

그곳에는 세 사람이 있었다. 다들 늠름하고 믿음직해 보이는 발키리였다.

하지만 그 셋은 미라와 눈이 마주치자마자 허둥지둥 허리를 꼿꼿이 세우고 긴장한 표정을 지었다.

"그래, 다행스럽게도 말이지. 이것도 다 여기까지 함께 와 준 미라 공 덕분이네. 부디 소개하게 해주게. 왼쪽부터 헤르쿠네 씨와 에르에네 씨, 그리고 라그린네 씨네."

브루스는 자신만만하게 세 사람을 소개했다. 드디어 소원을 성취하기도 했거니와 다들 미인인 탓인지 마치 아내를 소개하는 남편처럼 행복한 얼굴을 하고 있었다. 그에 반해 세 명의 발키리는 소개가 끝나자마자 칼을 땅에 꽂고서 미라의 앞에 무릎을 꿇었다.

"저희 자매가 인사 올립니다. 주드 공의 맹우로서 부끄러움이 없도록 나날이 정진하고자 합니다."

헤르쿠네가 대표로 고개를 들며 공손하게 맹세의 말을 입에 담았다. 마치 군주를 섬기는 기사와도 같은 태도였다.

그 모습을 본 브루스가 이게 대체 어떻게 된 일일까, 하고 고개를 갸웃했다.

발키리 소환 계약으로 인해 현재, 미라와 알피나는 주종 관계로 이어져 있다. 하지만 애초에 이 계약은 동맹 관계 같은 것으로 시작된다. 그 후 수많은 전장에서 함께 싸우고, 수많은 시련을 극복하여 그녀들에게 힘을 증명해야 비로소 소환술사는 주인으로서 발키리를 거느릴 수 있는 입장이 되는 것이다.

요컨대 현 시점에서 브루스와 헤르쿠네 일행은 대등한 입장이다. 그렇듯 대등한 관계에 있는 자의 지인에게 무릎을 꿇는 모습이 다소 이해하기 어려웠던 것이다.

하지만 그렇게 될 가능성은 존재했고, 브루스 역시 그것을 인지하고 있었다.

"미라 공, 당신은 대체——."

인지하고 있었기에 브루스는 당황스러운 표정을 지을 수밖에 없었다. 그리고, 그때.

"——뭐지?!"

갑자기 많은 발키리들이 차례로 이 섬에 내려섰다.

심지어 심상치 않은 기운을 느끼고 하늘을 올려다보니, 늘어선 섬들에서 차례로 사람들이 뛰쳐나오는 광경이 눈에 들어왔다. 그 모두가 발키리들이었고, 하나같이 이곳을 향해 오고 있었다.

그녀들은 차례로 주변에 내려서서는 무릎을 꿇기 시작했다. 심지어 모든 섬에 있던 발키리들이 모여든 것인지, 주변에 자리가 없어지자 공중에 멈춰서 공손하게 예를 갖춘 자세로 늘어서고 있었다.

2

"이게, 대체 무슨 상황이지……?"

발키리들이 사방을 에워싸듯 모여들었다. 너무도 갑작스러운 일에 사고가 마비된 브루스는 당황해서 안내인에게 물었다.

"영주님의 뜻에 따라 이번에는 브루스 님의 시련을 우선적으로 처리했습니다. 그게 방금 종료되어서 인사를 하러 온 것입니다."

브루스의 질문에 안내인은 그렇게 답했다. 그 말을 들은 브루스는 경직된 후, "뭐?!" 하고 얼빠진 목소리를 내며 미라에게 고개를 돌렸다.

(딱히 인사를 하러 올 필요는 없는데. 착실하다고 해야 할지 뭐라고 해야 할지…….)

미라는 브루스를 비롯한 모든 시선을 한눈에 받으며 차례로 모여들고 있는 발키리들 앞에서 쓴웃음을 지을 수밖에 없었다.

알피나를 필두로── 아니, 알피나가 필두인 탓인지 다소 태도가 과장스러운 것이 이곳에 있는 발키리들의 특징이라 할 수 있으리라.

그 때문에 미라가 우선시하라고 한 브루스의 시련이 끝나자마자 이렇게 섬 전체에 있던 일동이 모여든 것이다.

하지만 상황은 거기서 끝이 아니었다.

갑자기 미라의 앞에 빛이 쏟아지는가 싶더니 발키리들이 그곳을 중심으로 일제히 물러났다.

그 직후. 느닷없이 머나먼 상공에서 일곱 개의 그림자가 떨어졌다.

그것은 운석으로 착각할 만큼 빠른 속도로 날아오더니 갑자기 속도를 늦춰서 약간의 풍압만을 두른 채 살며시 지면에 내려섰다.

"아아, 주인님! 늦게 대령해서 죄송합니다!"

그 정체는 일곱 명의 발키리였다. 그 중 한 사람이 가장 먼저 미라의 곁으로 달려오더니 곧장 신하로서의 예를 표했다. 나머지 여섯 명도 재빨리 그 뒤에서 그녀를 따라했다.

"오오……! 보통내기가 아닌 줄은 알았지만 설마 덤블프 님과 마찬가지로 발할라의 영주였을 줄이야."

등장만으로 다른 이들과는 차원이 다름을 알 수 있는 일곱 명의 발키리. 압도적인 존재감을 내뿜는 그녀들의 등장과 행동에 당황하기는 했지만 브루스는 그래도 이것이 무슨 상황인지 이해는 한 듯했다.

안내인이 입밖에 낸 영주라는 단어가 발키리들의 모든 행동을 설명해주고 있었기 때문이다.

사실 미라는 발할라의 영주라는 칭호도 가지고 있었는데, 알피나 일행과 함께 활약하다 보니 어느샌가 획득되어 있었더랬다.

"그런데 이곳은 몇 번째 발할라지?"

분명 단순한 호기심에서 비롯된 질문이었으리라. 언뜻 보아도 모여든 이들이 하나같이 상당히 단련되었음을 알 수 있었기 때문이다. 전체적으로 기초가 상당히 튼실한 발할라라는 것을 꿰뚫어 본 브루스가 정말로 아무 생각 없이 내뱉은 질문이었다.

몇 번째 발할라. 그렇다, 발할라는 이곳만 있는 것이 아니다.

발키리들이 수련을 쌓는 천상의 영역, 발할라. 수많은 섬이 늘어선 이 장소는 다른 곳에도 여럿 존재했다. 들어오는 방법은 미라 일행이 이곳으로 올 때 했던 것과 같다. 하지만 계단을 오를 때 그 사람의 됨됨이를 판단하여 어느 발할라에 도착할지를 정하는 것이다.

또한 미라가 영주인 이곳은 제1발할라로, 가장 역사가 긴 탓에 그에 걸맞은 강자들이 수두룩한, 굳이 말하자면 엘리트 클래스였다.

그리고 이번에는 미라가 동행한 탓에 브루스는 반강제적으로 이 제1발할라에 오게 된 것이다.

"어라? 자세히 보니 일곱 명⋯⋯."

흥미진진하다는 듯한 얼굴로 주변을 둘러보던 브루스의 눈이 문득 미라의 앞에 늘어선 일곱 자매를 다시금 바라보았다. 알피나를 필두로 한 발키리 일곱 자매를.

직후, 브루스의 표정이 점차 변하기 시작했다.

일곱 명의 발키리 자매를 거느린 발할라의 영주. 그 수식어는 그에게 보통 익숙한 것이 아니었기 때문이다.

"아니, 그보다 말이다──."

그는 덤블프에 관해 아주 잘 알고 있다. 이대로 두면 위험하겠다고 생각한 미라는 말을 돌리고자 입을 열었다. 하지만 그러기에는 조금 늦은 듯했다.

"이곳은 제1발할라입니다."

안내인이 정중하게, 그러면서도 어쩐지 자랑스럽게 답하고 말았기 때문이다.

덤블프가 제1발할라의 영주라는 사실은 덤블프를 잘 아는 자에게 그야말로 상식이나 다름없었다. 따라서 그 말을 들은 브루스는 결국 놀라다 못해 달관한 표정을 지을 수밖에 없었다.

"마중을 나오느라 수고가 많았다. 이제 알피나 일행이 왔으니 나머지는 평소처럼 지내도록 해라. 불쑥 찾아와서 미안하구나."

총출동한 발키리들의 인사를 받은 후, 미라가 해산을 선언하자 집결했던 발키리들은 고개 숙여 인사하며 한 사람씩 날아갔다. 하지만 그러면서도 "만나뵈어서 영광입니다"라는 말을 남기고 가는 자들도 많아서 완전히 정리가 되는 데 20분 정도가 걸렸다.

그렇게 안내인과 일곱 자매, 헤르쿠네 일행을 남기고 입구섬이 정리가 되자, 타이밍을 살피던 브루스가 쭈뼛거리며 미라에게 물었다.

"저기, 덤블프 님, 맞으십니까…… 맞으시지요?"

"……"

그 말에 미라는 입을 다물었다. 더는 얼버무릴 수 있는 상황이 아님을 깨달았기 때문이다. 이 자리에서 일어난 일을 종합해서 생각한 결과, 그 물음에서 벗어나는 건 어렵다는 사실을 알았기 때문이다.

제1발할라의 영주. 그렇게 불리는 사람은 한 명뿐이다. 어떠한 이유가 있어도 그 칭호는 양도할 수 없다. 유일한 예외가 있다면 모종의 이유로 영주가 없어졌을 경우로—— 요컨대 이 세상을 떠난 경우라면 어찌어찌 둘러댈 수 있을 것이다. 하지만 아직 덤블 프로 돌아가는 것을 포기하지 않은 탓에 미라는 자신이 죽었다고 할 수 없었다.

때문에 미라는 그 다음으로 중요한 덤블프였던 시절의 위엄을 지키기 위해 아슬아슬한 타이밍까지 저항하며 머리를 쥐어짰다. 그런데 그때, 생각지 못했던 목소리가 들려왔다.

"주제넘지만 한 말씀 드리겠습니다. 주인님은 현재 미라라는 이름을 쓰고 계십니다. 앞으로는 그렇게 불러주십시오."

어쩌면 기적적인 확률로 둘러댈 방법이 있을지도 모른다. 그런 작은 가능성을 필사적으로 모색하고 있던 미라의 희망을, 알피나가 자신도 모르게 꺾고 만 것이다.

눈치가 빠르다고 생각하는 신하는 자랑스럽게 가슴을 폈고, 그 주인은 허탈하게 하늘을 올려다보았다.

발할라의 최상층섬. 알피나를 비롯한 일곱 자매가 밤낮으로 훈련을 하는 섬의 중앙. 그곳에 위치한 궁전의 어느 방에서 미라는 지금까지의 경위를 브루스에게 설명하고 있었다. 솔로몬의 의뢰로 극비임무를 수행 중이라고.

또한 합숙 중이라고 들었던 알피나 일행이 갑자기 강림한 이유는 실로 단순했다.

안내인이 곧바로 합숙 중인 알피나 일행에게 연락을 했기 때문이다.

그 결과, 주인이 방문했는데 자리를 비울 수는 없다는 생각에 서둘러 날아온 것이다.

다행인 점은 오늘이 합숙 마지막 날이었던 덕에 일정 수정은 조금 일찍 귀환하는 정도에서 그쳤다는 것이리라.

오픈 기념 특별 초대임에도 불구하고 첫째 날에 돌아오는 사태가 벌어졌다면 그곳 주인에게 면목이 없었을 거다.

아무튼 알피나 일행에게는 이런저런 사정으로 마물 퇴치 부적에 든 아무르테를 열어봐야 한다고 사정 설명을 하고서 휴식을 취하라고 말해두었다.

합숙에서 돌아온 직후라 피곤할 것이라는 이유도 있지만 그보다 먼저 정리해두어야만 하는 일이 있었기 때문이다.

그리고 메이린은 곧바로 소원을 성취하고 있었다. 지금은 미궁 옆에 있는 훈련장에서 헤르쿠네 일행을 상대로 특훈 중이다.

1대 3인데도 메이린이 우세였다. 하지만 제1발할라의 발키리답게 헤르쿠네 일행도 상당히 끈질기게 물고 늘어졌다. 알피나도 제법이라는 표정으로 그 시합을 관전 중이었다.

"──그렇게 된 게다. 이는 국가 기밀이다, 알겠느냐? 절대로 다른 이에게 발설해서는 안 된다."

미라는 어째서 미라가 된 것인가에 관한 설명을 그렇게 끝맺었다. 아홉 현자인 상태로는 자유롭게 움직일 수가 없어서 임무를 위해, 나라를 위해 이전과 정반대되는 이미지로 바꾸었다. 다른 이유는 없다, 따위의 내용이었다.

"나라를 위해 그렇게까지……! 역시 덤블── 미라 님이십니다! 이 일은 결코 발설하지 않겠다고 맹세하겠습니다!"

미라의 애국심에 감동한 표정을 지으며 브루스는 깊숙이 머리를 숙였다.

생각지 못한 곳에서 정체가 들통 나고 말았지만, 분명 그라면 약속을 지켜줄 것이다. 곧장 그런 생각이 들 정도로 브루스의 온몸에서는 기뻐하는 듯한 분위기가 넘쳐났다.

그런 브루스의 태도를 보고 미라는 잘 얼버무렸음을 확신했다. 다만 한 가지 의문이 떠올랐다. 여자 아이가 된 이 상황은 이보다 훨씬 놀랄 만한 일이 아닌가, 라는 의문이다.

그 점에 관해 미라는 슬그머니 물어보았다. 그러자 브루스는 마치 상식이라는 듯이 답했다.

"그건 덤블프 님도 솔로몬 님, 루미나리아 님과 같은 천인족(天人族)이라 들었기 때문입니다."

들자하니 천인족 중에는 완전히 다른 모습으로 변할 수 있는 자가 있다는 이야기를 들은 적이 있다는 모양이다. 그 때문에 놀라기는 했지만 크게 당황하지는 않았다고 브루스는 말했다.

"흠…… 그렇구먼."

천인족이란 플레이어 출신자를 나타내는 단어. 아무래도 미라 말고도 '화장 도구 상자'를 사용해서 겉모습을 바꾼 자가 있는 모양이다. 미라는 그 사실을 알게 되었지만, 그렇다고 덤블프라는 사실을 공공연히 밝힐 생각은 전혀 들지 않았다. 자신이 만들어낸 이상형을 이상적인 모습으로 역사에 남겨두고 싶었기 때문이다.

"아…… 그런데 미라 님. 저도 사실은 가명을 쓰고 있습니다……."

여러 가지 사정을 이해한 브루스는 이제야 생각났다는 듯한 얼굴로 그렇게 입을 열었다. 그러자 미라는 "음, 안다. 그대는 주드 슈타이너, 맞지?" 라고 대답했다. 처음부터 알고 있었다고.

"아아…… 바로 맞추셨습니다!"

그 후로 30년이나 지나 상당히 나이 들었음에도 불구하고 알아봐주었다. 그렇게 해석한 브루스는 그야말로 뛸 듯이 기뻐했다.

"소중한 탑의 동료가 아니냐. 당연하지."

사실은 **조사**한 것뿐이지만 미라는 내색하지 않고 뻔뻔하게도 그렇게 말했다. 그러자 브루스는 더더욱 감동한 표정을 짓더니 앞으로도 소환술의 탑의 발전을 위해 진력하겠다고 맹세했다.

"그나저나 혹시, 니르바나까지 오신 것은…… 다른 현자 분을……?!"

마음에 의욕이라는 이름의 불씨를 다시금 지핀 브루스는 조금 진정하는가 싶었더니 문득 환한 얼굴로 물었다.

다른 아홉 현자를 찾기 위해서. 그런 이야기의 흐름상 그 사실을 알아채는 것은 당연한 일이라 할 수 있었다. 그리고 현재 니르바나에서 개최 중인 투기대회에 관한 소문은 온 대륙을 떠들썩하게 만들고 있다. 이만큼 조건이 모이자 예상하기도 쉬웠다.

"높은 확률로 메이린 님이 나타나시겠군요!"

어디에 누구를 찾으러 온 것인지 알아챈 모양이다. 그리고 알아챔과 동시에 또 하나의 가능성까지 알아챈 눈치다.

브루스는 납득했다는 표정을 지은 채 천천히 고개를 돌려 창밖으로 시선을 던졌다. 그곳에는 선술을 구사하여 헤르쿠네 일행을 압도하고 있는 프리퓨어가 있었다.

"으음~ 미라 님. 혹시, 저 분은……."

"……그것도 국가 기밀이다, 알겠느냐?"

이만큼 정보가 모였으니 알아챌 수밖에. 미라는 조용히 고개를 끄덕이며 그렇게 답했다.

3

"그럼 시작한다. 준비는 되었느냐?"

궁전을 나선 미라 일행은 최상층섬의 가장자리에 위치한 공터에 있었다. 흉흉한 기운이 봉인된 아무르테의 결정을 개봉하기 위해서다.

"네, 준비 완료했습니다."

공터 한가운데에는 아무르테를 담은 용기가 놓여 있다. 그것을 중심으로 홀리로드가 에워싸듯 배치되었다. 그리고 미라의 옆에서는 알피나 일행이 대기하고 있었다.

무엇이 나오건, 무슨 일이 일어나건 베어버릴 기세로 검을 들고 있다.

"언제든지 시작해라해!"

메이린 역시 만전의 태세를 갖췄다. 어떤 사태에도 대응이 가능한 아슬아슬한 거리에 선 그녀의 얼굴에는 어째서인지 기대감이 가득했다.

분명 메이린은 일이 성가셔질수록 기뻐할 것이다.

"이쪽도, 문제없습니다."

브루스와 헤르쿠네 일행은 약간 떨어진 곳에서 상황을 살피고 있다.

만반의 준비를 한 미라나 즐거워 보이기까지 하는 메이린과 달리 이쪽은 다소 불안해 보였다.

하지만 그럴 만도 했다. 악마가 관련되어 있을 것으로 추측되는 물건의 정체를 파헤치려 하는 것이니. 오히려 브루스의 반응 쪽이 건전하다고 할 수 있었다.

다만 그 또한 탑의 일원이라, 불안한 얼굴에는 미처 감추지 못한 호기심이 슬그머니 고개를 내밀고 있었다.

"어디, 과연 뭐가 나오는지……."

아무르테에 봉인된 흉흉한 기운. 그것을 해방하는 방법은 정령왕에게 배운 수순에 따라 원래 상태인 액체로 되돌리는 것뿐이다.

일동이 지켜보는 가운데 아무르테로 다가간 미라는 마나를 모은 손에 정령의 힘을 연결해서 그대로 아무르테에 가져다 대었다.

"좋아, 변화한다!"

반응이 있다. 서둘러 홀리로드의 옆을 지나 알피나 일행이 대기 중인 곳까지 돌아간 미라는 대체 무슨 일이 일어날까 하고 눈을 크게 뜨고 상황을 지켜보았다.

결정체였던 아무르테가 서서히 흔들리기 시작했다. 예정대로 고체에서 액체로 변화하기 시작한 듯했다.

안에 봉인된 것은 무엇일까. 모종의 에너지라면 직후에 폭발이 일어날 터다.

정령왕에게 들은 아무르테의 강도와 특성을 바탕으로 그곳에 봉인 가능한 에너지의 최대치는 계산이 끝난 상태다. 위험하기는 해도 배치해둔 홀리로드로 충분히 막아낼 수 있을 것이다.

"나옵니다, 경계하십시오!"

어느 순간을 지나자 아무르테의 액체화가 단숨에 진행되었다. 그와 동시에 흉흉한 기운이 순식간에 부풀어 올라서 알피나 일행이 임전태세에 돌입했다.

직후, 완전히 액체로 돌아간 아무르테를 찢다시피 하며 검은 무언가가 튀어나왔다.

그곳에 봉인되어 있던 것은 특수한 에너지 같은 것이 아니었다.

또한 장기(瘴氣)나 저주, 마나, 독 같은 것도 아니다.

튀어나온 그것은 땅을 딛고 섰다. 흉흉한 기운을 띤, 검고 탁한 빛깔의 갑각을 두른 존재.

그렇다, 아무르테에 봉인되어 있던 것은 사람과 비슷한 크기의 마물이었던 것이다.

심지어 그 흉포성은 흔한 마물에 비할 바가 못 되었다. 나오자마자 아무 망설임도 없이 근처에 있던 홀리로드를 공격한 것이다.

"설마 이러한 것이 들어있었을 줄이야……."

어쩐지 곤충에 가까우면서도 부분적으로 연체생물 같은 모습을 띤 마물이다. 게다가 그 움직임과 기이한 목소리에서 느껴지는 분위기는 지금까지 마주쳤던 마물들의 그것과 사뭇 달랐다.

"저건, 내가 해치우고 싶다이거."

말 떨어지기 무섭게 메이린이 홀리로드로 된 벽 안으로 뛰어들었다. 그 움직임은 매우 날쌔서 곧바로 주의를 끌어 의문의 마물과 전투를 벌이기 시작했다.

"이거 보아하니, 적어도 상급은 될 것 같군."

메이린과 싸우는 마물의 움직임을 통해 상당히 강한 축에 속하는 마물이라는 것까지는 알 수 있었다.

다만 대체 무엇을 어떻게 해서 저 결정에 이러한 마물을 봉인해둔 것일까.

그런 의문을 품은 순간, 등줄기가 오싹해지는 괴성이 울렸다.

시선을 돌려보니 의문의 마물이 땅바닥에 엎드려 살짝 몸을 꿈틀거린 후, 완전히 침묵했다. 아무래도 단말마의 비명이었던 모양이다.

정말이지 기분 나쁜 목소리라는 생각에 미라는 눈살을 찌푸리고서 바닥에 쓰러진 의문의 마물을 쳐다본 후, 메이린에게 다가갔다.

"전혀 본 적이 없는 마물이었는데, 그대는 아느냐?"

메이린은 수행을 한다는 핑계로 온 대륙의 온갖 장소에서 마물, 마수와 싸우고 다녔다. 그렇다면 미라도 본 적이 없는 마물을 봤어도 이상할 것이 없다.

하지만 그녀는 "처음 봤다이거. 실력은 보통 정도였다해"라고만 답했다.

혹시나 해서 브루스에게도 물어보았지만 마찬가지로 본 적이 없다는 대답만 돌아왔다.

"그럼 그대들은 어떠하냐? 본 적이 있느냐?"

경우에 따라서는 신계와 같은 특별한 장소에만 출현하는 마물이 있을지도 모른다. 게다가 그것을 봉인하고 있던 물질은 특별한 장소에만 존재하는 아무르테다.

알피나 일행은 발할라의 주민이다. 어쩌면 그러한 마물도 알지 않을까.

"아뇨, 이러한 마물은 한 번도 본 적이 없습니다."

"뭔가 징그럽기도 해서 한 번 보면 잊을 수 없을 것 같네요오."

미라의 기대에 부응하지 못한 탓인지 알피나는 어쩐지 분하다는 듯이 답했고, 크리스티나는 단순한 감상을 입밖에 냈다.

그녀의 말대로 분명 겉모습은 상당히 징그러웠다. 호러 게임 같은 데 등장하는 실패한 실험체처럼 생겼다.

그런 생각을 하며 겉모습에 주목하던 중에 알피나가 입을 열었다.

"──하지만 한 말씀 드리자면. 평소 상대하는 마물이나 마수와는 어딘가 다른…… 뭔가 불길한 기운이 느껴졌습니다."

알피나는 기억을 더듬는 듯하더니 확신에 찬 눈으로 말했다.

"평소 상대하는 것과는 다른 기운이라……. 흐음~ 신경 쓰이는군그래."

알피나가 느낀 불길한 기운. 거기에 이 의문의 마물에 관한 비밀이 숨겨져 있지 않을까.

그런 예감을 느끼며 미라는 그것이 봉인되어 있던 아무르테 쪽으로 시선을 옮겼다.

"이건 이것대로 따로 조사해 보고 싶군요."

지상에는 없는 물질이라는 이유도 있어서 흥미가 동한 것인지. 브루스가 먼저 여러모로 조사를 하고 있었다.

맛도 냄새도 없고 감촉은 기름에 가깝지만 만진 손에는 남지 않을 정도로 깔끔하다는 모양이다.

자세히 보니 용기 안에 든 아무르테는 완전히 액체 상태로 돌아와 있었다. 역시 조금 전의 마물이 원흉이었는지 이제 그것에서는 흉흉한 기운이 전혀 느껴지지 않았다.

"아?! 사라지니까 뭐가 나왔다이거!"

남은 마물 퇴치 부적에도 마찬가지로 의문의 마물이 봉인되어 있을까. 그런 생각을 하던 중에 놀란 듯한 메이린의 목소리가 들려왔다.

"흠? 대체 무엇이 나왔다는 게야?"

고개를 돌려보니 메이린은 의문의 마물을 쓰러뜨린 곳 근처에 서 있었다.

문제는 그 발치였다. 달려가 보니 쓰러뜨렸던 마물의 모습이 어디에도 없었던 것이다.

듣자하니 갑자기 허물어져 먼지처럼 흩어졌다고 한다. 심지어 메이린의 말대로 그 자리에는 무언가가 남아 있었다.

"척 봐도, 좋지 않을 듯한 색을 띠고 있군……."

그곳에는 칙칙한 검은색을 띤 작은 조각이 있었다.

"이게…… 뭘까요."

브루스는 그것을 보자마자 흥미롭다는 듯한 얼굴로 고개를 갸웃했다. 다만 불길하다는 생각이 흥미보다 컸는지 곧장 손을 대기는 망설여지는 눈치였다.

"돌? 금속? 뭘까요, 이게. 근데 뭔가 불길한 느낌이 들어요."

호기심을 못 이기고 들여다보던 크리스티나는 곧장 혐오감을 얼굴에 드러내더니 알피나의 뒤로 숨었다.

의문의 마물이 남긴 것으로 추측되는 의문의 물질. 이 역시 본 적이 없는 것이라 뭔가의 소재로 써먹을 수 없을까 생각하던 참에——.

『——역시 그랬나! 미라 공, 지금 당장 저걸 봉인하겠다. 도와주게!』

어쩐지 절박한 분위기를 띤 정령왕의 목소리가 머릿속에 울렸다.

『음, 알겠네!』

그것이 무엇인지, 대체 어떠한 물건인지. 정령왕은 아는 모양이다.

하지만 아무래도 설명할 시간도 없는 모양이다. 그 목소리를 통해 상황을 대충 파악한 미라는, 질문은 제쳐두고 두 말 없이 승낙했다.

"긴급 상황이다. 다들 잠깐 물러나 있어라."

냉정하게 말한 직후, 미라는 신속하게 행동을 개시했다.

온몸에는 정령왕의 가호문양이 떠올라 있어서, 이것이 심상치 않은 사태임을 말해주고 있었다.

그 분위기를 통해 보통 일이 아님을 알아챈 브루스는 허겁지겁 홀리로드의 뒤로 몸을 숨겼다.

알피나 일행 역시 그 말에 따라 어느 정도 물러났다. 하지만 미라에게 무슨 일이 생기면 대응할 수 있도록 최소한의 거리는 유지하고 있었다.

다만 메이린은 정령왕의 힘이 섞인 강력한 미라의 마나를 느끼고는 그게 뭐냐는 듯 호기심으로 가득한 표정을 지었다.

내체 무엇을 할지, 뭔가 굉장한 필살기를 쓰려는 건 아닐지 기대하는 얼굴이다.

"그대도 조금 떨어져 있어라. 지금부터 할 것은 봉인 작업이지, 강력한 기술을 쓰려는 게 아니니 말이다."

메이린은 생각이 얼굴에 다 드러난다. 그녀의 생각을 단번에 알아챈 미라는 딱히 기대하고 있는 일은 하지 않을 거라 말했다.

"끄응, 그런 거냐. 아쉽다이거."

엄청난 필살기를 쓰려는 게 아니라는 사실을 알자 메이린은 풀이 죽어서 터벅터벅 그 자리를 벗어났다.

그 모습을 보고 준비가 끝났음을 확인한 미라는 의문의 조각을 바라보고 자세를 취했다.

그 후로는 정령왕의 주도로 봉인 작업이 시작되었다.

다시금 아무르테를 재이용한다. 정령왕의 힘을 흘려 넣은 아무르테를 써서 의문의 조각을 그 안에 봉인하려는 것이다.

그렇게 해서 하얀 결정이 완성되었다. 하지만 아직 공정은 절반밖에 끝나지 않았다. 그 뒤로도 이중, 삼중으로 특별한 봉인을 걸어 나갔다.

시간으로 말하자면 약 3분. 그만한 시간이 흐르고 나서야 정령왕에 의한 엄중한 봉인이 완료되었다.

『좋아, 이걸로 우선은 안전할 것이야. 실로 훌륭한 솜씨였다. 역시 미라 공이야.』

『정령왕공의 가호가 몸에 익은 덕분일지도 모르지. 힘의 흐름을 감각적으로 파악할 수 있게 되었으니 말이야!』

정령왕의 칭찬이 듣기 싫지는 않다는 듯이 미라는 미소 지었다. 하지만 이렇게 한숨 돌리고 나자 곧이어 의문이 샘솟았다.

다른 이도 아니고 정령왕이 허겁지겁 봉인을 요청한 의문의 조각. 그 정체는 대체 무엇일까.

그에 관한 이야기는 마찬가지로 의아해 하고 있는 메이린 일행에게도 들려주는 것이 좋을 듯했다.

미라 일행은 둥그렇게 손에 손을 잡고서 정령왕에게 의문의 조각에 관한 설명을 들었다.

그런 가운데 브루스는 갑자기 정령왕과 대화할 기회가 찾아오자 온몸이 뻣뻣해졌다.

또한 알피나 역시 감개무량한 얼굴로 "주인님과 손을……!"이라는 소리를 내뱉었다.

정령왕은 말했다. 방금 봉인한 조각은 과거에 본 적이 있는 것이라고.

『지금으로부터 먼 과거에 있었던 일이다. 미라 공에게는 이전에 이야기했었지. 일찍이 이 대륙을 위협했던 숙적, 마물을 다스리는 신이 있었다는 이야기를——.』

그것은 마텔과 처음 만났을 때 들었던 이야기다.

공절(空絶)의 반지에 얽힌 이야기에 등장한 인류의 적. 살아있는 모든 것을 휩쓸었던 과거 대전의 주모자. 그것이 마물을 다스리는 신이었다.

『상당히 오래된 기억이라 말이다. 기억해내는 데 다소 고생했지만, 틀림없다. 방금 전에 보았던 조각에서 느낀 기운은 그때 마물을 다스리는 신이 가지고 있던 검의 그것과 같았다.』

그것은 현재의 역사에도 기록되지 않았을 만큼 머나먼 과거의 일이다. 정령왕처럼 태고의 시대부터 존재하는 자가 아니면 알 수 없는 일이다.

하지만 그보다 현재에 가까운 역사에 비슷한 이름이 등장했던 일을 자세히 아는 자가 있었다.

『마물을 다스리는…… 신이라고요? 왕이 아니라, 신이 있었다는 말씀이십니까?』

그렇게 물은 것은 브루스였다. 이 대륙에 전해지는 전설에 등장하는 영웅왕 포세시아. 그녀가 싸웠던 상대의 이름이 '마물을 다스리는 왕'이었다.

더불어 그때의 대전에는 정령왕도 참가했던 탓에 더더욱 신경이 쓰인 모양이다. 얼굴은 긴장으로 굳어져 있었지만 의문을 밝히고 싶다는 마음이 더 컸는지, 그 물음에는 약간의 당혹스러움과 크나큰 호기심이 담겨 있었다.

『음, 그러하다. 과거 포세시아 공과 함께 싸워 쓰러뜨렸던 것은 마물을 다스리는 왕. 마물을 다스리는 신과의 싸움은 그보다 훨씬 먼 옛날에 있었다.』

정령왕이 그렇게 답하자 브루스가 또다시 물었다.

『왕과 신 사이에, 뭔가 관계가 있었을까요?』

『글쎄……. 그 점에 관해서는 아직 알 수 없다고 말할 수밖에 없겠군. 녀석이 어째서 마물을 다스리는 왕을 자칭했던 것인지. 그리고 어째서 그 신과 마찬가지로 마물을 다스리는 힘을 가지고 있었는지. 그를 해명하지 못한 채 나는 정령궁전으로 돌아와야만 했다. 어쩌면 인간 연구자들이 나보다 잘 알지도 모르지.』

영웅왕 포세시아 시대보다 이전. 정령과 오니(鬼)족의 전쟁 당시 금기의 힘을 사용했던 정령왕은 그 반동으로 자신의 힘을 제어하기 어려워져서 현세에 머무를 수 없는 상태가 되고 말았다.

그 때문에 일시적으로 현세에 강림하기는 했지만 그가 아는 것은 그 짧은 기간에 있었던 일들뿐이었다. 마물을 다스리는 왕에 관해서는 거의 모르는 듯했다.

『마물을 다스리는 왕보다 이전에 나타난 신, 그리고 대전……부디 자세히 말씀을──! 아…… 그보다는 지금이 문제로군요. 죄송합니다.』

브루스는 서서히 몸을 앞으로 내밀며 캐물으려 했지만 봉인된 하얀 결정이 눈에 들어온 순간 정신을 차린 듯했다. 그는 미라와 메이린, 알피나 일행을 흘끔흘끔 둘러보고서 송구하다는 듯이 입을 다물었다.

『아니, 상관없다. 이번 일과 관련이 있을지도 모르니 말이야. 잠시, 당시의 일을 되짚어 보도록 하지.』

브루스가 호기심에 내뱉은 말이었지만 그 검이 어떠한 물건이었는지 정도는 알아두는 편이 좋겠다며 정령왕은 간결하게나마 당시의 일에 관해 말했다.

마물을 다스리는 신의 힘은 절대적이어서 전대미문의 천재지

변을 발생시켜 대륙 전체를 혼란에 빠뜨렸다.

『그리고 핵심인 검의 힘을 추측하자면, 마물들을 지배하는 힘이 담겨 있었던 것으로 추측된다. 모든 마물을 통솔할 수 있는 이 검으로 인해 피해가 더욱 막대해졌었지──.』

당시에는 인류와 정령, 그리고 삼신까지 이 전쟁에 참가했었다. 그 때문에 적을 타도하는 것만이 목적이었다면 피해는 그렇게까지 커지지 않았을 것이라고 정령왕은 말했다.

문제는 마물을 다스린다는 점이었다. 온 대륙의 마물이 하나의 의지 아래에 결집한 탓에 양측의 전력이 거의 호각을 이루었다는 모양이다.

『──심지어 당시, 녀석의 주변에 있던 마물들은 전체적으로 강력했고, 명백하게 이질적이었다. 마물이었지만 어쩐지 그들과는 다른 존재 같았다고나 할까. ……그래, 맞다. 생각해 보니 조금 전에 나왔던 마물이 그것과 비슷했다.』

이야기 도중에 정령왕은 문득 떠올랐다면서 그런 이야기를 했다. 아무르테 안에서 나온 마물이, 당시 마물을 다스리던 왕의 곁에 있던 마물과 비슷했다고.

『허어……. 그리고 보니 이전에 시신을 나누어 봉인했다고 했는데. 혹 부활해버린 것은 아닐 테지……?』

이전에 마물을 다스리는 신에 관한 이야기를 한 적이 있었다. 그 시신을 여섯으로 나누어 봉인했다는 내용이었다.

그 중 하나가 고대신전 네뷸러폴리스의 지하에 있었던 것으로 추측되는데, 이미 가져간 것으로 보이는 상황이었다. 혹시 거기서 더 일이 진척되어서 마물을 다스리는 신이 부활, 혹은 그에 가까운 상태가 된 것은 아닐까.

미라가 걱정 어린 투로 그렇게 말하자 정령왕은 『아직까지는 문제없을 거다.』라고 답했다.

부활, 혹은 힘을 되찾거나 했을 경우, 명확한 이변이 온 대륙에 일어날 것이기 때문이라면서.

따라서 조금 전에 보았던 마물은 검에 남아 있던 잔재 같은 존재라는 것이 정령왕의 견해였다.

『그렇다면 당면한 문제는, 이 검의 조각이로군. 그 마물을 다스리는 신이 가지고 있었다는 검이 어째서 이곳에 있는 것인가.』

전설보다도 오래된 시대의 검. 심지어 상당한 사연이 있는 검이 조각이 되어 존재하는 이유는 대체 무엇일까.

하물며 그것이 마물 퇴치 부적으로 사용되고 있었다는 점, 그리고 가공한 아무르테 안에 봉인되어 있었다는 점. 눈앞에 놓인 문제만 해도 산더미처럼 많았다.

『그래, 바로 짚었다. 게다가 그 검은 나의 힘으로도 파괴할 수 없었던 물건이다. 따라서 엄중하게 봉인해 두었을 터인데.』

때문에 그것이 조각이 되어 이곳에 있다는 것 자체가 이해되지 않는다고 정령왕은 말했다.

그의 말에 따르면 마물을 다스리는 신의 검은 과거의 맹우에게 맡겨 심해 밑바닥에 봉인했다는 듯했다. 영맥의 힘을 이용한 봉인으로, 사람은 물론이고 악마의 힘으로도 이것을 해제하는 것은 불가능하다고 한다.

대체 누가 그 봉인을 푼 것일까. 정령왕조차 파괴할 수 없었던 그것을 무슨 수로 조각낸 것일까. 그리고 무슨 수로 그것을 끄집어낸 것일까. 또한 조각은 둘째 치더라도 검 본체는 어디에 있는 것일까. 봉인된 땅? 아니면 그곳에서 옮겨지고 만 것일까?

"뭔가 죄다 복잡한 이야기다해. 어쨌든 그 봉인을 보러 가면 되지 않냐이거!"

수수께끼가 쌓여가는 가운데, 머릿속 용량이 가득 찼는지 비틀거리면서 메이린이 외쳤다. 이제 가만히 있는 게 싫증이 나는지, 아주 좀이 쑤신다는 표정이었다.

『그렇군. 이렇게 이야기나 하기보다는 움직이는 편이 빠를지도 모르겠어.』

정령왕은 약간 즐거운 듯 웃더니 그렇다면 더 좋은 방법이 있다며 한 가지 제안을 했다.

그것은 다른 마물 퇴치 부적에 사용된 아무르테까지 모두 개봉해버리자는 것이었다.

검을 봉인한 장소는 심해 밑바닥이다. 하지만 그 검의 조각이 이렇게 이곳에 있는 것을 보면 봉인에 뭔가 문제가 생긴 게 분명하다.

그렇다면 이미 반출되었을 확률이 높은 봉인 장소를 확인하기보다는 검의 소재를 밝혀내는 게 훨씬 빠를 것이라는 의도다.

이번에 발견된 검의 조각은 원래 강대한 힘을 지닌 한 자루의 검이었다.

지금 상태로는 미약하지만 거기에 담긴 힘은 진짜다. 그렇기에 그것을 역이용할 수 있을 것이라고 정령왕은 단언했다.

『나의 연결하는 힘을 응용하면 조각이 지닌 힘의 파장을 더듬을 수 있다. 그렇게 하면 다른 장소에 있는 것도 찾아낼 수 있을 터.』

정령왕은 말했다. 나머지 아무르테에도 파편이 사용되었을 것이라고.

그것들을 모아 힘을 하나로 뭉치면 같은 힘을 가진 물건── 마물을 다스리는 신의 검 본체가 있는 곳을 추적할 연결고리를 확립할 수 있을 것이다.

시험해볼 가치는 충분히 있다. 그것이 정령왕의 제안이었다.

『흠, 어차피 이대로 내버려둘 수는 없으니 말이지.』

『맞습니다. 묘안이라 생각합니다.』

미라와 브루스는 그렇게 납득했다는 뜻을 밝혔다.

산더미처럼 쌓인 수수께끼를 짊어지고 끙끙대기보다는 우선 눈앞에 있는 수수께끼를 해결한다. 게다가 정령왕의 힘을 쓸 수 있다면 그 방법이 가장 확실할 것이다.

『저 이형(異形)의 마물이 나타난다면 저희 자매 일동에게 맡겨주십시오.』

『아주 좋은 방법이다이거! 나도 잔뜩 쓰러뜨린다해!』

처음에 아무르테를 개봉했을 때와 마찬가지로 나머지에서도 이형의 마물이 출현할 확률은 높았다. 하지만 알피나 일행과 메이린이 있으면 분명 걱정 없을 것이다.

『좋아, 그럼 개봉 작업부터 시작해 보도록 하자.』

정령왕의 그 말을 신호로 미라 일행은 잡았던 손을 놓고 일제히 준비에 착수했다.

<⟨4⟩>

우선은 봉인되어 있었다는 마물을 다스리는 신의 검이 있는 곳을 밝혀낸다.

그를 위한 첫 걸음으로 검의 조각을 모으기 위해 미라는 아무르테를 있는 대로 개봉해 나갔다.

"자, 다음 것이 나올 게다. 준비는 되었느냐~?"

그리고 예상했던 대로 이형의 마물이 튀어나왔다. 모두 다 흔한 마물보다 훨씬 강력한 개체였지만 이곳에는 정예 중에서도 정예라 할 수 있는 전력이 모여 있었다.

"아직 여유가 넘친다이거. 팍팍 내보내도 된다해."

"네, 문제없습니다."

메이린과 알피나는 차례차례 나타나는 그것들을 시간 대비 효율을 중시하고자 눈 깜짝할 새에 토벌해 나갔다.

"어머어머, 갑각 부분은 보기보다 단단하네."

"팔이 뻗는 한계점은 두 배 길이 정도인가?"

또한 차녀 엘레티나를 비롯한 자매들도 각각 2인 1조로 태그를 이루어 처리해 나갔다.

"낯선 적이라고 당황하지 말고 훈련대로 하도록 해."

브루스와 헤르쿠네 일행 역시 힘을 합쳐서 한 마리씩 격파했다. 브루스의 적절한 보조와 헤르쿠네 일행의 연계는 장기적으로 보았을 때 큰 장래성이 느껴질 만큼 잘 어우러졌다.

전투가 시작되고서 한 시간 남짓이 지났을 즈음. 백 개도 더 되었던 아무르테를 모두 개봉하여 이형의 마물을 토벌하고, 그곳에 봉인되어 있던 검의 조각도 모두 회수했다.

"좋아, 이로써 끝이다."

그리고 방금, 그 조각의 봉인까지 완료되었다.

각 조각을 열 개 정도씩 모아서 1단계 봉인을 걸어둔 상태다. 완전히 봉인하는 작업은 거기 담긴 힘을 더듬어 검 본체의 소재를 밝혀낸 다음에 할 예정이다.

"그럼 이 다음은 지상으로 돌아가서 해야 할까요."

"음, 그래야겠지."

수색 대상인 마물을 다스리는 신의 검은 상황으로 미루어 지상에 존재할 것이다. 아무리 정령왕이라도 발할라에서 지상에 있는 한 지점을 특정하기는 어렵다기에 일단 지상으로 돌아가게 되었다.

"주인님, 그 조각이 어떤 나쁜 일을 일으킬지 모를 일입니다. 부디 동행하게 해주십시오!"

발키리 자매들에게 인사하고 돌아가려던 그때. 알피나가 그런 소리를 했다.

그러자 그녀의 뒤를 따르듯 다른 자매들도 모두 몸을 앞으로 내밀며 미라를 쳐다보았다.

"말은 고맙다만 지금은 봉인도 안정된 상태가 아니냐. 걱정할 것 없다. 게다가 지상에 내려가면 분명 장거리 이동이 기다리고 있을 터라, 많은 인원이 한꺼번에 이동하기는 어려울 것 같구나."

미라의 대답을 들은 후에야 알피나는 새삼 엘레티나 일행도 동행할 생각임을 알아챘다.

자매 전체가 아니라 한 명만이라면. 알피나는 아주 잠시 그런 생각을 한 듯한 표정이었지만, 다른 자매들의 마음도 마찬가지라는 것 또한 알아챈 눈치였다.

"알겠습니다. 주제넘은 소리를 해서 죄송합니다."

그래서인지 혼자만 고집을 부릴 수는 없다는 생각에 그렇게 말하며 물러섰다.

"허나 상황이 상황이니 말이다. 현지에 도착하면 분명 또 힘을 빌리게 될지도 모른다. 그때 또 잘 부탁하마."

말로 하지 않았음에도 알피나 일행의 마음은 또렷하게 전달되었다. 그 사실에 기뻐하며 미라가 그렇게 답하자 알피나 일행 역시 "맡겨만 주십시오!"라고 힘차게 대답했다.

그렇게 발할라를 뒤로 하고 지상으로 돌아오던 도중의 일이다.

"이거이거, 그나저나 알피나 공은 여전한 것 같더군요. 미라 님을 너무 좋아한다고 해야 할지, 충성심이 넘친다는 게 전해져 왔습니다. 저도 어서 헤르쿠네 씨 일행과 그런 신뢰 관계를 만들고 싶군요."

무지개 계단을 내려가던 중에 문득 브루스가 그런 소리를 한 것이다.

그의 말대로 알피나의 주인님 사랑은 다소 도가 지나치게 느껴질 정도였다. 그야말로 지금의 알피나만 보아도 알 수 있을 정도라, 지당한 의견이라 할 수 있었다.

하지만 미라는 그의 말 중 '여전하다'는 부분이 마음에 걸렸다.

"다소 낯간지럽기는 하지만 말이다. ……헌데 예전부터 그랬던가? 그때만 해도 지금만큼은 아니었던 것 같다만."

브루스는 지금의 알피나를 언제의 알피나와 비교해 여전하다고 말한 것일까.

당연히 지난번에 만났을 때일 것이다. 아직 미라가 덤블프였을 때. 다시 말해서 게임이었던 시절이라는 뜻이다.

미라는 이전의 알피나를 떠올려 보았다.

게임이었던 시절의 알피나. 충성심은 있었지만 지금처럼 주인에 대한 사랑 같은 뜨거운 감정은 느껴지지 않았다.

어디까지나 충성스러운 신하. 그것이 게임이었던 시절 알피나의 인상이었다.

하지만 브루스는 지금의 알피나를 보고 여전하다고 말했다.

흐음, 당시 덤블프로서 보았던 알피나와 브루스가 보았던 알피나는 다른 존재였던 걸까.

아니면 단순히 주관적 관점과 객관적 관점의 차이인 걸까.

(그러고 보니 게임에서 현실이 된 결과, 어떠한 점들이 바뀐 것일까…….)

NPC였던 이가 NPC가 아니게 되었다. 현실이 된 이 세계에 왔을 때의 일을 돌이켜보고 위화감을 느끼던 미라는 마음에 걸리는 점을 하나 더 발견했다.

(──NPC가 아니게 되었다……는 건, 구체적으로 어떤 의미이지?)

그런 의문을 느끼며 미라는 브루스를 바라보았다.

게임에서 현실로 바뀌었을 때, 대체 어떠한 것들이 변화한 것일까.

애초에 게임을 현실로 만드는 게 가능하기는 한 것일까.

미라는 새삼스럽게도 그런 점들이 의문스러웠다.

"왜 그러십니까, 미라 님?"

"음, 아아, 아니. 아무 것도 아니다. 그러고 보니 그대와 알피나가 만났던 게 언제였을까, 하고 기억을 되짚어보고 있었던 것뿐이야."

갑자기 묻는 바람에 미라는 있는 그대로 답하고 말았다. 하지만 거기에는 명확한 의문이 담겨 있었다. '어라? 만난 적이 있었던가?'라는 의문이.

그러자 아무래도 그 말이 그의 소중한 추억을 건드리고 만 것인지.

"예, 그건 잊을 수 없는 겨울밤의 일이었습니다──!"

처음 보았던 덤블프의 용맹한 모습과 아름답고도 신성한 알피나의 모습. 브루스는 은의 연탑의 연구자가 되기에 이른 계기가 되었던 일을, 열의를 담아 이야기하기 시작했다.

무지개 계단을 계속 내려가서 드디어 지상으로 이어진 출구가 보이기 시작했을 즈음.

"자아~ 도착이다. 가자, 브루스!"

미라는 그렇게 말을 쏟아내며, 꾸물대면 놓고 가겠다고 도발하듯이 달려 나갔다.

"아, 이제 막 그날 보았던 아이젠파르드 님의 용맹한 모습에 관해서——."

덤블프가 활약하는 모습을 보았던 브루스는, 그때의 추억이 물밀 듯 떠올라 말을 늘어놓았지만 그 때문에 미라가 도망친 줄도 모르고 그 뒤를 쫓았다.

그렇게 돌아온 지상은, 해가 저물어 깜깜한 밤의 어둠에 뒤덮여 있었다.

"아, 잠깐잠깐. 방금 거 취소!"

"안~돼~요~오~."

돌아온 장소는 들어갔을 때와 같았다. 니르바나 동쪽에 위치한 필즈섬의 호수다.

그리고 그곳에는 발할라의 문지기인 빛의 정령 루난리드와 물의 정령 폰티네가 있었는데, 아무래도 평소에는 상당히 야무지지 못하게—— 유유자적하게 지내고 있는 듯했다.

말소리가 들리는 쪽으로 고개를 돌려보니 호숫가에 나무로 된 덱(deck)이 펼쳐져 있었다. 심지어 번듯한 지붕까지 있다.

나아가 그곳에는 어디서 가져온 것인지 커다란 선반과 책상이 놓여 있고, 보드게임 같은 것들이 잔뜩 늘어서 있었다.

루난리드와 폰티네는 마주앉아서 장기 같은 것을 하며 놀고 있었다.

두 사람이 미라 일행이 왔다는 사실을 알아챈 것은 드디어 결판이 나려던, 그런 타이밍이었다.

"아……! 어서오세요. 일찍 오셨군요."

"앗…… 차차…… 이거이거, 어서오세요."

그 모습을 보자마자 두 사람은 잽싸게 일어나 정령의 위엄을 되찾으려는 듯이 쓸데없이 빛을 내뿜고, 쓸데없이 물을 둘렀다.

하지만 이미 늦었다.

"음, 살짝 일이 좀 있어서 말이다."

미라는 그렇게 대답하고서 약간 불쌍하다는 얼굴로 살며시 두 사람에게 손을 내밀었다.

그 표정을 보고 낌새를 챈 것인지 두 사람은 망설이는 얼굴로 그 손을 잡았다.

이어서 정령왕의 목소리가 들려왔다.

오는 사람도 적을 테니 긴장을 푸는 것은 상관없다. 놀이도 마음대로 해도 좋다. 하지만 문지기 된 자로서 이 영역을 방문한 자가 있으면 빠르게 알아챌 수 있도록 해두어야 할 것이 아니냐는 호통이 두 사람에게 쏟아졌다.

"자자, 이쪽을 사용해주십시오."

"얼마든지 사용하세요!"

실수를 만회하기 위해 루난리드와 폰티네는 필사적으로 움직였다.

하지만 한 일이라고는 테이블 위에 어질러져 있던 보드게임 등을 정리한 것뿐이었다.

그때, 루난리드가 앞으로 나섰다. 주변이 잘 보이도록 일대를 빛으로 가득 채운 것이다.

크레오스도 사용할 수 있는, 조명용 정령마법이다. 다만 루난리드는 순수한 광정령인 탓인지 빛의 색도 자유자재로 바꿀 수 있는 모양이었다.

"어떤 색이 좋으신가요? 말씀만 하시면 어떤 색이든 맞춰드릴게요!"

낮과 같은 흰색부터 저녁놀 색, 나아가 녹색에 청색, 보라색에 핑크색까지, 루난리드는 서비스로 이 정도는 얼마든지 할 수 있다고 어필했다.

(······뭐라고 해야 할지, 수상쩍은 가게 같은 분위기로군.)

특히 핑크색이 현란하게 빛났을 때는 이보다 저속할 수 있을까, 라는 생각이 들어서 미라는 쓴웃음을 지은 채 "평범하게 흰색이면 된다"라고 대답했다.

"──좋아, 성공이다. 예정대로 검의 본체가 있는 것으로 추정되는 장소를 정령왕께서 찾아내주었다."

미라가 그렇게 보고하자 긴장이 풀렸는지 브루스는 피곤한 얼굴로 의자에 앉았다.

그가 왜 그렇게까지 긴장했는가 하면, 미라가 집중하는 동안 검의 조각이 계속 으스스한 빛을 내뿜고 있었기 때문이다.

봉인된 상태에서도 느껴질 정도의 흉흉한 기운을 내뿜어서, 다시 이형의 마물이라도 나오는 게 아닐까, 하고 계속 경계하고 있었던 것이다.

그에 반해 메이린은 조금 아쉬운 눈치였다. 좌우간 이쪽은 뭔가가 나오기를 기대하고 있었기 때문이리라.

그 후, 미라는 정령왕과 함께 검의 조각의 봉인을 이중, 삼중으로 걸어 완벽하게 만들었다.

그렇게 하고서야 검에서 감돌던 흉흉한 기운이 완전히 사라졌다. 이로써 회수한 마물 퇴치 부적에 들어 있던 분량은 안전하다고 할 수 있는 상태가 되었다.

"……그나저나 왜 이런 물건이 마물 퇴치 부적으로 퍼지고 있었던 걸까요."

이제 위험하지 않게 되어서인지 브루스의 얼굴에 호기심이 드러났다. 그는 테이블 위에 있던 그것들을 집어다 뚫어져라 쳐다보며 의문점을 입에 담았다.

"흠, 듣고 보니 이상한 일이로군……."

미라 역시 그 의문에 동의했다.

마물을 다스리는 신이 가지고 있던 검 조각. 이형의 마물이 튀어나왔을 뿐 아니라 매우 흉흉한 기운을 내뿜고 있던 그것은 오히려 마물을 불러들일 듯한 물건이었다.

처음 보았을 때도 같은 느낌을 받았던 것 같다. 새삼 그런 생각을 하던 미라는 혹시 이것을 싸고 있던 천 쪽에 그렇게 만들기 위한 장치가 있었던 걸까, 하는 의심이 들었다.

미라뿐 아니라 정령왕도 해독할 수 없는 마법진이 그려진 천.

그 술식에 비밀이 있지 않을까.

그렇게 마물 퇴치 부적의 수수께끼에 관해 고찰하던 참에.

"그건 간단하다이거. 불길한 느낌이 들어서 가까이 가려 하지 않았던 것뿐이다해."

메이린이 아주 당연하다는 듯한 얼굴로 그렇게 단언했다.

"뭐, 결과적으로는 분명 그렇게 되기는 했다만, 느낌만으로 말하면 척 봐도 마물을 끌어들일 것 같지 않으냐?"

검의 조각에 감춰진 무언가와 술식을 통해 최종적으로는 마물이 얼씬도 하지 못할 무언가로 변환되었다. 그것이 가장 가능성이 높을 듯한 경우였다.

게다가 정령왕에게 들은 바에 따르면 그 검에는 마물을 지배하는 힘이 감춰져 있다고 한다. 그 말을 들으니 더더욱 오히려 아무 조치도 취하지 않으면 마물을 끌어들일 것 같았다.

"음~ 그렇지는 않을 거다이거. 이 조각에서 나오고 있던 건 마물과 비슷하지만 다른 기운이었다해. 그것도 포식자 같은 느낌이었다이거. 그러니 분명 경계해서 다가오지 않았을 거다해."

검의 조각에서 넘쳐났던 흉흉한 기운. 메이린은 그것을 느끼고 미라와 정반대되는 인상을 받았던 모양이다.

마물이란 생명 있는 것을 최우선적으로 공격하고, 본능에 따라 행동하는 존재다. 그리고 그렇기에 그 본능에 따라 다가오지 않았을 것이라는 게 메이린의 견해였다.

"흠, 그대가 그렇다니 충분히 가능성은 있을 것 같구나."

고정관념과 지식 등에 사로잡혀 있지 않은 탓인지 때때로 메이린의 직감은 다른 사람이 생각지도 못한 진실을 척 하고 짚어내기도 했다.

"과연. 확실히 그런 부분에 있어서 인간은 마물보다 둔감하니 말입니다."

마물에 생태는 아직 알려지지 않은 부분이 더 많았다. 그렇기에 브루스 또한 그럴 가능성도 높을 것 같다며 고개를 끄덕였다.

『있을 수 있는 일이다. 마물은 감정적으로 사고하지만 의외로 사려 깊은 면도 많으니 말이야. 검이 지닌 지배의 힘을 기민하게 알아채고는, 본능적으로 거기에 사로잡히지 않고자 했을지도 모를 일이지.』

뜻밖에도 정령왕이 메이린의 감을 지지했다.

결과적으로 메이린의 생각이 정답일 가능성이 가장 농후해졌다. 다시 말해서 검의 조각이 지닌 힘이 그대로 마물 퇴치 부적으로 기능한 셈이다.

그렇다면 또 다른 의문이 떠오를 수밖에 없다.

바로 마물 퇴치 부적을 만든 의도다.

"해서, 이 조각을 그대로 마물 퇴치 부적으로 유용했다 치고, 목적은 무엇이었을까. 그리고 천에 그려져 있던 술식도 신경 쓰이는데 말이다."

"그러게 말입니다. 하지만 여기 있는 정보만으로 판단을 내리는 건 무리일 듯합니다. 하다못해 술식의 효과만이라도 판명되면 좋겠는데 말이죠."

우선 단순하게 이 검의 조각에 관한 진실을 모르는 자가 마물이 피한다는 사실만을 우연히 알아채서 이것을 만들었을 가능성도 조금은 있다.

하지만 아무르테가 사용된 것도 그렇고 감싸고 있던 천에 그려진 술식도 그렇고, 흑악마의 그림자가 어른거리고 있는 것으로 미루어 분명 마물 퇴치 부적 이외의 의도가 있을 것으로 예상되었다.

경우에 따라서는 흑악마가 직접 벌인 일일 수도 있다. 다만 그자들은 생산이나 제조 등, 무언가를 만들어내는 일에 있어서는 극단적으로 소극적이다.

필요하다면 그 일을 잘하는 자, 효율적으로 할 수 있는 자를 속이거나 협박하거나 함정에 빠뜨려서 만들게 하는 선택지를 취했을 것이다. 그것이 흑악마의 방식이다.

"어쨌든 그에 관해서는 이걸 만든 자를 추궁하는 게 빠를 것 같구나. 하지만 검 본체도 이대로 둘 수는 없는 일이고."

논의 결과, 이후의 행동에 두 개의 선택지가 생겨났다.

하나는 마물을 다스리는 신의 검의 본체를 찾아내는 것.

그리고 나머지 하나는 여러모로 사정을 알 듯한 마물 퇴치 부적의 제작자를 찾는 것이다.

이제 어느 쪽부터 찾아가야 할까. 그 점에 관해 의논하던 참에, 중간부터 복잡한 얼굴로 입을 다물고 있던 메이린이 "검을 찾으러 가자이거!"라면서 한 표를 던졌다.

그 이유는 얼굴만 봐도 알 수 있었다.

조각 쪽에서 그 이형의 마물이 나타났으니. 검 본체라면 대체

어떤 것이 나타날까. 꼭 싸워보고 싶다. ⋯⋯라는 것이 메이린의
속마음일 것이다.

하지만 제작자에게 정보를 캐내는 것 또한 중요했다.

"일이 이렇게 되었으니, 일단 둘로 갈라지도록 하죠. 제가 제작
자 쪽을 맡겠습니다. 저에게도 수색이 특기인 캐트시가 있으니
말입니다. 은신처를 찾아내는 일 정도는 할 수 있을 겁니다."

고민 끝에 브루스는 이것이 최선이라는 듯이 그렇게 제안했다.

〈5〉

필즈섬에서 브루스와 헤어진 후, 가루다 왜건을 타고 하늘을 몇 시간 날아갔을 즈음. 심야라 할 수 있는 시간대에 미라 일행은 니르바나의 서쪽에 우뚝 선 산악 지대의 상공에 있었다.

"우선 여기서부터는 일을 진행하는 데 신중해질 필요가 있겠군."

정령왕이 찾아낸 장소는 그곳에서 더 깊이 들어간 곳에 있었다. 예상한 대로라고 해야 할지. 역시 마물을 다스리는 신의 검 본체의 반응은 본래의 봉인 장소와 다른 곳에서 감지되었다.

따라서 그 근처에 무엇이 도사리고 있을지 모를 일이다. 흑악마가 관련되어 있을지도 모르니 신중하게 진행하는 편이 좋을 것이다.

그렇게 생각한 미라는 근처 산골짜기에 가루다 왜건을 착륙시켰다.

"이봐라, 메이린. 어서 일어나거라. 곧 목적지다~."

미라는 가루다에게 치하의 말을 건네고 송환한 후, 벽장 안에서 잠든 메이린에게 말을 걸었다.

시간이 꽤 오래 걸린 탓인지 메이린은 중간부터 꾸벅꾸벅 졸기 시작했다. 그런 그녀를 벽장 안에 있는 이불 위에 던져넣어 두었는데, 그대로 자고 있었던 것이다.

"으~…… 음, 밥 시간이냐해?!"

게슴츠레 눈을 떴다 싶었더니 배가 고팠던 모양인지 그런 소리를 했다. 그러고는 뭔가를 기대하는 듯한 눈으로 주변을 둘러보았다. 그리고 아무 것도 준비되어 있지 않다는 사실을 알고는 풀이 죽은 듯 고개를 푹 숙였다.

"나 원, 못 말리겠구나. 자, 이걸 먹고 나면 출발하는 게다."

배가 고파서는 싸움도 못 한다고들 하지 않는가. 이 앞에 어떤 위험이 도사리고 있을지 모를 일이니 메이린은 만전의 상태로 만들어 놓는 것이 좋겠다.

그렇게 생각한 미라는 아이템 박스에 보존해 두었던 도시락 중 하나를 꺼냈다.

그러자 메이린은 환한 미소를 지은 채 "감사감사다이거~!"라면서 받아들더니 코타츠에 올려놓고 잘 먹겠습니다, 라고 말했다.

"천천히 꼭꼭 씹어서 먹거라."

미라는 어린애를 타이르듯 말하며 차까지 내주었다. 평소에는 보살핌을 받는 일이 많았지만 메이린과 함께일 때는 입장이 뒤바뀌는 경우가 많은 듯했다.

메이린의 배를 채우고 준비가 끝나자 두 사람은 드디어 목적지를 향해 나아가기 시작했다.

왜건을 정리하고는 그대로 두 다리를 써서 산 속을 가로질렀다.

울창하게 자라난 풀숲 때문에 편하게 나아갈 수 있는 장소는 아니었지만 두 사람에게는 그리 문제가 되지 않았다.

선술기능인 《공활보》를 구사해 탁 트인 공중을 날 듯이 달려가기만 하면 되기 때문이다. 특히 앞서 가고 있는 메이린이 중간중간 나타나는 나뭇가지 같은 것을 적절하게 피하고 있어서 미라는 그 궤도를 따라가기만 하면 됐다.

"──좋아, 저 근처에서 일단 상황을 살펴보자꾸나."

"알았다해!"

직선으로 최단거리를 내달리던 두 사람은 목적지의 바로 앞에 자리한 산 정상 부근에서 일단 땅으로 내려갔다.

정령왕이 검의 조각의 힘을 추적해 발견한 장소는 그 정상의 건너편에 있다고 한다.

"우선 확인부터 하자. 무슨 일이 있어도, 우선은 대기하는 게다."

"괜찮다이거!"

대체 저곳에는 무엇이 있을까. 무엇이 도사리고 있을까. 지금은 아직 정찰 단계라는 것을 차근차근 메이린에게 설명한 후, 미라는 긴장감을 끌어올리며 산 정상의 건너편을 내려다보았다.

"호오……! 설마 이러한 곳에 이런 것이 있을 줄이야……."

"이거 처음 보는 도시다해! 근데, 엄청 조용하다이거."

산 정상에서 내려다본 그곳에는 의문의 폐허가 펼쳐져 있었다.

그곳에는 깎아지른 듯한 바위산에 둘러싸인, 직경 200미터 정도의 공간이 존재했다.

심지어 그 일대는 이미 사람의 기척을 찾을 수 없는 폐허가 되어 있었다. 다만 폐허가 위치한 장소가 다소 특수했다.

미라 일행이 발견한 폐허는 바위산에 둘러싸인 계곡이 아니라 바위산 그 자체에 있었던 것이다. 그렇다, 바위를 깎아 만든 듯한 주거지가 눈앞에 가득 펼쳐져 있었다.

애써 말로 표현하자면 벽의 도시라고나 할까. 교회에 병원, 학교 등으로 보이는 장소를 비롯해서 시야에 비치는 모든 곳에 이 도시의 온갖 시설과 주거지가 늘어서 있었다.

"설마 이런 유적이 있었을 줄이야. 심지어 목적한 검은, 가장 알기 쉬운 장소에 있을 것 같군."

대체 이 도시가 만들어지기까지 얼마나 많은 시간과 노력이 들었을까. 그리고 이만한 도시가 폐허가 된 이유는 무엇일까. 압도될 정도의 광경 앞에 선 미라는 그 중에서도 유달리 눈에 띄는 한 곳으로 시선을 옮겼다.

그것은 계곡에 해당되는 공간 한가운데에 존재했다.

상당히 너덜너덜해지기는 했지만 당시에 얼마나 큰 힘을 가지고 있었으며 번영했는지를 여실히 말해주는 상징. 거대한 성의 폐허가 당당하게 솟아 있었던 것이다.

높이는 200미터도 더 될 듯했다. 폭도 상당해서 성의 부지가 계곡의 절반을 차지하고 있었다.

그리고 정령왕의 말에 따르면 목적했던 물건은 그 성의 지하에 있을 것이라고 한다.

"역시 일이 그리 쉽게 끝나지는 않을 듯하군그래."

산 정상 부근에서 성의 주변과 도시 전체를 확인하던 중에 그것들의 모습이 눈에 들어왔다.

이형의 마물과 레서 데몬이다.

레서 데몬이 있는 곳에는 악마의 그림자가 존재하기 마련이다.

예상했던 일이기는 했지만, 이로써 이번 일에 흑악마가 관여되어 있다는 것이 거의 확실해졌다.

또한 이곳에 중요한 것이 있다는 것 또한 확정적인 사실이라 해도 될 것이다.

다만 문제는 이제부터 어떤 식으로 조사를 진행할 것인가, 하는 거다.

주변을 배회하고 있는 이형의 마물 중에는 아무르테에서 나온 것과 다른 종류도 섞여 있었다. 더불어 크기도 제각각이다.

얼마나 강할지 겉모습만으로는 판단할 수 없었다. 또한 얼핏 봐서는 얼마나 있는지도 알 수 없는 상황이다.

"붙어보면 알 수 있다이거. 분명 괜찮을 거다해!"

그러거나 말거나 메이린은 의욕이 넘쳐났다. 《생체감지》로 상대는 어디에 있는지, 그리고 어디에 숨어있는지도 이미 간파한 모양이다. 나아가 어느 부근이 가장 경비가 엄중한지까지 파악한 듯한 눈치였다.

"그것도 좋겠지만 무턱대고 싸웠다가 흑막인 흑악마가 자취를 감춰 버리면 전부 허사가 되지 않으냐."

메이린의 말대로 붙어보면 알 수 있다. 하지만 그 다음 문제는 레서 데몬이다.

바람소리나 새 울음소리밖에 들리지 않는 산간의 폐허. 그런 곳에서 전투를 벌이면 곧바로 레서 데몬이 알아채고 말 것이다.

그렇게 되면 연락을 받은 흑악마가 직접 나서거나 그대로 어둠에 숨어 사라져 버릴 게 뻔하다.

한 가지 분명한 점이 있다면 지금 흑악마를 놓치면 일이 상당히 성가셔질 것이라는 사실이다.

(몰래 가려 해도 워즈랑베르는 브루스를 도우라고 보냈으니 말이지. 그렇다면 우선 레서 데몬을 처리하고──.)

바깥에 있는 레서 데몬들은 보고를 하기 전에 처리해 버리면 그만이다. 그리고 성 안으로 숨어들면 메이린이 가진 《생체감지》의 정확도가 더욱 높아질 것이다.

메이린이라면 어딘가에 있을지도 모르는 흑악마를 포착하는 즉시 추적할 수 있으리라.

그렇게 앞으로의 작전을 생각하던 중에──.

"뭔가가, 다가오고 있다해."

문득 메이린이 하늘을 올려다보았다. 그러자 그곳에는 분명 누군가의 그림자가 있었다.

그 자는 이형의 마물도, 레서 데몬도 아니었다. 또한 흑악마도 아니었다.

"이런, 이거 놀라운 일이군요."

그리고 그 자── 그 남자는 미라의 모습을 보자마자 친근한 목소리로 그런 말을 입밖에 냈다.

미라 역시 "오오, 그대는" 하고 놀라기는 했지만 경계심을 풀고 "설마 이런 곳에서 재회할 줄이야"라고 말을 이었다.

"이것 참, 그러게 말이죠."

미남이 싹싹한 목소리로 대답하며 땅에 내려섰다. 미라와도 면식이 있는 그는 발렌틴 일행의 동료인 백악마 바르바토스였다.

바르바토스. 오니들의 저주로 가득한 봉귀의 관을, 신기의 힘을 써서 억지로 해방했던 장본인이다. 또한 키메라 클로젠이라는 조직이 만들어지는 단초를 제공한 공작급 악마이기도 했다.

하지만 이전에 미라 일행과 싸워 패한 후에 정화되어 흑악마에서 본래의 사명을 되찾아 백악마로 돌아왔다.

그리고 지금은 발렌틴 일행의 동료 중 한 명이다.

"뭔가, 엄청난 힘이 느껴진다이거…… 부디 대련해줬으면 한다해!"

오랜만의 재회이기는 하지만 대체 바르바토스는 왜 이런 곳에 와 있는 것일까.

미라가 그 이유를 물으려 한 순간. 현재 상황을 까맣게 잊은 듯이 메이린이 그런 소리를 했다.

"그건 나중에 하거라. 이번 일이 정리되고 느긋해지면 상대해 달라고 부탁해 보든가. 그러니 지금은 주변을 살펴봐 주겠느냐."

"알겠다해, 약속한 거다이거!"

나중에라도 대련할 수 있다면 상관없다고 고개를 끄덕이며 답한 후, 메이린은 얌전히 바위산 틈새에 가만히 몸을 숨기고 벽의 도시를 감시하기 시작했다.

메이린은 정면 승부만 할 줄 알 것 같은 인상이 강하지만, 은둔술에 야생적인 감이 보태어진 덕분인지. 완벽하게 척후 임무를 수행하고 있었다. 어지간해서는 못 알아챌 것이다.

그러한 태도에서는 그 약속에 메이린이 얼마나 큰 기대를 걸고 있는지가 느껴졌다.

"으음~ 미라 씨. 저는 대련을 받아들이겠다는 이야기는 한 마디도……."

"뭐어, 이렇게라도 말해두지 않으면 끈덕지게 물고 늘어져서 말이다. 일이 끝나면 모르는 척 돌아가거라."

말은 그렇게 했지만 바르바토스 쪽에서 약속을 어기게 해서 메이린의 원망이 그리로 향하도록 하겠다는, 책임을 떠넘길 생각으로 가득한 미라였다.

"그 말씀대로 하면 매우 일이 귀찮아질 것 같은 예감이 드는데요……."

"괜찮대도, 그건 기분 탓이다. 그보다 말이다! 설마 우연히 지나가던 길이었던 것은 아닐 테지? 혹 이곳은 봉귀의 관과 관련이 있는 게냐?"

바르바토스의 말을 은근슬쩍 흘려 넘긴 후, 미라는 진지한 표정을 지어보이며 이쪽 일이 더 중요하다는 식으로 말했다.

"……여차할 때는 잘 좀 부탁드리겠습니다."

뭐가 어찌 되었건 이곳에 온 목적을 우선시해야 한다. 바르바토스도 그렇게 생각한 것인지 한숨 섞인 투로 그렇게 대답한 후, 이곳에 찾아온 이유를 알려주었다.

"으음, 어디서부터 이야기를 하면 좋을지——."

바르바토스는 잠시 생각하기 시작하더니 우선 한 가지 보고를 입밖에 냈다.

그것은 지난번에 착수했던 봉귀의 관과 관련된 보고였다.

관을 열 수 있는 신기와 그것을 가지고 있던 악마 숭배자 쪽 일은 그 후에 해결했다고 한다.

신기도 무사히 회수해, 지금은 조직 쪽에서 보관하고 있다는 듯했다.

또한 악마 숭배 조직 쪽은, 일이 다소 복잡해졌다는 모양이다. 너무도 믿음이 두터운 탓에 개종은 어려울 것 같다고 한다.

결과적으로 지금은 바르바토스가 악마 숭배자들이 숭배하는 악마가 되어 어찌어찌 무해한 존재가 되도록 내부에서부터 바꾸고 있다는 모양이다.

"뭐라고 해야 할지, 수고가 많군그래……."

"아뇨, 따지고 보면 제가 뿌린 씨앗이나 다름없으니까요……."

하다못해 파멸을 바라는 악마 숭배자들의 숭배 대상을 흑악마가 아니라 백악마—— 본래의 악마로 바꾸어주고 싶다, 올바른 길로 복귀시켜주고 싶다는 뜻을 바르바토스는 내비추었다.

숭배 받는 쪽도 그렇고 숭배하는 쪽도 그렇고 참으로 요상한 관계였다.

아무튼 그런 식으로 오니 문제가 일단락되자 발렌틴 일행은 평소의 임무로 돌아갔다고 한다.

다시 말해서 흑악마를 백악마로 되돌리는 임무다.

악마가 지닌 능력으로, 본래 악마가 지닌 사명이 사악한 것으로 변질되고 말았다.

바르바토스가 알려준 바에 따르면 그 본래의 사명은 '시련'이라는 모양이다. 시련을 극복함으로써 인류는 더욱 성장할 수 있다.

그러기를 바라며 악마들은 시련을 내리는 궂은일을 도맡아 사명으로 삼았다고 한다.

그것이 악마가 지닌 두 가지 능력으로 인해 사악하게 변질되었다.

하나는 마속성 변환이다. 여러 가지 어둠의 사상에서 생겨나는 마속성을, 온갖 다른 힘으로 변환시키는 능력이다.

하지만 이것이 모종의 요인으로 오염되어서 반전되었다. 온갖 힘을 마속성으로 변화시키는 일에 특화된 능력이 되고 만 것이다.

그렇게 해서 크게 부풀어 오른 마속성이 악마의 사명인 '시련'에 간섭하여, 이를 사악한 것으로 변질시켰다. 그러자 성장을 위한 시련이 절망만을 위한 고문이 되고 말았다.

뿐만 아니라 악마가 가진 또 하나의 능력과 결합되기까지 했다.

그것은 생명을 양식 삼아 힘으로 바꾸는 능력이다.

그 결과, 지금의 사악한 흑악마라는 존재가 생겨나게 된 것이다.

그래서 발렌틴 일행은 연구 끝에 이 마속성 변환의 능력을 봉인하는 술식을 완성시켰다. 이를 통해 과도한 마속성의 증대를 억제, 비축된 마속성을 정화하여 사명의 변질을 억제하는 데 성공했다.

그 결과물이 지금의 바르바토스를 비롯한 백악마다.

"――그랬지만, 최근 들어 새로운 사실이 판명되었죠."

거기까지 이야기 한 후, 바르바토스는 이 다음부터가 진짜라며 말을 이었다.

모처럼 보관하고 있는 김에 신기를 연구해 보니 뭔가 흥미로운 결과가 나왔다는 모양이다.

신기의 힘은, 백악마에게는 아무 영향도 미치지 않지만 흑악마는 대폭 약화시킨다. 그것이 흑악마의 무엇에 영향을 미치는 것인지에 관해 연구한 결과, 의문의 근원이 발견되었다는 것이다.

심지어 그것은 변질의 원인으로 여겨졌던 악마의 능력에 뿌리를 내린 듯이 존재하고 있었다고 한다.

성속성과 마속성은 상반된다. 그 위치 관계가 말해주듯 마속성은 어둠의 성질을 지닌 힘이다. 매우 위험한 힘이기는 하지만 악마는 이 마속성을 여러 가지 힘으로 변환할 수 있었다.

하지만 그 반대도 가능하다.

신기를 연구함으로 인해 발견된 의문의 근원은 그 힘을 이용하여 마속성을 대량 생성한다는 사실이 밝혀졌다.

그렇다, 흑악마가 되어버린 진짜 원인은 의문의 근원으로 인해 넘쳐난 마속성이 악마의 사명까지 오염시켜버렸기 때문인 것이다.

"허어…… 드디어 거기까지 알아낸 것인가!"

"네에, 완치를 향한 첫 걸음이죠."

지금까지는 능력을 봉인하여 그 봉인을 유지해 나가는 수밖에 없었다. 또한 정기적으로 봉인을 확인할 필요가 있었다.

하지만 이번 일로 근본적인 해결책이 보이기 시작했다고, 바르바토스는 기뻐하며 말했다.

거기까지 말한 후, 바르바토스는 이어서 이곳에 온 이유에 관해 이야기했다.

"보름 정도 전이었던가요. 신기의 힘으로 근원의 일부를 적출하는 데 성공했습니다. 이게 대체 어떠한 것인지 알기 위해 비슷한 힘의 흔적이 남아 있는 장소를 조사해 나간 결과, 이곳에 도달한 거죠."

들자하니 현재 발렌틴 일행의 임무는 크게 둘로 나뉘어 있다는 듯했다.

하나는 이전처럼 흑악마를 백악마로 되돌리는 것. 그리고 또 하나는 흑악마가 되어버린 원인을 해명하는 것이다.

바르바토스는 원인 규명 쪽을 담당하고 있다고 한다.

"그나저나 이곳은 엄청나게 기운이 강하군요. 게다가 의미심장하게도 미라 씨가 온 걸 보니 제대로 찾아온 것 같다는 예감이 들기 시작했습니다."

지금까지 확인된 장소에 남아 있던 것은 모두 잔재 정도여서 원인을 규명하는 데는 거의 도움이 되지 않았다는 모양이다.

그럼에도 포기하지 않고 각지를 조사하던 참에 이곳을 발견했고. 현지를 조사하던 중에 미라가 온 것이라고 바르바토스는 말했다.

"그런데 미라 씨는 왜 이곳에 오셨습니까?"

현지의 상태가 상태인 탓에 분명 뭔가 이유가 있을 것이라 생각한 것인지 그렇게 물은 바르바토스의 얼굴에는 기대감이 떠올라 있었다.

뭐, 미라는 바르바토스와 전혀 다른 사정으로 온 것이었지만.

하지만 이곳에서 만난 것이 과연 단순한 우연일까?

"흠, 우리의 목적은 말이다——."

도저히 우연으로 치부할 수가 없다. 그렇게 생각한 미라는 무슨 일 때문에 이곳에 왔는지, 그 경위를 차근차근 설명해 나갔다.

"——그런 일이 있어서 이곳에 다다른 게다."

미라가 설명을 마치자 바르바토스는 "마물을 다스리는 신이라……"라고 중얼거리더니 가만히 생각에 잠겼다.

그리고 조금 지나서 그 검의 조각을 보여줄 수 있겠냐고 물었다.

미라는 고개를 끄덕여 답하고서 완전 봉인 상태인 검의 조각을 하나 내밀었다.

그러자 어떻게 된 일인지. 그것을 보자마자 바르바토스의 얼굴이 심한 혐오감으로 물들었다.

"이건…… 몸속이 술렁거리는 느낌이 듭니다. 뭐라고 해야 할지…… 검은 힘에 지배당하던 때가 떠오르는 것만 같다고 할까요……."

그렇게 말하자마자 바르바토스는 못 견디겠다는 듯이 거리를 벌리더니 "감사합니다, 그만 됐습니다"라면서 검의 조각을 집어넣으라고 재촉했다.

"뭔가 거절 반응이 심하게 일어난 것 같은데, 괜찮은 게냐?"

검의 조각을 주머니에 다시 넣은 후, 미라는 바르바토스가 걱정되어 그렇게 물었다.

"네, 문제없습니다. 조금 불쾌한 느낌이 들었던 것뿐입니다."

바르바토스는 걱정할 것 없다는 듯이 쾌활하게 답하더니, 다시 걸음을 옮기며 이번에는 확신에 찬 얼굴로 다음 말을 입밖에 냈다.

"다만 미라 씨의 일과 저희의 일은, 뭔가 관계가 있을 것 같은 예감이 드는군요."

그 말을 들은 미라 역시 "음, 뭔가 있을 것 같구나"라고 말해 동의했다.

마물을 다스리는 신의 검 본체를 찾으러 왔다가 악마가 지금의 흑악마로 변한 원인을 규명하러 온 바르바토스와 만났다.

같은 장소에 검의 본체와 흑악마의 원인, 이 두 가지가 모두 잠들어 있는 것이 과연 우연일까.

아무리 생각해도 그럴 것 같지는 않다. 그렇다면 예상되는 가능성은 하나뿐.

마물을 다스리는 신의 검이 바로 흑악마를 만들어내는 원인일지도 모른다.

"그나저나 그런 성가신 물건이 이곳에 잠들어 있었다니⋯⋯."

소문은 들은 적이 있다고 바르바토스는 말했다.

그는 당시에 마물을 다스리는 신과의 싸움에 직접 참전하지는 않았다는 모양이다. 중심지에서 멀리 떨어진 장소에서 성지 방어 임무를 맡고 있었다고 한다.

하지만 동료들에게 그것이 얼마나 위협적인 물건인지는 들었던 모양이다.

마물을 자유자재로 조종할 뿐 아니라 이형의 마물을 만들어내는 그 힘에 관해서.

"주위에 이형의 마물이 있었다고 들었는데…… 그렇군요, 저게 그 마물이었습니까. 어쩐지 전혀 본 적이 없는 것 같더라니."

바르바토스는 산골짜기가 있는 쪽을 쳐다보더니 왕성 주변을 배회하는 이형의 마물을 바라보았다.

"목표 지점의 전력은 예측 불능. 그렇다면 확실한 임무 수행을 위해 상응하는 전력을 갖춰야겠군요."

그렇게 현재 상황을 확인하듯 중얼거린 후, 바르바토스는 아주 당연하다는 듯한 얼굴로 미라를 쳐다보았다.

"음, 그래야겠지. 이 앞은 미지의 영역이라 할 부분이 많으니 말이다. 과신은 금물이다."

미라 역시 옳은 말이라며 고개를 끄덕이고서 바르바토스를 올려다보았다.

우연인지 필연인지, 적을 앞에 두고 만난 덕에 공동 전선이 형성된 것이다.

6

"연락을 했으니 금방 올 겁니다."

공동 전선을 펼치기로 했지만 목적지는 이형의 마물들이 우글 대는 소굴이다. 그 때문에 바르바토스는 만전을 기하기 위해 동료들에게 지원 요청을 했다.

그 결과, 잠시 후 지원군이 이곳에 온다는 모양이다.

"그럼 감시하며 대기해야겠구나."

(그 뭣이냐, 전이술을 사용해 온다는 게로군. 좋겠구나, 치사하구나, 부럽구나아.)

미라는 태연한 척 답했지만 속으로는 떼쟁이 어린애처럼 몸부림치고 있었다.

발렌틴 일행의 조직은 전이술을 사용할 수 있다.

전이란 신의 영역에 발을 들인 것이라 할 수 있을 만큼 높은 차원에 있는 사상(事象)이다. 하지만 그런 만큼 취급하기는 어렵고, 많은 위험이 따르며 사회적인 영향도 매우 클 것이다.

그렇기에 그것은 엄중하게 감춰지고 있었다.

발렌틴 일행은 그런 전이술을 익혔다고 한다. 하지만 미라에게 는 알려줄 수 없다고도 했다.

(하다못해 힌트만이라도 주면 좋으련만. 치사하구나, 쩨쩨하구나아.)

전이하려면 전이할 곳의 표식이 필요하다는 모양이다.

발렌틴이 알려준 것은 그런 제한적인 정보뿐이었고, 누구에게 배웠는지와 같은 유력한 힌트로 이어질 만한 것은 전혀 말해주지 않았다.

굳게 약속했기 때문이라고 한다. 하지만 미라는 답답해 미칠 지경이었다. 그래서인지 이제나저제나 하고 기다리고 있는 바르바토스를 쳐다보는 눈빛에 자연스럽게 원망이 실리기 시작했다.

십여 분을 기다렸을 즈음. 바르바토스의 옆에 마법진이 출현하더니 그곳으로 지원군이 전이되었다.

"기다렸지? 그래서, 목표는 어디에 있어? 전력이 필요하다기에 이것저것 준비해 왔는데."

등장하자마자 그런 말을 입밖에 낸 것은 예상한 대로 발렌틴이었다.

조직에는 다양한 인재가 모여 있는 듯한 분위기였지만, 그 중에서도 아홉 현자이기도 한 발렌틴의 전력은 톱클래스인 듯했다.

하지만 이번에는 전투준비를 해왔다는 그의 말대로, 몇 번인가 만났을 때 보았던 양복 차림이 아니라 전투용 복장으로 등장했다.

전투용 복장이라지만 그에게는 흑역사로 분류될, 그 온통 새까만 붕대를 두른 현자의 로브 차림이 아니라 어디선가 새로 마련한 듯 보이는 로브 차림이었다.

검은색을 기조로 하고 있다는 점은 여전했지만 디자인은 무난한 편이다.

하지만 이미지 때문에 그렇게 보이는 것인지, 아니면 다른 이유 때문인지. 발렌틴의 복장을 한 마디로 표현하자면, '배틀 신부'쯤 될 듯했다.

자신만만함이 엿보이는 태도와 바르바토스와의 대화. 오자마자 최소한의 정보로 상황을 파악하는 그의 모습은 말 그대로 완전히 프로 같았다.

그는 벽의 도시를 보자마자 그곳에 우글대는 이형의 마물과 레서 데몬을 발견하고는 웃으며 "확실히 이곳에는 뭔가가 있을 것 같네"라고 말했다.

"여어, 오랜만이구나."

발렌틴이 벽의 도시를 바라보고 있던 중에 미라는 등 뒤에서 탁, 하고 등을 두드리며 말을 붙였다.

그러자 어쩐 일인지. 바르바토스 이외의 존재는 고려치 않았던 탓인지, 그는 "흐악?!" 하고 얼빠진 목소리를 내고 말았다.

"에? 엑?! 어라? 어째서 미라 씨가?"

그는 펄쩍 뛰다시피 하며 놀라더니 그대로 미라의 모습을 보고 더더욱 당황한 듯한 표정을 지었다.

바르바토스는 흑악마로 변하는 원인을 조사하는 극비 임무를 띠고 있었고, 그 과정에서 지원군 요청을 했다. 그에 응해 달려온 것이 지금의 발렌틴이었다.

설마 그런 극비 임무의 현장에 제3자가, 그것도 미라가 있을 거라고는 생각도 못했던 것이리라. 깜짝 놀라게 하려는 작전이 보기 좋게 성공한 것이다.

"이 몸뿐이 아니다. 한 명이 더 있다."

미라는 히죽 웃으며 그런 발렌틴에게 말했다.

"에에…… 또 있다고요?! 누구죠?!"

발렌틴은 또다시 당황에서 주변을 두리번거렸다. 하지만 메이린은 완벽하게 숨어 있어서 어지간해서는 찾을 수가 없었다.

바로 그 순간.

"누군가 했더니, 아는 사람이다이거! 깜장 씨다해!"

발렌틴의 기척을 느낀 것인지, 거꾸로 메이린 쪽에서 모습을 드러냈다. 그녀는 발렌틴을 발견하자마자 잠시 생각에 잠기더니 퍼뜩 떠올랐다는 듯이 그렇게 말했다.

"어…… 날 그런 식으로 부르다니…… 설마 메이린짱?!"

언제나 새까만 차림새를 하고 있어서 깜장 씨. 그것이 메이린이 발렌틴을 부를 때 쓰는 호칭이었다.

그러자 발렌틴은 눈이 튀어나올 정도로 휘둥그레져서 놀랐다.

하지만 그럴 만도 했다. 지금의 메이린은 당시의 메이린과는 전혀 다른, 프리큐어의 모습을 하고 있기 때문이다.

또한 메이린 본인은 지금의 복장이 상당히 마음에 드는지 아주 신이 나서 "아니다이거. 지금은 사랑의 전사 프리큐어다해!"라고 외쳤다.

처음 본 사람은 절대로 메이린이란 것을 못 알아챌 정도로 완벽한 변신이다.

하지만 아홉 현자가 상대라면 이야기가 달라진다. 아주 즐거워 보이는 메이린을 앞에 두고 발렌틴은 그래그래, 하고 말하며 미소를 짓고 있었다.

"설마 메이린쨩을 찾아내다니, 놀라운 걸요. 그래서, 어째서 두 사람이 이런 곳에 있는 거죠……?"

오랜만에 인사를 나눈 후, 발렌틴은 본론으로 들어가자는 듯이 그렇게 물었다.

"음, 그것은 말이다──."

도시에 나돌고 있던 마물 퇴치 부적과 그 내용물에 관한 이야기부터 마물을 다스리는 신의 검에 얽힌 수수께끼와 맞닥뜨리게 된 경위를 미라가 설명했다.

"아하…… 다시 말해서 그 검이 여기 잠들어 있고, 어쩌면 흑악마와도 관련이 있을지도 모른다는 거군요."

미라 일행의 목적과 바르바토스의 목적이 이 장소에서 만났다. 그것이 의미하는 바를 알아챈 발렌틴은 확실히 일이 성가셔질 것 같다며 웃더니, 자신만만한 눈빛으로 미라 일행을 둘러보았다.

"그럼 자세히 조사해 볼까요. 목적지는 성의 지하 맞죠?"

성가셔질 것 같기는 하지만 이 멤버라면 어떻게든 될 거라 생각한 것이리라. 그는 농담이라도 하듯 "여차하면 강행돌파할까요"라고 말하며 일어서더니 조사용 술구 등을 꺼내기 시작했다.

그런 말에 반응한 이가 한 명 있었다.

그렇다, 메이린이다. 강행돌파, 다시 말해서 정면에서의 맞싸움. 환한 미소가 '그거 정말 좋은 수련이 될 것 같다'고 말하고 있었다.

"미리 말해두자면, 강행돌파는 최종 수단이다. 당장 하겠다는 것이 아니야."

뭔가 착각하고 있는 것 같다는 생각에 미라가 타일렀고, 예상한 대로 메이린은 착각을 한 모양이었다.

"우으…… 돌파 안 하냐해?"

흔치는 않지만 의외로 자주 겪는 것 같은 상황, 그것이 최종수단이었지만 미라 일행이 수많은 싸움 속에서 그러한 상황에 빠진 것은 몇 번 정도밖에 안 됐다. 말 그대로 최종수단인 탓에 그것을 사용하는 일은 그리 흔치 않았던 것이다.

미지의 적과 정면으로 맞붙어 싸우지는 못 할 것 같다는 사실을 알아챈 메이린은 풀이 죽어서 고개를 푹 숙였다.

미라 일행은 우선 발렌틴 일행과 힘을 합쳐 벽의 도시로 나아갔다.

목표는 계곡 중앙에 위치한 성의 지하. 그렇다면 우선 성으로 향해야 하는데, 거기까지 가려면 성과 벽의 도시 사이를 통과해야만 한다.

하지만 그곳에는 몸을 숨길만한 것이 아무도 없는 탓에 벽의 도시에서 훤히 보일 게 뻔했다.

그 때문에 우선 침입 경로가 보이는 지점에 있는 레서 데몬을 어떻게든 할 필요가 있었다.

흑악마는 여러모로 흉계를 꾸미고 있다. 이번 잠입을 알아채면 어떻게 대항해 올지 모를 일이다.

직접 손을 쓴다면 차라리 나을 것이다. 하지만 주변을 휘말려들게 해서 증거를 은멸하고 도망치거나 무언가를 방패로 삼거나 작전을 강행하는 등, 대부분은 일을 복잡하게 만들고는 했다.

때문에 흑악마가 상대라는 것을 알아낸 이상, 최대한 이쪽의 존재를 알아채지 못하도록 해야 한다. 그것이 흑악마에게 대처할 때의 철칙이다.

그런 상황에서 크게 활약한 것은 바르바토스였다. 흑악마였던 때만큼은 아니지만 백악마가 된 지금도 레서 데몬에게 어느 정도는 간섭할 수 있다는 모양이었다. 또한 그 위치도 파악할 수 있다고 한다.

보초로 드문드문 배치된 레서 데몬들에게는 일정 거리 이상으로 접근하면 다른 곳으로 의식을 돌리도록 명령을 내려두었다. 효과는 반나절 정도라는 듯했지만 이번에는 그 정도면 충분할 것이다.

벽의 도시의 복잡한 길을 이리저리 나아가며 중간중간 배회 중인 이형의 마물을 조용히 제거했다.

그리고 레서 데몬에게도 차례로 간섭하여 감시망을 정지시켜 나갔다.

잠입 임무는 순조롭게 진행되었다.

마음껏 치고받고 싶어 했던 메이린 역시 미라 일행에 맞춰 소리 없이 조용히 임무를 수행해 나갔다.

메이린은 여러모로 불같은 성격을 지녔지만 잽싸게, 조용하게 적을 처리할 줄도 알았다. 아닌 게 아니라 오히려 메이린의 근간을 이루고 있는 무술은 그쪽에 특화되어 있었다.

다만 그녀 본인의 성격 때문인지, 아니면 다른 이유 때문인지 메이린 하면 정정당당하게 정면에서 맞붙어 싸우는 아이라는 이미지가 정착되었다.

그런 탓인지 은밀 행동이 한동안 계속되면 조금씩 안절부절 못해 하는 경향이 있었다.

"——왜, 레서 데몬이 있는 곳에 악마의 그림자가 있다고들 하지 않느냐. 어쩌면 최심부에서 기다리고 있을지도 모른다. 허나 들키기라도 하는 날에는 달아나 버릴지도 몰라. 이전에도 그래서 자주 놓치지 않았더냐. 그러하니 지금 쓸데없이 체력을 낭비할 게 아니라, 그때를 위해 힘을 비축해두는 게 좋지 않겠느냐?"

그렇게 되었을 때에 필요한 것이 사소한 사전 공작이다. 조금만 더 가면 즐거운 일이 기다리고 있을 거라고 타이르면, 메이린은 다시 차분해지고는 했다.

"할아버님 말이 맞다해……. 제일 깊은 데로 들어갈 때까지 힘낸다이거!"

"음, 바로 그거다."

여전히 매우 솔직한 메이린의 모습에 안도의 한숨을 내쉬며 미라 일행은 그 후에도 은밀 행동을 이어갔다.

"자, 이 정도면 충분하겠군요. 이제 이쪽을 감시하는 눈은 없습니다."

그렇게 두 시간 정도가 경과했을 즈음, 전체의 절반에 해당하는 레서 데몬에 대한 간섭이 완료되었다. 바르바토스는 다시금 확인을 하듯 벽의 도시를 둘러보고서 그렇게 단언했다.

"이 정도면 아무에게도 들키지 않고 들어갈 수 있겠군요."

남쪽을 내려다보는 시야는 모두 막았다. 북쪽에서는 중앙에 있는 성에 가려져서 반대쪽을 볼 수 없다. 중앙에 위치한 성을 바라보던 발렌틴 역시 문제없을 것 같다며 고개를 끄덕였다.

따라서 이제 당당하게 남쪽을 통해 성에 잠입하는 일만 남았다.

"자아, 드디어 시작이로군."

"뭐가 기다리고 있을지, 두근거린다이거!"

중앙에 위치한 성의 지하. 마물을 다스리는 신의 검이 있을 것으로 추측되는, 흑악마가 얽혀 있을 것으로 예상되는 그곳에서는 무엇이 기다리고 있을까.

남쪽을 통해 산골짜기에 내려선 미라 일행은 계곡을 최단 거리로, 단숨에 통과했다.

그러던 도중, 메이린과 발렌틴이 진로상에 있던 이형의 마물을 소리도 없이 처리했다.

너무도 깔끔하게 급소를 꿰뚫는 메이린의 기술은 그야말로 프로 청부인을 보는 듯했다. 하지만 복장이 프리퓨어인 탓에 도무지 어우러지지가 않아서 저절로 헛웃음이 나올 정도였다.

발렌틴 역시 상당히 익숙해 보였다. 소규모 결계로 봉인하는가 싶었더니 목소리와 신호를 비롯한 모든 것을 가둔 채 소각해 버렸다.

조용히, 몰래 움직이는 것이 그렇게까지 능숙하지 않은 미라는 그런 두 사람을 뒤따라가며 활약할 기회를 놓쳤다는 생각에 "워즈랑베르만 있었어도……"라고 한탄했다.

하지만 워즈랑베르는 브루스의 안전과 효율을 우선시하기 위해 저쪽에 배치한 것이다. 그러니 후회는 없다. 그런 생각을 하며 미라는 앞서 가는 두 사람을 바라본 채 입술을 삐죽거렸다.

벽의 도시 중앙에 위치한 성. 폐허임에도 아직 건재하여 철벽 같은 인상을 풍기는 모습에 감탄하며 미라는 그 안에 침입하는 데 성공했다.

입구 근처는 달빛이 들이치고 있어서 어슴푸레하기는 해도 조금은 시야가 확보되었다.

자세히 보니 이곳은 로비 홀인 듯했다. 널찍한 공간에서는 이곳이 얼마나 튼튼하게 만들어진 곳인지 엿볼 수 있었다. 오래되기는 했어도 상당한 기술력이 있었던 모양이다. 폐허가 된 지금도 어지간한 충격으로는 무너지지 않을 듯이 번듯했다.

다만 튼튼한 만큼 균열이나 틈새 같은 것도 별로 없다 보니 빛이 들어올 여지가 없어서 로비 홀과 이어져 있는 장소는 모두 깜깜했다.

"흐음~ 불을 켜고 싶기는 하다만……."

그렇게 중얼거리며 미라는 확인을 구하듯 바르바토스를 쳐다보았다.

그러자 바르바토스는 "글쎄요, 문제는 없을 것 같습니다"라고 답했다. 아무래도 이 성 안에는 레서 데몬 보초가 없는 모양이다.

"참으로 신기하군그래. 오히려 이런 곳일수록 보초를 많이 배치해둘 법도 하다만."

미라는 무형술로 빛구슬을 띄우고서 의아하다는 듯이 그렇게 말했다. 이곳의 지하에 무엇이 있는 것은 틀림없다. 그것을 지키고자 한다면 성 안을 더욱 엄중하게 지켜야 할 것이 아닌가.

"그건 분명, 이 들러붙는 듯한 으스스한 느낌의 무언가가 원인일 겁니다──."

바르바토스의 말에 따르면 마물을 다스리는 신의 검 조각을 보았을 때와 비슷한 혐오감이 이 성에 가까워질수록 커졌다고 한다.

레서 데몬 역시 악마와 비슷한 감각을 지닌 탓에 이를 견딜 수 없어 다가오지 않는 것일지도 모른다. 그게 바르바토스의 견해였다.

"과연…… 헌데 새삼스러운 질문이다만, 괜찮은 게냐? 잘 생각해 보니 흑악마로 변한 원인을 찾다가 이곳에 도달한 게 아니냐. 이곳에 그것이 있다면, 또 그렇게 될지도 모르는 일인데."

그런 이유라면 성 안에 레서 데몬이 없는 것도 이해가 되었다. 하지만 동시에 그러한 곳에 뛰어든 바르바토스는 괜찮을지, 미라는 걱정이 되었다.

겨우 백악마로 돌아왔는데 그 무언가로 인해 또다시 흑악마로 돌아가 버릴 위험성이 있지 않을까. 혹시 무리해서 함께 가고 있는 것은 아닐까.

"아아, 그건 문제없습니다. 조금 불쾌한 느낌이 드는 것뿐이니까요. 그리고 원인이 된 힘은 완전히 봉인한 데다 그걸 보호하기 위한 아뮬렛도 있습니다. 게다가 이건 만약을 위한 것이라며 발리가 직접 만들어 선물로 준 겁니다. 우리 모두가 다 가지고 있죠."

바르바토스는 그렇게 말하며 코트 안에서 작은 주머니를 꺼내

보였다. 지금은 봉인만으로도 충분하지만 발렌틴은 성격상 걱정이 많기도 해서 부적처럼 가지고 다니라며 모든 백악마들에게 나누어주었다는 모양이다.

그것이 있으면 특수한 결계를 통해 봉인에 대한 간섭을 방해할 수 있다고 한다.

"흠, 오호라. 선물을 받는 것조차 쑥스러워했던 그대가 설마 손수 만든 물건을 선물할 줄이야. 성장했구나. 이 몸은 기쁘다."

사람을 상대로 커뮤니케이션을 할 때, 동료인 아홉 현자들이 상대일 때조차 종종 허둥대고는 했던 그 발렌틴. 도와주어 고맙다는 인사를 하는 자들에게서 도망칠 때도 많았던 그 발렌틴이. 직접 선물을 건넸다는 말에 크게 감동한 미라는 그의 어깨를 탁탁 두드리고 몇 번이고 고개를 끄덕이며 그 성장을 기뻐했다.

"그때의 저는, 그만 잊어주세요……!"

당시의 발렌틴은 극도로 부끄러움이 많았던 데다 중2병의 전성기였다. 그의 너무도 강렬했던 흑역사는 앞으로도 종종 도마 위에 오를 듯했다.

"빨리 가자이거. 아마, 이쪽이다해!"

미라 일행이 그런 얘기로 이야기꽃을 피우던 그때. 로비 홀을 왔다갔다하던 메이린이 더는 못 기다리겠다는 듯 소리쳤다.

지하로 가는 길은 과연 이 성의 어디에 있을까. 그것을 지금부터 찾으려던 참이었는데 이 지하에서 기다리고 있는―― 것으로 추측되는 강적에 대한 생각으로 머릿속이 가득해진 모양인지. 메이린은 이 앞이 수상하다며 성큼성큼 나아가고 말았다.

"알았다, 알았어. 좀 기다리래도."

저렇게 되고 나면 멈추지 않는다는 것을 알기에 미라는 곧장 뒤를 쫓았다.

"발리, 괜찮은 건가요?"

"뭐, 이럴 때 저 애의 감은 제법 잘 맞거든."

평소처럼 신중하게 주변을 조사하고서 진행하는 게 좋지 않겠냐고 바르바토스가 물었지만 발렌틴은 웃으며 문제없다고 말하고서 미라 일행의 뒤를 따랐다.

"……발리가 그렇게 말하다니, 별 일도 다 있군요."

조금 늦게 바르바토스도 세 사람을 쫓았다.

발렌틴은 늘 꼼꼼해서 철저하게 작전을 세우고 나서 임무에 임했다. 그런 그가 감으로 움직여도 말리기는커녕 적극적으로 뒤를 따르고 있다.

신기한 일도 다 있다. 그런 생각을 하면서도 이런 게 바로 신뢰구나, 싶어서 바르바토스는 앞서 가는 세 사람을 부럽다는 듯이 쳐다보았다.

7

"레서 데몬은 없지만, 이 녀석들은 있었나."

"밖에 있는 것보다 강해졌다해! 제일 안쪽에 가면 얼마나 강해질지, 기대된다이거!"

지하로 가는 통로를 찾아 성 안을 십여 분쯤 뒤졌을 즈음. 곳곳에서 이형의 마물과 조우했다. 심지어 벽의 도시에서 싸웠던 개체들보다 명백하게 강해져 있었다.

하지만 이곳에 있는 것은 술사들의 정점에 있는 아홉 현자 중 세 명이다. 그럭저럭 강해졌다 해도 이 세 사람에게는 걸림돌조차 되지 않았다.

"음~ 뭔가 좀…… 뭐라고 해야 할지……."

하지만 그런 가운데 발렌틴이 다소 불만스러워 보였다. 화려한 솜씨로 이형의 마물들을 제거하면서도 그 결과가 만족스럽지 않은 듯한 눈치였다.

"뭐냐, 왜 그러는 게야?"

미라가 그렇게 묻자 발렌틴은 "기분 탓일지도 모르지만 말이죠──"라고 운을 떼고서 답했다.

듣자하니 이형의 마물에게 퇴마술이 조금 잘 안 먹혀드는 것 같다는 모양이다. 크기나 내성 등은 대략적으로 파악한 상태라 정확하게 잿더미가 될 정도의 화력으로 조정하고 있다는 듯했는데, 매번 조금씩 찌꺼기가 남는다는 것이다.

"호오, 그건 조금 이상하군그래."

마물 등을 비롯한 마속성을 지닌 모든 것을 상대로 큰 효력을 발휘한다는 것이 퇴마술의 최대 이점이다.

그에 반해 이형의 마물에 관해서는 정령왕조차도 자세히 모른다고 한다. 다만 마물을 다스리는 신과 함께 있었던 강력하고도 이질적이었던 마물과 모습이나 기척 등이 비슷하다는 모양이다.

정령왕과 마텔이 마물이지만 마물과는 어딘가가 다르다고 했던 존재다.

"특수능력 같은 거라도 가진 걸지도 모르겠군. 그도 아니면 우리도 모르는 내성이 있거나."

미라는 타다 남은 이형의 마물의 시체를 쳐다보며 그런 예상을 입밖에 냈다.

시체에는 새하얗게 탄 부분이 보였다. 그것은 곧 효과가 있었다는 증거이니, 이형의 마물은 분명 마속성을 지녔을 것이다.

하지만 보다시피 완전히 불타지 않았다. 가장 먼저 떠올릴 수 있는 가능성은 발렌틴이 단순히 계산을 잘못 했을 경우다.

하지만 그러한 계산을 수천, 수만 번 반복해온 그가 그렇게 단순한 실수로 고민할 리가 없다. 그렇다면 이형의 마물 쪽에 숨겨진 이유가 있다고 생각하는 게 자연스러울 것이다.

"뭐, 충분히 가능성은 있죠. 우리가 모르는 일은 그야말로 무수히 많을 테니까요."

불안은 남았지만 쓰러뜨리지 못할 적은 아니다. 발렌틴은 작은 가능성도 남지 않도록 시체를 완전히 불살랐다.

"그야 그렇지. 술식에 관한 것이라면 자신이 있지만, 결국은 작은 인간계에 널린 지식을 아는 것에 불과하니. 모르는 일, 알 수 없는 일이 훨씬 많겠지."

아홉 현자, 술사의 정점 따위로 불린다고 들떠 있을 여유는 없다. 미라와 발렌틴은 그런 말을 주고받으며 마음을 다잡았다.

하지만 그런 두 사람의 앞에서 걷고 있는 메이린은 새삼스럽다는 듯한 얼굴로 돌아보며 "당연한 소리 하지 말고, 빨리 가자이거!"라면서 자꾸자꾸 재촉을 했다.

오히려 직감적이기에 메이린이 더 세상의 이치를 잘 이해하고 있을지도 모른다. 미라와 발렌틴은 얼굴을 마주보고 쓴웃음을 지은 후, 재촉에 따라 달려 나갔다.

이형의 마물과 조우할 때마다 쓰러뜨리고 만일의 사태에 대비하여 불사른다.

그렇게 신중하게, 그러면서도 신속하게 미라 일행은 성 안을 나아갔다. 지하로 이어진 길은 특정해내지 못했지만 메이린의 감에 의지해 미로 같은 복도를 이리저리 돌아다녔다.

만약 이렇게 해서 안 될 경우, 다른 방법을 시도해보면 그만이다.

『좀 전부터 같은 장소를 돌고 있는 듯 보인다만.』

『……이 몸도 그리 생각하네.』

같은 풍경이 너무 오래 계속된 탓인지 더는 못 참겠다는 듯한 정령왕의 목소리가 들려와서 미라도 그에 동의하듯 답했다.

메이린의 감도 슬슬 한계에 달한 것일까. 다음 방법에 관해 의논하는 게 좋을까.

그런 생각을 한 순간.

"역시, 여기가 좀 이상하다이거."

그런 말과 함께 메이린이 몇 번 정도 지나쳤던 복도의 한복판에 멈춰 섰다.

시야 확보가 어려운, 미로 같은 통로이다 보니 같은 곳을 왔다 갔다 할 수도 있을 것이다. 그리고 대부분의 사람이라면 길을 잃었다고 결론을 내렸겠지만 메이린의 경우는 달랐다.

실제로 같은 곳을 계속 지나치고 난 뒤임에도 메이린은 어쩐지 확신에 찬 말투로 원인을 지적하는 말을 내뱉었다.

"호오, 이상하다는 게 무슨 뜻이냐."

"왜 그러시죠? 뭔가 장치 같은 것이라도 찾았습니까?"

메이린의 반응에 미라 일행은 곧장 흥미를 보였다.

"음~ 여기가 제일 가까워지는 것 같은 느낌이 든다이거. 여기서 어느 쪽으로 가도, 정답이 아닌 것 같다해."

본인도 감으로 움직이고 있기 때문인지, 이상하고 위화감이 드는 이유를 제대로 설명할 수가 없는 모양이다. 다만 잘은 모르겠지만 이 근처가 수상하다며 주변을 조사하기 시작했다.

메이린의 그것은 길을 잃은 것에 대한 변명이나 무언가를 얼버무리기 위한 것이 아니다. 그 사실을 잘 아는 미라와 발렌틴은 메이린과 마찬가지로 이상한 원인처럼 보이는 무언가를 찾아 주변을 조사했다.

"이상하다니…… 대체 뭐가 있다는 걸까요."

또한 바르바토스도 그런 세 사람을 따라서 이곳에 있다는 무언가를 찾아보았다.

과연 메이린이 '이상하다'고 한 것의 정체는 무엇일까. 그것은 형태가 있는 것일까. 이렇다 할 힌트도 없는 상태로 일동은 계속해서 주변을 살폈다.

무엇을 찾고 있는지도 모르는 채로 십여 분이 지났다.

그리고 애초에 메이린이 말한 '이상한' 무언가가 아니라, 지하로 가기 위한 길을 찾고 있지 않았던가, 라는 생각을 일동이 하기 시작했을 즈음.

"어라…… 이건……?"

어딘가에 비밀 통로라도 있는 게 아닐까 하고 주의 깊게 벽을 더듬기 시작한 때였다. 바르바토스가 아주 희미한 흔적을 찾아낸 것이다.

"오오, 뭐냐, 무슨 일이야?"

"혹시 발견한 거야?"

"뭔가 있었냐해?!"

도무지 원인을 알 수가 없어서 무거운 분위기가 흐르기 시작한 탓인지, 바르바토스가 중얼거린 소리가 이상하리만치 잘 울렸다. 미라 일행은 드디어 희망의 빛이 드리운 건가, 하고 모여들었다.

"으음~ 이것 말인데요──."

세 사람의 기세에 약간 압도되기는 했지만 바르바토스가 벽의 일부를 가리키며 답했다. 그곳에는 매우 오래된 것이기는 하지만 악마의 마법이 걸려 있다고.

　나아가 그 마법의 효과가 무엇인지도 읽어낼 수 있을 것 같다고 말을 이은 바르바토스는 잠시 침묵한 끝에 자신이 알아낸 것을 설명했다.

　하나는 그곳에 걸려 있는 마법이 봉인과 은폐라는 것이다.

　그리고 또 하나는 이것에 간섭할 수 있는 자가 한정적이라는 것이었다. 거기에 간섭할 수 있는 것은 동족—— 다시 말해 악마였다.

　"——마나의 잔재가 전혀 남아 있지 않으니 이 마법이 걸린 건 최소한 천 년 이상의 과거일 겁니다. 무엇을 봉인한 것인지, 왜 숨겨져 있었던 것인지도 의문이기는 하지만 문제는 이 한정 제한이에요. 무언가를 아예 감추고 싶었다면 굳이 간섭할 수 있는 대상을 정해 두지는 않았을 겁니다. 하지만 이 벽에는 그러한 제한이 걸려 있었습니다."

　바르바토스는 그렇게 설명하더니 그 점이 가장 큰 수수께끼라고 말을 이었다. 마법을 해석하여 알아낸 한정 대상. 그것이 동족이라는 사실에는 아주 큰 의미가 있을 것이라고.

　"……그래! 악마라 해도 현재 백악마와 흑악마는 완전히 다른 존재야. 전에 파우스트가 흑악마만 통과할 수 있다는 함정에 걸렸으니, 동족으로 제한을 걸어두었다면……."

　발렌틴은 그 사실이 의미하는 바를 알아챈 듯했다.

　그리고 미라 역시 어렴풋이나마 상황을 이해할 수 있었다.

　"흐음~ 그렇다면 그 봉인이라는 것은 백악마가 건 것이라는 뜻이로군?"

동족만이 간섭할 수 있는 봉인의 마법. 그것에 백악마인 바르바토스가 간섭할 수 있었다는 사실이 의미하는 바는, 바로 마법을 건 자 또한 백악마라는 것이다.

　하지만 가장 큰 의문점이 그 뒤에 버티고 있었다.

　"바로 그거예요. 하지만 이 봉인은 적어도 천 년 이상 된 겁니다. 저는 발리 일행 덕분에 원래대로 돌아왔지만, 애초에 이렇게 돌아올 수 있게 된 건 아주 최근의 일이라 해도 과언이 아니죠. 그러니 천 년 전이면 흑악마만 존재했을 겁니다."

　그랬다. 바르바토스가 설명했던 대로 백악마로 돌아올 수 있게 된 것은 발렌틴 일행이 연구 끝에 만들어낸 비술 덕분이다.

　그러니 눈앞에 있는 봉인이 걸린 것으로 추측되는 시대에는 흑악마밖에 없었을 것이다.

　하지만 그 마법의 흔적에 의하면 간섭 가능한 대상은 동족. 다시 말해서 백악마다.

　이게 대체 어떻게 된 일일까.

　그렇게 일동이 생각에 잠긴 참에 미라가 어느 가능성을 떠올렸다.

　"그렇다면 그보다 훨씬 과거에…… 그야말로 흑악마가 되기 전부터 이곳에 있었다는 뜻은 아닐까."

　모종의 원인으로 악마는 흑악마가 되고 말았다. 그런 과거의 사실을 알기에 떠올릴 수 있는 가능성이었다.

　"그렇군요. 그렇게 생각하니 아귀가 맞네요."

　발렌틴 역시 그 가능성을 알아챘는지 동의하듯 고개를 끄덕였다.

"제 생각에도, 그럴 것 같습니다. 하지만 그래서 더더욱 모르겠습니다. 대체 이건 무엇을 위한 봉인일까요……."

봉인 마법을 건 자는 십중팔구 흑악마가 되기 전의 악마일 것으로 예상된다. 그렇게 생각하자 왜 이곳에 이러한 봉인을 건 것인가, 하는 의문이 다시 떠올랐다.

"분명, 틀림없이 이 앞에 우리가 찾는 물건, 마물을 다스리는 신의 검 본체가 있을 게다. 그렇다면 역시 그와 관련된 일 때문일까."

마물을 다스리는 신의 검 본체. 그것을 찾으러 왔더니 그 길을 가로막듯 나타난 벽의 봉인. 오히려 이것들이 무관하다고 보는 게 더 어려울 듯했다.

"뭐, 결국 그런 거겠죠."

발렌틴 역시 그 결론에 도달한 모양이다. 하지만 그러자 바르바토스가 그렇다면 약간의 의문이 남는다는 말을 내뱉었다.

마물을 다스리는 신의 검에는 본래 영맥의 힘을 이용한 강력한 봉인이 걸려 있을 터다. 바르바토스는 동료에게 그렇게 들었다고 했고, 그렇기에 이 정도의 봉인으로는 억제하지 못할 것이라고 말을 이었다.

『음, 그럴 것이다. 그 검을 봉인하려면 이 정도로는 부족할 터. 그렇다면 이것은 다른 무언가를 봉인하고 있다는 뜻인데.』

바르바토스의 생각을 들은 정령왕도 동의의 뜻을 내비추었다.

"흠…… 정령왕께서도 같은 생각인 모양이로군. 다른 무언가를 봉인하고 있는 것일지도 모른다는구나."

"뭔가 갈수록 일이 성가셔질 것 같네요……."

정령왕까지 동의할 정도면 예상보다 일이 훨씬 복잡해질 것 같다면서 발렌틴은 쓴웃음을 지었다.

하지만 언제까지고 여기 머무르고 있을 수는 없는 일이다. 실제로 메이린이 조금 전부터 "봉인을 열 수 있으면 열어줬음 한다 이거!"라며 바르바토스를 재촉하고 있기 때문이다.

복잡한 이야기가 계속된 탓인지, 어쩐지 바르바토스를 향해 내뿜는 압박감이 갈수록 강해지는 것만 같았다.

"알겠습니다, 열죠. 열겠다고요."

한계임을 느낀 것인지. 바르바토스는 메이린의 재촉에 따라 봉인에 간섭하여 그 조건을 덮어썼다.

그렇다, 해제가 아니라 덮어쓰기다. 바르바토스는 무엇을 봉인하고 있는지 확실치 않은 지금, 무턱대고 해제해서는 안 된다고 판단하여 봉인에 간섭 가능한 대상에 미라 일행을 추가했다.

"그럼 입구를 열어보겠습니다."

마법을 덮어쓴 후, 바르바토스가 계속해서 조작을 진행하자 그것이 미라 일행의 앞에 모습을 드러냈다.

"오오, 이것 참, 놀라 자빠지겠군그래."

지금까지는 평범한 벽으로만 보였던 그곳에 커다란 문이 나타난 것이다. 심지어 그 안쪽도 명백하게 지금까지 지났던 곳과는 달라 보였다.

"이 앞에 무엇이 있을지 모르니. 우선은 신중하게 나아가죠."

열화된 폐허 성 안에 하얀 결정으로 뒤덮인 문이 나타났다. 마치 숨겨진 보스나 숨겨진 보물고 같은 존재감을 내뿜는 광경이었다.

발렌틴은 우선 자세히 조사하고서 나아가자고 제안——하려고 했다.

"이거 기대해도 될 것 같다해!"

그러려 했지만 메이린은 말 떨어지기 무섭게 문을 벌컥 열더니 일말의 망설임도 없이 문을 통과했다. 그녀는 무엇이 봉인되어 있건 상관이 없다는 눈치였다.

"아아, 정말. 역시 이렇게 되는군요……."

"뭐어, 저 녀석과 함께 있는 상황에서는 예상 가능한 일이 아니냐. 평소처럼 선두를 맡기도록 하자꾸나."

하지만 저러한 과감함도 때로는 중요한 법이다. 이래저래 생각만 해서는 일에 손도 대지 못하게 될 수도 있다.

무엇보다도 이만한 인재가 모였으니 소심하게 굴기보다는 쭉쭉 나아가는 편이 효율적일 것이다.

특히 지금은 어떠한 때에도 방심하지 않고, 처음 맞닥뜨린 사태에도 대응이 가능할 정도로 유능한 존재, 메이린이 선두에 서서 나아가고 있다.

그렇다면 지금은 그것이 최적의 답이라 해도 과언이 아닐 것이다.

그렇게 생각한 미라 일행도 결심을 굳히고 그 뒤를 따라 봉인된 문 안으로 발을 들여놓았다.

"뭔가, 조금씩 알 것 같군요."

그런 세 사람의 뒤를 따르던 바르바토스는 그 모습을 보고 있자니 동료의 동료들이 조금씩 파악이 되는 듯했다.

성실하고 진중한 발렌틴과 자유분방한 메이린. 그는 이렇게 정반대라도 동료가 될 수 있구나, 라는 생각이 들어 어쩐지 즐거운 듯 웃었다.

봉인된 문을 지나서 보니 계단이 있었다.

예상했던 대로 그것은 목적했던 지하로 이어진 입구였던 모양이다.

지하로 쭉 이어진 계단은 하얀 결정으로 뒤덮여 있어서 무형술의 불빛을 받아 하얗게 빛나, 환상적으로 보이기까지 했다.

하지만 미라 일행의 얼굴에는 그러한 경관과 달리 긴장감이 배어나 있었다.

계단을 내려갈수록, 최심부에 가까워질수록, 말로 형용하지 못할 정도의 중압감이 아래쪽에서 느껴졌기 때문이다.

이 시점에서 네 사람은 이미 임전태세에 돌입했다.

미라는 세이크리드 프레임을 둘렀고 발렌틴도 성수병과 은제 단검을 꺼내들었다. 두 사람 모두 어디서 무엇이 튀어나오건 순식간에 치명적인 일격을 선사할 태세다.

메이린은 중압감이 강해질수록 눈에 깃든 투지가 더욱 강해지는 듯 했다.

그렇게 계단을 끝까지 내려가 최심부에 도달했을 때.

"무어냐, 이게……."

"마물……? 안에 보이는 건 사람……인가?"

그것을 본 순간, 미라와 발렌틴은 발을 멈추고 눈살을 찌푸렸다.

눈앞에는 20제곱미터 정도의 공간이 펼쳐져 있었다. 본래는 창고 같은 것이었는지 허물어진 선반의 잔해가 바닥에 널브러진 그곳에, 그것이 있었다. 이형의 마물과 비슷하면서도 그보다 더욱 이질적이고 거대한 고깃덩이. 그런 이형의 무언가가 방의 절반을 가득 메우고 있었던 것이다.

"두 사람…… 음~ 아닌가. 한 사람이랑 한 마리다해."

앞장을 섰던 메이린은 그곳에 있는 것을 바라보며 그런 말을 입밖에 냈다.

한 사람과 한 마리. 말만 들었다면 알아채기 어려웠겠지만 눈앞에 있는 그것을 보며 이야기한 덕에 그 의미를 이해할 수 있었다.

방의 절반을 차지한 고깃덩이의 중앙. 희미하게 보이는 틈새로 사람의 모습을 띤 것이 고깃덩이에 파묻혀 있는 게 보였다.

"설마…… 아니, 그런 거였나요. 그렇다면 저 봉인도 납득이 됩니다. 얼굴은 보이지 않지만 저 자는 우리의 동포. 다시 말해서 바로 저 자가 이곳을 봉인한 본인일지도 모릅니다."

바르바토스는 그 존재를 보고 납득이 간다는 듯이 고개를 끄덕임과 동시에 얼굴을 찌푸렸다.

봉인된 문 안쪽에 자리한 버려진 성의 지하 최심부에 있던 존재. 바르바토스는 그것이 악마라고 단언했다.

"뭣, 이라고……?"

"아하…… 자세히 보니 어렴풋이 뿔이……."

다소 멀어서 얼굴은커녕 몸도 또렷하게는 보이지 않았다. 판별할 수 있는 것은 사람의 모습을 하고 있다는 사실, 그리고 두 손과 머리가 어렴풋이 보인다는 것뿐이었다.

하지만 거기에 나 있던 뿔 덕분에 악마라는 사실을 알 수 있었다. 더불어 봉인이 되어 있었던 점으로 미루어 그 악마는 모든 악마가 흑악마로 변하기 전의 악마일 가능성이 높다.

그런 악마가 왜 이곳에 있는 것일까. 그것은 그 자의 상태를 통해 어느 정도 추측할 수 있을 듯했다.

고깃덩이에 파묻힌 악마는 길고 가느다란 형태를 띤 결정을 손에 들고 있었다.

또한 그 악마는 아직 살아있었다. 매우 약하기는 했지만 《생체 감지》에 반응이 느껴졌던 것이다.

"게다가 자세히 보니 저 결정 안에 우리가 찾던 것이 있을 것 같구나."

결정 안. 투명한 그것은 평범한 결정이 아니었다. 그 안에는 매우 표독스러운 빛깔이 숨어 있었다.

그렇다, 마물을 다스리는 신의 검 조각과 같은 색을 띠고 있었던 것이다.

"그렇다면 일석이조다해. 내가, 싸운다이거!"

명백하게 심상치 않은 기운이 풍겨오는 방. 그곳에 분명 강적이 있을 것이라며 메이린은 앞으로 나갔다. 강적과 싸울 수 있는데다 목적했던 물건도 손에 들어온다. 그것 참 잘 된 일이라고 생각한 것인지 의욕이 넘쳐나고 있었다.

"뭐어, 기다려라. 아무리 그래도 이번에는 잠시 상황을 살피는 게——."

상황이 생각했던 것보다 훨씬 특수해졌다. 대체 어떤 적이 기다리고 있는지도 아직 알 수 없다. 파묻혀 있는 듯한 상태의 악마를 무사히 구출해낼 수 있을지. 그 이전에 그럴 방법은 있을지. 애초에 악마를 삼키고 있는 고깃덩이는 무엇인지.

우선은 정령왕도 불러서 정보정리를 하는 게 좋겠다.

미라가 그렇게 제안하려던 순간.

갑자기 결정이 어두운 빛을 내뿜는가 싶더니 커다란 고깃덩이에서 일부가 떨어져 나와 결정이 내뿜은 빛에 휩싸였다.

그러자 놀랍게도. 떨어져 나온 그것들이 서로 뭉치더니 하나의 존재로 거듭났다.

이형의 마물이다. 심지어 지금까지 조우했던 것에 비해 더 크고, 느껴지는 힘 또한 비교가 되지 않을 정도로 강력했다.

"설마 이런 식으로 나타날 줄이야……!"

"기다려줄 것 같지는 않은 걸. 어쩔 수 없지. 전투 개시다!"

"바라던 바다이거!"

이형의 마물은 형체를 이룸과 동시에 공격해 왔다. 그 모습은 어쩐지 흑악마와 비슷해 보였다.

머리로 보이는 부분에는 흉흉한 뿔이. 등으로 보이는 부분에는 팔처럼 생긴 날개가 무수히 돋아나 있다. 그리고 얼굴을 비롯한 온몸은 검은 갑각으로 뒤덮여 있고, 촉수처럼 생긴 다리로 땅을 달리는 모습은 그야말로 악몽에나 나올 법한 괴물 같았다.

8

"지금까지 여러 적들을 만났지만 이렇게까지 어떻게 나올지 파악이 안 되는 건 처음이군요. 게다가…… 이 녀석한테까지 술식이 잘 안 통하다니!"

이형의 마물과 비슷하게 생긴 것과의 전투가 시작되고서 얼마쯤 지났을 즈음, 발렌틴은 녀석이 쏟아내는 다양한 공격에 난색을 표하고 있었다.

겉모습은 흑악마와 비슷하지만 그 몸은 거의 형태가 일정치 않은 탓에 생각지 못한 동작과 기동성을 발휘했기 때문이다.

발렌틴은 우선 진중하게 상대의 움직임을 파악하려 했지만 도무지 종잡을 수가 없다는 사실을 깨닫자마자 공세로 전환했다.

그렇지만 이형의 마물과 마찬가지로 마속성 특유의 반응은 느껴져도 퇴마술이 제대로 먹혀들지 않았다.

"아쉽게 됐구나. 뭐어, 그렇다면 공격은 우리에게 맡겨두거라!"

움직임은 빠르고 공격도 간파하기가 어렵다. 게다가 몸의 길이가 4미터는 더 되는 데다 튼튼하기까지 하다.

그 일격은 홀리나이트를 날려버릴 만큼 강렬했고, 표피는 다크나이트의 검으로도 벨 수 없을 정도로 튼튼했다.

대충 분석해 보아도 저 악마 비스무리한 것은 그룹 사냥이 권장되는 레이드 보스급 만큼의 전투력을 지니고 있었다.

하지만 미라는 전혀 불안해하거나 망설이지 않았다. 아닌 게 아니라 이곳에는 수많은 죽을 고비를 함께 넘겨온 동료들이 있었기 때문이다.

"이건 처음본다이거! 아주 재미있는 전투법이다해!"

최전선. 메이린이 악마 비스무리한 것과 싸우고 있었다.

자유자재로 늘어나는 팔과 다리의 공격을 보고 피하는 그 모습은 마치 사전에 동작을 맞춰둔 연무 같아서, 마치 무대극을 보는 듯한 착각이 들 정도였다.

그 무대에서는 죽음과 이웃한 춤사위가 펼쳐지고 있었다. 하지만 그러한 상황임에도 메이린은 주춤하기는커녕 더욱더 흥분했다.

허공을 달리는 메이린을 포착하는 것은 매우 어려운 일이다. 하지만 악마 비스무리한 것의 몸은 자유자재로 늘어난다. 어떠한 거리, 각도에 있어도 사정권 안인 것이다.

크게 휘두르는 악마 비슷한 것의 공격은 쉽게 피할 수 있어 보였지만, 직후에 팔이 갈라져 회피 코스를 가득 메우듯이 후려쳤다.

그것은 메이린이 아주 슬쩍 피할 낌새를 보인 직후에 일어난 변화였다.

움직임을 시작하기 위한 예비 동작. 그 타이밍을 정확하게 노리면 어떠한 달인이라 해도 피하기가 매우 어려워진다.

제아무리 메이린이라 해도 그 타이밍에 회피할 수는 없었다.

【선술 지 : 홍련일악】

따라서 그녀는 그것을 정면으로 받아냈다. 게다가 직격할 궤도에 있는 몇 줄기를 순간적으로 간파한 것도 모자라 두 손으로 움켜쥐어 폭발시키까지 했다.

두 팔이 뜯겨나가자 굉음이 울렸다. 그리고 노성과도 같은 악마 비스무리한 것의 목소리가 뒤이어 울려 퍼졌다.

지독하게도 듣기 싫은 그 목소리는 사람의 것도, 짐승의 것도 아닌 불협화음을 모아놓은 것만 같았다.

엉겁결에 겁을 집어먹을 것만 같은, 공포로 몸이 굳어버릴 것만 같은 그런 고함이다.

하지만 메이린은 그 목소리에 별다른 반응을 보이지 않았다. "그런 잔재주는 소용없다이거!"라면서 허공을 발판 삼아 악마 비스무리한 것의 코앞까지 단숨에 《축지》로 다가간다.

【선술 지 : 삼조열화(三爪烈火)】

직후, 메이린의 손을 뒤덮은 불꽃이 세 가닥의 발톱이 되어 악마 비스무리한 것의 눈알과 함께 얼굴을 불살랐다.

게다가 거기서 끝이 아니었다. 깊은 상처에서 폭음과 함께 불꽃이 뿜어져 나왔다.

참격과 폭발에 의한 2중 대미지는 제대로 먹혀든 모양인지. 악마 비스무리한 것은 위협을 위한 것인지 비명인지 구분할 수 없는 목소리로 고함을 치며 팔을 휘둘렀다. 조건반사적이라 할 수 있을 만큼 빠른 반응속도였다.

심지어 조금 전까지 그곳에 있던 메이린을 쳐서 떨궈버리려 한 것인지 강렬하기도 했다. 그 묵직한 일격에 주변의 잔해가 모조리 가루가 될 정도였다.

하지만 당연히 메이린은 그곳에 없었다.

"여전히 훌륭하군그래."

하물며 미라가 소리도 없이 그 등 뒤까지 육박해 있었다. 그것도 성검 상크티아의 힘이 실린 광검(光劍) 한 자루를 오른팔에 깃들게 한 상태로.

미라는 메이린의 맹공 직후에 그것을 박아 넣었다.

악마 비스무리한 것의 등에 성검의 에너지를 띤 일격이 작렬한다. 강렬하다는 말로도 부족할 정도의 힘이, 눈부신 섬광과 폭음을 일으키며 악마 비스무리한 것의 등을 가차 없이 꿰뚫었다.

"이거 제법⋯⋯——어이, 쿠쿠!"

처음 실전에 투입한 공격의 위력에 만족한 것도 잠시뿐, 형태가 일정치 않은 탓인지 반응속도가 심상치 않았다. 몸의 남은 부분에서 새로 돋아난 팔이 미라를 덮쳤다.

하지만 아무리 미라라도 메이린처럼 반응할 수는 없어서, 간신히 몸을 무르기는 했지만 공격이 팔에 스치고 말았다.

동시에 충격이 퍼졌지만 세이크리드 프레임의 성능은 엄청났다. 방호효과가 대미지를 상쇄한 덕에 미라 본인은 전혀 피해를 입지 않았다.

"그나저나 용케 이런 것과 정면으로 맞붙어 싸우는구나⋯⋯."

할 만큼 하고서 거리를 벌린 미라는 깎여 나간 방호 효과를 수복하며 감탄스럽다는 눈으로 메이린을 바라보았다.

곧바로 교대하듯 적의 앞으로 뛰쳐나간 메이린은 태세를 정비한 악마 비스무리한 것과 다시 정면에서 맞붙어 싸우기 시작했다.

메이린은 날카로운 공격과 날렵한 몸놀림으로 몰아붙였고.

악마 비스무리한 것은 심상치 않은 반격 속도로 응수했다. 형태가 일정치 않은 탓에 유효타를 먹어도 직후에 반응해 강렬한 일격을 날려댔다. 분명 근접전을 주력으로 하는 이와의 상성은 최악일 것이다.

조금 전의 일격으로 그 사실을 몸소 체험한 미라는 그런 적을 상대로 접근전으로 문제없이 싸우고 있는 메이린의 탁월한 실력에 감탄할 수밖에 없었다.

"허나 근접전이 아니라도 방법은 얼마든지 있지."

순수한 근접전으로는 도저히 못 당해내겠다. 하지만 싸울 방법은 얼마든지 있다.

그렇게 의욕에 불이 붙은 미라는 '자아, 다음 실험이다'라고 생각하며 신이 나서 뛰쳐나갔다.

"그나저나 발리. 저건 아무리 봐도 거리를 두고 싸우는 게 좋지 않을까요? 두 분 다 원거리 공격을 가지고 있었죠?"

"메이린짱은 보아하니, 즐거워하는 표정이네. 예전부터 접근전에 맞지 않는 상대를 접근전으로 쓰러뜨리는 걸 좋아했으니까. 엄청 성장할 수 있을 것 같다면서 말이야. 그리고 미라 씨 쪽은…… 저쪽도 저쪽대로 완전히 실험 모드에 돌입한 건가? 옛날부터 이런저런 것들을 생각해내서 시험해보고는 했거든. 군세의 첫 번째 피해자가 된 사람의 비명이, 아직도 기억에 새로워."

전선에서 요란하게 치고받고 있는 미라와 메이린에게서 다소 떨어진 후방, 바르바토스와 발렌틴은 두 사람의 전황을 지켜보며

적을 분석하고 있었다.

미라와 메이린이 무술의 사제 관계인 탓인지 마음대로 날뛰고 있는 것처럼 보여도 호흡이 척척 맞아 개입하기가 어렵다는 이유도 있었다.

"생각해 보니 특히 미라 씨는 분명 소환술사였던 걸로 기억하는데…… 소환술사가 저런 식이었던가요?"

"아아, 그 점에 관해서는 이렇게 말할 수밖에 없겠네. 저걸 기준으로 삼지 마. 소환술사의 정점에 있다고는 하지만, 평범한 소환술사에서는 너무 많이 벗어나 있으니까."

적을 분석하면서 틈틈이 아군의 전력도 분석하며 어떻게 움직일지 논의하던 도중, 두 사람은 아무래도 좋을 말들도 주고받았다.

상당한 강적이기는 해도 미라와 메이린이 호흡을 맞추고 있으니 시간문제다. 그런 생각 때문에 발렌틴은 이미 방관할 자세를 취하고 있었다.

그렇게 무난하게 전투가 계속되던 도중에.

"──이런, 저쪽은 우리가 막아두자. 이쪽은 저 둘이 어떻게든 할 테니까."

그러한 말과 함께 움직이기 시작한 발렌틴이 향한 곳에는 비대화한 이형의 존재가 있었다. 자세히 보니 그곳에서 또다시 고깃덩이가 떨어져 나오고 있었던 것이다.

"그게 좋겠군요. 잠시 관찰한 덕에 구조도 대충 파악이 됐으니 움직이기 전에 처리해두죠."

그렇게 답하며 바르바토스도 발렌틴의 뒤를 따랐다.

전투를 벌이고 있는 미라 일행이 모르는 곳에서 두 사람도 행동을 개시했다. 그 작업은 매우 조용히 진행되었다. 전투가 시작되기 전에 그 싹을 뽑아낸다. 그것이 이 전장에서 맡은 발렌틴과 바르바토스의 싸움이었다.

"그나저나 이거, 상당히 튼튼하군그래."

그로부터 한동안 더 전투를 치렀을 즈음. 메이린의 공격이 수없이 작렬했고, 실전이라는 이름의 실험을 통해 미라 또한 상대에게 몇몇 상처를 입혔다.

어지간한 레이드 보스라면 이미 두세 번은 쓰러지고도 남았을 대미지를 입혔음에도 불구하고 악마 비스무리한 것은 쓰러질 낌새가 없었다. 쓰러지기는커녕 자세히 보니 아까 입혔던 상처가 재생하고 있기까지 했다.

"여기서…… 이렇게다이거!"

하지만 무턱대고 싸우고 있는 것은 아니었다.

우선 메이린은 벌써 불규칙적인 악마 비스무리한 것의 공격을 간파해내고 있었다. 더불어 상대의 반격에 반격을 가하는 곡예까지 가능해진 상태였다.

근접전으로는 불리하다는 상황을 뒤집어버린 것이다.

"이거, 엄청 좋은 수행이 됐다해!"

새로운 전법, 반격에 반격을 가한다는 기술. 메이린은 재미있는 것들을 발견했다고 기뻐하며 강렬한 일격으로 악마 비스무리한 것을 바닥에 내동댕이쳤다.

"흠, 그렇다면 마무리는 이 몸이 해도 될 것 같구나!"

메이린이 만족했으니 슬슬 끝낼 때가 됐다.

어정쩡한 상태에서 끝냈다면 메이린이 언짢아했을 텐데, 이번에는 괜찮을 것 같다.

그렇게 판단한 미라는 이로써 끝내겠다며 세차게 달려 나갔다.

그러나 악마 비스무리한 것은 매우 튼튼한 데다 재생력이 뛰어났다. 상처를 입히는 족족 순식간에 회복하고 만다. 하지만 그럼에도 몇몇 상처가 낫지 않고 그대로 남아 있었다.

그 원인은 무엇일까. 실험을 거듭한 결과, 그러한 상처들은 성검 상크티아와 관련이 있음이 판명되었다.

다시 말해서 퇴마술에 대한 내성은 있어도 마속성에 대한 성속성의 유효성은 그대로인 것이다.

때문에 미라는 그 점을 염두에 두고 마지막 실험에 돌입했다.

그 실험 내용은 오른팔에 깃들게 하는 광검을 두 자루로 늘리는 것이다.

오른팔을 허리춤에 대고서 미라는 땅을 박찼다. 그러자 악마 비스무리한 것은 바닥에서 벌떡 일어나자마자 상처투성이가 된 온몸을 순식간에 수복해 나갔다.

그리고 수복이 끝나 다시금 몸에서 팔을 뻗으려던 그때.

"조금 늦은 것 같구나!"

악마 비스무리한 것의 정면. 그것과 당당하게 마주선 미라가 오른팔에 힘을 모으고 있었다.

동시에 광검 두 자루가 오른팔에 깃들었다.

순간, 미쳐 날뛰는 빛의 격류가 오른팔을 찢을 기세로 퍼져 나갔다.

광검 두 자루. 그것은 아직 미라도 제어할 수 없는 힘이라 넘쳐난 힘이 눈 깜짝할 새에 폭주하기 시작했다.

"이걸로 끝이다!"

하지만 2, 3초 정도는 견뎌낼 수 있다. 그렇다면 그 사이에 처박아 버리자는 것이 이번 실험의 목표였다.

미라는 오른팔에 딸려갈 것만 같은 몸을 간신히 억제하여 그대로 힘껏 주먹을 내질렀다.

"오, 오 오 오 오 오 오 오 오 오?!"

순식간에 성검의 힘이 해방되었다. 그것은 강렬한 섬광이 되어 내달렸다. 그리고 미라는 그 너무도 방대한 힘의 반동으로 인해 반대 방향으로 날아가 버렸다.

"──어떠냐?!"

데굴데굴 바닥을 굴렀지만 세이크리드 프레임이 충격을 흡수해주었다. 미라는 힘차게 벌떡 일어나서 그 실험 결과── 악마 비스무리한 것이 어떻게 되었는지에 주목했다.

"우와, 깜짝 놀랐다이거."

그렇게 말하는 메이린이 바라보고 있는 곳. 그곳에는, 아무 것도 없었다. 악마 비스무리한 것의 모습은커녕, 그것의 시체뿐 아니라 살점조차 남아있지 않았던 것이다.

메이린은 말했다. 빛에 휩싸인 악마 비스무리한 것은 재생도

못하고 소멸해 버렸다고.

"대충 예상한대로 되었군. 그리고 실험도 대충 성공이다!"

악마 비스무리한 것의 약점은 성검의 힘이었다. 그 예감은 적중했고, 광검 두 자루의 위력이 어느 정도인지도 확인할 수 있었다.

더할 나위 없이 좋은 결과라며 미라는 기뻐했다. 메이린 역시 아주 좋은 상대였다며 손을 모아 예를 갖췄다.

그렇게 전투의 여운에 젖어 있던 그때——.

"저기, 두 분. 슬슬 이쪽도 부탁하고 싶은데요……."

발렌틴이 그런 말과 함께 손을 흔들었다. 자세히 보니 그들의 옆에는 악마 비스무리한 것들이 잔뜩 있었다.

미라와 메이린이 한 마리를 상대하는 동안 그만한 숫자가 나타났던 것이다.

하지만 그것들은 그저 그곳에 존재할 뿐인 상태였다. 시체가 되었다는 뜻은 아니다. 애초에 움직이기 이전의 상태인 것이다.

그런 상태의 고깃덩이를 움직이게 하기 위한 조건인지. 자세히 보니 결정에서 흘러나온 빛이 깃들 상대를 찾듯 이리저리 방황하고 있었다.

발렌틴은 그 빛과 고깃덩이가 융합하기 전에 결계로 가두었다.

그 결과, 움직이지 못하는 악마 비스무리한 것들이 무수히 널브러져 있는 상황이 만들어진 것이다.

하지만 그대로 두면 머지않아 결계의 효과가 사라져 움직이기 시작할 것이다.

"——흠, 그렇다면 이번에는."

잠시 의논한 끝에 미라는 크리스티나를 소환했다. 성검 상크티 아를 사용해야 한다면 그녀에게 맡기는 게 좋을 듯했기 때문이다.

"크리스티나, 대령했습니—— 히이이익! 뭐, 뭐예요, 이게……?!"

단독 소환에 신이 나서 온 크리스티나는 오자마자 비명을 지르며 벌벌 떨었다.

하지만 그럴 만도 했다. 마음의 준비도 못한 채 정체불명의 기분 나쁜 고깃덩이가 널브러져 있는 광경을 보게 되었으니. 놀라지 않는 게 더 무리일 것이다.

"아~ 음. 조금 부탁하고 싶은 게 있는데 말이다——."

미라는 당황한 크리스티나의 어깨에 턱, 하고 손을 얹고서 현재의 상황을 전달했다.

9

"음, 기대한 대로로군. 잘 해주었다, 크리스티나."

"상크티아 씨를 다루는 거라면 저한테 맡겨주세요!"

무수히 널브러진, 활동하기 전의 악마 비스무리한 것들. 크리스티나는 성검 상크티아를 들고 그것들을 신기술 '크리스티나 에볼루션'으로 한꺼번에 날려버리는 데 성공했다.

최근 개발했다기보다는 요전에 생각해낸 '크리스티나 슬래시'의 범위 공격판이었다.

즉흥적으로 성공시킨 덕인지 크리스티나는 한껏 신이 나 있었다. 지금이라면 뭐든 쓰러뜨릴 수 있을 것 같다며 상크티아를 붕붕 휘둘러댔다.

그러던 크리스티나는 방 안쪽을 쳐다보자마자 자신만만하게 "저것도 해치워버릴까요!"라고 말하며 상크티아를 겨누었다.

떨어져 나온 고깃덩이로 된 악마 비스무리한 것을 수십 마리 처리하기는 했지만 거대한 본체는 아직 건재했다. 하지만 그렇다고 그걸 어떻게 할 방법은, 현재로서는 떠오르지 않았다.

"흠, 해치워 볼까!"

그런 이유도 있어서 미라는 신이 나서 내뱉어본 것뿐인 크리스티나의 제안을 채용했다.

하지만 아무 생각도 없이 허락한 것은 아니다. 실제로 발렌틴도 "나쁘지 않은 생각 같네요"라면서 동의를 표했다.

악마 비스무리한 것을 소멸시켰으니 그 근원인 고깃덩이도 마찬가지로 처리할 수 있지 않을까 생각한 것이다.

현 시점에서의 목표. 그것은 고깃덩이에 파묻힌 악마를 구출하는 것이다.

본래의 목적은 마물을 다스리는 신의 검 본체였지만 그럴 상황이 아니었다. 희미하게나마 생체반응이 감지되는 이상, 우선은 최선을 다해 보아야 한다.

그리고 구출하기 위해서는 거대한 고깃덩이 안에서 끄집어낼 필요가 있었다.

"그럼 우선, 주변에 자리 잡은 것들부터 전부 제거하죠. 보아하니 이 주변에 있는 부분은 처리해도 문제없을 것 같습니다. 중간에 또 저 괴물이 나오기라도 하면 성가셔질 테니까요."

발렌틴과 바르바토스는 악마 비스무리한 것을 가둬두며 이런저런 것들을 조사했던 모양이다. 그에 따르면 악마와 고깃덩이의 연결고리 같은 것은 확인되지 않았으니 그것들은 제거해버려도 문제없을 것 같다고 한다.

"음, 알겠다."

"음~ 알아서 해라이거!"

그런 발렌틴의 말에 미라와 메이린은 순순히 고개를 끄덕여 답했다.

이런 마물이나 악마에 관한 일은 발렌틴이 시키는 대로 하는 편이 확실하기 때문이다.

그렇게 발렌틴의 지시하에 비대화한 고깃덩이의 처리가 진행되었다.

"우와아…… 우와아아……."

우선 크리스티나로 말하자면, 이 중에서는 검을 가장 잘 다루기도 해서 효율적으로 고깃덩이를 베어내고 있었다.

다시 한번 '크리스티나 에볼루션'으로 날려버리는 방법도 있었지만 즉흥적인 기술이라는 이유도 있어서 고깃덩이에 파묻힌 악마를 휘말려들게 하지 않을 자신이 없다고 하기에 차근차근 작업하기로 한 것이다.

또한 '크리스티나 슬래시'는 이 방이 무너져버릴 우려가 있어서 금지했다.

고깃덩이는 마속성이 상당히 강한지, 상크티아가 아주 잘 먹혀들었다. 베는 족족 먼지로 변해버렸다.

다만 그럼에도 고깃덩이는 완전히 사라질 때까지 시간이 걸려서 베어낸 뒤에도 얼마 동안은 기분 나쁘게 맥동하며 꿈틀댔다.

철퍽, 하고 징그러운 소리를 내며 그것이 떨어질 때마다 크리스티나는 왜 '해치워버릴까요' 따위의 소리를 하고 만 걸까, 후회하듯 얼굴을 찌푸렸다.

"흠, 이거 좋구나. 훌륭한 성과야!"

미라 역시 다른 장소에서 처리를 진행하고 있었다.

세이크리드 프레임의 효과로 조금이나마 상크티아의 힘을 이끌어낼 수 있게 된 상태였다. 그 때문에 그 상태로 얼마나 효과를 이끌어낼 수 있을지에 관한 실험도 병행하고 있었던 것이다.

검신에서 솟아난 섬광이 닿은 부위부터 고깃덩이는 먼지로 변해갔다.

힘 조절은 미숙하고 동작에 군더더기도 많았지만 미라는 그렇기에 연습으로 딱 적당하다며 의기양양하게 작업을 이어갔다.

"과연, 여기가 이렇게 되어서…… 이렇게 해서 이쪽으로——."

바르바토스는 악마를 무사히 구출하기 위해 그의 상태를 상세히 확인하고 있었다.

"그나저나 대체 누구일까요. 어쩐지 낯이 익은 것 같은데……."

고깃덩이에 파묻힌 탓에 얼굴을 알아볼 수는 없었다. 언뜻 보이는 팔과 머리, 거기 돋아난 뿔을 통해 흑악마가 아니라고 판단하는 게 고작인 상태였다.

심지어 흑악마가 되기 전이라면 상당히 오래된 일이라, 기억도 어쩐지 가물가물했다.

하지만 어찌 되었건 이번 작전이 성공하면 누구인지 알게 될 것이다. 바르바토스는 상태를 자세히 확인하며 동포가 무사하기를 기도했다.

"이거, 상당히 재미있다해."

메이린 역시 미라와 함께 고깃덩이를 처리하는 작업을 하고 있었다.

작업을 위해 상크티아를 손에 쥐고서.

그렇다. 메이린은 무술 바보라 주먹 하나로 수많은 강적을 쓰러뜨려왔지만 사실 무기류도 그럭저럭 쓸 줄 알았던 것이다.

메이린의 유파에서 파생된 유파에는 여러 가지 무기를 다루는 품새가 있었고, 그녀는 그것들을 대강 습득했더랬다. 그 중에서도 봉술은 특히 날카롭고 화려했다.

그 봉술만큼은 아니지만 검도 실전 투입이 가능할 정도로는 쓸 수 있었다.

메이린은 상크티아의 힘을 충분히 이끌어내는 데 성공해서, 광검을 놀려 고깃덩이들을 말끔하게 처리해 나갔다.

고깃덩이를 처리하기 시작하고서 한 시간 남짓이 지났을 즈음.

"흠, 이제 대충 정리가 끝났군그래."

만약을 위해 방 전체를 둘러본 후, 미라는 깜박하고 처리하지 않은 곳은 없는지 확인하고서 그렇게 말했다.

방 안을 가득 메우고 있던 고깃덩이는 흔적도 찾아볼 수 없었다. 이제 남은 것은 그 중심을 이루고 있던 결정 주변뿐이다.

"자아, 드디어 시작이군요——."

지금부터가 진짜라고 각오를 다지고 일동이 모이자 바르바토스는 현재 상황에 관해 자신이 조사한 결과를 이야기하기 시작했다.

파묻힌 악마에 관해 말하자면, 역시나 매우 특수한 상태에 놓여 있다는 모양이다.

아닌 게 아니라 모든 것이 정체된 상태라는 것이다. 상태를 유지하기 위해 아주 희미한 생명활동만을 유지시키고 완전 정지한 상태다.

"——굳이 말하자면 봉인에 가깝다고나 할까요. 그리고 아무래도 스스로 그렇게 했을 가능성이 높아 보입니다."

바르바토스는 그렇게 말을 잇더니 상태로 미루어 그렇게 생각하는 것이 타당할 것이라고 이야기했다.

그 근거 중 하나는 악마가 들고 있는 결정이다.

"이 결정 안에 보이는 검 말입니다만, 아까 미라 씨가 보여주셨던 마물을 다스리는 신의 검 조각과 같은 기운이 느껴졌습니다. 그러니 이쪽이 분명 본체겠죠——."

우선 그렇게 설명한 후, 바르바토스는 다시 말해서 이 상황은 악마가 자신과 함께 검을 이곳에 봉인해 만들어진 것이라고 이야기했다.

이어서 그렇게 추측되는 이유는, 정체 상태를 유지하고 있는 것이 다름이 아니라 본인의 마나와 생명력이기 때문이라는 듯했다.

"하지만 이건 어디까지나 추측에 불과하니 무슨 이유로 이렇게 되었는지는 본인에게 물어보는 게 빠를 겁니다. 다만 바로 그 부분이 문제인데——."

이 이상은 추측을 거듭하기 보다는 당사자에게 묻는 편이 좋겠다. 그것이 바르바토스의 의견이었는데, 정작 어떻게 봉인을 해제할지가 문제라고 말을 이었다.

우선 주변에 있던 고깃덩이는 악마나 봉인 등과 관련이 없으니 이대로 처리해도 문제가 없을 것이라고 한다.

다만 결정 주변을 처리할 때는 신중을 기할 필요가 있다고 바르바토스는 충고했다.

여러모로 조사를 해보니 악마와 검 사이에 의식면에서의 연결고리 같은 것이 확인되었다는 듯했다. 따라서 이를 억지로 떼어 내려 하면 악마 쪽에 모종의 악영향이 발생할지도 모른다는 것이다.

"아하…… 그건 좀 어려울 것 같네."

"예상은 했지만 역시 좋지 못한 영향을 미치고 있었나……."

검을 둘러싼 결정체는 분명 봉인이다. 하지만 정령왕은 영맥까지 이용해야 겨우 완전하게 봉인할 수 있는 물건이라고 말했었다.

완전하지 않은 상태니 모종의 악영향을 미쳤어도 이상할 게 없는 것이다.

『사정이 그러하다면 내가 나서야겠군. 연결하는 것이 나의 본질이기는 하나, 그 반대도 마찬가지니. 그 역할, 내가 맡도록 하지!』

뭔가 좋은 방법은 없을까. 그렇게 생각하기 시작했을 즈음. 이야기를 듣고 있던 정령왕이 때는 지금이라는 듯이 이 일을 맡겠다고 나선 것이다.

가호가 몸에 익을수록 미라를 통해 정령왕이 힘을 발휘하는 횟수가 늘어갔다. 그런 탓인지 정령왕은 그 힘으로 어떤 일까지 할 수 있을지를 시험하는 데 재미를 붙인 듯했다. 미라는 어쩔 수 없이 그 일에 어울려줘야만 하는 입장이지만, 미라 역시 실험이라면 사족을 못 썼다.

"그 부분은 이 몸과 정령왕공의 콤비네이션에 맡겨두거라!"

때문에 미라는 신이 나서 정령왕의 제안을 받아들여 자신만만하게 그렇게 말했다.

대략적인 작전을 정한 후, 미라 일행은 곧장 악마 구출 작전을 개시했다.

남은 고깃덩이는 악마가 파묻힌 중앙 부분뿐이다. 그것의 처리는 그대로 크리스티나가 담당하기로 했다.

다만 이 부분이 바로 근본이자 중심이기도 해서, 중심부는 다른 곳에 비해 압도적인 강도를 자랑했다. 더불어 마속성의 농도도 높아서 상크티아로도 쉽게 제거할 수 없는 상태다.

하지만 상크티아의 힘을 완전히 끌어내면 처리할 수 있을 것이다.

다만 그렇게 할 경우, 안에 있는 악마까지 모두 제거되고 만다. 때문에 고깃덩이를 처리하기 전에 악마를 그 안에서 빼낼 필요가 있다.

"이 부분부터 여기까지를 가르면 그대로 끌어낼 수 있게 될 겁니다."

그런 바르바토스의 지시에 따라 발렌틴이 정화의 불꽃으로 선을 긋자, 그것을 따라서 크리스티나가 천천히 상크티아의 칼날로 고깃덩이를 갈랐다.

퇴마술을 통해 일시적으로 마속성을 약화시킨 덕에 조금이나마 중심부의 고깃덩이에 칼집을 낼 수가 있었다.

얇은 칼집이기는 해도 악마를 그 안에서 끄집어내기에는 문제없는 깊이였다.

하지만 그 작업은 파묻힌 악마의 몸에 닿을까 말까한 위치에서 이루어진 탓에 신중을 기할 필요가 있었고, 그렇기에 세밀하고도

117

정확한 동작이 필요했다.

"우아아, 이거 뭐라고 해야 할지. 이런 일이라면 제가 아니라도 상관없지 않아요?!"

만약 알피나였다면 단칼에 지시한 대로 갈라내 보였을 것이다. 하지만 그만한 자신은 없는 탓에 크리스티나는 천천히 진행할 수밖에 없었다. 아닌 게 아니라 이런 식으로 칼을 쓸 거라면 검사가 아니라 외과 의사를 부르는 게 나을 것이다.

칼을 그을 때마다 고깃덩이가 꿈틀대는 바람에 크리스티나는 정신력이 쭉쭉 깎여 나갔다.

그나마 다행인 점이 있다면, 피보라가 튀는 일은 없었다는 것이리라.

미라와 정령왕 역시 그러는 동안 실험── 아니, 정령왕의 힘을 응용한 박리 처리를 진행하고 있었다.

『거기다, 그 부분을 조사해 주겠는가.』

『흠, 이 근처 말이로군. 어디 보자…….』

『좋아, 잘 했다, 미라 공. 잡았다. 우선 상태를 해석하고서 분리를 시작하도록 하지.』

『오호, 이런 식으로 하면 되는 게로군.』

온몸에 정령왕의 가호 문양이 떠오른 상태로 미라는 그 힘을 적절하게 조절하며 집중했다.

그 손은 결정을 쥐고 있는 악마의 팔에 닿아 있었다.

악마와 마물을 다스리는 신의 검 본체가 융합된 그 팔이야말로 양측을 연결하는 최대의 접점이기 때문이다.

정령왕의 힘을 사용해 조사해 보니, 거기에 간섭해 의식을 분리시키면 문제없이 떼어낼 수 있을 듯하다고 한다.

미라와 정령왕은 지금 악마와 검이 어떻게 연결되어 있는지를 조사하고 있었다.

연결—— 인연이라는 것은 특별히 무언가를 하지 않아도 자연스럽게 곳곳에서 이어지기 마련이다.

정령왕은 그 수많은 인연을 더듬어, 악영향을 미치고 있는 부분을 잘라낼 수가 있다. 이번에는 그 힘으로 악마와 검의 인연을 찾아내, 그것이 내포하고 있는 모든 연결고리를 잘라내는 것이 작전이다.

『찾았다, 이것이로군. 그럼 떼어내도록 하지, 미라 공.』

『음, 언제든 시작하시게.』

상태가 상태인지라 이번에는 찾아내기 쉬웠다는 모양이다. 정령왕은 조금 의기양양하게 말하자마자 분리 작업에 착수했다.

하지만 눈에 보이지 않는 연결고리를 찾아내는 것은 사람이 할 수 있는 일이 아니다. 그 때문에 미라는 순수하게 감탄하며 그 감각을 확실하게 머리에 새겨 넣을 준비를 했다.

『……』

정령왕의 분리 작업이 개시되었다.

그 작업을 진행할수록 결정이 검게 물들었다. 마물을 다스리는 신의 검이 분리되기를 거부하며 저항하고 있는 것이다.

하지만 정령왕의 힘을 완전히 거스를 수 있을 리가 없었다.

『좋아, 성공이다. 미라 공, 바로 떼어내도록.』

『알겠네!』

작전은 무사히 성공했다. 악마와 검의 연결고리를 완전히 분리해낸 것이다.

하지만 그 직후부터 다시 검의 간섭이 시작되었다. 정령왕이 그 간섭을 막고 있는 동안 미라는 그 손에 광검을 깃들게 해서 악마의 팔을 붙잡았다.

그러자 놀랍게도. 악마의 팔에 들러붙어 있던 고깃덩이가 말끔하게 먼지로 돌아가 버렸다.

"좋아, 지금이다!"

미라는 그 순간을 놓치지 않고 단숨에 악마의 손에서 결정을 떼어냈다. 그리고 곧장 정령왕의 가호 문양을 완전히 전개시키고 마나를 쏟아 부어, 그곳에 남은 봉인을 강화시켰다.

임시방편에 불과하지만 이러면 마물을 다스리는 신의 검은 악마에게 간섭하지 못할 것이라고 정령왕은 말했다.

"이쪽은, 이제 다 됐다."

미라가 그렇게 말하자 발렌틴 일행도 단숨에 마무리 단계에 들어갔다.

"이걸로 끝……!"

"좋습니다. 이 정도면 될 것 같습니다!"

"좋아, 끄집어내자."

크리스티나의 노력 덕분에 고깃덩이에 그어두었던 큰 칼집이 벌어져서 악마를 구출할 수 있는 상태가 되었다. 이제 단숨에 거기에서 끄집어내는 일만 남았다.

바르바토스와 발렌틴은 고깃덩이에 손을 쑤셔 넣자마자 타이밍을 맞춰서 단숨에 힘을 주었다.

"무어냐, 이게……?!"

그 직후였다. 악마와의 연결고리를 끊기는 했지만 고깃덩이의 제어력은 아직 남아 있는 모양이었다. 검이 희미하게 어두운 빛을 내뿜는가 싶더니, 놓치지 않겠다는 듯이 고깃덩이가 다시 아물어지기 시작했다.

"그렇게는 안 돼요!"

가장 먼저 움직인 것은 크리스티나였다. 두 번 다시 같은 작업을 하고 싶지는 않다는 일념으로, 무시무시한 기운을 실어 상크티아로 일격을 가한 것이다.

그것은 그야말로 완벽하다고 할 수 있는 일격이었다. 한 치의 오차도 없이 칼집이 나 있던 부분을 정확하게 지나간 참격은, 고깃덩이를 갈랐을 뿐 아니라 상크티아의 힘까지 덧씌워서 재생과 활동을 몇 초 동안 억제했다.

"잘하셨습니다!"

바르바토스는 그렇게 말하고서 때는 지금이라는 듯이 다시 힘을 주었다. 동시에 발렌틴도 단숨에 체중을 실었다.

그러자 칼집 너머로 희미하게 악마의 몸이 보이는가 싶더니, 곧이어 한꺼번에 밖으로 쑥 빠져나왔다.

결과적으로 미라 일행은 파묻혀 있던 악마를 고깃덩이 안에서 구출하는 데 성공한 것이다.

"나 원, 끝까지 발버둥을 치다니."

미라는 널브러진 검을 흘끔 쳐다보고서 크리스티나에게 신호를 보냈다.

그것을 확인한 크리스티나는 기다렸다는 듯이 상크티아를 겨누었다.

그러자 눈부신 섬광과 함께 힘이 해방되었고, 남은 고깃덩이까지 먼지가 되어 흔적도 없이 사라졌다.

10

"그나저나 이건 또 무슨 상태인 게야?"

"이건, 저도 처음 보는 상태군요……."

"어쩐지 이상한 느낌이 든다니까."

고깃덩이 안에서 구출해낸 악마의 모습을 자세히 관찰해 보니 기묘한 점이 곳곳에서 발견되었다.

얼핏 보면 바르바토스를 비롯한 백악마와 비슷한 모습이었다. 하지만 발끝이며 등과 같은 부위가 흑악마처럼 검은 표피로 뒤덮여 있었다.

굳이 말하자면 그 악마는 백도 흑도 아닌 중간 정도 같은 모습을 하고 있었다.

"게다가 이 얼굴은…… 낯이 익습니다. 그의 이름은…… 마르코시아스. 분명 특별한 봉인의 수호자 역할을 받아들였다고 들었는데, 설마 이게 그거일까요?"

바르바토스는 그렇게 말했다. 아주 옛날 일이기는 했지만 이 악마와는 면식이 있다고.

그리고 동시에 당황했다. 과거에 들었던 봉인의 수호자라는 역할이 이렇게 자신을 희생하는 것인지는 몰랐던 것이다.

『나도 기억한다. 아니, 잊을 수 있을 리가 없지. 마르코시아스…… 설마 이런 곳에…….』

정령왕 또한 악마의 모습에 놀라움을 금치 못했다. 엉겁결에 입에서 흘러나온 혼잣말 같은 그 목소리에는, 말 그대로 오랜 친구에 대한 걱정과 슬픔이 담겨 있었다.

『미라 공, 그의 손을――.』

자신이 알던 것과 다른, 생각지 못했던 진실에 바르바토스는 가슴 아파했다. 미라는 그런 그와 이야기를 하고 싶다는 정령왕의 말을 받아들여 살며시 다가가서 그의 손을 잡았다.

정령왕이 말하기를. 과거, 마르코시아스는 마물을 다스리는 신의 검의 봉인을 맡은 악마였다.

그리고 봉인 자체는 삼신과 정령왕이 엄중하게 행한 후에 마르코시아스가 영맥으로 옮겨, 이를 이용해 완성시키기로 했다.

이용한 영맥의 위치는 마르코시아스밖에 모르는 탓에 그 이후, 봉인에 이상은 없는지를 정기적으로 점검할 수호자라는 임무를 맡은 것이다.

정령왕은 과거에 몇 번인가 문제없다는 점검 보고를 마르코시아스에게 받았다.

하지만 보다시피 마물을 다스리는 신의 검은 부러졌을 뿐 아니라 영맥도 뭣도 아닌 곳에 존재했다.

명백하게 이상사태가 일어났다고 볼 수 있을 것이다.

그리고 그것은 시간상으로 미루어 정령왕이 정령궁전에서 나가지 못하게 된 이후이리라.

"――어쨌든 정신을 차려야 사건의 전말을 확실하게 알 수 있겠군그래."

두 사람 사이에서 이런저런 이야기를 듣고 있던 미라는 그러한 가장 단순한 결론을 입밖에 냈다.

마물을 다스리는 신의 검이 어째서 이곳에 있는 것인지. 마르코시아스는 왜 이곳에 봉인되어 있었던 것인지.

분명 본인이 가장 잘 알 것이다. 살아 있다면 더더욱 정신이 들고서 묻는 게 빠를 거다.

『그래, 그 말이 맞다.』

"그렇군요. 그가 눈을 뜨기를 기다리죠."

정령왕과 바르바토스는 그렇게 동의를 표했다. 그러자 발렌틴이 고개를 돌리며 "이야기는 끝난 것 같군요"라고 하더니 마르코시아스를 검진한 결과에 관해 말했다.

우선 말을 걸어보았지만 반응이 없었다. 말은커녕 어떠한 자극에도 반사운동이 전혀 없었다는 모양이다.

마치 시체 같은 상태라고 한다.

하지만 메이린이 꼼꼼히《생체감지》로 조사해 보니, 그러한 상태임에도 생명활동에는 아무런 문제도 없음을 알 수 있었다.

"——그런고로, 그 자신에게 걸려 있던 봉인은 완벽했다고 할 수 있습니다. 우선 이걸 해제해야 뭐든 할 수 있을 것 같네요."

발렌틴은 그러한 말로 검사 결과 보고를 마무리한 후, 여기서부터가 문제라며 미간을 찌푸렸다.

그 봉인에 관해 자세히 조사해 보니, 이를 해제하기 위한 절대조건이 지정되어 있다는 사실이 판명되었다고 한다.

"대체 어떤 조건으로 했는가. 우선은 그걸 알아낼 필요가 있어요."

발렌틴의 말에 따르면 그 조건을 클리어하지 않고 봉인을 억지로 해제할 경우, 마르코시아스의 목숨이 희생된다는 모양이다.

"그 무슨……."

터무니없는 조건이라며 미라는 경악했다.

게다가 주변 어디를 보아도 그 조건에 관해 기록된 것은 없었다. 발렌틴도 그의 소지품을 조사해 봤다는 모양인데, 예상한 대로 조건을 알 수 있는 물건은 찾을 수 없었다고 한다.

"조건인가요…… 대체 어떤 것일지."

바르바토스는 생각에 잠기더니, 뭐든 그것과 이어질 힌트는 없을까 하고 방 안을 둘러보기 시작했다.

"흐~음…… 어찌해야 할꼬."

봉인을 해제하기 위한 조건. 미라는 그것이 대체 무엇인지 짐작도 가지 않는 동시에 악마 마르코시아스의 각오가 새삼 실감되어 신음했다.

조금 전에 바르바토스는 말했다. 그의 봉인은 그가 스스로 건 것이라고.

경우에 따라서는 영원히 이 상태이거나 죽게 될 텐데. 그럼에도 그렇게 조건을 건 것을 보면 그에게는 그렇게 할 만한 이유가 있었을 것이다. 그리고 그렇기에 그가 얼마나 굳게 각오를 했었는지를 엿볼 수 있었다.

그럼, 마르코시아스의 봉인을 문제없이 해제하기 위한 조건은 무엇일까. 마르코시아스는 어떠한 마음으로, 어떠한 이유로 자기 자신을 봉인한 걸까. 역시 마물을 다스리는 신의 검과 관련이 있을까. 아니면 또 다른 이유가 있을까.

미라 일행이 여러 방면으로 머리를 쥐어짜고 있던 그때——.

"음~ 이런 거 아니냐해? 이 사람, 어중간한 상태다이거. 중간에 멈춰서, 이렇게 된 것처럼 보인다해."

마르코시아스를 물끄러미 쳐다보던 메이린이 그런 소리를 했다.

무슨 소리인가 하고 다시 생각해 보니, 그것은 가장 처음 느낀 위화감과 맞닿아 있었다.

그렇다, 마르코시아스는 백악마도 흑악마도 아닌 상태였다.

"이건…… 충분히 가능성이 있을 것 같군요."

"오호라…… 듣고 보니 그렇군. 다시 보니 이건 명백하게 이상한 상태야."

메이린의 지적이 옳았다. 마르코시아스의 몸은 마치 변화하는 도중처럼도 보였다.

그 사실을 알아챈 순간, 미라의 머릿속에 하나의 가능성이 떠올랐다.

(혹, 이걸 막기 위해…….)

동족만이 간섭할 수 있도록 설정된 표면의 봉인으로 미루어 보건대 그때는 아직 과거의, 백악마 상태였을 것이다.

하지만 모종의 영향으로 인해 흑악마로 변질하기 시작했다. 그것을 억제하기 위해, 흑악마가 되어버리기 전에 자신을 봉인했다.

미라는 그런 가설을 세웠다.

"흑악마로의 변화를 거부하려다…… 이렇게 된 겐가."

발렌틴도 같은 추측에 다다른 모양인지. 그렇게 말하자마자 바르바토스에게 의견을 구하듯 눈짓을 했다.

"충분히 있을 수 있는 일입니다. 분명 저도 다시 어두운 의지에 지배당할 것 같은 상황이 되면, 그와 마찬가지로 저 자신을 엄중하게 봉인할 겁니다. 그리고 쉽게 풀지 못하도록 할지도 모르겠군요."

바르바토스 역시 그 가능성에 동의했다.

흑악마가 되어버릴 바에는 스스로를 봉인하는 것도 불사하겠다고. 그리고 아무 대책도 없이 봉인이 풀릴 경우, 변질이 다시 시작되고 말 테니 그 해결책을 조건에 넣을 것이라고 말을 이었다.

"시험해볼 가치는, 있을 것 같군그래."

"그렇군요."

무사히 봉인을 풀기 위한 조건은 마르코시아스의 흑악마화를 막는 것이 아닐까, 라는 의견이 나왔다.

상황과 상태로 미루어 볼 때 충분히 가능성 있는 조건이다.

"문제는 무슨 수로 막을 것인가인데, 그 부분은 그대들이 더 잘 알 테지. 뭐 좋은 방법은 없는 게냐?"

흑악마에 관한 일은 발렌틴 일행이 전문이라 할 수 있다. 따라서 미라는 당연하다는 얼굴로 물음을 던졌다.

"중간 단계는 처음이지만, 분명 원인은 같을 테니 우선은 시험해보도록 하죠."

"평소와 같은 방법을 쓰자는 거군요."

발렌틴과 바르바토스는 알겠다고 답하자마자 준비를 개시했다.

마르코시아스 주변에, 평소 발렌틴 일행이 흑악마를 백악마로 되돌릴 때 사용하는 도구와 술식이 준비되있다.

흑악마로 변질되는 원인인 악마의 힘, 마속성 변환의 능력을 봉인하기 위한 것이다.

흑악마가 되어버리는 원인을 제거하면 봉인 해제의 조건을 충족시킬 수 있을지 모른다. 그래서 마르코시아스가 정신을 차리면 이곳에 있는 여러 가지 수수께끼가 풀릴 것이다.

"그럼, 시작합니다."

준비 후, 발렌틴과 바르바토스가 봉인 작업을 개시했다.

요동치는 빛이 소용돌이가 되어 내달리며 더욱더 눈부시게 빛났다.

나아가 그것이 최고조에 달한 직후, 빛은 단숨에 마르코시아스의 몸 안으로 흡수되었다.

"……좋아, 성공이야."

얼마쯤 상황을 살핀 후, 발렌틴이 확신하듯 고개를 끄덕였다.

악마의 힘을 봉인하는 작업은 문제없이 끝난 모양이다.

하지만 바르바토스는 여전히 다소 심각한 표정을 짓고 있었다.

"성공은 했지만 변화가 없군요."

뭐든 조건을 충족시켰다면 마르코시아스의 봉인에 변화가 나타날 법도 한데, 그런 낌새가 전혀 보이지 않는 것이다.

"혹 이 조건이 아니었던 겐가……."

마르코시아스를 흑악마로 변화시킬 원인은 제거했다.

마속성 변환의 능력을 봉인하면 왜곡된 마속성이 공급되지 않게 되어 이 이상 흑악마로 변할 일은 없다.

이제 아무 문제도 없을 터다.

"음~ 딱히 안 변한 것 같다해?"

대체 어떻게 된 걸가 하고 미라 일행이 고민하는 가운데, 또다시 메이린이 대뜸 그런 소리를 했다.

발렌틴 일행의 봉인은 성공했고 원인도 제거했다. 변할지 말지가 문제가 아니라 애초에 몸 안에 자리한 힘에 직접 작용하는 봉인이다. 겉모습의 변화로 나타나는 성질의 것이 아니다.

하지만 미라 일행은 그런 메이린의 지적을 통해 아주 단순한 사실을 알아챘다.

"아~ 듣고 보니 그렇군. 그러고 보니 맞는 말이야."

"그러게요. 이쪽이 더 확실하겠어요."

미라와 발렌틴은 그것을 보자마자 납득한 듯 고개를 끄덕였다.

"자세히 알고 있기에 발생한 맹점이라고 해야 할까요. 옛날 일은 어렴풋하게 기억나지만 잘 생각해 보니 갑자기 변화가 시작되었는데, 그런 상태로 봉인의 조건을 상세하게 정할 여유가 있을 리 없었어요."

바르바토스 역시 머나먼 과거의 기억을 되짚어보더니 그러한 생각에 다다른 듯했다.

납득한 미라 일행이 발견한 것. 그것은 마르코시아스의 몸에 남은 흑악마의 상징, 검은 표피였다.

느닷없이 시작된 흑악마로의 변화. 바르바토스의 말에 따르면 그렇게 세세하게 생각할 여유는 없었다는 모양이다.

그렇다면 그걸 억제하기 위해 자신을 봉인했을 경우, 해제 조건의 대상은 그 변화의 징후인 검은 표피로 설정하는 것이 가장 알기 쉽고 확실할 것이다.

그것이야말로, 표피를 제거하는 것이야말로 마르코시아스가 정한 조건일 것이라고 미라 일행은 예상했다.

"헌데, 이건 어떻게 해야 없어질꼬."

"으음…… 일반적으로는 자연적으로 벗겨지는데 말이죠."

가설은 세웠다. 그럼 이제 어떻게 해야 할까. 마르코시아스를 앞에 두고 미라와 발렌틴은 신음했다.

바르바토스의 말에 의하면 흑악마의 검은 표피는 백악마로 돌아간 시점에서 악마 자신이 가진 다른 힘, '악성제거'와 자연스럽게 반발을 일으켜 벗겨진다는 모양이다.

하지만 현재, 마르코시아스는 미미한 생명활동을 제외하고는 정체된 상태다. 그 때문에 다른 힘들도 정체된 상태라 자연스럽게 벗겨지기를 기대하기는 어려울 것이라고 한다.

"그렇다면 손으로…… 뜯어내는 건 좋지 않겠지?"

"네, 그렇죠."

바르바토스가 그러지는 않는 게 좋다고 답했다.

흑악마로 변화하는 원인은 봉인했으니 이제 벗겨지기만 하면 된다지만, 그것도 그렇게 간단한 문제가 아닌 모양이다.

자연스럽게 벗겨질 때까지는 피부의 일부인 탓에, 억지로 뜯어내는 것은 피부를 벗겨내는 일이나 다름없는 짓인 것이다.

정신을 차려보니 피부가 벗겨져 있었다. 그 무슨 스플래터 무비(혹은 고어 무비라고도 하며 공포영화의 하위 장르. 유혈낭자한 폭력묘사의 상세 묘사에 초점을 둔 것.)란 말인가.

"일이 이렇게 되었으니, 저희 쪽에서 만든 그 약을 써보는 게 어떨까요. 적어도 해가 되지는 않을 겁니다."

그럼 어쩌면 좋을까. 다 같이 생각하던 도중에 바르바토스가 뭔가 좋은 생각이 난 모양인지, 그렇게 말하자마자 발렌틴에게 시선을 보냈다.

"그 약…… 아아, 그래, 그게 있었지. 확실히 시험해볼 가치는 있을지도 모르겠네."

그 말을 들은 발렌틴은 잠시 고민하더니 나쁘지 않은 생각이라고 답했다.

"흠, 그 약이란 게 뭐냐? 현재의 상황을 해결할 수 있을 법한 물건이냐?"

현재 상황을 타파할 수 있을지도 모르는 가능성을 지닌 약. 심지어 악마를 비롯한 이런저런 자들이 소속된 발렌틴 일행의 조직이 개발한 약이라니. 대체 어떤 물건일지, 미라는 궁금해졌다.

"으음~ 그게 말이죠──."

그렇게까지 중요한 비밀은 아닌지, 아니면 상대가 미라이기 때문인지. 발렌틴은 그 약에 관해 알려주었다.

지난번에 이런저런 일이 있었던 탓에 발렌틴의 조직과 카구라 일행, 이스즈 연맹은 협력 관계가 되었다. 그때 카구라와 함께 있는 천사 티리엘과도 만나서 여러 모로 지혜와 힘을 빌리고 있다는 모양이다.

그리고 천사와 악마가 힘을 합쳐 흑악마를 백악마로 완전히 되돌리기 위한 영약을 개발하고 있다고 한다.

하지만 영약은 아직 연구 단계인 데다 눈에 띌 만한 진전은 없었다. 백악마가 흑악마로 변하는 최대의 요인이 밝혀지지 않았기 때문이다.

바르바토스가 이곳에 와 있던 이유도 이 영약을 완성시키기 위해서였다고 한다.

"약이 완성되면 이전보다 훨씬 간단하게 백악마로 되돌릴 수 있을 거예요. 그리고 바르바토스 일행에게 건 봉인도 해제할 수 있을 테고요. 그렇게 되면 목표에 더욱 가까워지는 셈이죠."

모든 흑악마를 백악마로 되돌리는 것. 그것이 발렌틴과 그가 소속된 조직의 목표다.

그를 위해 영약 연구를 진행하고 있었는데, 그 과정에서 정제된 약이 바로 이번에 시험해 보자는 이야기가 나온 물건이라는 모양이다.

"사실 천사와 악마가 지닌 힘에는 여러모로 공통점이 많아요. 다만 흑악마가 되어버리면 그 공통된 부분이 크게 감소한다는 사실을 알아냈거든요. 이번에 사용해보려고 하는 약은 바로 천사의 힘을 응축한 거죠. 굳이 말하자면 공통점을 자극해서 백악마로 되돌릴 수 없을까, 하는 생각으로 만들어낸 물건입니다."

거기까지 설명한 후 발렌틴은, 결과는 묻지 말아달라고 말을 잇고서 아이템 박스에서 작은 병을 꺼냈다.

그 작은 병에 든 것이 바로 천사의 힘을 응축했다는 약이리라. 은은히 따스한 빛을 띠고 있었다. 특별한 영험이라도 있을 것 같은, 그런 빛이다.

"조금 전에 바르바토스가 말했던 '악성제거'라는 것도 천사와 악마의 공통된 힘이에요. 그렇기에 지금의 상태라면 이 약이 정체되어 있는 그의 힘을 대신해줄지도 모른다는 거죠."

"오호라……. 그렇다면 확실히 시험해볼 가치가 있을 것 같군 그래."

약으로 섭취시켜 거기에 담긴 '악성제거'의 힘으로 검은 표피를 벗겨내자는 것이다.

충분히 가능성이 있는 생각이라며 미라는 납득했다. 또한 메이린은 어쩐지 이해를 못한 눈치였는데, 모종의 직감이 작동한 것인지. 그 약을 먹이는 걸 어떻게 생각하냐고 묻자 "잘 될 것 같다 이거!"라고 답했다.

"좋아, 그럼 결정됐네요."

적어도 악영향을 미칠 만한 것은 들어있지 않다. 따라서 일단 한 번 해보자는 방침이 만장일치로 결정되자 발렌틴은 곧장 마르코시아스의 옆에 웅크려 앉았다.

미라 일행이 지켜보는 가운데 발렌틴은 작은 병의 뚜껑을 열고 거기 든 것을 몇 방울 마르코시아스의 입에 흘려 넣었다.

자, 어떻게 될까. 10여 초 동안 상황을 살펴보자, 눈앞에서 명확한 변화가 나타났다. 마르코시아스의 발에서 검은 표피가 벗겨져, 달그락 소리를 내며 떨어진 것이다.

효과가 있다.

그 사실을 확인한 발렌틴은 계속해서 몇 방울을 더 먹었다.

그 효과는 그야말로 극적이었다. 모든 표피가 흔적도 없이 떨어지더니 그대로 부스러졌다. 그것은 '악성제거'의 힘이 제대로 작용했다는 증거라 할 수 있었다.

게다가 한 가지 변화가 더 일어났다.

"좋아, 역시 정답이었어요. 절대조건이 클리어됐습니다. 이제 남은 일은 봉인을 해제하는 것뿐이에요."

바르바토스가 그렇게 보고한 것이다.

그렇다, 예상이 맞았다. 이로써 마르코시아스의 봉인을 무사히 해제할 수 있게 된 거다.

상당히 오래된 술식이기는 했지만 봉인 해제 자체는 바르바토스에게 어려운 일이 아니라고 한다.

맡기겠다고 하자 바르바토스는 마르코시아스가 자신에게 건 봉인을 풀어 나갔다.

11

"무사하십니까, 마르코시아스. 이제 괜찮습니다, 자아, 정신 차리세요."

마르코시아스의 봉인은 완전히 해제되었다. 그와 동시에 정체되어 있던 그의 모든 것이 다시 활동하기 시작했다.

하지만 너무 오랜 시간이 흐른 탓에 상당히 깊이 잠든 모양이다. 마르코시아스의 의식은 심층에 가라앉은 채 떠오를 기미가 없었다.

뭔가 계기가 필요하다고 판단한 바르바토스는 대뜸 응축한 마나를 마르코시아스에게 가차 없이 쏟아 부었다.

그러자 놀랍게도. 그 충격이 또렷한 반응을 불러 일으켰다. 마르코시아스의 안에서 급격하게 마나가 부풀어 오르더니 생명활동의 숨결이 떠오르기 시작한 것이다.

"──……윽!!"

마르코시아스는 반사운동이라도 하듯 눈을 번쩍 뜨며 일어났다. 하지만 방법이 다소 난폭했던 탓인지 직후에는 "아야야야야야야!" 하고 배를 움켜쥐고 몸부림쳤다.

"……저래도 괜찮은 겐가."

"아마도 악마들이 자기들끼리 사용했던 방법이 아닐까요."

정신이 아득해질 만큼 오랜 세월이 흘러 만난 것일 텐데도 마르코시아스를 대하는 태도가 너무 거친 것 같다고 미라와 발렌틴은 생각했다.

하지만 바르바토스는 그런 마르코시아스를 앞에 두고 희미한 미소를 짓고 있었다. 그것은 괴로워하는 그의 모습을 보고 즐기고 있는 것이 아니라, 그 반응이 예전과 같다는 사실에 기뻐하고 있는 듯 보였다.

"이거, 혹시……."

간신히 진정이 된 모양인지. 마르코시아스는 꿈인가 생시인가 하는 얼굴로 자신의 몸을 확인했다.

미래에 희망을 걸고 자신을 봉인하기는 했지만, 분명 마르코시아스는 그렇게까지 큰 기대를 하지는 않았을 것이다. 그는 흑악마화가 완전히 멈춘 자신의 상태를 확인하며 "어떻게, 이럴 수가……" 하고 눈을 꿈뻑거렸다.

"바르바토스냐……?!"

놀람과 동시에 알아챈 것인지. 마르코시아스는 세차게 고개를 돌려 그곳에 있던 낯익은 모습을 바라본 채 무척 놀란 표정을 지었다.

"……저기, 나는 혹시, 살아난 건가?"

잠시 생각에 잠겨 이래저래 현재의 상황을 파악한 후, 희미하기만 했던 희망에 다다랐음을 깨달은 모양이다. 마르코시아스는 당황한 듯하면서도 제발 그러기를 바라는 듯한 얼굴로 바르바토스를 쳐다보았다.

"네에, 문제의 검은 저렇게 되었습니다. 당신 안에서 일어났던 변화에도 대처해 두었습니다. 이제 걱정하지 않아도 됩니다."

그렇게 바르바토스가 답하자 다소 불안해 보였던 마르코시아스의 얼굴이 단숨에 희색으로 물들었다.

"오오, 바르바토스! 마음의 벗이여~!"

거기에서 그치지 않고 몸도 움직였다. 마르코시아스는 감사의 말과 함께 펄쩍 뛰어올랐다.

바르바토스는 그걸 피하지 않고, 일말의 망설임도 없이 격추시켰다. 마르코시아스는 회복된 지 얼마 되지 않았음에도 정말이지 피도 눈물도 없는 대응이었다.

나아가 미라 일행이 괜찮은 거냐고 걱정하자 미소 지으며 "마르코시아스의 장점은 튼튼하다는 것뿐이라서요"라고 말하기까지 했다.

"그러고 보니 너는 괜찮았던 거야?! 괜찮았던 거구나?!"

확실히 그의 말대로 튼튼한 모양이다. 마르코시아스는 아무 일도 없었다는 듯이 일어나더니 바르바토스에게 매달려 걱정스러운 얼굴로 물었다.

"괜찮았냐는 건, 좀 전까지 당신과 같은 상태에 빠졌었냐는 거죠?"

이 자리에서 있었던 일. 그가 자신을 봉인했던 일. 그리고 바르바토스의 몸을 걱정하는 것으로 미루어, 마르코시아스는 흑악마화에 관해 묻고 있는 것이리라.

"그래, 맞아!"

예상했던 바가 맞았는지 마르코시아스는 바르바토스의 말에 그렇게 답하더니 "그래서, 어땠어? 괜찮았던 거 맞지?" 하고, 이번에는 아무 문제도 없어 보이는 바르바토스를 확인하며 다시금 물었다.

"보아하니 역시 뭔가 알고 있는 것 같군요. 우선 무슨 일이 일어났는지, 그쪽을 먼저 알려주시겠습니까?"

마르코시아스가 듣고 싶은 답이 무엇인지 대충 짐작이 가기는 했지만, 바르바토스는 우선 무슨 일이 일어났는지 이야기하라고 재촉했다.

이곳에 발을 들였을 때의 상태. 마물을 다스리는 신의 검과 거대한 고깃덩이, 그리고 이형의 마물. 왜 이러한 사태가 벌어진 것인지에 관해 마르코시아스는 분명 무언가를 알고 있는 듯했다.

"알겠어."

궁금할 만도 하다며 마르코시아스는 고개를 끄덕였다.

그렇게 이야기를 시작하려던 참에야 미라 일행의 시선을 알아챈 모양인지. 그는 흥미롭다는 듯이 주변을 둘러보더니 "그런데 저기 있는 세 명은?" 하고 물었다.

"이쪽은 지금 제가 소속되어 있는 조직의 동료인 발리. 그리고 은인인 미라 씨와 두 분의 친구인 메이린 공입니다."

그렇게 소개를 하는 바르바토스의 말에 맞춰서 발렌틴도 고개 숙여 인사했다.

메이린은 마르코시아스가 지닌 힘에 흥미가 동한 모양인지. 곧장 "당신, 강해보인다해? 대련을 부탁하고 싶다이거"라고 부탁했다. 그리고 마르코시아스 역시 굳이 말하자면 그쪽 기질이 강한지 "오오, 재밌겠는데? 나야말로 부탁할게!" 하고 신이 나서 답했다.

하지만 그 자리에서 바로 싸우게 할 수는 없는 일이었다.

"메이린짱, 그건 나중에 해주면 안 될까?"

"일단 용건을 모두 마친 후라면 말리지 않겠습니다."

발렌틴과 바르바토스의 말로 인해 느닷없이 시작될 뻔했던 대련은 중단되었다. 양쪽 모두 불만스러워 보였지만 상황을 생각하면 당연한 일이었다.

"그런고로, 미라다. 잘 부탁한다."

다시 인사하겠다는 듯한 태도로 미라는 오른손을 내밀었다.

그 손을 본 마르코시아스는 "분명, 악수라는 거였지?" 하고, 그 문화라면 안다며 의기양양한 미소를 지은 채 미라의 손을 잡았다.

『오랜만이구나, 마르코시아스. 나 원, 어떻게 되려나 싶었더니 여전해서 안심했다.』

직후. 손을 잡자마자 정령왕이 말을 붙였다.

"하에엑?! 뭐, 뭐야? 어어?! 정령왕님의 목소리가 들렸는데…….
어디지?! 어떻게 된 거야?!"

그것은 완전한 기습인 동시에 그에게는 전혀 예상치 못한 재회였을 것이다. 그래서인지 그야말로 화들짝 놀랐는데, 정말이지 이상적이라 할 수 있는 반응이었다.

『대성공이로군.』

『그래, 대성공이다.』

그가 정신을 차린 참에 슬그머니 기획했던『느닷없이 정령왕 서프라이즈』. 그것은 보기 좋게 성공했고, 미라와 정령왕은 그런 말을 주고받으며 함께 의기양양한 미소를 지었다.

"그날은, 분명 네 번째 점검 날이었어——."

정령왕과 마르코시아스가 인사와 재회의 기쁨을 나눈 후. 드디어 마르코시아스의 입에서 대체 이곳에서 무슨 일이 있었는지에 관한 이야기가 나왔다.

그것은 지금으로부터 먼 옛날에 있었던 일이다.

마물을 다스리는 신을 토벌한 후, 마르코시아스는 여섯으로 나뉜 몸과 별개로 파괴가 불가능했던 검의 봉인을 맡게 되었다.

"나는 악마 중에서도 봉인에 있어서는 톱클래스였으니까 말이야!"

때때로 그런 자랑도 섞어가면서 이야기를 진행시켰다.

마물을 다스리는 신의 검의 봉인. 해저에 있는 영맥의 힘을 이용하도록 구성된 그것은 완벽하게 기동해서. 거기에 담겨 있던 힘을 남김없이 봉인하는 데 성공했다고 한다.

그리고 마르코시아스는 그날부터 '봉인의 수호자'라는 역할을 맡게 되었다.

그로부터 수만 년 남짓 동안. 마르코시아스는 정기적으로 봉인을 점검하고 때때로 보강하는 작업 등을 반복하고 있었다.

"설마 그러는 동안 정령왕님이 그렇게 되어버릴 줄이야."

또한 그렇게 임무를 충실하게 수행하는 동안 정령과 오니족의 항쟁이 발발해서 최종적으로 정령왕이 정령궁전에 갇히게 되었다는 모양이다.

문제는 그로부터 다시 오랜 세월이 흘렀을 때 일어났다. 마르코시아스는 평소처럼 정기 점검을 위해 해저에 위치한 봉인 장소를 찾았다.

"──그곳에 이변이 일어나 있었어. 봉인은 완벽했고, 그 검의 힘을 충분히 억제하고도 남을 만한 것이었지. 점검 일정도 기한에 늦지 않도록 넉넉하게 잡았고. 게다가 영맥까지 이용해서 강화했다고. 이걸 깨는 건 정령왕님이라도 무리였을 걸. 그런데, 아주 작은 균열이 발생해 있었어."

마르코시아스는 말했다. 그 사실을 알아챘을 때는 이미 늦은 뒤였다고.

그것은 누군가가 오기를 기다리고 있었다. 그곳에 발을 들여놓기만을, 계속 기다리고 있었다고 한다.

봉인의 틈새로 새어나와 있었던 것이다. 검에 깃들어 있던, 마물을 다스리는 신의 힘이.

"마물을 다스리는 신은 쓰러지기 직전에 자신의 힘 중 일부를 검으로 옮겼어. 그 후 수만 년 동안 시간을 들여 조금씩 힘을 증폭시켜서 그 힘을 봉인의 한곳에 쏟아 부어 구멍을 뚫은 거지."

완벽했던 봉인이 어째서 뚫리고 만 것인지, 마르코시아스는 상세히 설명했다.

그때 문득 의문을 느낀 발렌틴이 물었다. 왜 그렇게까지 자세히 아는 것이냐고.

그러자 마르코시아스는 그곳에 준비되어 있던 함정에 걸렸기 때문이라고 답했다.

봉인 장소에 발을 들인 마르코시아스는 뚫려 있던 구멍에서 새어나온 마물을 다스리는 신의 힘에 오염되고 말았다.

그 결과, 힘의 간섭으로 의식이 서서히 침식되었을 뿐 아니라 소종낭하기까지 했다고 한다.

하지만 마르코시아스 역시 그럭저럭 힘이 있는 악마여서 온힘을 다해 저항했다.

"분명 그게 계기가 되었을 거야. 일부이기는 해도 내 의식은 검에 깃든 무언가와 연결되었던 것 같아."

의식을 빼앗기 위해 간섭했던 탓인지, 상대측과 모종의 연결고리가 만들어졌던 것 같다고 마르코시아스는 말했다.

그런 탓에 저쪽의 생각과 목적 등이 흘러들었던 모양이다. 그래서 봉인에 구멍을 뚫은 방법도 알았던 것이다.

"——하지만 그건 저쪽도 마찬가지였어. 저 검은 내가 가진 힘을 분석했어. 그리고 알아챘지. 저 검이 지닌 힘과 우리 악마가 가진 힘에는, 비슷한 부분이 있다는 사실을."

마르코시아스는 말했다. 마물을 다스리는 신의 검은 그 비슷한 부분을 이용해 터무니없는 힘을 만들어내고 말았다고.

그것은 악마를 변이시키는 힘이었다.

"마물을 다스리는 신 대신, 우리 악마의 손으로 이 세계를 혼란으로 물들이는 것. 그게 검의 의지였어."

거기까지 말한 후, 마르코시아스는 그렇기에 그것을 막고자 봉인을 실행했다고 말을 이었다.

자신의 힘으로 몸의 제어권을 되찾았을 때에는 이미 영맥에서 멀리 떨어진 지점에 있었고, 그곳에서 간신히 도달한 게 바로 이곳이었다.

이곳은 마물을 다스리는 신과의 전투로 멸망한 나라 중 하나라는 모양이다. 이제 아무도 없기에 아무에게도 민폐를 끼치지 않을 것이라 생각하고 찾아왔다고 한다.

그리고 마르코시아스는 점차 검의 힘에 의해 사악함에 물들어가면서도 더 이상의 피해자가 생기지 않도록 다시 검의 봉인 작업을 실행했다.

하지만 이곳에는 영맥의 힘이 없다. 그 때문에 그는 자신을 봉인의 토대로 삼음으로써 모자란 힘을 벌충했다.

그러나 그 직전에 검이 힘을 빨아들였고, 그것을 토대로 악마를 변이시키는 파동이 방출되고 말았다.

그때 마르코시아스는 그것이 매우 위험한 것이라고 직감했다고 한다.

따라서 동시에 검이 내뿜는 힘의 원천인 자기 자신에게도 봉인을 걸었다. 그 결과 생겨난 것이 미라 일행이 이곳에 발을 들였을 때 보았던 광경이었다.

또한 마르코시아스가 봉인의 제물이 되기는 했지만 그럼에도 영맥을 대신하기에는 부족했다. 그 결과, 봉인에서 새어나온 것이 바로 고깃덩이요, 이 주변에 있던 이형의 마물들이었다.

마르코시아스의 이야기가 끝나자 잠시 침묵이 흘렀다. 그 이야기 안에 중대한 사실이 포함되어 있었기 때문이다.

"과연⋯⋯. 그렇게 된 거였습니까. 이로써 원인이 확실해졌군요."

처음으로 입을 연 것은 바르바토스였다. 그 뒤를 이어 발렌틴
도 어쩐지 감개무량한 듯한 투로 "한 걸음 전진하는 정도가 아니
라 도착해버릴 줄이야"라고 중얼거렸다.

"설마 정령왕공도 모르는 이야기를 듣게 될 줄이야. 놀랍구먼."

『과연…… 그러한 일이 있었을 줄이야.』

과거에 무슨 일이 있었기에 건전했던 악마가 흑악마로 변모해
버린 것인가. 사태의 발단이라 할 것이 마르코시아스의 이야기로
인해 밝혀졌다.

마물을 다스리는 신과 그 자가 가지고 있었던 검. 그것이 흑악
마가 탄생한 원흉이었던 것이다.

"아무튼 본론으로 돌아가서, 바르바토스…… 지금의 네 상태도
그렇고, 괜찮았던 거 맞지?"

과거에 일어난 일에 관한 이야기를 마친 마르코시아스는 다시
금 그렇게 물었다.

조금 전의 이야기로 미루어 볼 때, 그가 바르바토스가 무사했
는지를 묻는 것은 검의 힘에 의해 사악함에 물들지 않았는지를
확인하기 위해서였다.

그때 방출되었던 파동의 영향은 있었는지. 봉인은 효과가 있었
는지. 자신이 동료들을 지켜낸 게 맞는지. 다시 해방된 마르코시
아스가 궁금한 것은 바로 그 점이었다.

발렌틴 일행의 활약 덕분에 지금의 바르바토스는 백악마다. 그
리고 마르코시아스는 그런 바르바토스의 모습을 보고 기대감이
싹튼 눈치였다. 동료들은 무사할 것이라는 기대감이.

그러나 악마들의 현재 상황은 모두가 아는 바와 같았다.

"마르코시아스, 차분하게 들어주십시오——."

어쩐지 간절한 표정의 마르코시아스에게 바르바토스는 진실을 말해주었다.

"그럴 수가. 한발 늦었던 건가……."

악마들의 현재 상황. 지금은 흑악마라 불리고 있는 자들이 일으킨 수많은 비극들.

바르바토스에게 그러한 이야기들을 들은 마르코시아스는 놀란 얼굴로 고개를 푹 숙였다.

그는 책임감을 느끼고 있는 것이다. 마물을 다스리는 신의 검에 발생한 이변을 알아채지 못하고 봉인의 땅에 발을 들이고 만 것에 대해서. 몸을 빼앗기고 말았던 것에 대해서. 그리고 그 일 때문에 동족들이 변모하고 말았다는 사실에 대해서.

"그렇다면…… 너는 왜 괜찮은 건데……?"

자신의 죄를 곱씹듯 이를 악문 채 마르코시아스는 희망을 찾듯이—— 간절한 목소리로 그렇게 물었다.

자신의 몸을 희생했음에도 동료들을 지키는 데에는 실패했다.

하지만 악마들은 그러한 상태라는 이야기와 달리 바르바토스는 이전과 달라진 게 없어 보인다. 지금의 마르코시아스에게는 그것이 희망으로 보였다.

"아아, 그건 여기 있는 발리 덕분입니다."

바르바토스는 발렌틴을 바라보며 미소를 짓더니 "그러고 보니 우리가 소속된 조직에 관한 설명을 아직 안 했군요――" 하고 문득 생각났다는 듯이 말하고는 상세한 설명을 덧붙였다.

조직은 사악함에 물든 지금의 악마들을 이전으로 되돌리기 위해 활동하고 있다고.

"발리 일행의 도움을 받기 전의 저는, 말 그대로 온갖 악행을 일삼고 다녔죠. 그때의 일을 속죄하고 싶다는 이유도 있지만, 저도 다른 동포들이 신경 쓰여서 말이죠. 그 후로는 이렇게 뜻을 함께 하고 있습니다."

바르바토스는 그렇게 말을 끝맺더니 "그때는 민폐가 많았습니다" 하고 미라를 향해 고개를 숙였다.

"다 끝난 일 아니냐."

바르바토스가 만들어낸 키메라 클로젠. 그로 인한 피해를 생각하면 쉽게 용서할 수는 없는 일이다. 하지만 그것은 흑악마였던 바르바토스의 죄다. 지금의 그와는 같지만 다른 존재라 할 수 있다.

"그래…… 그래서 너는 이전 그대로였던 거구나. 그나저나 동포들을 원래대로 되돌릴 수 있다니……. 그것 참 대단한걸!"

악마들을 덮친 재난. 그리고 그런 악마들이 흩뿌린 재앙. 과거는 다시 돌이킬 수 없다. 하지만 앞으로의 미래는 다르다.

마르코시아스는 희망으로 가득한 눈으로 발렌틴을 바라보았다. 그리고 발렌틴은 그런 그에게 한 걸음 다가갔다.

"모든 악마들을 구하기 위해, 나아가 다른 모든 이들을 위해 당신의 힘을 빌려주겠습니까?"

발렌틴은 그의 기대에 응하듯, 이루지 못했던 바람을 함께 이루자고 말하며 손을 내밀었다.

"그래, 물론이지. 제발 협력하게 해 줘!"

마르코시아스는 곧장 흔쾌히 승낙했다. 하지만 그러면서도 어째서인지 발렌틴의 손을 잡는 것은 주저했다.

"……저기, 또 누군가의 목소리가 들려오지는 않겠지?"

아무래도 미라의 서프라이즈가 꽤나 인상적이었던 모양이다.

머릿속에 갑자기 누군가의 목소리가 들려오는 경험을 예고도 없이 하게 되면 누구라도 놀랄 것이다.

알고 보니 꽤나 소심한 마르코시아스의 반응에 바르바토스는 웃음을 터뜨렸다. 발렌틴 역시 "그걸 할 수 있는 건 미라 씨뿐이야"라고 말하며 미소를 지어 보였다.

그렇다면 안심해도 되겠다. 그렇게 생각한 마르코시아스는 기합을 잔뜩 넣고 "잘 부탁해!"라고 말하며 발렌틴의 손을 잡았다.

그 직후. 미라가 한없이 음흉한 미소를 지었다.

소리도 없이 발렌틴에게 다가간 미라는 악수하고 있는 그의 반대쪽 손을 슬쩍 잡았다.

『왁!』

"우왁!"

"우와아아악!"

정령왕이 이번에는 단순히 놀라게 하려고 소리쳤고, 그 가차 없는 목소리에 발렌틴과 마르코시아스는 나란히 펄쩍 뛰며 놀랐다.

"그리고 정령왕공은 이렇게 손을 잡으면 여러 사람과 동시에 이야기를 할 수 있지."

그렇게 말하고서 미라는 씨익 웃었다. 기회가 보이면 치고 들어간다. 그것이 미라와 정령왕의 콤비네이션이었다.

발렌틴은 못 말리겠다면서 쓴웃음을 지었다. 그리고 마르코시아스는 또다시 당한 것이 분했는지 "방심했다!" 하고 소리쳤다.

○ 12

"검이…… 부러졌어?"

대충 이야기가 마무리된 후, 미라 일행은 마물을 다스리는 신의 검을 둘러쌌다. 그때 마르코시아스가 가장 먼저 내뱉은 것이 바로 그런 말이었다.

미라와 정령왕에 의해 봉인이 강화된 검의 본체. 조각을 모아서 그 힘을 더듬어 이곳에 온 것을 통해 알 수 있듯, 그것은 도착한 시점에 이미 부러진 상태였다.

하지만 마르코시아스는 그렇게 부러진 검을 보고 의아함과 놀라움을 감추지 못했다.

그럴 만도 했다. 정령왕 일행조차 파괴할 수 없었다는 검이 부러졌으니.

"어떻게 부러뜨린 거야?"

처음부터 그게 가능했다면 봉인도 하기 편했을 테고, 이번과 같은 재앙으로 이어지지 않았을지도 모른다. 그렇기에 마르코시아스는 그 방법이 궁금해진 모양이었다.

하지만 미라 일행에게는 애초부터 부러져 있던 물건이었다. 어떻게 부러뜨렸냐고 물은들 난감할 따름이다.

"아니, 원래부터 부러져 있었다. 애초에 이 몸들은 이 검의 조각에서 힘을 더듬어 이곳을 찾아낸 것이니 말이다."

미라는 있는 그대로 대답했다.

넣어두었던 검의 조각을 보여주며 봉인되어 있던 검은 이미 부러진 상태였다고 설명했다.

"그럴, 리가……."

그 말을 들은 마르코시아스는 눈에 띄게 동요했다. 그 후에 떠듬떠듬 이야기한 바에 따르면, 그는 마물을 다스리는 신의 검을 온전한 상태로 이곳에서 봉인했었다고 한다.

하지만 계속해서 기억을 더듬던 중에 조금씩 자신감을 잃어갔다.

"──가만히 생각해 보니 그때…… 그런 것까지 살필 여유는 없었지."

여러 가지 기억을 뒤짚어본 끝에 마르코시아스는 그러한 결론을 입밖에 냈다.

이 장소에서 봉인했을 때는 검의 상태를 확인할 시간도 여유도 없었다고.

다시 말해서 '누군가가 이곳에 들어와서 검을 부러뜨리고 가져갔다'는 것과는 또 다른 가능성이 떠오른 것이다.

『나도 그럴 확률이 가장 높을 거라 보고 있다. 마르코시아스의 힘으로도 영맥 없이는 온전한 상태의 검을 완전히 봉인하는 것은 불가능했을 터이니. 그렇다면 어딘가에서 부러져 힘도 반감된 상태였을 것으로 추측된다. 그게 우연일지, 아니면 의도적인 일이었을지는 모르겠다만.』

정령왕이 그 가능성을 지지했다. 미라가 그 말을 전하자 마르코시아스에 이어 바르바토스 일행도 그럴지도 모르겠다며 고개를 끄덕였다.

마르코시아스는 영맥이 있는 장소에서 이곳에 오는 동안, 검에게 의식을 빼앗긴 상태였다. 그때 그가 모르는 새에 부려졌다 해도 이상할 게 없는 것이다.

그 후, 부러진 쪽이 어떠한 경위를 거쳤을지는 알 수 없지만 지금은 그것들도 이미 회수가 끝난 상태다. 그렇다면 이제 마물을 다스리는 신의 검이 문제를 일으킬 걱정은 없을 것이다.

신중에 신중을 기하기 위해 미라 일행은 더욱 엄중하게 검을 봉인하기로 했다.

정령왕과 미라가 강화해둔 봉인을 마르코시아스가 보강한다.

"이거 정말 훌륭하군요."

"내 입으로 말하기는 그렇지만, 내가 잘하는 건 이것뿐이니까!"

정령왕 일행이 봉인을 맡긴 인재답게 마르코시아스의 기술은 달인급이었다.

눈 깜짝할 새에 이중, 삼중으로 봉인을 중첩해 나가는 모습은 그야말로 장인의 그것이라 하기에 걸맞아서 넋 놓고 구경하고 싶을 정도였다. 발렌틴도 감탄한 듯한 표정이었다.

하지만 현대의 달인도 거기에 뒤지지는 않았다.

"여기에 이걸 추가하면, 더욱 안정적일 것 같네요."

발렌틴은 검은 천을 꺼내더니 마지막으로 덮개를 덮듯 봉인의 결계를 전개했다.

그러자 놀랍게도. 검은 천에 뒤덮인 순간, 희미하게 감돌고 있던 불길한 기운이 완전히 가라앉았다.

"오오! 정말 굉장한 걸. 이것 참 재미있네. 이런 방식도 괜찮은데?"

마르코시아스도 감탄한 듯 소리치며 그 결계의 구조를 살펴보았다. 술식을 새겨 넣은 도구의 병용. 그로 인한 상승효과는 기술이 발전한 덕분에 생겨난 것이었다.

또한 거기서 끝이 아니었다. 그 봉인을 절찬하는 자가 한 명 더 있었던 것이다.

『과연 미라 공의 동료로군. 국지적이기에 더더욱 훌륭한 결계라 할 수 있겠어. 어쩌면 영맥이 없어도 당분간은 이대로 안정시킬 수 있을지도 모르겠군.』

그렇다, 정령왕이다. 심지어 절찬을 하는 데서 그치지 않고 그 유용성에 관해서도 언급했다.

"어쩐지 정령왕공도 절찬을 하는구나. 이 정도면 영맥이 없어도 안정시킬 수 있을 것 같다면서 말이야."

"그런가요? 어, 어쩐지 쑥스럽네요."

특히 정령왕이 칭찬했다는 점 때문인지. 미라가 그의 말을 전하자 발렌틴은 놀라면서도 기쁜 듯이 웃었다.

그리고 그래서인지 다소 수다스럽게 떠들어대기 시작했다. 그 결계는 동료들에게 배운 지식 등을 총동원해서 개량한 특별한 술식이라고.

"그건 듣던 중 반가운 소리군요. 영맥에 봉인할 필요가 없다면 이걸 가져가서 자세히 연구할 수 있을 테니까요."

다소 들뜬 발렌틴을 대신해서 바르바토스가 향후 검의 취급 방침에 관해 이야기했다.

안전성 등을 고려하자면 다시 한번 영맥으로 가져가서 마르코시아스의 손으로 엄중하게 봉인하는 게 좋을 것이다.

하지만 영맥만큼 장기적이지는 않아도 현재의 봉인과 발렌틴의 결계가 합쳐지면 상응하는 안전성이 보장된다.

거기까지 이야기를 하자 연구재료로 삼자는 선택지가 새로이 떠올랐다.

마르코시아스의 이야기로 미루어 볼 때, 흑악마화의 원흉은 이 검이 분명하다.

악마를 변이시킨 힘의 분석과 그를 무효화할 수단의 구축, 근본적인 치료약의 개발. 검을 연구하면 이러한 것들이 진전될지도 모르기 때문이다.

"듣고 보니 그러네. ——크흠, 그럼, 그런고로 우리 쪽에서 맡아두고 싶은데, 괜찮을까요?"

다소 들떠 있었다는 사실을 자각하고 자중하기로 했는지, 발렌틴은 헛기침을 한 번 하고서 마음을 가라앉히자마자 그렇게 제안했다.

바르바토스 역시 부디 그러게 해달라고 말을 이었다.

"음, 오히려 그러는 게 가장 좋을 테지."

다시 말해서 발렌틴이 속한 조직이 마물을 다스리는 신의 검을 맡아두겠다는 뜻이다. 미라에게는 섣불리 어딘가에 봉인하는 것보다도 안전하게 느껴졌다.

게다가 연구가 성공하면 흑악마를 완전히 원래대로 되돌릴 수 있게 될 테니 더더욱 그러는 게 좋을 것이다.

"오오, 그렇지. 그렇다면 겸사겸사, 이것도 가지고 가주겠느냐."

그러한 부류는 발렌틴 일행에게 맡겨버리는 게 좋겠다. 그렇게 생각한 미라는 손에 들고 있던 검의 조각 쪽도 내밀었다.

"아, 그게 좋겠군요. 알겠습니다. 맡아두도록 하겠습니다."

발렌틴은 그 제안을 수락해 조각도 잽싸게 검은 천으로 감싸 봉인의 결계를 전개했다.

이제 더는 걱정하지 않아도 될 것이다.

"그럼, 남은 문제는 하나뿐이로군."

이번 사건은 거의 해결되었다 해도 과언이 아니다.

원흉인 마물을 다스리는 신의 검은 본체까지 찾아내어 확보했다.

뿐만 아니라 그 희생자 중 한 명이었던 마르코시아스를 구출했고, 나아가 흑악마화의 원인까지 해명하고 말았다. 충분하고도 남을 정도의 성과다.

따라서 이로써 한 건 해결, 이라고 하고 싶기는 했지만 가장 중대한 의문이 아직 남아 있는 상태였다.

"요컨대, 범인의 정체다해!"

여태 조용했던 메이린이 우쭐한 얼굴로 그렇게 답했다.

사건의 발단이 된 마물 퇴치 부적에 관해 조사하다 보니, 뜻밖에도 악마에 얽힌 수수께끼에까지 다다르고 말았다.

그와 관련된 부분이 복잡한 탓인지 메이린은 듣고도 고개를 갸웃할 따름이었지만, 정말 중요한 것이 무엇인지는 분명하게 파악하고 있었던 모양이다.

"음, 그 말이 맞다. 어쩌다 보니 이런 곳까지 오고 말았다만, 애초에 누구의 소행이었는지가 아직 판명되지 않았으니 말이야——."

정답이라며 고개를 끄덕여준 후, 미라는 다시 한번 정리를 하듯 그렇게 이야기했다. 그러고서 바르바토스와 마르코시아스를 바라보고는 두 사람도 있으니 마침 잘 됐다며 여러 개의 천을 꺼내 보였다.

그 천은 마물 퇴치 부적에 쓰였던 것이다. 거기에는 미라와 정령왕도 해독하지 못했던 술식이 새겨져 있다.

"과연, 이게……. 분명, 그렇군요. 본 적이 있는 술식입니다."

"상당히 개량돼서 잘 모르겠는 부분도 있지만, 기초적인 부분은 같네."

예상했던 대로라고 해야 할지. 그 천에 새겨진 술식은 역시 악마가 다루는 것이었던 모양이다.

다시 말해서 두 사람의 증언 덕분에 이번 소동을 계획한 게 악마라는 사실이 증명된 것이다.

바르바토스 일행의 말에 따르면 그 구성은 악마가 사용하는 일반적인 마법에서 크게 변형되기는 했지만, 기초적인 부분은 그대로라고 한다.

"조건 등은 이걸 새긴 자의 개성이 지나치게 강해서 알아낼 수가 없지만, 효과라면 문제없이 알아낼 수 있을 것 같군요."

"이건, 정말 고약한 생각을 해냈는걸. 그럴 목적으로 모든 걸 계획했다, 이거군……."

백 개에 가까운 천들을 바르바토스와 마르코시아스는 모두 확인했다. 두 사람은 거기 새겨져 있는 것은 모두 같은 효과를 지닌 술식이라고 말했다.

그 효과는, 바로 '확산'이다.

발동 조건 등, 상세한 부분은 두 사람도 해독할 수가 없었다.

하지만 마물 퇴치 부적으로 퍼뜨린 그것은, 어떠한 조건을 계기로 안에 봉인된 마물을 다스리는 신의 검 조각의 힘을 주변에 확산시키기 위한 장치였다고 두 사람은 의견을 모았다.

"저 검의 힘을…… 이라? 그런 짓을 하면 어떤 재난이 일어날꼬……."

이번 일로 알게 된 바처럼, 그 힘은 이만저만 성가신 것이 아니다. 그것이 넓게 확산되었다면 대체 어떠한 영향이 나타났을까, 하고 미라는 생각에 잠겼다.

"아마도——."

마르코시아스가 그 영향에 관한 예상을 입밖에 냈다.

검에 의식을 빼앗긴 일도 있어서인지, 어느 정도는 그 힘이 미칠 피해에 관해서도 예측할 수 있는 것이다.

마르코시아스는 말했다. 만약 마물 퇴치 부적이 그대로 인간들의 손을 타고 이곳저곳으로 옮겨져 분산되었다면. 그리고 그때 확산 술식이 기동되었다면 어떻게 되었을지.

우선은 이형의 마물이 출현했을 것이다. 해방된 검의 조각은 우선 이번에 미라 일행이 싸웠던 이형의 마물을 만들어내서 주변을 제압하려 했을 거다.

그리고 그 다음은 토지의 오염이다. 결과적으로 그 땅은 이형의 마물을 낳는 온상이 되었을 것이다.

나아가 주변에 서식하는 마물이 더욱 흉악하게 변이했을 것이라고 한다. 마의 힘을 변질시키는 것. 그것이 마물을 다스리는 신의 검이 지닌 숨겨진 힘이라는 모양이다.

"그런 일이 광범위하게 동시에 발생하면…… 얼마나 큰 피해가 생겼을지. 큰일날 뻔했네."

짐작컨대 상당히 많은 수의 생명이 위협을 받았을 것이다. 흑악마의 소행이라고는 해도 발렌틴은 악마가 이 이상의 죄를 짓지 않기를 바라는 눈치였다.

"그걸 미연에 방지한 건 미라 씨 일행 덕분입니다. 감사합니다."

그리고 바르바토스 역시 사전에 막아서 다행이라며 미라 일행에게 다시금 고개를 숙였다.

"무얼, 감사인사를 받을 만한 일은 아니다. 이 몸들도 그냥 신경이 쓰여서 한 일이니 말이지."

미라는 마물 퇴치 부적이 신경 쓰여서 한 일이 결과적으로 그렇게 되었을 뿐이라며 웃었다.

그런데, 마르코시아스의 이야기를 듣고서 어째서인지 눈을 반짝거리는 인물이 한 명 있었다.

그렇다, 메이린이다.

"미리 말해두겠다만, 저건 아주 위험한 거다. 떽, 이다."

"……나도 안다해. 괜찮, 다이거……."

이형의 마물의 발생. 그리고 마물의 변이. 그러한 단어에서는 위험한 강적의 냄새가 진하게 풍겼다.

그래서인지 살짝 노리고 있었던 모양이다. 하지만 미라가 하지 말라고 못을 박자, 하면 안 될 짓이라는 생각이 들었는지 메이린은 아쉬워하면서도 순순히 물러섰다.

이번 일의 이면에 악마가 숨어 있는 것은 분명하다. 그 그림자를 찾아 미라 일행은 성을 중심으로 주변 일대를 조사했다.

나아가 레서 데몬에게서 정보를 끌어낼 수 없을까 싶어서 벽의 도시에 있는 것들을 붙잡아보기도 했지만, 이쪽은 실패했다.

아닌 게 아니라 주변에 있던 레서 데몬은 모두 마르코시아스의 부하들이었기 때문이다.

마르코시아스의 말에 의하면, 어렴풋한 기억이지만 조종당했을 때 만들어낸 것 같기도 하다는 모양이다. 그러던 도중에 간신히 자유를 되찾은 탓에 명령을 받기 전이었던 레서 데몬들은 대기 상태로 주변에 머물게 되었다. 그렇게 해서 마치 중앙에 있는 성을 지키는 듯한 모양새가 된 것이다.

그리고 그런 정보 속에, 은근슬쩍 미라가 처음 듣는 정보가 들어 있었다.

놀랍게도 레서 데몬이라는 것은 흑악마가 마속성을 조작하여 만들어낸 유사 생명체라는 것이다.

그 때문인지 백악마로 돌아갔다고는 해도 주변에서 대기하고 있던 레서 데몬들은 마르코시아스를 따랐다.

하지만 그것들은 흑악마의 사악한 의지로 만들어진 존재다. 따라서 주변에 있던 레서 데몬은 마르코시아스가 모두 책임지고 먼지로 돌려보냈다.

"흐음~ 이 근처에는 단서가 될 만한 게 없는 것 같군그래."

그렇게 미라 일행은 주변 일대를 모두 조사했다.

하지만 흑악마와 관련이 있을 듯한 정보는 전혀 없었다. 적어도 최근 수백 년 동안 누군가가 이곳에 온 듯한 흔적은 전혀 찾을 수가 없었다.

"어쩌면 이곳과는 상관이 없을지도 모르겠어요."

그러한 정보를 토대로 도출된 결론을 발렌틴이 입밖에 냈다.

"생각해 보니 그렇군. 조금 전의 이야기로 미루어볼 때, 마물 퇴치 부적으로 사용되었던 부분은 이곳과 무관할 가능성도 있겠어."

처음에는 우연하게 이곳에 온 흑악마가 마물을 다스리는 신의 검을 찾아내 이용한 것이리라고 예상했었다.

그럼 본체를 찾아내면 그것을 이용한 흑악마에 관한 단서를 잡을 수 있을지도 모른다.

하지만 검이 부러진 것이 이 근처가 아니라 전혀 다른 장소일 경우는 당연히 이곳에 단서가 있을 리가 없다.

"흐음~ 이쪽은 출발점으로 돌아왔군."

아쉽게도 마물 퇴치 부적을 사용한 흉계를 꾸민 흑악마의 꼬리를 잡지는 못했다.

그렇지만 위험물인 마물을 다스리는 신의 검은 확보하는 데 성공했다. 게다가 흑악마 탄생에 얽힌 비밀까지 밝혀졌다.

수확만 놓고 보면 충분한 성과다.

"자아, 그럼 저쪽은 뭔가 정보를 얻었으려나."

그리고 무엇보다도 이로써 모든 단서가 끊어진 것은 아니다. 미라 일행과는 다른 방향으로 조사를 진행하고 있는 자가 한 명 있었기 때문이다.

그렇다, 브루스다.

마물을 다스리는 신의 검 본체는 확보했고, 그 조각도 신뢰할 수 있는 이에게 맡겼다.

하지만 모든 조각이 모였다고는 단정할 수 없는 상황이다. 그렇기에 남은 그것들의 수색을 비롯해 다른 방향에서 범인을 찾는 일을 브루스가 담당하고 있었다.

이쪽에 단서가 없었으니 브루스에게 희망을 거는 수밖에 없는 상황이다.

"살짝 연락을 취해보마. 잠시 기다려 주겠느냐."

저쪽에서도 뭔가 진전이 있었을까. 그런 생각을 하며 미라는 곧장 정령왕에게 물어보았다. 『저쪽은 어떻게 되고 있는가?』라고.

저쪽. 다시 말해서 브루스 쪽이었는데, 그쪽에는 협력자로 워즈랑베르를 붙여두었다.

거리가 너무 멀어서 소환 계약을 통한 대화는 불가능하지만 같은 정령이라면 이야기가 달라진다. 정령왕을 중개역으로 삼음으로써 아무리 멀리 떨어져 있어도 상대가 정령이라면 정보를 공유할 수 있는 것이다.

『좋아, 내가 나설 차례로군. 어디, 물어보도록 하지.』

자신을 의지한 것이 기쁜지 정령왕은 신이 난 목소리로 답했다.

하지만 그 직후.

『그거라면 제가 전달해드리죠.』

마텔의 목소리가 뒤따라 들려온 것이다. 듣자하니 공동 작업에 봉인에 서프라이즈까지. 여러모로 바빴던 정령왕 대신 워즈랑베르의 상황보고를 마텔이 받고 있었다는 모양이다.

『내가 나설 차례인데——.』

『심 님은 다음 서프라이즈라도 생각하고 계시든가요.』

정령왕은 예상치 못한 일로 활약할 기회를 빼앗겨 당황했고, 마텔은 어째서인지 말에 가시가 돋쳐 있었다.

그녀도 장난치는 걸 좋아했던 모양이다. 그럼에도 끼워주지 않았던 게 분했던 것이리라. 그 대신 그녀는 워즈랑베르에게서 받은 보고를 상세하게 전해주었다.

마텔의 보고를 들은 후, 만약을 위해 주변에 우글대는 이형의 마물을 모두 토벌하고서 브루스 일행이 있는 장소로 향했다.

다섯 명이나 타니 왜건이 다소 좁게 느껴졌지만 대화를 하는 데는 문제가 없었다.

"――그리고 만약 흑막이 숨어 있을 경우에는――."

"――네에, 저한테 맡겨주세요. 광역 전개하고 있을 테니까요――."

미라 일행은 브루스 측의 상황을 정리하며 흑악마를 발견했을 때의 움직임 등을 확인했다.

우선 브루스 쪽은 놀랍게도 마물 퇴치 부적을 판매했던 인물을 특정해서 그 자가 사는 장소까지 찾아낸 상태였다.

이른 아침에 프리마켓에서 잠복하고 있던 캐트시가 마물 퇴치 부적을 판매하는 자를 발견했고, 그 후 워즈랑베르의 힘을 빌려 판매자를 미행해서 주거지를 밝혀낸 것이다.

또한 그때 판매된 마물 퇴치 부적은 보고를 받은 상인의 입김이 닿은 자들이 모조리 사들여서 외부로 유출되지는 않았다고 한다.

쪽잠을 자가며 몇 시간을 이동해, 정오가 지났을 즈음.

"기다리게 해서 미안하구나. 살짝 인원이 늘어서 말이다."

니르바나 황국에서 서쪽으로 뻗어 있는 가도(街道). 그 중간에 펼쳐진 숲속을 헤치고 들어가자 목적한 오두막이 있었다.

숲을 앞에 두고 가루다 왜건에서 내린 미라 일행은 오두막에서 20미터 정도 떨어진 풀숲에 몸을 숨긴 브루스 일행과 합류했다.

"오오, 여러분이 이야기로 들었던 전문가이십니까. 브루스라 합니다, 잘 부탁드리겠습니다. ……어라, 그쪽 분은 어째 이전에 어디서 뵀던 것 같은데……."

바르바토스와 마르코시아스를 보고 인사를 한 후, 브루스는 그대로 발렌틴을 쳐다본 채 움직임을 멈췄다.

과거의 발렌틴은 지금과 달리 중증 중2병 같은 차림새를 하고 있었다. 얼굴까지 검은 천으로 둘둘 말고 다녔던 것이다.

하지만 미라와 달리 체형 등은 그대로다. 때문에 이유 모를 위화감이 느껴졌는지 브루스는 어라, 어디서 봤더라, 하고 생각에 잠겼다.

"아, 아니, 기분 탓이겠지. 그보다 어떻게 되어가느냐?!"

그에게는 자신의 정체뿐 아니라 메이린의 정체까지 들켰다.

하지만 아홉 현자와 관련된 일은 국가기밀이다. 더 이상 기밀을 누출할 수는 없다는 생각에 미라는 필사적으로 화제를 돌렸다. 우선 무엇보다도 중요한 것은 마물 퇴치 부적과 관련된 일이라면서.

"그렇군요, 옳으신 말씀입니다──."

그가 존경하는 덤블프── 미라의 말이라는 이유도 한 몫 거들었는지 브루스는 곧장 의식을 전환시켰다.

그의 말에 따르면 판매자는 전방에 있는 오두막으로 들어가서 아직 나오지 않았다고 한다. 더불어 표적에게도 뭔가 특별한 짓을 하는 듯한 낌새는 없었다는 모양이었다. 무슨 일이 있었다면 오두막 옆에서 귀를 기울이고 있는 캐트시가 연락을 해왔을 거라는 말도 덧붙였다.

"그렇다면 이제 돌입할 일만 남았구나."

저 오두막 안에 판매자가 있다. 보고로 미루어 볼 때, 이미 실내에서 쉬고 있는 것이리라.

그렇기에 그 허를 찌르기 위해서라도 돌입하는 것이 지금 상황에서는 가장 효율적이라는 게 미라의 생각이었다.

실제로 이곳에는 각 분야의 최고봉이라 해도 과언이 아닐 전력들이 모여 있다. 안에 무엇이 도사리고 있건, 어지간한 것들은 힘으로 처리해 버릴 수 있는 자들이다.

"나도, 그게 제일 좋을 거라 생각한다이거. 정면돌파다해!"

그 필두라 할 수 있는 메이린도 이렇게나 의욕적이었다. 또한 오두막에 함정 같은 것도 없다는 사실도 캐트시의 조사를 통해 파악이 된 상태다.

이제 복잡하게 생각할 의미조차 없다고 할 수 있는 상황인 것이다.

"확실히 그렇게 하는 게 빠를 것 같네요."

발렌틴도 그러는 것이 가장 빠를 것이라고 납득한 것인지. 동의하듯 고개를 끄덕였고, 바르바토스 역시 "알겠습니다, 그럼 그렇게 하죠"라고 답했다.

"좋은데, 돌입?! 그런 게 제일 쉬운 길일 때도 있으니까."

마르코시아스도 갑자기 의욕을 내보였다. 마속성 변환의 능력을 봉인한 상태로 얼마나 힘을 쓸 수 있을지. 아직 충분히 확인하지 못했다고 얼굴에 쓰여 있는 것만 같았다.

"역시 그렇게 되는군요……."

작전을 신중하게 진행하는 것도 여기까지인가. 그 중에서도 특히 쳐들어갈 생각으로 가득한 미라와 메이린의 모습을 본 브루스는 군말 없이 물러났다.

"이것도 우리가 제대로 임무를 수행했기에 가능한 일이겠죠."

그런 브루스에게 유일하게 공감해준 것은 워즈랑베르였다. 그는 정보망을 넓혀 감시망을 펼치고, 이 오두막을 발견해낸 것은 다른 그 누구도 아니라 브루스 덕분이었다고 칭찬했다.

그리고 브루스는 워즈랑베르의 정적의 힘 덕분에 가능했던 일이라고 답했다.

돌입을 앞두고 흥분한 미라 일행의 뒤에서 두 사람은 조용히 서로의 건투를 칭찬했다.

판매자가 숨은 오두막은 가족이 살 수 있을 만큼 크지는 않았다. 기껏해야 물을 사용할 수 있는 기본적인 공간과 작업실을 겸한 거실 정도만 있을 것으로 추측된다.

얼핏 보기에 생활보다는 중계 거점으로 이용되고 있는 오두막 같았다.

그리고 안에는 한 사람만 있다. 메이린이 《생체감지》로 조사해서 확인했으니 틀림없다.

"──좋아, 이쪽은 끝났습니다."

"음, 이 몸도 배치 완료다."

발렌틴은 그런 오두막을 포위하듯 결계를 전개했고, 미라는 여러 기의 홀리나이트를 나무 뒤에 숨겼다. 만에 하나라도 도망쳤을 때를 위한 대책이다.

"그러면 간다해!"

"그래, 가자!"

기다렸다는 듯이 나선 것은 메이린과 마르코시아스였다.

두 사람이 바라본 곳에는 오두막의 문이 있었다. 판매자는 그 문에서 다소 떨어진 곳에 있다.

그래서인지 죽이 잘 맞는 두 사람은 동시에 달려 나가더니 호쾌하게 문을 걷어차고 단숨에 안으로 들어갔다.

"마음이 맞는 이가 생긴 탓인지, 평소보다 더 신이 났군그래."

억지로 문을 연 정도가 아니라 완전히 분쇄해 버린 두 사람의 뒤를 따라 미라 일행도 오두막으로 쇄도했다.

하지만 잠시 후. "자아, 각오해라해!"라는 메이린의 목소리가 들려오는가 싶더니 짧은 침묵이 흘렀고, "뭔가 들었던 거랑 다른 것 같다이거?"라는 말이 이어졌다.

"으음……."

마르코시아스 역시 들어 올린 주먹을 어떻게 해야 하나, 하고 난감해 하고 있다.

"이거 약간, 예상과 다르군그래……."

미라도 마찬가지로 그 현장을 앞에 두고 움직임을 멈췄다. 그리고 그것은 발렌틴과 브루스도 마찬가지였다.

왜냐하면 악의가 가득 담긴 마물 퇴치 부적을 팔았던 인물이, 소녀였기 때문이다. 심지어 갑자기 쳐들어간 탓인지 그 소녀는 매우 당황한 듯 보였다.

"아으…… 아으……."

놀란 나머지 의자에서 굴러 떨어진 소녀는 방구석으로 도망쳐 후드를 깊숙이 눌러 썼다. 이쪽을 흘끔 쳐다보는 눈에는 공포심이 담겨 있었다.

"브루스여, 그대 혹시……?"

설마 이렇게 판을 벌여놓고 착각한 건가? 미라는 고개를 돌리자마자 이게 어떻게 된 일이냐는 뜻을 담아 브루스를 노려보았다.

그러자 브루스는 그 시선에 부르르 몸을 떨고서 허리를 꼿꼿이 편 채 "아뇨아뇨아뇨아뇨아뇨아뇨" 하고 필사적으로 고개를 가로저었다. 그리고서 당황한 듯이 한 걸음 앞으로 나아가 몸을 웅크리고는 "네가 마물 퇴치 부적을 팔고 있었지?"라고 소녀에게 물었다.

올곧고 진지한 브루스의 눈빛을 받은 소녀는 "몰라."라고 답하며 온힘을 다해 부정의 뜻을 밝혔다.

"하지만 뭔가 알고 있는 건 사실이지? 저기 걸려 있는 로브는, 분명 그 판매자가 입고 있었던 것이니——."

어찌 되었건 소녀는 뭔가를 알고 있다. 그렇게 확신한 브루스는 그 증거로 벽에 걸려 있는 로브를 가리켰다. 그것은 평범한 로브가 아니라 인식을 저해하는 술식이 새겨진 술구였다.

자세히 보니 그 옷자락에는 작은 고양이 발바닥 마크가 찍혀 있었다. 브루스의 캐트시가 표식으로 슬그머니 찍어둔 것이다. 따라서 브루스가 착각한 것이 아니라 판매자가 이곳에 왔다는 것은 분명한 사실이었다.

그 사실을 브루스가 입밖에 내자 소녀의 표정이 눈에 띄게 변했다.

그것은 거짓말이 들통 나고 말았다는 것에 대한 죄책감이나 분함 같은 것이 아니었다. 그녀의 얼굴에 떠오른 것은 공포였다.

"여기서부터는, 이 몸이 이야기하마."

소녀의 변화를 알아챈 미라는 그렇게 말하여 브루스를 물러나게 했다. 성인 남자보다는 같은 소녀인 자신이 상대하는 편이 대화하기 수월할 것이라고 판단한 것이다.

또한 이곳에는 비슷한 또래의 메이린도 있었지만 그녀는 교섭 같은 것에 소질이 없어서 그대로 대기시키기로 했다.

"놀라게 한 것 같구나. 미안하다. 허나 이 몸들도 급해서 말이다. 조금이라도 좋으니 이야기를 들려줄 수 있겠느냐."

미라는 남자들을 일정 거리까지 물러나게 하고서 소녀에게 그렇게 말을 붙였다.

효과는 금방 나타났다. 역시 겉모습에서 느껴지는 위압감이 줄어든 탓인지, 소녀의 반응이 다소 부드러워진 것이 느껴졌다. 여전히 동요한 상태이기는 하지만 공포심은 사라진 듯했다.

"응……."

고개를 푹 숙이고는 있었지만 소녀는 작은 목소리로 고개를 끄덕이며 답했다.

"좋아, 그럼 잘 들거라. 우선 이 몸들이 이곳에 온 목적 말이다만, 마물 퇴치 부적을 팔고 있었던 자를 어떻게 하려는 게 아니다. 그 위험성을 알리기 위해서다———."

미라는 그렇게 운을 뗀 후, 이어서 정말로 마물 퇴치 부적에 관해서 아는 것이 없는지, 그걸 만들고 있는 자나 파는 자에 관해 아는 것이 없는지 물었다.

하지만 소녀의 얼굴에는 여전히 경계심이 가득했다. 소녀에게도 뭔가 이유가 있는 것인지 질문에 대답하려 하지 않았다.

"실은 말이다, 마물 퇴치 부적에 사용된 결정 안에는 오래된 주물(呪物)이 들어 있는데. 이게 매우 위험한 물건이다."

낌새를 보아하니 평범한 설득으로는 그녀의 결의를 흔들기 힘들겠다고 직감한 미라는 방법을 바꾸기로 했다. 소녀의 양심에 호소하기 시작한 것이다.

마물 퇴치 부적이 어떤 위험을 내포하고 있는지. 과거에도 마물을 다스리는 신에 관해서는 대부분의 사람들이 몰랐던 탓에 교섭 재료로는 사용하기 어렵다. 하지만 그것을 오래된 주물이라고 바꿔서 표현하면 이해시키기 쉬울 것이다.

"———……!"

결과는 명확하게 나타났다. 소녀의 얼굴에 눈에 띄게 동요한 기색이 떠올랐다.

미라는 그 변화를 놓치지 않고 희미하다고 생각했던 가능성 쪽이 진실일 것이라고 확신했다. 애초에 판매자가 속았거나 협박을

당했을 가능성 말이다.

"어이쿠, 그리고 보니 자기소개가 아직이었구나——."

소녀의 마음이 흔들리기 시작한 지금이 바로 기회다. 그렇게 생각한 미라는 상대의 경계심을 더욱 누그러뜨리기 위한 작전에 나섰다.

사람들은 누구인지 모를 상대보다는 상대의 정체가 확실할 때 더 안심이 되고 믿음이 가기 마련이다.

게다가 그것이 이름이 알려진 인물이라면 두 말할 필요도 없다. 때문에 이럴 때는 모험가라는 신분이 매우 도움이 되었다.

"이 몸은, 미라라 한다. 보다시피 모험자지. 그리고 최근에는 아무래도 정령여왕이라 부르는 이도 있는 모양이더구나."

모험가증을 보여주며 자신의 이름을 밝힌 후, 미라는 상황을 살피며 자신의 이명도 슬그머니 흘렸다.

그러자 놀랍게도. 목적했던 대로 효과가 또렷하게 나타났다. 소녀는 정령여왕이라는 이름을 알고 있었던 모양인지. 얼굴에서 상대에 대한 불신감이 가시기 시작한 것이 눈에 보일 정도였다.

미라는 거기서 다시 한 걸음을 더 나아갔다.

"해서, 이걸 증거라 할 수 있을지 모르겠다만. 이 몸의 손을 잡아보겠느냐."

경계하지 않도록 조심스럽게 다가가서 온화한 얼굴로 오른손을 내밀었다.

분명 만난 직후였다면 절대 말을 듣지 않았을 것이다. 하지만 미라가 정령여왕이라는 걸 안 지금의 소녀는 망설이면서도 순순히 손을 뻗었다.

미라와 소녀의 손이 닿은, 바로 그 순간──.

『반갑군, 아가씨. 나의 이름은 정령왕 심비오상크티우스! 미라 공의 친구다!』

손을 잡음과 동시에 정령왕이 더없이 쾌활하게 말을 걸었다.

정령여왕은 정령왕과 이어져 있다. 그것이 이명과 함께 떠돌고 있는 소문이다. 때문에 소문이 맞다는 것을 소녀가 확인하면 더욱 큰 신뢰를 얻을 수 있을 것이다.

"──……!"

이 서프라이즈에 놀란 소녀는 어디서 목소리가 들린 걸까, 하고 주변을 둘러보았다. 그리고 그러던 도중, 미라의 몸에 정령왕의 가호 문양이 떠올라 있음을 알아챘다.

그 정령 문양에서는 정령왕의 힘이 흘러나왔다. 비범한 기운과 온화한 자애심이 느껴졌다.

정령왕의 힘을 느낀 것인지, 놀란 얼굴을 하고 있던 소녀가 안도한 표정을 지었다.

"참고로 뒤에 있는 자들은 이 몸의 유쾌한 동료들이니 안심해도 된다. 그리고 좀 전에는 그 중 한 명이 겁을 주어 미안하다. 나중에 혼내둘 터이니 용서해주겠느냐?"

서서히 경계심을 풀고 있는 소녀에게 미소를 지어 보이며 미라는 그런 시시한 농담을 내뱉었다.

그러자 소녀는 "응……" 하고 답했다. 브루스를 용서해주겠다는 모양이다.

다만 그 대화를 듣고 있던 브루스에게는 그리 반가운 이야기가 아니었는지, 조금 전 소녀에게 뒤지지 않을 정도로 겁에 질린 얼굴을 하고 있었다.

⟨14⟩

숲 속, 마물 퇴치 부적 판매자를 쫓다가 발견한 오두막에 있던 소녀.

미라의 설득이 먹혀들어 마음을 연 그녀는 자신이 아는 것에 관해서는 대답하겠다고 약속해 주었다.

그 소녀의 이름은 에토토.

미라가 마물 퇴치 부적에 관해 묻자 에토토는 어느 날, 상냥해 보이는 사람에게 재료를 받고 만드는 방법을 배웠다고 답했다.

그렇다, 그녀는 마물 퇴치 부적을 팔기만 했던 게 아니라 만들기도 했던 것이다.

그 마물 퇴치 부적의 제작에 관해 물어보니 에토토는 자세히 가르쳐주었다.

우선 상냥해 보이는 사람에게 받은 재료는 신성한 결정과 마물을 물리치는 검은 조각, 그리고 그것들의 효과를 이끌어내는 술식이 그려진 천이었다고 한다.

에토토는 그것들을 사용해 배운 대로 결정에 검은 조각을 심어 넣고 천으로 감싸, 주문을 걸었다고 말을 이었다.

(상황으로 미루어 그 상냥해 보이는 사람이라는 것이 분명 흑악마일 테지. 그리고 이 소녀가 말한 결정이란 건 아마도 아무르테를 말하는 것일 테고. 검은 조각이라는 것도 그 검의 조각이 분명해.)

아무르테를 신성한 결정이라고 하고, 마물을 다스리는 신의 검 조각을 두고 마물을 물리치는 검은 조각이라고 속인 인물. 그리고 무엇보다도 악마가 다루는 술식이 그려진 천. 이것들을 준비할 수 있는 것은 악마 본인뿐일 것이다.

(그나저나 아무렇지 않게 말했다만, 그걸 심어 넣었다니 대체 무엇을 어떻게 해야 그럴 수 있는 겐지.)

아무르테의 결정. 본래는 지상에 있는 물체가 아닌 탓에 액체 상태로 되돌리기 위해 굳이 발할라까지 가야만 했던 물건이다.

하지만 에토토는 지상에서 결정 상태로 가공을 했다고 한다.

정령왕에게 물어보니 그것은 사람의 손으로 결코 할 수 없는 일일 터라고 했다.

미라 역시 정령왕의 힘이 있었기에 아무르테를 액체로 되돌릴 수 있었을 정도다. 평범한 소녀에게는 불가능한 일일 것이다.

"에토토여. 그대가 다루었던 결정이란 것은 아무르테라 하는데. 본래는 지상에 존재할 수 없는 물질이다. 그러니 지상에서, 심지어 평범한 인간이 다룰 수 있는 물건이 아냐."

미라가 그렇게 따지자 에토토는 퍼뜩 정신을 차린 듯이 눈을 동그랗게 떴다. 미라가 무슨 말을 하려는 것인지 알아챈 모양이다.

그 표정에 떠오른 것은 설마 자신이 받은 재료가 그런 물건이었다니, 라는 생각으로 인한 놀라움이 아니었다. 감추고 싶었던 무언가를 들켰다는 듯한, 불안감이 섞인 놀란 표정이었다.

"역시 무슨 사정이 있나 보군. 괜찮다면 말해주겠느냐?"

뭔가 비밀을 떠안고 있는 것은 분명하다. 에토토의 표정을 통해 그렇게 예상한 미라는 더욱 다정한 미소를 지어 보였다.

그것이 어떠한 비밀인지는 모르겠지만 그녀의 반응으로 미루어 볼 때, 매우 괴로운 고민의 씨앗이라는 것만은 분명해 보였다.

하지만 그것이야말로 악마에게 이용당한 요인으로 추측되었다. 그렇기에 미라는 추궁을 멈추지 않고 진지한 눈으로 에토토를 바라보고 있었다.

"저기, 그게…….'"

괴로운 기억이 되살아난 것인지. 에토토는 위축된 목소리로 입을 열더니 그대로 고개를 푹 숙인 채 입을 다물고 말았다. 하지만 여전히 망설임이 가득한 눈으로 미라를 바라보고 있었다.

미라는 다정한 미소를 띤 채 소녀의 판단을 기다렸다. 괴로운 비밀을 터놓는 것은 용기가 필요한 일이기 때문이다.

그렇기에 미라는 에토토가 그 용기를 쥐어짤 때까지 지켜봐 주었다.

그로부터 얼마간의 시간이 흘렀다. 그동안 그 누구도 입을 열지 않았다. 에토토를 재촉하거나, 추가로 질문 세례를 퍼붓지도 않고 가만히 기다렸다.

에토토는 그런 미라 일행의 모습을 흘끔흘끔 쳐다보았다. 불안한 눈으로 몇 번이고 쉴 새 없이.

몇 번째인지 모르겠지만 다시 시선을 든 순간. 에토토는 결심을 굳혔는지, 입술을 앙다물었다. 그리고 천천히 손을 후드에 대고, 뒤집어쓰고 있던 그것을 벗었다.

흘러내린 긴 머리는 그다지 손질을 하지 않은 것인지 푸석푸석했고 밤바다와 같은 검은색을 띠고 있었다.

후드를 벗어 윤곽이 또렷하게 드러나자 다소 말라보이기도 했다.

하지만 무엇보다도 특징적인 것은 그녀의 머리였다. 에토토의 머리에는, 작지만 악마와 마찬가지로 뿔이 돋아나 있었던 것이다.

"그렇게 된 것이었군요……."

그 모습을 보자마자 입을 연 것은 바르바토스였다. 에토토의 모습과 조금 전까지의 태도. 그러한 것들을 종합하여 그녀가 누구인지를 알아채고, 그녀가 처한 경우까지 파악해낸 것이다.

엉겁결에—— 아니, 가만히 있을 수 없다는 듯이 바르바토스가 에토토에게 다가갔다.

직후, 갑자기 다가오자 놀란 에토토는 몸을 움찔했지만 다음 순간, 바르바토스를 바라본 채 "아……" 하고 탄식했다.

바르바토스의 머리에는 그녀보다 커다란 뿔이 있었기 때문이다.

그것은 악마의 증표인 뿔이었다. 여러모로 귀찮은 일이 생겨서 평소에는 감추고 다니는 그것을, 바르바토스가 대놓고 내보인 것이다.

에토토는 눈앞까지 다가온 바르바토스를 가만히 올려다보고 있었다. 감탄스럽고 놀라운 단계를 넘어서, 복잡한 감정이 교차하고 있는 것이리라.

바르바토스는 그런 소녀의 앞에 천천히 웅크려 앉았다. 그리고 떨리는 그녀의 손을 살며시 잡았다.

"고생이 많았죠? 제가 이런 말을 한들 아무 위로도 안 되겠지만, 애 많이 썼습니다. 아주 훌륭해요. 하지만 제가—— 저희가

왔으니, 이제 괜찮습니다. 이제, 괜찮아요."

그렇게 말하는 바르바토스는 매우 괴로워 보이는 눈빛을 하고 있었다. 자세히 보니 발렌틴 역시 에토토를 보는 눈에 연민의 빛이 짙게 묻어나고 있었다.

두 사람은 에토토와 비슷한 경우를 본 적이 있는 듯한 낌새였다. 그리고 그것은 괴로운 기억과 이어져 있는 모양이다.

"살아있어 주어서, 고맙습니다."

마치 참회라도 하듯, 과거의 죄를 속죄하듯, 그러면서도 희미한 희망을 발견한 듯 중얼거린 후, 바르바토스는 그대로 에토토를 살며시 끌어안았다.

에토토는 갑작스러운 일에 당황한 듯 눈을 깜박거렸다. 하지만 조금씩 바르바토스의 감정이 전해진 것인지. 그 온기에 담긴 뜻이 이해되기 시작한 것인지. 그리고 무엇보다도 자신을 향한 감정이 다정함이라는 것을 실감한 것인지.

에토토의 얼굴은 엉망진창으로 구겨지기 시작했다. 그리고 매달리다시피 바르바토스에게 달라붙더니, 지금까지 참아온 감정이 넘쳐난 듯 울음을 터뜨렸다.

반(半)마족. 그것이 에토토의 정체였다.

인간과 악마 사이에서 태어난 아이로, 기본적으로 평범한 인간과 같은 모습으로 태어난다. 하지만 때때로 그 몸에 악마의 특징이 나타나는 경우가 있었다.

피부의 일부가 검은 표피로 뒤덮여 있거나, 날카로운 발톱과 이빨이 돋아나는 경우도 있다.

그 중에서도 특히 성가신 것이 뿔이다. 가장 눈에 띄는 부위인 데다 악마의 뿔은 특징적인 탓에 반마족이라는 걸 금방 들킬 수밖에 없는 것이다.

악마란 사람에게 재앙을 가져다주는 존재. 그것이 세간에 일반적으로 퍼진 인식이었고, 오랫동안 진실처럼 여겨져 온 편견이었다.

그러니 그 아이가 어떤 취급을 받을지는 상상하기 어렵지 않을 것이다.

바르바토스는 다정하게 달래주고, 발렌틴은 그 모습을 지켜보았다. 또한 마르코시아스도 그러한 반응을 통해 사정을 파악했는지. 다소 늦게 "그래, 그렇구나, 그랬겠지"라면서 울음소리를 흘렸다.

또한 메이린도 대충은 사정을 이해한 눈치였다. 에토토가 괴로운 처지였다는 것과, 악행에 이용당한 것뿐이라는 것을. 하지만 가만히 상황을 지켜보던 도중, 문득 생각이 났다는 듯이 시선을 옮겼다. 마르코시아스와 함께 파괴한 문이 있는 쪽으로.

어쩌지? 메이린의 얼굴에는 선명하게 그런 말이 써 있었다.

그렇게 모두가 속으로 여러 가지 감정을 느끼고 있는 동안. 미라 역시 소녀의 처지를 동정하면서도 상황을 분석하고 있었다.

『흐음…… 그래서 아무르테를 다룰 수 있었던 게로군.』

『그러하다. 반마족이라면 어려운 일이 아니겠지.』

조금이나마 악마의 힘을 지녔기에 에토토는 평범한 인간이 다룰 수 없는 아무르테를 가공할 수 있었던 것이다.

다만 그렇다면 더더욱 신경 쓰이는 점이 있다고 미라는 말을 이었다. 악마의 힘으로 가공할 수 있음에도 불구하고, 왜 흑악마는 직접 하지 않고 가공하는 일까지 에토토에게 맡긴 것일까.

『그건 분명, 기술의 문제일 테지. 아무르테를 결정화시키는 것까지는 힘을 쓰면 어떻게든 될 거다. 하지만 그 안에 무언가를 넣는 것은 이야기가 다르다. 그 작업에는 세밀한 힘 조절과 미세한 조작이 필요할 테니 말이다. 악마가 자신의 힘을 아무리 줄여도 할 수 없는 일이었겠지.』

그렇기에 그게 가능한 반마족인 에토토에게 맡겼던 것이다. 정령왕의 말에 따르면 인간의 피에 새겨진 본능인지, 기술적인 면에서는 매우 높은 적성을 발휘하게 된다고 한다.

그렇게 정령왕과의 대화도 일단락되었을 즈음, 에토토 쪽도 마음이 진정된 모양이다.

쑥스러운 듯이 고개를 푹 숙인 채 바르바토스에게서 얼굴을 뗐다. 그러고서 쭈뼛거리며 고개를 들더니, 다정한 미소를 지은 바르바토스를 보고 안도한 표정을 지었다.

그 후, 에토토는 미라 일행의 질문에 모두 답해 주었다.

우선은 그녀에게 마물 퇴치 부적을 팔게 했을 뿐 아니라 만들게까지 한 자에 관한 정보.

그 질문에 에토토는 친절해 보이는 여행자였다고 답했다.

듣자하니 그 인물은 에토토의 고민 상담을 해준 것은 물론이고 그녀의 바람을 이룰 방법도 알려주었다고 한다.

"바람이라니?"

에토토의 바람. 그것은 인간 세계에서 평범하게 살고 싶다는 것이었다.

에토토는 말했다. 반마족인 탓에 언제나 사람들 사이에 들어갈 수가 없었다고.

어디에 가도 괴롭힘 당하고, 쫓기고, 때로는 죽을 뻔한 적까지 있었다는 모양이다.

에토토가 말한 체험담에는 말 그대로 인간의 어둠이 응축되어 있었다. 그런 일까지 당했음에도 어째서 인간 세계에서 살고 싶다고 생각하는 것인지, 듣고 있는 쪽이 의아할 정도의 내용이었다.

그럼에도 에토토는 그러고 싶었다고 한다. 왜냐하면 그녀는 인간 어머니가 너무도 좋았기 때문이다.

다정하게 안아주었고, 괜찮다며 머리를 쓰다듬어주었다. 무서운 마물을 쫓아내 주었다. 그런 어머니가 있었기에 에토토는 모든 인간이 나쁜 건 아니라고 생각할 수 있었다고 말했다.

그리고 그렇기에 에토토는 바랐다. 어머니와 같은 인간이 잔뜩 있는 장소에서 살고 싶다고. 사랑하는 어머니에게도 다정하게 대해줄, 그런 인간이 있는 장소가 있었으면 좋겠다고.

『참으로 마음이 아름다운 아이로군…….』

『그러게, 이 언니, 감동해 버렸어.』

소녀가 품은 순수한 바람. 나이를 먹으면 눈물이 헤퍼진다더니, 그 이야기를 듣고 가장 먼저 눈시울을 붉힌 것은 정령왕과 마텔이었다.

이어서 두 사람은 할 수 있는 일이 있다면 전면적으로 도와주겠다고도 말했다.

『음, 그렇다면 기회를 봐서 그렇게 전하도록 하지──.』

그렇게 속으로 대화를 나누는 동안에도 에토토는 질문에 답해 나갔다.

친절해 보이는 여행자가 알려준 에토토의 바람을 이루는 방법. 그것이 바로 마물 퇴치 부적을 만들어 파는 것이었다.

해마다 마물에 의한 피해로 수많은 희생자가 발생하고 있다. 매우 강력한 효과를 발휘하는 마물 퇴치 부적이 있으면 그런 피해를 줄일 수 있다.

많은 인간들의 안전을 지키는 편리한 도구. 그걸 만들었다고 하면 자연스럽게 인간들이 고마워하며 자신들의 집단으로 맞아들여줄 것이다.

하지만 서둘러서는 안 된다. 알다시피 인간들 중에는 나쁜 인간도 있다. 마물 퇴치 부적이 돈벌이가 된다는 사실이 알려지면 그들의 먹잇감이 되고 말 것이다.

그러니 우선은 마물 퇴치 부적이 많은 사람들에게 알려질 만큼 퍼질 때까지는, 유력자들 사이에서 인지도가 높아질 때까지는 눈에 띄지 않는 게 좋다고 여행자는 말했다고 한다.

"확실히 일리 있는 말이기는 하군요."

에토토가 말한 친절해 보이는 여행자. 그것은 분명 변신한 흑악마였을 것이다.

그렇기에 에토토 같은 어린애를 구워삶는 것 정도는 일도 아니었을 거다.

그리고 그것이 바로 에토토가 정체를 숨기고 마물 퇴치 부적을 팔고 있던 이유였다.

아귀는 맞는다. 하지만 다른 시점에서 보면 명백하게 그녀를 속일 속셈이었다는 것도 뻔히 알 수 있었다.

만약 에토토가 그걸 만들어 팔고 있다는 사실을 당당하게 밝히고 다녔다면 어떻게 됐을까.

그의 말처럼 돈에 눈이 먼 악당에게 착취만 당하고 끝났을지 모른다.

하지만 다른 가능성도 있다. 마물에게서 많은 사람들을 보호할 수 있다는 이유로 선량한 협력자가 나타났을 수도 있었던 것이다.

오히려 그 효과와 화제성이 알려졌다면 선량하지는 않더라도 정직한 상인이 제휴를 제안하기도 했을지 모를 일이다.

하지만 그렇게 되면 당연히 마물 퇴치 부적의 제조 과정이 많은 사람들의 눈에 들어갈 가능성이 생긴다. 게다가 완성 전 단계라면 미라 일행만큼 민감하지 않더라도 그 재료가 내포한 수상함을 알아채는 자가 나타났을 수도 있다.

그렇기에 관계자는 적을수록 좋다. 마물 퇴치 부적은 완전히 속여먹을 수 있는 에토토에게만 만들게 하고 천천히 확산되기를 기다렸던 것이다.

"──저, 저기…… 그게…… 주물이 들어있었다는 건, 정말이에요……? 사람들은, 괜찮았을까요……?"

여러모로 설명을 마친 에토토는 끝으로 불안한 얼굴을 한 채 그렇게 물었다.

무서운 마물들로부터 사람들을 지키기 위한 물건이라고 믿고 있었기에 그녀는 마물 퇴치 부적을 팔고 있었던 것이다. 하지만 그 물건의 효과는 그게 아니었고, 내용물이 주물이었다고 하니 걱정이 될 수밖에 없을 것이다.

"음. 정말이다. 하지만 그에 관해서는 걱정할 것 없다. 이 몸들이 회수해 두었으니 말이야. 그리고 주물이 못된 짓을 하기 전에는, 여전히 강력한 마물 퇴치 부적이기는 하단다."

천에 그려진 술식이 발동하기 전이었던 탓에 모든 마물 퇴치 부적은 이름과 같은 효과를 발휘했었다. 덩달아 속은 셈이기는 해도 에토토가 만든 마물 퇴치 부적 덕분에 목숨을 건진 사람도 있었을 것이다.

고개를 끄덕이며 대답한 후, 미라는 다정하게 웃으며 문제없다고 말했다. 하지만 아직 마음을 놓을 수 있는 상황은 아니다.

"다만, 만약을 위해 잠깐 확인 좀 해주겠느냐——."

그렇게 운을 뗀 미라는 자신들이 놓친 것이 하나라도 있을지에 관해 에토토에게 확인을 구했다.

바로 그녀가 만든 마물 퇴치 부적의 숫자다. 주로 브루스가 회수한 것이지만 그게 전부라는 보장은 없다. 니르바나의 수도인 라트나트라야에만 나돌고 있었다고 들었지만, 누군가가 외부로 반출했을 가능성도 충분히 있다.

그렇기에 대조해볼 필요가 있는 것이다.

그러한 사정에 관해서도 설명하자 에토토는 두말없이 동의해 주었다.

마물 퇴치 부적을 판 날에는 그 내용을 상세하게 장부에 기록했다는 모양이다. 판매 수는 모두 기록해두었다고 한다.

"아…… 오늘도 아까 팔고 왔어요!"

확인하다가 생각이 났는지, 에토토는 어떻게든 돌려받고자 매상금을 가지고 뛰쳐나가려 했다.

"아가씨, 괜찮아. 그건 이쪽에서 대처해두었거든."

그렇게 말해 에토토를 제지한 것은 브루스였다. 오늘 판매한 열 개는 이 일에 관해 아는 협력자가 모두 구입했으니 문제없다고 그는 덧붙여 말했다.

"그랬군요. 다행이에요."

그 말을 듣고 안심했는지, 마음을 가라앉히고 멈춰선 에토토는 이어서 "저기, 이걸 그 분에게"라고 하며 손에 들고 있던 매상금을 브루스에게 내밀었다.

"아아, 그건——."

그 금액은 그렇게까지 큰돈이 아니었다. 협력자인 상인의 입장에서는 그야말로 용돈 정도의 금액일 것이다. 굳이 돌려줄 만한 액수가 아니다.

하지만 브루스는 "——알겠다. 내가 꼭 돌려주마"라고 말하며 그것을 받았다. 에토토가 더없이 진지하고 성실한 눈빛으로 그를 바라보았기 때문이다.

그 후, 에토토는 지금 당장은 무리라도 지금까지 팔아 번 돈도 돌려주고 싶다고 말했다.

지금까지 팔아서 번 돈. 다시 말해서 브루스가 긁어모으는 데

쓴 돈을.

그것들은 모두 브루스가 사비를 들여 모으고 돌아다녔다. 그렇다면 그 결정권 역시 브루스에게 있다고 할 수 있을 것이다.

웃돈을 제외한 원가 자체는 그리 비싸지 않다. 하지만 그럭저럭 숫자가 많다 보니 소녀인 에토토에게는 거금이라 할 수 있는 액수일 것이다.

"정 그렇다면 받도록 하마."

브루스는 다시 한번 고개를 끄덕였다. 성실하게 살려 하는 소녀의 의지를 업신여기는 짓을 할 수 있을 리 없기 때문이다.

하지만 그가 바란 대가는 따로 있었다.

"단, 우리가 지금 원하는 건 정보다. 그리고 네가 가진 정보에는 그만한 가치가 있고. 알고 있는 걸 모두 말해주면 그걸로 청산을 끝내도록 하자. 알겠니?"

브루스는 그렇게 말을 이었다.

그리고 실제로 에토토는 흑악마와 관련된 정보를 가지고 있을 가능성이 있다. 그것은 미라 일행에게는 말 그대로 대가를 지불하고서라도 얻고 싶은 정보였다.

"네, 뭐든 말씀드릴게요!"

그렇게 말하고서 방 안을 부산하게 뛰어다니는가 싶더니, 에토토는 장부뿐 아니라 마물 퇴치 부적과 관련된 것들을 모조리 테이블 위에 쌓아 올리기 시작했다.

에토토에게 사정 청취를 해본 결과, 여러 가지 사실이 판명되었다.

우선은 만들었던 마물 퇴치 부적의 총 숫자.

이를 회수한 숫자와 대조해보니 딱 하나가 빈다는 사실이 판명되었다.

하지만 그것은 금방 해결되었다. 그 하나는 늘 가지고 다니고 있다는 에토토의 가방에 들어 있었기 때문이다.

하나는 네가 가지고 있어, 그래야 안전할 테니까. 여행자의 그 말에 따라 자신이 쓸 용도로 가지고 있었다는 모양이다.

에토토가 내민 그것도 회수한 숫자에 추가하고 보니 숫자가 딱 맞아 떨어졌다.

하나도 남김없이 모은 모양이다. 그 결과를 보고 미라 일행은 안도의 한숨을 내쉬었다.

하지만 아직 방심할 수는 없다. 에토토가 가지고 있던 것과 이번에 상인들이 회수한 것이 아직 처리되지 않은 상태로 남아 있기 때문이다.

"——그러면, 내가 받아오겠다이거!"

"음, 부탁하마."

그 일은 메이린이 해결하겠다고 나서주었다. 발로 뛰며 상인들에게서 마물 퇴치 부적을 받아오겠다는 것이다.

브루스가 그렇다면 함께 가져가라며 내민 마물 퇴치 부적의 매상금을 받아든 메이린은, 맡겨만 달라는 듯한 표정을 지어보이며 부서진 입구를 통해 뛰쳐나갔다.

어쨌든 메이린의 속도라면 왕복하는 데 그리 오래 걸리지 않을 것이다. 또한 만일의 사태가 벌어지더라도 그녀라면 충분히 대처할 수 있다. 결과적으로는 최적의 인원 배치가 된 셈이다.

그렇게 메이린을 배웅한 후, 미라 일행은 다음 작업에 나섰다.

소녀의 동의를 얻은 김에 이 오두막을 구석구석 조사하기로 한 것이다.

에토토의 말에 따르면, 이 오두막은 마물 퇴치 부적을 만들기 위한 작업장으로 여행자가 준비해준 빈집이라는 모양이다.

그렇다면 그 여행자의—— 흑악마의 흔적이 어딘가에 남아있을지도 모른다.

"그러면 흩어져서 찾아볼까요."

그러한 발렌틴의 말과 동시에 흑악마의 흔적 찾기가 시작되었다.

지금까지 많은 수의 흑악마를 발견해서 백악마로 되돌린 실적이 있는 발렌틴은, 뭔지 모를 전문적인 술구를 꺼내더니 베테랑 같은 솜씨로 방의 끄트머리부터 조사해 나갔다.

바르바토스 역시 그 뒤를 따랐지만 그의 방법은 다소 특수해 보였다. 손을 이리저리 내밀더니 다른 장소로 이동하기를 반복하고 있었다.

악마이기에 뭔가 느낄 수 있는 것일까. 마르코시아스에게도 그 방법을 알려주며 발렌틴과 반대되는 방향부터 순서대로 조사해 나갔다.

그리고 미라와 브루스가 있는 곳은 어느 선반 앞이었다.

"어어, 여기 있는 게 다예요!"

에토토가 선반의 문을 열었다. 그곳에는 마물 퇴치 부적을 만들기 위한 도구와 나머지 아무르테의 결정, 마물을 다스리는 신의 검 조각이 놓여 있었다.

아직 가공하기 전인 재료 상태다. 심지어 그것들은 여행자가 준비한 것이라고 들었다.

그렇다면 더욱 강한 흔적이 남아 있을지도 모른다. 그렇게 생각한 미라는 우선 멍슨을 소환했다. 그 여행자라는 자의 냄새가 남아 있는지를 조사하기 위해서다.

이어서 브루스가 캐트시를 소환했다. 이런 일에 직감과 관찰안이 뛰어난 캐트시를 빼놓을 수는 없는 일이다.

조사 등의 작업에 있어서 이만큼 믿을 만한 콤비는 그리 흔치 않을 것이다.

하지만 멍슨과 단원 1호의 경우, 최악이라 할 정도로 사이가 나빴다. 두 종족 사이에 무슨 악연이라도 있었나 싶을 정도다.

하지만 그러한 악연 같은 것은 없었다.

"당신은 설먀, 쿠 시계의 젊은 전설! 원더풀 탐정인 멍슨 공 아니십니까냥?!"

"워후. 저의 그 이름을 알다니, 안목이 제법이십니다멍."

"멍슨 공은 우리 아㉓요정계 최대의 위기, 별의 나무 고사 사건을 보기 좋게 해결하신 주역이십니다냥. 당연한 일입니다냥!"

"캐트시 중에도 착실한 캐트시가 있는 것 같아 안심했습니다멍. 그럼 협력해서 임무에 임합시다멍."

"네, 함께 할 수 있어서 영광입니다냥!"

냄새를 더듬고, 작은 단서라도 놓치지 않도록 신중하게 하나씩 확인해 나간다. 처음 만난 사이일 텐데도 멍슨과 캐트시의 콤비네이션은 훌륭해서 작업은 효율적으로 진행되었다.

때때로 마물을 다스리는 신의 검 조각이 수상쩍은 기운을 내뿜었지만 그쪽은 미라와 정령왕이 잽싸게 진정시켰다.

브루스는 모종의 술식이 걸려 있지는 않을까 하고 오두막 주변을 주의 깊게 조사해 나갔다.

그렇게 각자가 자신의 능력을 총동원한 덕에 작업장과 주변에 대한 조사는 문제없이 진행되었고, 이내 끝났다.

"으음~ 아무 것도 안 나왔군그래."

"저의 코도 아무 것도 못 건졌습니다멍…… 분합니다멍."

"적은 엄청나게 용의주도합니다냥."

결과만 말하자면, 단서는 없었다.

알아낸 사실이 있다면, 이번 일을 꾸민 흑악마는 상당히 주의 깊어서 자신에게 이어질 법한 흔적을 모두 지우고 간 듯하다는 것뿐이었다.

이렇게까지 철저하게 흔적을 지운 이유. 그것은 이 장소에 수사의 손길이 미칠 것을 예상했기 때문이리라.

다시 말해서 마물 퇴치 부적의 술식을 기동한 후, 그 피해에 대한 조사로 이곳이 발견될 사태까지 고려했던 것이다.

심지어 에토토에게도 하나 가지고 있으라고 한 점으로 미루어 볼 때, 쓸모없어진 그녀도 그대로 처리해 버릴 속셈이었다고 보아도 무방할 것이다.

(······참으로 비열한 수법이로군!)

이번에 알아채지 못했다면 순수한 에토토까지 목숨을 빼앗겼을지 모를 일이다.

하지만 이렇게 찾아냈다. 그것만으로도 이곳에 온 의미는 있었다 할 수 있을 것이다.

그렇다, 이 일을 꾸민 자에 대한 우려는 남았지만 믿을 만한 조사원을 동원했음에도 흔적을 찾지 못했으니 어쩔 수 없다. 미라가 그렇게 생각하며 마음을 다잡으려던 그때.

"상당히 교활하게 움직이고 있었던 것 같지만, 우리 같은 사람들이 있을 줄은 몰랐던 것 같네요. 확실하게 흔적을 찾아냈습니다."

집 안뿐 아니라 바깥으로까지 조사 범위를 넓혀 나갔던 발렌틴 일행이 그러한 말과 함께 돌아온 것이다.

"뭐어, 설마 동족······ 아니, 같은 힘을 지닌 자에게 쫓기게 될 줄은 몰랐겠죠. 그쪽 방면의 은폐에는 그다지 힘을 쏟지 않았던 것 같습니다. 특징적인 힘의 흔적을 찾아내는 데 성공했습니다."

바르바토스는 태연한 얼굴로 그렇게 말했는데, 그 목소리는 다소 의기양양하게 들렸다.

그의 말에 따르면 악마의 힘을 지닌 자가 아니면 감지하지 못할 무언가가 이 오두막을 중심으로 점재해 있었다고 한다.

그 힘을 따라가면 에토토에게 마물 퇴치 부적을 만들게 한 자의 위치를 특정할 수 있을 것이라는 모양이다.

"그런고로, 당장 가자고!"

보고가 끝나자마자 마르코시아스가 곧바로 달려가려 했다.

"음, 놓칠 수는 없는 일이니 말이다!"

미라 역시 마음 착한 소녀의 마음을 짓밟은 죗값을 100배로 치르게 해주겠다며 씩씩거렸다.

"뭐어, 일단 좀 진정하시죠."

그렇게 두 사람이 에토토를 위해 움직이려던 참에 발렌틴이 둘을 부드럽게 만류했다.

"저도 마음 같아서는 그러고 싶지만, 지금은 우선 눈앞에 있는 일을 완벽하게 끝내도록 하죠."

흔적은 발견했으니 추적은 어떻게든 할 수 있다.

하지만 그 전에 에토토에 관한 대응 방침을 확실하게 정해둘 필요가 있다고 발렌틴은 말했다.

"그래, 듣고 보니 그렇구나."

에토토의 처지를 알고 났더니 다소 마음이 급해져 있었다. 그 사실을 새삼 깨달은 미라는 일단 마음을 가라앉혔다.

그의 말대로 지금은 에토토의 안전을 확보하는 게 우선이다.

"그럼 어찌하는 게 좋을까."

미라가 슬쩍 바라보자 에토토는 재판을 받는 죄인처럼 고개를 푹 숙였다. 사실을 몰랐다고는 해도 자신이 한 일에 죄책감을 느끼고 있는 모양이다. 하지만 도망치려 하지는 않고 어떤 벌이든 받겠다는 듯이 눈을 감고 있었다.

그렇지만 그건 다소 성급한 생각이었다. 미라 일행이 논의하려는 것은 그녀에 대한 처벌이 아니라 처우였다.

당연히 이대로 마물 퇴치 부적을 만들게 할 수는 없다. 또한 에토토 본인도 진실을 알고는 더 이상 만들 생각이 전혀 없어 보였다.

그러나 이번에는 그 점이 문제가 되었다. 에토토가 마물 퇴치 부적을 팔지 않게 되면 늦건 이르건 이 일을 꾸민 흑악마가 알아챌 것이기 때문이다.

지금 당장 그 흑악마를 처리한다 해도, 앞으로 그녀를 이용하려는 자가 또 나타나지 않으리라는 법도 없다.

흑악마에게 있어 반마족은 그만큼 이용하기 쉬운 존재이기 때문이다. 특히 에토토처럼 마음씨 착한 아이가 상대라면, 흑악마는 이용해 먹기 위해 더욱 악랄한 수법을 써올 것이다.

그렇기에 지금의 에토토에게 필요한 것은 모든 악의로부터 그녀를 지켜낼 보호 수단이다.

"어머니가 있다고 했지? 이번 일로 미루어 볼 때, 그 어머니에게도 나쁜 일이 일어날지도 몰라."

보호를 한다 쳐도 에토토만 지킨다고 될 일이 아니다. 흑악마는 잔인하고 교활하다. 에토토를 이용하고자 한다면 분명 어머니를 교섭 재료로 써먹을 것이다.

그러니 보호하려면 둘 다 보호해야 한다.

하지만 에토토의 각오와 발렌틴의 전제가 엇갈린 탓에 오해가 발생하고 만 듯했다.

"엄마는 상관없어요! 저만 나쁜 애였다고요! 그러니까 저만 혼 내세요! 제발요!"

그렇게 말하며 에토토가 울음을 터뜨린 것이다.

생각지 못한 반응에 발렌틴은 당황했다. 하지만 두 사람의 대화를 객관적으로 지켜보고 있었던 데다 발렌틴에 대해서도 잘 알고 있는 미라에게 그 오해가 어째서 생겨난 것인지 알아보는 것은 일도 아니었다.

"미안하다, 에토토. 조금 오해할 만한 표현을 쓴 것 같구나. 이 아저씨는 말이다, 그대에게 나쁜 짓을 시킨 자나 그 동료가 어머니한테도 나쁜 짓을 할지도 모르니까 같이 지켜줄 필요가 있다고 말하고 싶었던 게다."

미라는 살며시 대화에 끼어들어서 에토토에게 다정하게 말을 붙였다.

그런 미라의 말이 마음에 닿은 것인지 에토토는 조금씩 마음을 가라앉혔고, 곧 얼굴에서도 눈물이 사라졌다.

그러더니 이번에는 그 얼굴에 초조함이 떠올랐다.

"엄마……!"

엄마가 위험하다. 무엇보다도 그 부분이 그녀의 마음을 크게 자극한 모양이다.

"지금은 괜찮아. 적어도 순식간에 이쪽의 상황을 확인할 수 있는 부류의 술식은 없었으니까. 상대는 아직 모를 거야."

서둘러 어머니에게 가려던 에토토를 제지하며 발렌틴이 그렇게 타일렀다.

돌입하기 전에 감시 술식 등이 걸려 있지 않는지도 확인했던 모양이다. 발렌틴은 아직 문제없다고 안심시키듯 말했다.

하지만 들키는 것도 시간문제다. 어느 타이밍에 알아챌지는 모를 일이니 되도록 빨리 움직이는 게 좋다는 건 분명하다.

"다만 이미 너희가 사는 곳은 알고 있을 테니 다른 장소로 이사해야 할 거야."

흑악마는 분명 그녀들이 사는 곳을 알고 있다. 그리고 향후, 그정보가 다른 이의 손에 넘어가 버릴 우려는 충분히 있다. 그렇다면 그들의 손이 닿지 않을 곳까지 도망칠 필요가 있었다.

"또, 나 때문에……."

그렇게 말하자 에토토는 슬픈 듯 고개를 푹 숙이고 말았다.

중얼거린 그 말에는 지금까지 그녀가 걸어온 힘든 역사가 담겨 있었다.

에토토의 출생, 그리고 그녀의 이야기로 미루어 에토토 모녀는 어딜 가도 박해를 받아왔으리라는 것을 쉽게 예상할 수 있었다.

그러던 중에 겨우 지금 사는 곳에 자리를 잡았음에도 불구하고 또 자신 때문에 이사할 수밖에 없게 된 것이다. 에토토의 마음은 상상도 할 수 없을 만큼 깜깜한 어둠에 가라앉기 시작했다.

그런 그녀의 마음에 한 줄기 빛을 내려준 이가 있었다. 바로 발렌틴이다.

"괜찮다면 우리랑 같이 가지 않을래? 네 어머니도 같이 말이야. 동료도 잔뜩 있는 데다, 그러는 게 가장 안전할 거야."

발렌틴이 소속된 조직에는 보호 시설 같은 장소도 있다는 모양이다. 문제가 해결될 때까지 그곳에서 사는 게 제일일 거라고 호언장담까지 했다.

"그치만, 그치만 저는 이 모양인데……."

에토토는 역시나 지금까지 힘든 경험을 많이 한 탓인지, 집단안에 들어가는 것에 거부감을 보였다.

그 많은 동료들 안에 들어가면, 또 박해받을 테고 어머니한테도 폐를 끼치고 말 거다. 에토토는 늘 그런 공포심을 가슴속에 품고 있었던 것이다.

"새삼스럽게 무슨 소리야. 왜, 잊은 거야? 이 사람은 이 모양이고, 여기 있는 이 사람도 이 꼴이잖아."

에토토가 침통한 표정을 짓고 있자 발렌틴은 일부러 장난스럽게 말했다. 그리고 옆에 있던 바르바토스와 마르코시아스를—— 머리에 악마의 뿔이 돋아난 두 사람을 쳐다보며 미소 지어 보였다.

"누가 뭐래도, 저는 당신들을 환영할 겁니다."

바르바토스는 마치 맹세라도 하듯 엄숙하게, 그러면서도 아버지처럼 힘차게 말했다.

"미안하지만 나는 정신을 차린지 얼마 안 돼서 요즘 일은 잘 몰라. 그리고 너의 어떤 점이 나쁘다는 건지도 전혀 모르겠거든?"

마르코시아스가 아는 것은 흑악마가 태어나기 이전의 시대다. 때문에 현대의 반마족이 얼마나 미움을 받는 존재인지도 실감이 안 되는 듯했다. 그래서인지 "뭐어, 괴롭히는 애가 있으면 내가 패줄게!"라는, 다소 엉뚱한 말을 입밖에 냈다.

하지만 그러한 말을 들은 것이 처음이었는지. 망설이며 고개를 든 에토토는, 놀란 동시에 기쁘기도 한지 곧 미소를 지어 보였다.

그 나이대의 소녀다운, 귀여운 미소였다.

"맞아맞아, 너랑 같은 애도 있어. 괜찮다면 친구가 되어줄래? 그러면 무엇보다도 우리가 제일 안심이 될 것 같거든. 민폐가 될 거라는 생각에 사양할 필요는 없어. 이건 우리가 좋아서 하는 일이거든."

발렌틴은 끝으로 그렇게 말을 잇더니, 꼭 보호하게 해달라며 에토토에게 부탁했다.

애초에 발렌틴이 속한 조직은 사람뿐 아니라 악마도 있는 곳이다. 에토토와 같은 반마족이 있어도 이상할 게 없다.

그런 발렌틴의 말에 에토토는 꽤나 놀란 눈치였다. 하지만 동시에 마음도 크게 흔들린 모양이다. 소심하게, 기대 섞인 목소리로 "정말, 그래도 돼요?"라고 물었다.

"당연하지!"

발렌틴이 기쁜 듯이 답하자 에토토 역시 미소를 지었다.

이로써 에토토의 향후 처우는 결정이 되었다. 가장 안심할 수 있는 결과에 안착했다 해도 과언이 아닐 것이다.

그런 생각에 안도한 미라는 남은 문제인 선반 쪽을 쳐다보았다.

"다음은 이쪽이로군. 치료약을 개발하려면 전부 모아두는 게 좋겠지. 허나 이대로 두기엔 조금 위험할 터이니. 우선 봉인하도록 할까."

선반에 있는 것은 마물 퇴치 부적의 재료다. 그 중 대부분은 그대로 두기만 하면 해를 끼치지 않지만, 한 가지 재료는 되도록 빨리 대응할 필요가 있었다.

그렇다, 마물을 다스리는 신의 검 조각이다. 악마들을 흑악마로 변질시키고 만 원흉 중 하나. 만일의 사태를 고려하자면 봉인을 하고서 넘기는 게 제일일 것이다.

"그러네요. 그럼 부탁드립니다."

"음, 맡겨두거라."

곧장 그것들을 테이블에 늘어놓은 후, 미라는 정령왕과 힘을 합쳐 1단계 봉인을 걸어 나갔다.

"이제 좀 정리가 됐군요."

"그러게 말이다. 이로써 일단은 안전할 게다——."

이제 지금 당장 어떻게 될 걱정은 없어졌다. 아무 일도 일어나지 않으면 몇 년은 이 상태로 보관할 수 있을 터다.

"——아무 일도 일어나지 않으면 말이야……."

『물건이 물건인 만큼 과신은 금물이지.』

하지만 그것만으로는 불안한 것도 사실이었다. 미라는 가능하면 다른 조각과 마찬가지로 아무르테를 이용해 2단계 봉인까지 해두고 싶었다. 정령왕의 의견도 같았다.

(허나 이곳에 있는 것은 결정 상태니. 이를 이용하는 건 아무리 그래도 위험할 테고——.)

봉인에 사용할 수 있는 아무르테는 이곳에 있다. 하지만 봉인에 사용하려면 우선 액체 상태로 되돌려야만 하고, 지상에서는 그 작업을 안전하게 실행할 수가 없다.

　또한 마물 퇴치 부적을 만들 때 아무르테 결정을 다루었다는 에토토에게 물어보니, 그녀가 할 수 있는 일은 결정에 조각을 천천히 심어 넣는 일뿐이라고 한다. 아무르테의 상태를 변화시킬 수 있는 게 아닌 데다 한 번 심어 넣은 것을 빼내지도 못한다는 모양이다.

　(이 일은 다시 발할라로 돌아가서 처리해야 하려나.)

　만전을 기하려면 발할라로 돌아가 작업을 하고 발렌틴에게 양도하는 게 제일일 것이다.

　미라가 그런 생각을 하고 있던 중에——.

　"받아왔다이거!"

　심부름을 갔던 메이린이 돌아왔다. 목적은 완벽하게 달성했다는 듯 의기양양한 얼굴로 손에 든 주머니를 내밀어 보였다.

　"오오, 잘했다."

　주머니에는 에토토가 마지막으로 팔았던 마물 퇴치 부적이 빽빽이 들어 있었다. 다시 말해서, 이로써 에토토가 가지고 있던 분량은 모두 회수한 것이다.

　그리고 이 마물 퇴치 부적 역시 발할라에서 작업할 필요가 있으리라.

　"좋아, 이것들은 일단 이 몸이 맡아두도록 하마. 나중에 다시 발할라에 가서 처리하고, 겸사겸사 봉인도 강화토록 하지. 지금은 양도를 위한 시간과 장소만 정해두도록 할까."

　마물 퇴치 부적의 처리. 그리고 2단계 봉인은 지금 당장 할 수 있는 일이 아니다. 따라서 양도는 나중으로 미루기로 한 것이다.

"아, 그러고 보니 그래야겠네요. 지상에서는 위험하다고 했던가요?"

발렌틴은 그렇게 답히더니 아무렇지도 않게 "지상으로 돌아오시고 나서 언제, 어디서든 불러주세요"라고 말을 이었다.

그리고 미라는 그 말을 듣고서 그러고 보니 그랬더랬지, 라고 생각했다. 발렌틴 일행은 전이술을 사용할 수 있다는 사실이 떠오른 것이다.

그것을 가능케 하려면 전이 장소의 이정표 노릇을 할 특수한 술구가 필요한데, 그건 이전에 발렌틴에게서 받았다. 다시 말해서 언제 어디에 있건 그는 올 수 있는 것이다.

다만 지상으로 돌아오고 나서, 라고 말한 것으로 미루어 발할라와 같은 특수한 장소로의 전이는 불가능한 모양이다.

하지만 그럼에도 충분하고도 남을 만큼 압도적인 편리성을 지닌 술식이었다.

"……알겠다, 그러면——."

어차피 가르쳐달라고 해도 약속 때문에 못 알려준다고 말할 게 뻔하다.

참으로 치사하다. 그런 원망 가득한 눈으로 발렌틴을 노려보며 미라는 문제없이 작업이 끝날 경우의 시간을 알려주었다.

"그럼 잘 부탁하겠습니다, 마르코시아스. 모쪼록 실례가 없도록 하세요."

"그래, 맡겨만 줘!"

에토토가 있던 오두막 앞에서 바르바토스와 마르코시아스는 그런 대화를 나누었다.

"무사히 데리고 가 줘."

"내가 있으니 괜찮을 거야."

그 옆에서 비슷한 대화를 나눈 것은 발렌틴과 지원군으로 온 그들의 동료, 백악마 리리엘라였다. 임무 수행 후, 발렌틴 일행의 아지트로 에토토 일행을 안내하는 역할을 맡은 것이다.

그 이유는 이곳에서 다시 둘로 나뉘어 행동을 하기로 했기 때문이다.

미라와 발렌틴, 메이린, 그리고 바르바토스는 발견한 흔적을 더듬어 흑악마를 붙잡을 예정이다.

어떠한 적이 기다리고 있건 돌파할 수 있는 최강의 세 사람. 그리고 흑악마가 남긴 특별한 힘에 의한 흔적을 추적할 수 있는 바르바토스. 추적팀은 이렇게 편성되었다.

그리고 에토토와 브루스에 마르코시아스. 여기에 리리엘라가 추가된 것이 보호팀이다.

어느 조직의 일원인 발렌틴과 바르바토스가 추적팀으로서 움직이게 된 탓에 같은 조직원인 리리엘라를 불러서 동행시키기로 한 것이다.

그런 그녀는 발렌틴에게 부탁을 받은 탓인지 심상치 않은 열의가 담긴 눈빛을 하고 있었다.

"──그런고로, 잘 부탁하마."

"맡겨만 주십시오, 영주님. 이 임무, 온힘을 다해 수행하도록 하겠습니다!"

그리고 그 옆에서 미라 역시 비슷한 대화를 나누고 있었다.

하지만 그 상대는 브루스가 아니라 그가 소환한 발키리 세 자매, 헤르쿠네, 에르에네, 라그린네였다.

에토토의 어머니를 만나러 갈 때, 사람들의 이목을 끌지 않기 위해 소환하라고 한 것이다.

실제 연령은 그렇지 않지만, 겉모습은 완전히 소녀 같은 리리엘라. 그리고 진짜로 소녀인 에토토.

그런 두 사람의 동행이 아저씨인 브루스와 아무리 봐도 경박해 보일 정도로 쾌활한 마르코시아스였다.

그런 네 사람이 함께 걷는 모습을 사람들이 보면 어떻게 생각할까. 어떻게 보일까.

아무리 생각해도 오해가 발생할 확률이 높은 조합이다. 그런 탓에 발키리 세 자매를 부르라고 한 것이었다.

(음, 이러면 문제없을 것 같군.)

브루스 일행은 곧장 에토토의 집을 향해 출발했다. 미라는 그들을 배웅하며 이 정도면 괜찮을 거라면서 고개를 끄덕였다.

브루스 일행에게 에르에네 일행을 붙이자 수상쩍은 분위기는 격감했다. 얼핏 보면 두 소녀를 호위하는 모험가 팀처럼 보이기도 하는 조합이다.

이 정도면 목적지로 갈 때뿐 아니라 에토토의 어머니와 만날 때도 괜한 의심을 사지 않을 것이다.

"그럼, 이 몸들도 가보실까."

이로써 불안 요소는 없어졌다. 남은 일은 에토토를 속인 흑악마를 붙잡는 것뿐이다.

바르바토스의 안내에 따라 흑악마의 추적을 개시하고서 한 시간 남짓이 지났을 즈음. 일행은 산속에 있는 작은 마을에 도착했다.

"흐~음…… 얼핏 보면 평범한 마을 같다만, 어쩐 일인지 불온한 기운으로 가득하군그래……."

미라 일행은 마을이 내다보이는 언덕 위에 몸을 숨기고서 마을의 상황을 살피고 있었다.

흑악마의 흔적을 쫓다가 발견한 마을. 이곳은 그냥 지나쳐간 마을일뿐일까. 아니면 흑악마가 숨어 있는 장소일까.

멀리서 보기만 해서는 판단을 내리기가 어려울 정도로 한적해 보이는 마을이었다. 그럼에도 미라는 미묘한 위화감만을 근거로 수상쩍다고 단정 지었다.

"음~…… 사람이 아닌 것 같아 보인다해."

그리고 메이린 역시 그런 미라의 말에 동의하는 듯한 말을 입밖에 냈다.

듣자하니 평범하게 보이는 마을 사람들은 평범한 사람이 아니라는 모양이다.

직감만으로 그렇게 판단한 두 사람은, 그쪽은 어떻게 생각하느냐고 묻는 듯한 얼굴로 발렌틴 일행을 쳐다보았다.

흑악마가 사용하는 위장 마법이라는 것은 근본적으로 계통이 다르기도 한 탓에, 미라 일행만큼의 실력자들도 쉽게 꿰뚫어볼 수가 없었다. 나름의 준비를 하고 여러 가지 술식을 준비해야 비로소 가능한 일인 것이다.

하지만 그 문제는 전문가라 할 수 있는 발렌틴과 바르바토스가 있어서, 답을 맞추는 데 그렇게 많은 시간이 걸리지는 않았다.

"아~ 이건~……. 네, 그렇네요. 바로 보셨습니다. 이 마을이 맞았어요."

그의 퇴마술과 전문 도구 덕분에 그들의 정체는 눈 깜짝할 새 밝혀졌다.

발렌틴의 말에 따르면 이곳은 악마가 지배하고 있는 마을로, 마을 사람들은 모두 사람이 아니라 사람으로 둔갑한 레서 데몬이라고 한다.

"그리고 가장 수상한 곳은, 저 커다란 저택인 것 같군요. 저곳에서 마의 힘이 가장 진하게 느껴집니다."

이어서 바르바토스가 흑악마의 위치를 짚어냈다. 마을 안쪽에 있는 저택에서 흑악마의 힘이 흘러넘치고 있다는 모양이다. 그리고 그것은 에토토의 오두막에서부터 쫓아온 흔적과 같은 힘이라고 한다.

요컨대 에토토를 속인 장본인이 그곳에 있는 것이다.

"힘의 크기로 미루어 볼 때, 백작급의 실력은 있을 겁니다…….
하지만 뭐어, 이만한 멤버가 모여 있으니 별 문제는 없겠죠."

바르바토스는 생각했던 것보다 강력한 흑악마가 숨어 있었다
는 사실에 놀랐지만, 미라 일행을 보고는 그것도 오늘로 끝일 거
라며 웃었다.

"하지만 상대는 흑악마. 저도 그러했던 탓에 그들이 얼마나 교
활한지는 뼈저리게 알고 있습니다. 정신 바짝 차리고 가시죠."

현재 이곳에는 상대가 공작급이라 해도 정면에서 맞붙어 싸울
수 있을 만큼의 전력이 모여 있다. 하지만 그렇다고 해서 방심해
서는 안 된다고 바르바토스는 다시금 말했다.

"음, 일리 있는 말이로군."

"인질이 없는지부터 조사해 봐야겠네요. 그리고 사전 준비도
해두는 게 좋겠어요."

흑악마가 상대인 데다 이번에는 완전히 적의 본거지에서 싸우
게 되었다. 그러니 어떤 함정을 준비해두었을지 모를 일이다.

흑악마의 교활한 수법과 잔인무도함을 아는 미라와 발렌틴은
사전 조사도 중요한 싸움의 일부라며 동의한 후, 마을의 조사와
준비 작업에 돌입했다.

또한 당당하게 정면돌파하기를 바라고 있던 메이린은 다소 불
만스러운 눈치였다.

"딱히 누가 붙잡혀 있지는 않은 모양이구나."

멍슨의 후각과 메이린의 《생체감지》를 통해 이 마을에 있는 이들을 모두 파악해냈다.

흑악마를 포함해 총 54명. 이 거점에는 위장 공작 등이 되어 있지 않은 듯했다. 메이린이 파악해낸 모든 인원의 냄새를 멍슨에게 구분하게 한 결과, 인간은 없다는 결론이 나온 것이다.

"이쪽도 몇 가지 함정을 발견해서 대처해두었습니다. 해제한 게 아니라 폭발하도록 변형돼서 중간에 하얀 불꽃이 치솟을지도 모르지만 신경 쓰지 마세요."

발렌틴과 바르바토스도 할 수 있는 준비 작업은 대충 끝났다고 한다.

역시 마을 곳곳에 함정이 설치되어 있었던 모양이다. 그것들은 흑악마가 설치했다는 것을 알 수 있는 흔적이 있어서, 들키지 않기 위해 해제하지 않고 상쇄시키기 위한 술식을 덧씌워두었다고 한다.

이후, 흑악마와의 전투가 벌어졌을 때 그러한 함정들이 작동하면 하얀 불꽃이 발생해 상쇄되도록 해둔 것이다.

"음, 알겠다. 그나저나 참 재미있는 재주를 익혔구나!"

"필요해서 익힌 것뿐이지만요."

발렌틴도 이전보다 훨씬 진보한 모양이다. 미라는 그의 연구노트를 보여 달라고 할까 싶지만, 지금은 그럴 때가 아니다.

자아, 준비는 끝났다. 남은 일은 흑악마를 어떻게든 하는 것뿐이다.

"그러면 저와 바르바토스가 일단 상대해 볼 테니, 미라 씨와 메이린짱은 레서 데몬을 처리해주시겠어요?"

상대는 흑악마다. 그들을 구제하기 위해 움직이고 있는 발렌틴 일행은 그렇게 말하자마자 낯선 도구를 꺼내 무장을 시작했다. 되도록 상처를 입히지 않고 흑악마의 힘을 약화시키기 위한 도구다.

"음, 맡겨두거라."

"……알겠다이거."

흑악마에 관한 일은 발렌틴 일행에게 맡겨두는 게 제일이다. 그 사실을 아는 미라는 흔쾌히 승낙했지만, 메이린은 이번에도 불만인 눈치였다.

그녀에게도 흑악마에 관한 사정과 발렌틴 일행의 목적에 대해 설명해두었다. 따라서 그렇게 팀을 나누는 게 제일이라는 것은 알 테지만, 그래도 이곳에서 가장 강한 존재는 흑악마다. 그래서 미련이 남는 것이리라.

"뭐어, 그렇게 불만스러워 하지 말거라. 어쩌면 레서 데몬 중에 데몬즈 크리스털을 가진 녀석이 있을지도 모르잖으냐. 만약 마수가 나타나면 그대가 상대하도록 하거라."

확률적으로 무작위의 마수를 불러낼 수 있는 특수 아이템, 데몬즈 크리스털. 그것을 가진 레서 데몬은 레어하지만, 저렇게 많으면 그 중 한 마리 정도는 있을지도 모를 일이다.

미라가 그런 가능성에 관해 슬쩍 알려주자 "꼭 약속이다이거!"라면서 메이린은 두 눈에 투지를 불살랐다.

"그럼, 가자."

은밀 행동은 끝, 이제 작전 개시다.

발렌틴 팀과 헤어진 미라 일행은 그대로 당당하게 마을 안으로 들어갔다.

"어라, 이런 밤중에 어쩐 일로 손님이 오셨군. 아무 것도 없는 마을이지만 잘 곳과 식사 정도는 준비해주마. 자자, 들어오거라."

마을 한복판을 향해 나아가던 도중, 마을 사람이 미라 일행에게 몸을 돌리며 그런 말을 입밖에 냈다.

아무 것도 몰랐다면 참으로 마음씨 착한 마을사람이라고 생각했을 것이다.

하지만 이곳은 흑악마가 지배하고 있는 마을이다. 때문에 그 말에는 악의만이 담겨 있었다.

"호오, 예상치 못한 환대를 받게 생겼군. 그래…… 잠들었을 때 그 나이프로 푹 찌를 속셈이더냐?"

아무 것도 모르는 소녀 같은 표정을 짓고 있던 미라는 조금 전과 달리 예리한 추리를 선보이는 탐정처럼 날카로운 눈빛을 내쏘며 말했다.

사실은 그냥 의기양양하게 말해본 것뿐이었다. 하지만 미라가 내뱉은 말은 그 마을 사람의 본성을 정확하게 꿰뚫어본 것이어서 상대의 얼굴에는 명백하게 동요한 듯한 빛이 떠올랐다.

"얼른 정체를 밝혀라해! 그러면 데몬즈 크리스털을 쓸 때까지 기다려주겠다이거!"

미라는 모든 것을 아는 상태라는, 완전히 유리한 입장에서 상대를 몰아붙일 생각이었다. 하지만 그런 뻔한 문답이 번거롭다고 생각했는지. 메이린은 뭘 숨기고 있는지 다 알고 있다는 듯한 얼굴로 마을 사람을 추궁했다.

"웬 놈인지는 모르겠다만 둘이서 어슬렁어슬렁 기어 들어오다니, 경솔했구나!"

조금 전까지의 온화한 마을 사람 같은 표정을 내던지고 정체를 드러낸 레서 데몬은 하늘로 붉은 불덩이를 쏘아 올렸다.

그러자 놀랍게도. 그것을 신호 삼아 주변에서 마을 사람들이 뛰쳐나오더니 단숨에 미라 일행을 포위했다.

"자아, 어쩔 거지? 이곳에 있는 건 나에게 조종당하고 있는 죄 없는 마을 사람들이다. 너희가 이 녀석들을 상처 입힐 수 있을까?"

레서 데몬은 비열한 미소를 지으며 그런 소리를 했다.

만약 이것이 우연히 들른 마을이고, 우연히 말을 걸어온 마을 사람의 정체를 간파한 것뿐이었다면 효과적이었을지도 모른다.

하지만 이 마을의 비밀은 이미 파악한 상태다.

"음, 문제없지."

미라는 그렇게 답하자마자 다크나이트를 부분소환해서 그대로 마을 사람 한 명을 베어버렸다.

그 망설임 없는 행동에 레서 데몬은 눈이 휘둥그레졌다. 그의 시선 끝에서는 참격을 맞은 마을 사람의 변신이 풀려 레서 데몬으로 돌아가고 있었다.

이어서 그 시체에서 흘러나온 레서 데몬의 원념체(怨念體)는 그대로 들러붙을 상대를 찾지 못해 안개처럼 사라지고 말았다.

"운이 좋—— 아니, 네놈들, 처음부터 알고 있었구나!"

우연히 섞여 있던 레서 데몬에게 맞은 것뿐이다. 레서 데몬은 그렇게 이야기를 이어 나가려 했지만 미라 일행의 대담한 태도를 보고 새삼 깨달은 모양이었다.

이미 이 마을의 비밀을 알고 있다는 사실을.

직후, 모든 레서 데몬들이 정체를 드러냈다. 그리고 드디어 전투가 시작되려던 찰나. 레서 데몬이 뿔뿔이 흩어져 날아가 버렸다.

"흠, 여기까지는 예상한 대로로군."

레서 데몬은 단독으로 그렇게까지 큰 전투력을 발휘하지 못한다. 일반적으로 보았을 때 아슬아슬하게 C랭크가 될 정도라 그렇게까지 강하지는 않다. 하지만 그렇기에 미라가 선보인 부분소환으로 그 실력 차이를 알아챈 것이다.

불리하다는 것을 알아채면 도망칠 것이다. 그들이 그렇게 행동하리라는 것은 예상한 바였다.

그 때문에 발렌틴이 마을 주변을 결계로 뒤덮어 주고 있었다. 레서 데몬 따위는 돌파하지 못할 결계다.

이제 뒤따라가서 각개격파하면 그만이다.

그렇게 갈라져서 추적하려던 그때.

"음……?"

레서 데몬이 예상과 다른 움직임을 보이기 시작했다.

예정대로라면 이대로 마을 밖으로 달아나려다가 결계에 막히는 광경이 벌어졌어야 했다. 하지만 어째서인지 레서 데몬은 마을 밖이 아니라 민가로 달아났다.

"뭔가 예정과 다른 것 같다해!"

민가에 지하에 탈출구라도 있는 걸까. 지하 통로 같은 것이라도 준비해두었던 걸까. 아니면 예상치 못했던 비밀이 숨겨져 있을지도 모른다.

작전이 어긋나기 시작했지만, 메이린은 뭐든 거물이라도 내보내주지 않을까 기대하며 가만히 상황을 관찰하기 시작했다.

설령 지하로 도망치려 해도 메이린의 《생체감지》는 그 움직임을 모두 좇을 수 있을 만큼 뛰어나다. 게다가 어지간히 깊이 들어가지 않는 한은 발렌틴의 결계에서 벗어날 수 없다.

다시 말해서 어찌 되었건 독 안에 든 쥐다. 지금부터 할 일은 똑같다.

"뭐어, 되었다———."

민가를 하나씩 돌아다니며 해치우도록 하자. 그런 방침으로 움직이려던 순간.

이번에는 어떻게 된 영문인지. 도망치거나 숨거나 할 생각이 아니었는지. 민가에서 레서 데몬이 나왔다.

"음? 오오?! 저것은 혹시……."

저 행동에 어떤 의미가 있을까. 그런 의문을 품고 레서 데몬을 둘러보다가, 예상치 못한 차이점을 발견했다.

민가에서 나온 레서 데몬은 하나같이 그것을 들고 있었다.

검은 결정체를. 그렇다, 레서 데몬이 드물게 가지고 있다고 하는 데몬즈 크리스털이었다.

그리고 이번에는 그토록 희귀한 데몬즈 크리스털을 모든 레서 데몬이 가지고 있다는 뜻밖의 상황이 발생했다.

마을을 거점으로 삼고 있었던 것도 그렇고, 흑악마측도 꽤나 준비성이 투철한 모양이다. 밖으로 나온 레서 데몬은 그 즉시 데몬즈 크리스털을 사용해 소환을 시작했다.

마수의 무작위 소환. 하지만 절반 정도는 꽝이라 할 수 있는 마물이 한 마리에서 여러 마리 소환되고 끝나는 물건이다.

하지만 저토록 많으면 거의 확정적으로 마수가 나타날 것이다.

가장 약하다고 여겨지는 마수조차 제법 높은 방어력을 지닌 데다 마을 정도는 간단히 파괴시킬 만큼의 힘이 있다. 그러한 마수가 수십 마리 나타난다면 처리하는 데 그럭저럭 시간이 걸릴 터다.

"이것 참, 일이 성가셔질 것 같군그래……."

게다가 레서 데몬이 있다는 사실도 잊어서는 안 된다. 그렇다, 원념체의 처리도 문제인 것이다.

게다가 이만한 숫자의 데몬 크리스털이 있으면 상급 마수가 나타날 확률도 높다. 그런 상급 마수에게 원념체가 빙의하기라도 하면 말도 못 하게 성가셔질 것이다.

그런 생각에 미라가 쓴웃음을 짓고 있는 동안에도 여기저기서 마수가 소환되었다. 절반은 꽝이라 마물이 나왔지만 나머지는 모두 다 마수였다. 심지어 하급이 절반 이상이기는 해도 중급이 그럭저럭 섞여 있었다.

그리고 예상대로라고 해야 할지, 그 중에는 명백하게 여느 개체와는 다른 존재가 있었다. 심상치 않은 박력과 힘을 내뿜고 있는 것이 거목과도 같은 다리로 대지에 내려섰다.

매머드 같은 몸통과 산양 같은 머리를 지녔으며 그 크기는 10미터에 달했다.

그 중에서도 검은 뿔이 특히 눈에 띄었다. 무슨 이상 현상이라도 일어나고 있는 것인지 타오르고 있는 듯 보이는 그것들은 머리가 두 개 정도 더 있는 게 아닐까 싶을 만큼 복잡하게 갈라지며 퍼져 있었다.

얼핏 본 그 모습은 괴물이라 부르기에 걸맞았고, 사나운 성질과 힘 또한 괴물이라 부르기에 걸맞았다.

그것이 마수 '라이헨기벨'이었다.

"이런 걸, 기다리고 있었다해!"

마수들—— 특히 라이헨기벨을 앞에 두고 메이린은 신이 나서 앞으로 나아갔다. 그 눈에는 이제 강적밖에 보이지 않는 듯했다.

"뭐어, 그럴 줄 알았으니 상관은 없다만…….."

강적을 상대로 시험해보고 싶은 이런저런 것들이 있기는 했지만, 미라는 얌전히 마물들이 있는 쪽으로 몸을 돌렸다.

메이린과 함께 행동할 경우, 대부분 가장 강한 상대를 양보하는 모양새가 되고는 했다. 그리고 그녀는 그러한 방침을 완고하게 지키려 했다.

때문에 미라는 섬멸 실험 쪽으로 의식을 전환시켰다.

미라와 메이린의 상대는 레서 데몬과 마물, 마수가 뒤섞인 혼성 부대다.

양측은 마주 서자마자 일제히 서로에게 돌진했다.

메이린은 다른 마수들과 정면으로 치고받으며 라이헨기벨을 향해 나아갔다.

"앞도 뒤도 마물 천지다. 이렇게 신 나는 건 오랜만이다해!"

그 전투는 그야말로 장렬해서, 충격음이 끊임없이 울리고 수없이 많은 포효와 단말마의 비명이 메아리쳤다.

메이린은 최상의 상태인 듯했다.

그리고 대량의 마물을 담당하게 된 미라 역시 실험적인 부대를 투입해 전선에서 날뛰고 있었다.

"옳지옳지. 지금까지는 순조롭구나!"

실험적인 부대. 그것은 속성변이를 이용한 무구정령 팀이었다.

홀리나이트를 탱커로 배치하고 불, 물, 번개, 바람의 힘을 지닌 다크나이트를 편성한 팀을 총 다섯 개 배치시켰다.

이전처럼 숫자로 밀어붙이기만 할 게 아니라 속성을 고려할 경우, 효율면에 어느 정도의 변화가 있을지를 조사하기 위한 실험이다.

아직까지는 많은 마물들에게 둘러싸인 상태로도 팀으로서 제 기능을 하고 있다. 첫 실전 투입임에도 나쁘지 않은 전과라 할 수 있었다.

"다음은, 이거다!"

또한 미라 자신도 실험 중이었다.

하지만 이쪽은 복잡하지 않았다. 단순히 세이크리드 프레임으로 어디까지 대응할 수 있을지, 어느 정도까지 반응할 수 있을지를 알기 위한 것이었다.

무구정령 팀과는 별개로 미라는 마물들을 차례차례 때려 눕혀 나갔다.

17

"자아, 이제 도망 못 갑니다."

"포기하시죠. 험하게 다루지는 않겠습니다."

격전이 펼쳐지고 있는 마을에서 다소 떨어진 곳에서 발렌틴과 바르바토스는 벌써 악마를 막다른길로 몰아넣고 있었다.

미라 일행의 양동에 모든 시선이 집중되어 있는 동안, 두 사람도 암암리에 움직였다.

전투에 참가해 적을 제거할지. 아니면 도망칠지. 판단을 내리기 위해 떨어진 위치에서 관찰하고 있던 흑악마를 보기 좋게 찾아낸 것이다.

그리고 공격을 모두 떨쳐내면서 도주하는 흑악마를 쫓아 결계 끄트머리까지 온 참이었다.

그 순간 발렌틴이 결계의 일부를 강화한 탓에 악마는 더 이상 도망칠 길이 없었다.

우선은 의식을 빼앗는다. 그러고서 전투가 종료된 후, 미라에게 레티샤를 소환해달라고 하여 흑악마의 힘을 진정시키고 난 뒤에 봉인을 건다. 그로써 해결이다.

그렇게 앞으로의 수순을 머릿속에 떠올리며 막 잠들게 하려던 순간이었다.

"누가 너희 말대로 할 줄 알고?!"

막다른길에 몰린 흑악마가 예상치 못한 행동에 나선 것이다.

발렌틴과 바르바토스가 함께 있으면 어떤 식으로 저항을 하건 제압할 방법과 실력이 있었다.

히지만 지금 흑악마가 한 행동은 반격이나 저항이 아니어서, 행동 종료까지 불과 1초도 걸리지 않았다.

흑악마는 어디선가 작은 병을 꺼내더니 안에 든 검은 액체를 단숨에 마셔버렸다.

"무슨 짓을——……!"

대체 무엇을 마신 것일까. 그 행동에 어떤 의미가 있는 것일까. 흑악마의 예기치 못한 행동을 목격한 발렌틴은 경계의 수준을 높였다.

그 직후, 바르바토스의 눈이 휘둥그레졌다.

"이게 대체……. 힘이, 부풀어 오르고 있습니다."

바르바토스가 그렇게 말한 순간이었다.

"크아아아아아아아아아아!"

흑악마가 괴로운 듯이 몸부림치며 고함을 지르기 시작했다.

하지만 상황은 거기서 끝나지 않았다. 온몸에서 눈에 보일 만큼 짙은 장기(瘴氣)가 뿜어져 나옴과 동시에 몸이 울뚝불뚝 증대되기 시작한 것이다.

"이럴 수가……!"

무엇이 원인인지는 알 수 없다. 하지만 발렌틴은 흑악마가 지니고 있던 마속성의 힘이 급격하게 상승되고 있는 것을 알 수 있었다.

두 배, 세 배……. 힘은 계속 증폭되어서 결국은 열 배에 가까운 수준까지 도달했다.

그때였다. 몸부림치던 흑악마가 그 기세를 이용해 날뛰기 시작했다.

"큭……!"

흑악마는 있는 힘껏 날뛰며 마속성의 덩어리를 흩뿌렸다. 그 일격은 모든 면에서 조금 전과 비교도 되지 않았다.

"갑자기 부풀어 오른 이 힘은…… 후작급에 필적하거나 그 이상이군요."

바르바토스는 그 일격이 위험하다고 판단하고 장벽을 전개했다. 하지만 순식간에 균열이 가기 시작했다.

발렌틴 역시 그 위에 결계를 덧씌웠지만 눈 깜짝할 새에 끝없이 흘러나오는 마속성의 힘에 침식되었다.

"이거, 힘든 싸움이 되겠어요."

백악마로 되돌리기 위해 힘을 조절해서 싸우다가는 이대로 힘에 밀려 당할지도 모른다.

간신히 일격을 받아냈지만 이렇게 날뛰는 것을 방어만 하다가는 이쪽이 먼저 돌파당해 버릴 것이라고 바르바토스는 예상했다.

"대체 뭘 마시면 이렇게 되는 건지……. 원인은 모르겠지만, 여기서 포기할 수는……!"

흑악마가 마신 검은 액체. 이러한 상태가 된 원인은 분명 그것이리라.

마속성을 증폭시키고 흑악마를 폭주시킨 그것은 대체 무엇일까. 의문점은 많지만 그렇다고 해서 눈앞에 있는 흑악마를 백악마로 되돌리는 일을 포기할 수는 없다.

발렌틴은 아직 어딘가에 가능성이 남아 있을 것이라 믿었다. 흑악마를 파괴하는 건 그야말로 최후의 수단. 그것이 허용되는 것은 다른 방법이 없어졌을 때뿐이다.

발렌틴 쪽에서 예상치 못한 사태가 일어나고서 1분 정도가 지났을 즈음. 원념체가 마수를 강화시키는 사태를 막기 위해 레서 데몬은 견제만 하고 마수를 먼저 처치해 나가던 도중의 일이었다.

"무어냐…… 뭐가 어떻게 돌아가고 있는 게야?"

"뭔가, 느낌이 이상하다이거?"

미라와 메이린은 문득 이변이 일어났음을 알아챘다.

증폭된 흑악마의 힘의 여파에 의한 것인지. 그 지배하에 있던 레서 데몬에게 이변이 발생한 것이다.

마물 쪽은 모두 처리했고, 마수도 어느 정도 숫자를 줄인 참이었다. 직전에 뭔가 불길한 기운이 퍼지는가 싶더니, 레서 데몬이 괴로움에 몸부림을 치기 시작했다.

심지어 낌새가 심상치 않았다. 이윽고 괴성을 지르는가 싶더니, 더 격렬하게 몸부림을 쳐댔다.

대체 무슨 일이 일어난 것일까. 전에 본 적 없는 사태인 데다 너무도 처절한 광경과 그들의 변화에 미라와 메이린은 당황했다.

그리고 그 직후.

모종의 힘이 한층 더 부풀어 오르는 것이 느껴진 순간, 레서 데몬은 단말마의 절규를 내지르며 폭발하고 말았다.

"저럴 수가……!"

자폭인가, 아니면 다른 무언가인가. 어느 쪽이라고 단언할 수는 없지만 설마 알아서 죽을 줄이야. 미라는 뜻밖의 전개에 놀랐다.

그리고 곧이어, 그 죽음을 계기로 레서 데몬의 원념체가 발생하기 시작했다.

게다가 거기서 끝이 아니었다. 어찌된 일인지 지금까지 보았던 원념체보다 훨씬 짙고 커다래 보이는 것들이 발생한 것이다.

"뭔가, 엄청난 일이 벌어질 것 같은 예감이 든다해."

상대하고 있던 마수를 또 한 마리 쓰러뜨린 후, 메이린은 남은 마수에게 다가가는 원념체를 바라보며 대담한 미소를 지었다.

"이놈…… 막기에는 이미 늦었나!"

미라는 원념체가 향하는 방향에 있던 마수를 단숨에 공격해 죽였다.

마수의 숫자는 상당히 줄었다. 하지만 아무리 애를 써도 지금부터 원념체가 빙의하기 전에 남아 있는 모든 마수를 쓰러뜨리는 것은 무리일 듯했다.

결과적으로 발생한 원념체가 각 마물에게 빙의했다.

변화는 삽시간에 일어났다. 원념체가 빙의한 마수의 몸이 칠흑빛으로 물들기 시작한 것이다.

"이건, 상당히 셀 것 같다해!"

강적의 기운을 느낀 것인지. 메이린은 오히려 기쁜 듯이 그러한 변화들을 바라본 채 자세를 잡았다.

하지만 그때 또다시 이변이 일어났다. 변화한 모든 마수들이 다시금 변질되기 시작한 것이다. 그것은 단순한 광폭화나 파워업이 아니라 돌연변이 같은 변화였다.

마수들은 생물로서의 본질을 잃고 파괴에만 특화된 무언가로 바뀌어 갔다. 그것들은 형태가 고정됨과 동시에 파괴 활동을 개시했다. 우선은 눈앞에 있는 대상을 공격했다.

"설마 이런 모양새로 모든 녀석들이 상위 마수급으로 변할 줄이야."

정면에 진을 치고 있던 무구정령 팀은 실험 부대였던 탓에 상위 마수를 상대하기에는 역부족인 듯했다. 십여 초를 버티기는 했지만 전멸하고 말았다.

다음으로 방어선인 홀리나이트의 벽을 마수들은 손쉽게 돌파했다. 이어서 제2방어선으로 준비해 두었던 홀리로드마저도 크게 뒤로 밀리고 말 정도의 돌진력이었다.

이 정도의 공격력을 지닌 존재는 그리 흔치 않다. 아닌 게 아니라 모두가 상위급이라 해도 과언이 아닐 것이다. 이만한 수준의 마수들을 상대하려면 국가 전력급을 동원해야 하리라.

(그나저나 이렇게까지 변화하다니, 놀랍군그래…….)

원념체에 의한 강화의 폭이 예상을 훌쩍 뛰어넘었다. A랭크 정도가 되는 데서 그친 게 아니라 그것을 뛰어넘을 정도로 강화된 것이 놀라워서 미라는 쓴웃음을 지었다.

심지어 남아 있던 모든 마수가 변화한 만큼 숫자가 많았다. 개중에서도 특히 성가신 것은 메이린이 상대하고 있던 라이헨기벨이다.

원래도 상위급인 마수가 더욱 강화된 탓에, 그 전투력은 레이드 보스급에 필적할 만큼 증대되어 있었다.

메이린은 그런 라이헨기벨과 정면에서 치고받고 있다. 하지만 아무리 그녀라도 그 한 마리를 상대하는 게 고작인 듯 보였다.

그렇지만 레이드 보스급을 혼자서 맡고 있다고 생각하면 역시나 터무니없다고 말하지 않을 수 없었다.

"이쪽은 이 몸들이 어떻게든 해야겠군. 실력 발휘 좀 해볼까."

폭주 상태에 돌입한 마수들은 주변에 있는 것들까지 닥치는 대로 파괴하고 있었다. 마을에 있던 집들은 이미 괴멸했다. 게다가 주변에 있던 숲까지도 쓸려나가고 있었다.

이대로 가면 주변에 심각한 피해가 발생할 거다. 그렇게 생각한 미라는 홀리나이트로 마수들의 주의를 끌며 영창을 했다.

단숨에 격전장이 된 흑악마의 마을. 화려하게 뛰어다니는 발키리 일곱 자매와 압도적인 존재감을 지닌 황룡 아이젠파르드가 그곳에서 날뛰는 마수들을 상대하고 있다.

그들은 각자 마수를 맡아 주변에 대한 파괴 행동을 막는 데 성공했다. 또한 훌륭한 연계와 전략으로 한 마리씩 차근차근 마수의 숫자를 줄여 나갔다.

하지만 그럼에도 한 가지 문제가 더 발생했다. 그것은 마수들이 무식하게 내지른 숱한 공격들로 인한 여파다.

특히 지독한 것은 화염 공격이었다. 이리저리 불똥이 튀어 숲을 불태웠기 때문이다.

"운디네 팀은 저쪽을 부탁하마. 안루티네는 히포그리프와 함께 저쪽을 맡아주겠느냐."

"응, 알겠어. 맡겨만 줘!"

운디네가 고개를 끄덕이자마자 페가수스를 타고 날아올랐고, 안루티네는 히포그리프와 함께 반대쪽으로 향했다.

두 사람이 상공에서 숲에 퍼진 화재를 소화해 나갔다. 하지만 폭주하고 있는 듯해도 지성이 그럭저럭 남아 있었던 것인지, 마수의 공격이 변화해서 주변에 대한 피해가 확대되기 시작했다.

심지어 강화된 마수의 힘은 당연히 레서 데몬을 훌쩍 웃돌 정도였다. 때문에 발렌틴이 전개했던 결계를 간단히 뚫고 날아갔다.

피해가 눈에 띄게 확산되었다. 때문에 알피나 일행도 어떻게든 불똥을 피하고자 움직일 필요가 있었고, 마수 토벌 속도가 현저하게 저하하고 말았다.

(전력을 더 투입하고 싶지만, 소환 가능한 객체수가 얼마 안 남았군. 부분 소환에 할애할까, 무장소환에 할애할까, 아니면…….)

추가로 소환한 것과 여기저기서 분투하고 있는 다크나이트, 홀리나이트를 합치면 남은 소환 객체수는 하나다.

이렇게 된 거 지금 승부수를 던져볼까. 펜리르를 소환하면 남은 마수들도 격파할 수 있을 것이다.

하지만 그것은 제한시간이 없을 경우의 이야기다.

현재 펜리르의 소환 상태를 유지할 수 있는 시간은 10분 정도. 거기에 지금은 약체화된 상태인 탓에 그 시간 동안 처리할 수 있는 것은 절반 정도일 거다.

절반을 우선 정리해야 할까. 아니면 라이헨기벨을 상대하기 위해 전력을 온존해 두어야 할까.

그렇게 분석을 하던 미라는 얼마간 고민한 끝에 결심을 굳히고 영창을 했다.

조금 전의 일이다.

"대체 뭐야. 저쪽에서 무슨 일이 벌어진 거야?!"

마의 기운이 급격하게 부풀어 올랐다. 발렌틴은 정면에 있는 흑악마뿐 아니라 떨어져 있는 마을 쪽에서 봇물 터지듯 나타난 그것을 감지하고 돌아보았다.

그리고 이어서 그 광경을 목격했다. 높다란 언덕에서 내려다보이는 마을에 있던 마수들이 기분 나쁜 괴물로 변화하는 광경을.

"이쪽뿐 아니라 저쪽에서도 예상치 못한 사태가 발생한 것 같군요."

폭주한 흑악마의 맹공을 막으며 간신히 거리를 벌린 바르바토스는 마을 쪽을 흘끔 쳐다보고 눈살을 찌푸렸다.

그곳에서 느껴지는 마속성의 파동, 그리고 특징 등을 파악한 그는 폭주한 흑악마의 영향이 미라 일행이 있는 곳에도 미친 것임을 알아챘다.

"이 느낌은…… 레이드급에 필적할 것 같은 기운이 있어……. 하지만 저 둘이라면 괜찮을 거야. 우선은 빨리 흑악마를 제압하자."

미라 일행 역시 상당한 격전을 치르고 있을 것이다. 발렌틴은 그렇게 예상했지만 그럼에도 미라 일행이 그리 쉽게 밀릴 리가 없다는 것도 알았다.

그렇기에 일단은 백악마로 되돌리기 위해 흑악마를 포박하는 게 우선이라 판단하고 정면으로 다시 고개를 돌렸다.

폭주한 흑악마는 매우 성가신 존재였다. 게다가 기운이 증대되는 바람에 후작급까지 강력해진 힘은, 과장이 아니라 아홉 현자와 같은 최상위 플레이어들에 필적하거나 그 이상일 듯했다.

적당히 봐줄 수 없는 강적이다. 그럼에도 백악마로 되돌리는 것을 포기하지 않은 발렌틴은 온갖 수단을 동원해 흑악마를 포박하려 했다.

"오오, 역시 미라 씨와 메이린짱이야. 나도 뒤쳐질 수는 없지!"

그러던 도중. 발렌틴이 기쁜 듯한 미소를 지었다.

자세히 보니 미라 쪽의 전황이 어느 정도 호전되어 있었다.

아이젠파르드와 발키리 일곱 자매, 거기에 신성한 힘을 지닌 새끼 늑대가 참전하여 마수들을 단숨에 되밀어내기 시작한 것이다.

"이 느낌은…… 설마 신수? 정말이지 놀랍군요. 발리의 친구들 때문에 몇 번을 놀라는지 모르겠습니다."

신수 펜리르. 그 존재가 전선에 합류한 것을 계기로 미라 일행이 역습을 하기 시작했다. 심상치 않은 수준으로 강화된 마수들을 차례로 쓰러뜨려 나가고 있다.

이제 저쪽은 문제없을 거다.

그렇게 생각한 순간.

"발리, 저건 좀 위험할지도 모르겠는데요."

흑악마를 제압했다가는 되밀리고, 검은 덩어리를 격추시켜 가면서 접근전으로 몰고 가려 노력하며 바르바토스는 경고를 했다.

미라 일행은 분명 유리한 입장이 되었다. 특히 신수의 존재가 너무도 강력했다.

그렇기에 그 상황이 만들어지고 만 것이라 할 수 있었다.

폭주한 상태에서도 본능이 작동해 마수들이 도망치려 하기 시작한 것이다.

"확실히 저건 좀── 아니, 꽤 많이 위험하겠어……!"

보다 흉악해진 마수들이 사방팔방으로 흩어지면 얼마나 많은 피해가 발생할지 모를 일이다.

아이젠파르드 일행이 필사적으로 막고 있는 듯하지만, 아직 남아 있는 마수들의 숫자가 더 많았다. 이대로 가면 몇 마리는 도주에 성공할 듯했다.

"발리, 가세하러 가십시오. 당신의 결계라면 저 강력한 마수들도 가둬둘 수 있을 겁니다. 하지만 그동안 저 혼자서는 당신을 지켜낼 수 없습니다. 그렇지만 미라 공 일행이라면 가능하겠죠!"

흑악마의 일격을 맞으면서도 바르바토스는 연달아 날아온 마탄을 코앞에서 피하고 거리를 벌렸다. 그러고서 간신히 자세를 바로잡고 그렇게 제안했다.

그의 말대로 발렌틴의 퇴마술을 사용하면 마수라 해도 도망치지 못할 결계를 전개할 수 있었다. 하지만 그러기 위해서는 상응하는 시간이 필요했고, 그 준비 단계에서 방출되는 퇴마의 힘이 상당히 눈에 띄는 탓에 발렌틴이 집중적으로 표적이 되고 말 것이다.

그 사실을 알기에 바르바토스는 미라 일행의 곁으로 가라고 말한 것이다. 확실하게 결계를 펼치려면 그 방법밖에 없을 것이라면서.

"하지만……!"

발렌틴은 망설였다. 폭주한 흑악마의 힘은 막강하다. 둘이 상대하고 있는 지금도 상당히 접전이라 할 수 있었다.

바르바토스도 원래는 공작급이었지만 지금은 봉인의 효과로 약체화된 상태다. 혼자 남으면 점차 불리해질 것이 뻔하기에 발렌틴은 그가 걱정되었다.

"괜찮습니다. 분명 힘은 저쪽이 한 수 위지만 완전히 이성을 잃은 상태니까요. 머리로는 이쪽이 유리합니다."

그렇게 말한 후, 바르바토스는 자신의 말을 증명하듯 마법을 행사했다. 그러자 놀랍게도 바르바토스의 몸이 수십으로 늘어났다.

그렇다. 자신과 똑같은 모습의 환영이다. 그리고 흑악마는 그런 환영에게 덤벼들었다가 벽에 격돌했다.

"자아, 지금입니다!"

"……알겠어. 여긴 맡길게!"

자신감으로 가득한 바르바토스의 눈에서는 강한 신념이 엿보였다.

발렌틴은 이곳을 맡기겠다고 대답하자마자 그대로 미라 일행이 있는 방향으로 달려 나갔다.

"지금부터가 진짜 싸움이라 해도 과언이 아니겠군요——."

그 뒷모습에서 시선을 뗀 바르바토스는 한 차례 크게 숨을 내
쉬고서 날카로운 눈으로 흑악마를 바라보았다.

18

"미라 씨. 봉왕(封王)을 쓸 테니, 부탁 좀 드리겠습니다!"

곧장 미라의 옆으로 달려온 발렌틴은 그렇게 간결하게 말하자마자 술식을 준비하기 시작했다. 그것은 매우 강력한 퇴마의 힘으로 마물과 마수, 나아가 악마까지 포함한 마속성을 지닌 자의 통과를 완전히 막아내는 결계술이었다.

"오냐, 알겠다. 마침 그게 필요하던 참이었거든!"

미라는 그 말만으로 모든 것을 이해했다. 알피나를 불러들임과 동시에 전선에 있던 홀리나이트를 송환하고는 그대로 발렌틴을 에워싸도록 재소환했다.

그로부터 잠시 후, 발렌틴에게서 막대한 양의 마나가 흘러나오더니 눈 깜짝할 새에 퇴마의 힘으로 바뀌기 시작했다.

직후. 이 자리에 있던 모든 마수── 도주를 꾀하려 했던 것들까지 발렌틴에게로 시선을 돌렸다.

저 술식이 완성되면 끝이다. 마수들은 남아 있는 본능으로 그 사실을 깨달았다. 최우선적으로 막아야만 한다는 사실을.

그렇기에 마수들은 조금 전 보다 거세게 발렌틴을 공격해 왔다.

"역시 왔구나! 요격해라!"

원거리에서 비처럼 쏟아지는 불덩이는 운디네와 안루티네가 힘을 합쳐 비를 내리게 한 덕분에 위력이 감소했다.

그 다음은 알피나가 직격할 궤도로 날아오는 것만 쳐내고, 그대로 정면에 자리한 마수와의 전투에 돌입했다.

그 옆에서는 여러 마리의 마수를 펜리르가 《글레이프니르》로 묶어두고 있다.

아이젠파르드는 마수들의 후방에서 속도가 느려서 동시 공격에 참가하지 못한 마수를 습격해 나갔다.

제정신이었다면 분명 이렇게까지 어리석은 짓은 하지 않았을 것이다. 하지만 마수들은 오로지 본능에 따라 움직이고 있는 탓에 다음으로 위협적인 황룡에게 등을 돌리고 말았다.

더불어 크리스티나 일행도 여러 마리의 마수의 앞에 서서 그 침공을 저지하고 있었다.

그럼에도 아직 십여 마리나 되는 마수들을 모두 막아낼 수는 없었다. 저지망을 뚫은 몇 마리의 마수가 발렌틴에게 덤벼들었다.

"이 앞은 통행금지다!"

"깜장 씨 있는 데로는 못 간다해!"

최종방어선으로 버티고 있는 이는 미라, 그리고 마수보다도 빠르게 돌아온 메이린이었다.

일직선으로 발렌틴을 덮치려는 마수에게 두 사람은 양측에서 통렬한 일격을 선사했다.

마수는 그 충격으로 신음소리를 냈고 몸도 기울어졌지만, 내구력이 강화된 탓인지 아슬아슬하게 쓰러지지 않았고 자세를 바로 잡자마자 입에서 화염탄을 토해냈다.

타깃은 발렌틴이었고 공격 직후인 미라와 메이린이 막지 못할 속도로 날아갔다.

"정말이지 튼튼하구나!"

"그렇다면, 다음은 이거다해!"

발렌틴을 향해 폭염이 퍼져 나갔지만 미라와 메이린은 신경 쓰지 않고 그대로 공격을 이어갔다.

미라는 지금이 기회라는 듯이 신개발한 마봉폭석을 벌어져 있는 마수의 입에 처넣었다. 이어서 메이린이 마수의 아래로 미끄러져 들어가더니 땅이 갈라질 정도의 힘으로 대지를 딛고 서서 강렬한 쳐올리기 공격을 배때기에 박아 넣었다.

하늘 높이 솟구친 마수는 몇 초 후에 폭발했다. 그 순간, 여러 속성의 힘이 폭발한 듯한 빛이 번쩍였다.

"방금 아주 자연스럽게, 엄청 잔인한 짓을 한 것 같은데……."

그 모습을 눈앞에서 보고 있던 발렌틴은 계속 술식을 구축하며 뺨을 씰룩거렸다.

거대한 방패를 든 홀리로드가 그를 감싸고 있었다. 이 철벽같은 방어진을 돌파하는 것은 쉬운 일이 아니다. 제아무리 강화된 마수라 해도 만전을 기한 일격이 아니면 무너뜨리지 못할 것이다.

그리고 미라와 메이린이 곁에 있는 한, 그런 공격을 허락할 리가 없었다.

그렇기에 발렌틴은 술식 준비에 집중할 수 있었다. 아주 잠시 집중이 흐트러진 것은 눈앞에서 이루어진 것으로 추정되는 위험한 실험 결과 때문이었다.

그렇게 치열한 공방이 시작되고서 몇 분이 경과했을 즈음.

『왕의 잠을 방해하는 자여. 안녕의 성역에 침입하는 자여. 마(魔)

로써 발을 들인다면, 걸음하는 길은 그 즉시 썩어 문드러질 것임을 알라.

이 앞에는 퇴로가 없으며, 이 앞에는 희망도 없다.

허무의 감옥에서 무자비한 집행자의 판결을 기다리라.』

【퇴마술 : 봉인된 왕묘의 수호자】

술식 구축을 완료한 발렌틴이 영창과 함께 퇴마의 힘을 전개했다.

한 줄기 섬광이 하늘로 치솟은 직후, 너무도 강렬한 그 빛에 모든 이가 눈길을 빼앗겼다.

그 빛이 하늘 높은 곳에서 폭발한 순간. 거기에서 흘러나온 빛이 주변 대지를 비춤과 동시에 견고한 경계를 생성했다.

새하얀 빛으로 구분된 경계면. 그것이야말로 모든 마를 가둬두는 결계였고, 이곳이 결전장이라는 사실을 말해주는 증거였다.

"이제, 마음 놓고 싸울 수 있겠구먼."

발렌틴의 결계가 완성되었다. 이제 전장 밖에 불똥이 튈 일에 대한 걱정도, 도주하려는 마수에게 애를 먹을 일도 없어졌다.

이제부터 해야 할 일은 하나뿐이다. 결계에 갇힌 마수들을 한 마리도 남김없이 섬멸하는 것뿐이다.

"역시 깜장 씨다해! 그러면 나는, 다녀오겠다이거!"

이제 주변 일대를 방어하거나 도주하는 걸 방해할 필요가 없어졌다. 이제 마음껏 싸울 수 있다며 기합을 넣은 후, 메이린은 당연하다는 듯이 라이헨기벨에게로 향했다.

"좀 더 호흡을 맞춰줬으면 했다만, 뭐어 가장 성가신 걸 혼자서 막아주겠다니 맡겨두도록 할까."

"그게 좋겠네요. 이 정도 상황이면 우리 둘로도 충분히 대처할 수 있을 것 같으니까요."

메이린은 평소처럼 막을 새도 없이 뛰쳐나갔다. 미라와 발렌틴은 그 뒷모습을 배웅하며 닥쳐드는 마수들에게 대응해 나갔다.

발렌틴이 술식 발동을 마친 탓인지 마수들의 맹공은 다소 수그러든 상태였다. 그리고 그 대신 아이젠파르드와 펜리르에 대한 공포심이 되돌아온 모양이다. 절반 정도의 마수가 도주하기 시작했다.

조금 전까지는 어딘가로 도망치지 못하도록 허둥지둥 쫓아갔지만 결계 전개가 완료된 지금은 공격해오는 마수의 숫자를 줄이는 일만 남은 탓에 오히려 잘 된 일이라 할 수 있었다.

"그럼 눈앞에 있는 것들부터 처리해나가도록 할까."

"네, 순서대로 해치우죠."

그렇게 본격적으로 싸우려던 참에 시간이 다 된 모양이다.

『어이쿠, 미라 공 미안하다. 시간이 다 된 것 같다. 그럼 무운을 빌지.』

펜리르에게는 아직 여러모로 제한이 많았다. 때문에 소환에 제한시간이 있었던 것이다.

펜리르는 그렇게 말하자마자 강제적으로 되돌아가듯 송환되고 말았다. 그 말인 즉, 지금까지 펜리르가 상대해 주고 있었던 마수들을 막을 이가 없어졌다는 뜻이기도 했다.

"자아~ 그럼 버텨보도록 할까아……."

"일단 약해진 마수부터 순서대로 쓰러뜨려 나가도록 할까요⋯⋯."

하나라면 간단히 밀리지는 않을 상대지만 이렇게까지 숫자가 많으면 이야기가 달라진다. 숫자의 힘이 얼마나 강력한지는 미라가 가장 잘 알았다.

따라서 두 사람은 마음을 다잡고 마수들과의 결전에 임했다.

"이 기술, 그리고 이 힘. 역시, 당신이군요⋯⋯."

한편, 바르바토스는 폭주하는 흑악마를 혼자서 붙잡아두고 있었다. 그는 그 싸움 도중에 몇몇 특징을 파악하여 흑악마가 누구인지를 알아챘다.

라이아플레벤. 그것이 흑악마의 이름으로, 바르바토스에게는 함께 바보짓을 하고 웃음을 나누었던 지난날의 친구였다.

"설마 이런 모양새로 재회하게 될 줄이야."

바르바토스는 적으로 재회한 현재의 상황을 한탄했고, 그 때문에 차마 각오를 다지지 못한 채 마음이 흔들리고 있었다.

폭주한 힘에 의한 신체능력의 향상은 방심할 수 없는 속도를 흑악마에게 부여했다. 힘에 의존한 공격인 탓에 예측하기는 쉬웠지만, 그 속도를 이용해 여러 차례 예측을 억지로 돌파하고는 했다.

바르바토스는 몇 방의 공격을 맞으면서도 어떻게든 직격만은 피해가며 기회를 엿보았다.

"이것도 어떻게 보면, 질긴 인연이라고 해야 할지 모르겠습니다."

라이아플레벤과의 전투 중, 바르바토스는 안타까운 사실을 알아챘다.

바로 저 흑악마의 상태에 관한 사실이다.

저 안에 소용돌이치고 있는 마속성의 힘. 말도 안 될 정도로 증대된 힘이 일그러짐을 발생시켜, 라이아플레벤 본언의 힘을 원형조차 남지 않을 정도로 파괴하고 있다는 사실을 알아챈 것이다.

발렌틴 일행이 할 수 있는 것은 흑악마로 변해버리는 능력을 봉인하는 일이지, 재생시키는 것이 아니다. 다시 말해서 폭주 상태가 되어 버린 지금, 무엇을 어떻게 해도 라이아플레벤을 백악마로 되돌리는 건 불가능한 것이다.

지금은 그저 부풀어 오른 마속성의 힘으로 움직이고 있는 것에 불과하다.

하지만 그 사실을 말한다 해도 발렌틴이라면 어떻게든 하려고 궁리하며 무모한 짓을 반복할 것이다.

그리고 무모한 짓을 할수록 당연히 위험성이 커진다. 심지어 폭주한 흑악마의 힘은 조금만 빈틈을 보여도 상대를 집어삼킬 만큼 강대하다.

"분명, 이건 내가 맡아야 할 역할이겠죠."

알고 지낸 기간은 짧지만 그런 부분은 예상하기 쉽다는 생각에 쓴웃음을 지은 채, 바르바토스는 이번에야말로 속으로 각오를 굳혔다.

바르바토스에게는 강한 신념이 있었다.

지금은 백악마로 돌아왔다. 하지만 그렇다고 지금까지 지었던 죄들이 모두 사라지는 것은 아니라고, 그는 늘 생각해 왔다.

따라서 그 죄를 함께 짊어져 주려 하는 발렌틴의 존재는 그들의 동료가 된 백악마들에게 눈이 부실 정도의 희망이었다.

그런 그를 위험에 빠뜨릴 수는 없다. 성공할 확률이 얼마나 될지도 모르는 가능성을 위해 그가 심하게 다치는 일이 있어서는 안 된다. 그것이 바르바토스의 생각이었다.

또한 무엇보다도 희망인 그의 손을 더럽히게 할 수는 없다는 생각으로 바르바토스는 기운을 끌어 모았다.

"어쩌면 앞으로도 비슷한 상황과 맞닥뜨릴지도 모릅니다. 그렇다면, 그때는 우리가……."

이러한, 어쩔 방도 없는 상황에 빠지게 되면 자신의 손으로 과거의 동료를 치겠다. 그리고 그 죄는 자신이 짊어지겠다. 그것이 바르바토스가 굳힌 각오였다.

무엇보다도 발렌틴이 모두의 희망으로 남을 수 있도록.

"마로써 마를 제압한다. 지금은 다른 힘을 빌려야 하지만, 원래는 공작이었던 나의 기술. 라이아플레벤…… 네가 이걸 간파할 수 있을까?"

바르바토스는 가차 없이 몰아치는 공격, 거듭되는 경이로운 일격을 피해가며 일정 거리를 둔 채 싸우고 있었다. 그 거리는 흔들리는 마음에서 비롯된 것이기도 했다.

하지만 각오를 다진 순간부터 바르바토스는 단숨에 공세로 전환했다.

흑악마가 빗발처럼 쏟아내는 마탄 앞에서도 과감하게 달려들어, 몇 발을 맞는 것도 불사해가며 거리를 좁혀 나갔다.

통렬한 일격이 어깨를 후벼 팠다. 그럼에도 바르바토스는 다리를 멈추지 않고 직격만 피하면 괜찮다는 듯이 전진했다.

"⋯⋯!"

헌 방, 그리고 두 방. 상처가 늘어나는 것도 개의치 않고 달려나간 바르바토스는 온몸이 너덜너덜해진 상태로 마지막 한 걸음을 내디뎠다.

그러자 거기에 맞춘 듯한 타이밍에 라이아플레벤이 주먹을 내질렀다. 접근한 적에게 완벽한 타이밍에 카운터를 날린 것이다. 회피조차 불가능한 순간을 노린, 절묘한 일격이었다.

"나 참, 여전하군요."

순간, 바르바토스는 가장 빠르고 가장 짧은 동작으로 라이아플레벤의 팔을 잡아, 그 카운터를 완전히 무효화했다. 예상했던 것이다. 마지막 한 걸음을 내디딤과 동시에 그 기술을 쓸 것을.

폭주 상태지만 라이아플레벤의 공격에는 과거에 보았던 그의 특징이 남아 있었다. 그렇기에 바르바토스는 그 카운터를 예상할 수 있었던 것이다.

그리고 카운터를 봉쇄하자 그에게 완전한 빈틈이 생겨났다. 또한, 돌진하여 접어든 그 거리는 바르바토스에게도 필살의 공격이 가능한 거리였다.

바르바토스는 손바닥에 마속성의 힘을 집속시켜 소용돌이치는 나선을 그리는 가느다란 바늘 하나를 만들어냈다.

"지금, 편하게 해드리죠."

결의가 흔들리지 않도록 그렇게 말하고서 그는 그 바늘을 찰나와도 같은 빈틈을 이용해 라이아플레벤의 가슴에 박아 넣었다.

바르바토스가 노린 곳은 라이아플레벤의 몸에서 가장 마속성이 짙고, 격하게 흐트러져 있는 장소였다.

그곳에 압축한 마속성의 바늘을 박아 넣은 것이다.

본래는 그대로 마속성의 바늘에 담긴 힘을 해방시켜 내부에서 파괴하도록 되어 있었지만, 바르바토스가 그 다음에 취한 행동은 달랐다.

그대로 바늘을 계속 제어해서 라이아플레벤을 폭주시키고 있는 마속성에 간섭하며 바늘과 함께 뽑은 것이다. 하다못해 그가 이렇게 되어 버린 원인에 대한 단서라도 얻기 위해.

"큭......!"

하지만 그 힘은 바르바토스가 간단히 제어할 수 있는 것이 아니었다. 아니, 어쩌면 가능한 사람은 아무도 없을지 모른다. 흉흉하게 일그러진 바늘은 밖으로 나옴과 동시에 막대한 힘을 방출하며 날아가 버렸다.

그 충격에 날아간 바르바토스는 간신히 자세를 바로잡고 착지하자마자 라이아플레벤에게 시선을 돌렸다.

마찬가지로 날아가던 흑악마의 몸은 불타 재가 되어 있었다. 그 몸을 유지하고 있던 마속성의 힘이 모두 사라진 결과인 동시에 죽은 악마의 마지막 모습이기도 했다.

"미안합니다, 벗이여. 언젠가, 다른 어딘가에서 보죠."

바르바토스는 바람에 흩날리는 재를 배웅하며 기도하듯 중얼거렸다.

19

"기분 탓인가? 어째 서서히 강해지고 있는 것 같다만?"

다수의 광포화한 마수를 미라 일행은 한 걸음도 물러서지 않고 쓰러뜨려 나갔다. 그런 전투 도중에 미라는 문득 위화감을 느끼고 발렌틴에게 물었다.

아이젠파르드와 알피나 일행, 그리고 마수에게 강한 발렌틴도 있는 덕에 상당한 격전임에도 불구하고 적의 숫자를 줄여나갈 수는 있었다.

적의 숫자가 줄면 부담도 줄어든다. 실로 단순한 계산이기는 하지만 분명한 사실이다.

하지만 확실하게 숫자가 줄어들었음에도 불구하고 어째서인지 전황은 호전되지 않았다.

호전되기는커녕 조금 전까지는 홀리나이트 한 기로도 충분했던 공격을 막는 데 두 기가 필요해 지는 등, 남은 마수의 힘이 늘어나고 있는 게 아닐까 싶은 상황이 종종 있었다.

"이건…… 아무래도 기분 탓이 아닌 것 같은데요."

발렌틴 역시 그 상황을 알아챈 모양이다. 그는 주변의 상황을 꼼꼼히 조사하고서 그 원인으로 추측되는 존재를 지적했다.

그것은 매우 희박한 존재였다. 하지만 확실히 그 가능성이 남아 있었다는 사실을 떠올리게 하는 존재이기도 했다.

자세히 보니 쓰러뜨린 마수에게서 검은 아지랑이가── 레서 데몬의 원념체가 흘러나오고 있었던 것이다. 그리고 그 원념체가 남아 있는 마수에게 다시 빙의하고 있었다.

"미라 씨가 말했던 방식으로 레서 데몬이 죽었던 것도 그렇고, 어쩌면 원념체 쪽도 영향을 받고 있는 걸지도 모르겠네요."

합류 후, 미라와 발렌틴은 싸우면서 서로의 상황을 보고했다.

흑악마의 폭주와 오십 마리에 가까운 레서 데몬의 자멸. 거기에는 모종의 연관 관계가 있을지 모른다는 결론을 내리고서 지금의 상황을 목격하게 된 것이다.

이전에 관측했던 원념체는 숙주를 쓰러뜨리면 함께 소멸했었다. 하지만 이번에는 달랐다. 마수의 시체에서 스며 나오더니 그대로 가까운 곳에 있는 마수에게 다시 빙의한 것이다.

"이거 골치 아프게 됐군⋯⋯."

그 직후 마수의 힘이 증대되었다. 그런 과정이 반복되면 마지막 마수는 터무니없는 괴물이 될 것이다.

그렇게 생각한 두 사람은 뭐든 대책을 세워야겠다고 생각하기 시작했다.

두 사람이 그런 대화를 나누는 동안. 메이린은 이거야말로 이상적인 수련장이라 생각했는지 몹시도 기뻐 보였다.

라이헨기벨은 마치 부하라도 다루듯, 다른 마수를 거느리고 있었다. 보스와 대결하기 위해 부하를 쓰러뜨리면 쓰러뜨릴수록 강한 마수가 등장하는 상태다. 그 때문인지 메이린은 더욱 강한 마수를 만들기 위해 격렬한 전투를 벌이고 있었다.

"이봐라, 메이린──."

"메이린쨩, 저기——."

미라와 발렌틴의 목소리조차 들리지 않을 정도의 집중력과 격렬함이었다. 본 적이 없는 기술을 차례로 선보일 만큼 제대로 기합이 들어가 있기도 했다.

"이놈…… 이럴 때, 그런 즐거워 보이는 짓을 하다니……!"

메이린의 신기술 난무가 계속되고 있다. 그 모습을 본 미라는 연구를 위해 차분하게 관찰하고 싶은 마음과 자신도 마음껏 신기술을 시험해보고 싶다는 마음, 그리고 원념체를 어떻게든 해야 한다는 마음이 뒤엉켜 끙끙댔다.

"미라 씨, 심정은 이해하지만 지금은 원념체를——."

저렇게 된 메이린을 막는 것은 매우 어려운 일이다. 그렇다면 원념체를 먼저 어떻게든 하는 수밖에 없다. 나오는 족족 결계로 가두고 그동안 마수를 전멸시키면 된다. 그것이 발렌틴이 생각해 낸 작전이었다.

"으…… 으으, 그래. 그게 우선이지."

미라는 이왕 이렇게 된 거, 자신도 최대로 강화된 마수를 상대로 이런저런 것들을 해볼 계략을 꾸미고 있었지만, 얼마나 강화될지도 모르는 일이니 먼저 나머지 마수를 처리해 버리는 게 안전하고 확실하다는 쪽으로 생각을 바꾸었다.

겨우 자신을 억제한 미라는 발렌틴과 힘을 합쳐 스며 나오는 원념체에 대처하기 위해 분주하게 돌아다녔다.

아이젠파르드를 비롯한 소환체 부대로 마수의 토벌 속도를 조절하고는 있었지만 메이린은 컨트롤 할 수가 없다.

그럼에도 마수를 강화시키는 원인을 밝혀내 결계로 가두자 전황은 어느 정도 유리해지기 시작했다.

하지만 부분적으로는 대응이 한발 늦었다. 물론 메이린이 쓰러뜨린 마수에서 나온 원념체들을 가리키는 것이다. 그리고 그러한 원념체들은 모두 다 그 뒤에서 기다리고 있는 라이헨기벨에게 흡수되었다.

"나 원…… 아무리 이 몸이라도 이렇게까지 귀찮아 보이는 녀석을 상대하고 싶지는 않았건만……."

"그럼 그렇지, 이렇게 될 줄 알았어요……."

그렇게 싸움을 계속해 나가자 결국 마수는 단 한 마리만, 라이헨기벨만 남게 되었다.

하지만 최종적으로 십여 마리의 원념체가 빙의한 그 마수의 모습은, 처음의 원형을 알 수 없을 정도로 일그러져 있었다. 그 모습을 형용하자면, 종말의 구렁텅이에서 기어 나온 괴물 같았다.

더불어 그 몸에서 뿜어져 나오는 장기로 주변에 필드를 형성해서, 섣불리 접근할 수 없는 상황을 만들고 있었다.

"드래곤 브레스로 없앨 수 있는지 시험해보고 싶지만, 다소 성가신 지형이라 원……."

"그러게요. 구덩이 같은 걸 만들면 아르마 씨가 뭐라고 할지. 게다가 저의 결계는 지금 마수 전용으로 조정한 상태라 드래곤 브레스의 여파를 견뎌낼 수 있을지 어떨지 걱정되기도 하고요."

장기가 너무 짙은 탓에 확실하게 날려버릴 수 있다는 보장이 없다. 심지어 주변에 대한 피해와 발렌틴의 결계에 미칠 영향을 고려하면 그 파괴력은 다소 과할 듯했다.

그렇다면 장기에도 내성이 있는 발키리 일곱 자매는 어떤가 하면, 이번에는 장기의 농도가 너무 짙은 탓에 돌파가 어려울 듯했다. 거리를 유지하며 공격을 피하는 게 고작인 상태다.

근접전으로 맞서면 장기로 인해 방호효과가 깎여가는 탓에 아이젠파르드는 원거리에서 용마법으로 응전하고 있다. 상당히 열심히 특훈한 것인지 용마법이 한층 더 그럴 듯해져 있었다. 실전에서도 충분히 통할 위력과 정확도였다.

하지만 마수가 두른 장기는 예사로운 것이 아니었다. 아이젠파르드가 내쏜 불덩이에 맞으면 폭발했지만, 1초도 채 되지 않아 원래대로 돌아오고 말았다.

"역시 제가 어떻게든 하는 수밖에 없겠네요."

마수가 두른 장기의 원천은 부풀어 오른 마속성이 아닐까. 그런 가설을 세운 발렌틴은 그렇기에 자신이라면 어떻게든 할 수 있을지도 모른다며 앞으로 나섰다.

장기의 발생. 그 원인과 원리 등은 확실하게 해명되지 않았다. 하지만 한 가지 확실한 것이 있었다.

그것은 어둠의 요소가 강한 상태일 때 발생한다는 것이다.

"뭐어, 그렇지. 그게 가장 가능성이 높을 듯하구나."

마속성의 급격한 팽창과 마수라는 존재, 그리고 레서 데몬의 원념체. 그러한 것들의 상황과 상태로 미루어, 퇴마술이 해결의 열쇠일 가능성이 높다고 유추하는 것은 당연한 흐름이라 할 수 있으리라.

"그럼 하얗게 물들일 테니, 두 분이 처리해 주십시오."

그렇게 말하자마자 발렌틴은 성수를 꺼내더니, 그것을 한 방울씩 땅바닥에 떨어뜨리며 술식을 전개해 나갔다.

"음, 흠씬 두들겨 패주마."

"알겠다이거, 언제든 말만 해라해!"

그가 지금부터 무엇을 하려는 것인지 아주 잘 아는 두 사람은 라이헨기벨을 바라본 채 자세를 잡았다.

라이헨기벨은 원념체로 인해 이형의 괴물로 변모했다. 그러나 그 몸이 매우 비대해진 탓에 이동 속도는 몹시 느렸다.

하지만 그 대신 기민하게 움직이는 수십 개의 촉수가 다가오는 모든 표적을 완벽하게 포착해 격추시켰다. 그 때문에 대량 투입했던 다크나이트도 장기에 접근할 새도 없이 격퇴당하고 말았다.

그렇다고 거리를 벌리면 가만히 서서 장기의 범위를 확대해 댄다.

그렇게 알피나 일행이 공방을 펼치던 중에 드디어 반격의 빛이 비추기 시작했다.

『──이곳은, 하늘 끝. 하얀 태양이 빛나는 밤의 끝.

방황하는 자는 그 죄와 마주하고, 정화의 불꽃에 몸을 맡기라』

【퇴마술 : 집행자 없는 성인(聖人)의 정원】

발렌틴의 술식이 발동함과 동시에 주변의 풍경이 돌변했다.

퇴마의 불꽃이 눈 깜짝할 새에 퍼져서 주변 일대를 순백으로 물들이고 만 것이다.

245

하얀 불꽃은 숲을 비롯한 모든 것을 뒤덮었다. 술사인 발렌틴의 옆에 있던 미라는 물론이고 알피나 일행과 아이젠파르드, 그리고 하늘을 나는 페가수스와 운디네 일행까지도 거기에 휘말려 들었다.

하지만 불꽃은 그 누구도 불사르지 않았고, 숲 또한 아무런 영향도 받지 않았다.

그러나 이곳에서 유일하게 고통으로 가득한 신음소리를 내는 자가 존재했다.

그렇다, 라이헨기벨이다.

이것이 발렌틴이 다루는 퇴마의 불꽃의 특성이었다.

마속성을 지닌 자만을 불사르는 성스러운 불꽃. 그것은 마속성의 힘으로 오염된 모든 것을 정화하는 구원의 불꽃이기도 했다.

"옳지옳지. 그럼 그대로 좀 부탁하마!"

"이제, 해치울 수 있다해!"

역시 토대를 이루고 있던 것은 마속성이었는지, 하얀 불꽃은 장기를 보란 듯이 불살라 버렸다.

그 결과, 라이헨기벨을 둘러싼 장기가 사라졌다. 지금이야말로 공격을 퍼부을 때인 것이다.

그때 아이젠파르드가 움직여 그 거대한 몸으로 단숨에 상대에게 접근했다. 하지만 하얀 불꽃으로 괴로워하는 라이헨기벨의 촉수는 아직 건재해서, 그를 격퇴하고자 덤벼들었다.

아이젠파르드는 촉수를 용마법으로 격추시키고, 몇 개는 끊어 버렸으며, 또 몇 개는 그대로 움켜쥐어 제압했다.

그럼에도 남은 촉수가 계속 덤벼들자 이번에는 알피나 일행이 차례로 베어 나갔다.

"좋아, 완벽하군!"

"훌륭하다이거!"

미라와 메이린은 그 반대 방향에서 단숨에 돌격했다. 라이헨기벨은 대응하려 했지만, 촉수는 지금 대부분 아이젠파르드 일행에게 쇄도해 있는 상태였다.

따라서 미라 일행을 방해하는 촉수의 숫자는 적었고, 메이린이 눈 깜짝할 새에 폭발시켜서 그들의 돌진을 막기에는 역부족이었다.

"이거, 시험해보고 싶었다해!"

메이린은 속도를 더욱 높여 오른쪽 주먹을 날카롭게 내질렀다.

무거운 일격이다. 하지만 비대해진 라이헨기벨은 조금 흔들렸을 뿐, 딱히 대미지를 입은 것 같지는 않았다.

시험해보고 싶다고 했는데, 불발인 것일까. 아주 잠시 그렇게 생각한 직후.

"오오우?!"

귀를 찢을 듯한 파열음이 울림과 동시에 메이린이 일격을 가한 몸통의 일부가 보이지 않는 무언가로 후벼 판 듯이 터져 나갔다.

"이 몸도, 질 수는 없지!"

대체 어떠한 술식일까. 궁금하기는 했지만 그걸 보고 대항심이 솟구친 미라는 얼마 전에 개발한 신기술을 선보였다.

【환장소환 : 버밀리온 프레임】

화염 정령의 힘을 조합한 무장소환이다. 그 술식은 이전에 사용한 적이 있었지만, 이번에 개발한 것은 그 다음 단계였다.

"그럼, 간다!"

미라는 허공을 《공활보》로 내달려 부상을 입고 움찔한 라이헨기벨의 정면으로 날아가서 오른팔에 한껏 힘을 모았다.

미라의 온몸에 퍼진 강대한 마나가 버밀리온 프레임을 통해 막대한 열에너지로 변환되기 시작했다.

그리고 버밀리온 프레임이 아니었다면 견디지 못했을 열량이 한곳에 집속되어 붉게 달아오르기 시작한 순간.

"자아, 먹어라!"

복잡한 술식의 구축과 제어. 더불어 막대한 마나를 섬세하게 조작하는 기술에 의해 만들어진 순수한 열에너지. 그것은 매우 고도의 술식이었지만 공격 방법은 실로 원시적이었다.

미라는 붉게 달아오른 오른쪽 주먹으로 라이헨기벨을 후려쳤다.

그 일격의 무게는 좀 전의 메이린에게 크게 미치지 못했다. 하지만 술식의 위력은 결코 뒤지지 않았다.

직격함과 동시에 새빨간 불기둥이 작렬했다. 집속되었던 열이 한꺼번에 해방되어 강렬한 불꽃으로 변함과 동시에 확장되었고, 그 기세 그대로 마수의 몸을 꿰뚫은 것이다.

"어이쿠! 큰일날 뻔했군그래……."

소용돌이치는 불꽃의 기세는 격렬해서 주변까지 불사르기 시작했다. 그리고 관통한 불꽃은 발렌틴의 결계에 닿을 듯 말 듯한 곳까지 확산되어 소멸했다.

지나쳤나 싶어서 마음을 졸이던 미라는 간신히 직전에 불꽃이 사라졌다는 사실에 가슴을 쓸어내리며 라이헨기벨의 상태를 확인했다.

메이린의 일격과 지금의 '폭염(爆炎) 펀치'를 정통으로 맞아 몸의 절반 남짓이 날아갔으니 살아있을 리가 없었지만.

"참으로 기괴하구나."

"이거, 굉장하다해. 아직도 움직인다이거."

놀랍게도 라이헨기벨은 살아있었다. 심지어 이미 날아간 부분의 수복이 시작된 상태였다.

하얀 불꽃 안에서도 활성화 상태인 마속성의 힘은 상처 입은 몸을 급속하게 재생시켜 나갔다. 하지만 힘은 여전히 폭주 중이라, 그 재생은 정상적으로 이루어지지 않아서 라이헨기벨을 보다 기이한 모습으로 변질시키기 시작했다.

"역시 재생 능력을 가지고 있었나."

생각했던 것보다 재생 속도가 빠르다. 심지어 모든 촉수로 방어를 강화한 탓에 다음 일격을 맞추기가 어려워졌다.

이대로 십여 초만 지나면 완전히 재생하여 더욱 강력한 괴물로 변화하고 말 것이다.

하지만 그렇게 서둘러야만 하는 상황임에도 불구하고 미라와 메이린은 그 자리에서 잽싸게 물러났다.

그러자 다음 순간, 그 주변이 검게 물들었다.

흘러넘치듯 나타난 그것은 라이헨기벨을 뒤덮어 나갔다. 마치 마속성 힘이 갑옷이 되어 그 몸을 보호하려는 듯 보였다.

그러나 칠흑보다도 검은 그것은 마속성보다도 순수한 검은빛을 띠고 있었다.

직후, 소름이 돋을 듯한 목소리가 울렸다.

그렇다, 마수를 뒤덮은 그것은 발렌틴의 술식으로 인해 발생한 불꽃이었던 것이다.

"예상한 대로였네요."

"그러게 말이다."

발렌틴은 기다렸다는 듯이 퇴마술을 행사했고 미라는 이제 자신이 나설 일은 끝났다는 듯이 지켜보았다.

예상한 대로. 변질한 라이헨기벨이 재생 능력을 가지고 있을 것이라는 예상을 말한 것이다.

그리고 발렌틴이 사용한 술식은 마속성을 연료 삼아 불타오르는 불꽃이다. 이로 인해 재생에 사용되고 있는 마속성이 그대로 붕괴로 이끄는 멸마(滅魔)의 불꽃으로 변한 것이다.

다소의 상처 재생 능력 정도라면 불꽃도 금방 꺼졌겠지만, 미라와 메이린이 입힌 상처의 크기라면 힘을 쥐어짜는 속도보다 연소하는 속도가 더 빠를 것이다.

결과적으로 라이헨기벨은 재생하지 못하고 차근차근 몸이 붕괴되기 시작했다.

"역시 무진장 강하군그래."

마물이든 마수든 재생 능력을 소유한 것이 상대일 경우, 일정량의 대미지만 입히면 확실하게 죽일 수 있다. 그것이 퇴마술사인 발렌틴의 무시무시한 일면이라 할 수 있을 것이다.

"아뇨아뇨, 두 분 덕분입니다. 회복에 전념하는 상태가 아니었다면 안 통했을 테니까요."

이 방법으로 승리할 수 있었던 것은 두 사람이 그만한 대미지를 입혔기 때문이라고 발렌틴은 겸손을 떨었다.

이 술식의 단점은 완전히 연소가 시작되기 전에 들켜서는 안 된다는 거다. 그렇기에 위기감을 새겨 넣은 미라와 메이린의 활약 덕분에 얻은 결과라 말한 것이다.

"흠, 썩 괜찮았지?"

실험적인 술식이기는 했지만 미라는 자랑스럽게 가슴을 펴고 말했다. 개량할 점은 많지만 위력은 문제없다는 사실을 확인한 게 만족스러운 모양이다.

메이린으로 말하자면 아직 덜 싸웠는지 옆에서 다소 불만스러운 얼굴을 하고 있었지만, 이렇게 환경에 좋지 않을 듯한 상대는 잽싸게 처리하는 게 제일이다. 그녀도 그 사실을 아는지, 무너져 내리는 라이헨기벨을 앞에 두고도 떼를 쓰거나 하지는 않았다.

"미안합니다, 발리. 그 상태에서는 구해낼 방법이 없었어요."

레서 데몬과 대량의 마수를 섬멸한 후에 바르바토스와 합류하자, 그는 곧장 사죄의 말을 입밖에 냈다.

무언가의 영향으로 폭주 상태가 된 흑악마. 발렌틴 일행이 구하려 하고 있는 존재였지만, 이번에는 구제가 불가능했던 모양이다.

힘이 폭주한 흑악마는 그 근본부터 망가지고 만다고 한다.

그의 말에 따르면 미라의 힘을 빌린다 해도 백악마로 되돌리는 것은 불가능한 상태였다고 한다. 그렇게 된 흑악마는 악의를 흩뿌리는 존재에 지나지 않는다. 따라서 제거할 수밖에 없었던 것이다.

"그래…… 이쪽이야말로, 미안해. 동료를 직접 치게 만들어서."

조용한, 그러면서도 슬픔을 띤 바르바토스의 눈을 보니 비통한 심정으로 판단을 내렸다는 것이 뼈에 사무치게 전해져 왔다.

그렇기에 발렌틴은 분했다. 그 사실을 알았다면 자신의 손으로 처리했을 텐데. 그가 과거의 동료를 치게 두지는 않았을 텐데.

"신경 쓰지 마십시오. 이건 제가 필요하다고 생각해서 제 손으로 한 일입니다. 동료였기에 더더욱 제가 매듭을 지어야 했어요. 그게 악마의 긍지니까요."

바르바토스는 조용한 투로 그렇게 말했다. 동료이기에 잘못된 길로 갔을 때에는 동료의 손으로 바로잡아준다. 본래의 악마란 그런 신념을 품고 있는 존재라고.

그렇지만 그것은 바르바토스가 이 자리에서 생각해낸 거짓말이었다. 그럼에도 그의 눈에는, 그 말은 진심이라고 외치는 듯한 결의가 담겨 있었다.

어찌 되었건 마물 퇴치 부적으로 흉계를 꾸미던 장본인인 흑악마는 사라졌다.

또한 리리엘라 일행에게 연락을 해보니 저쪽도 무사히 임무를 마쳤다고 한다.

헤르쿠네 일행 덕분에 에토토의 어머니에게 괜한 걱정을 끼치지 않고 이야기를 잘 마무리할 수 있었다는 모양이다.

지금은 마르코시아스와 함께 에토토와 어머니, 두 사람을 데리고 아지트로 무사히 귀환해 그대로 아지트를 안내하고 있다는 듯했다.

"──그리고 브루스 씨가 미라 씨에게 전하고 싶은 말이 있다는데요."

저쪽의 상황에 관해 들은 내용을 전달한 후, 발렌틴이 추가로 말을 덧붙였다. 듣자하니 이후, 마물 퇴치 부적의 처리 등을 위해 발할라로 돌아갈 때 다시 동행시켜달라고 브루스가 부탁했다는 모양이다.

그는 앞으로 고락을 함께 할 헤르쿠네 일행이 어떠한 장소에서 살고 있는지 확실하게 확인해두고 싶다고 말했다고 한다.

"흐~음, 뭐어 오래 알고 지낼 사이니 그런 방면에 대한 이해도 필요할 테지."

상대는 브루스다. 호기심이 끓어올랐다는 이유가 반 이상일 테지만 그 말 또한 분명 본심이리라. 따라서 미라는 납득하고 그렇게 답했다.

그러자 또 한 사람이 소리쳤다.

"나도 가고 싶다이거!"

그렇다, 메이린이다. 발할라에서 무술에 능한 발키리들을 상대로 특훈할 생각으로 벌써부터 신이 나 있었다.

하지만 그 직후. ──꼬르륵, 메이린의 뱃속에서 소리가 나는가 싶더니 표정이 확 바뀌었다.

하지만 그것은 배가 고파서가 아니라, 굳이 말하자면 초조함에 가까운 감정 때문이었다.

"아, 같이 훈련하기로 약속했었다이거……!"

아침에는 아담스 가문 사람들과 아침식사를 하는 것. 그것이 요즈음 메이린의 일상이었다.

또한 메이린은 아담스 가문에서 식객으로 지내는 대신 아이들의 훈련을 봐주기로 자기 자신과 약속했었다.

지금 발할라에 갈 경우, 분명 오늘 내로 돌아오지는 못할 것이다. 그래서는 훈련을 못 봐주게 된다.

게다가 잘 생각해보니 어제도 훈련을 봐주지 못했다.

이 이상 자신과 한 약속을 어길 수는 없다. 그것이 지금 메이린의 가슴속에 퍼진 최대의 갈등이었다.

하지만 발할라에 가는 것 또한 그녀에게는 갈등을 할 만큼 매력적인 일이었다.

"발할라라면 언제든 데려가주마. 그러니 아이들을 상대해주거라."

약속한 대로 돌아가고는 싶지만 메이린은 도무지 결심이 서지 않는 눈치였다. 그런 메이린을 보다 못해 미라가 구원의 손길을 내밀어주었다. 발할라는 나중에도 갈 수 있다고.

그러자 무거운 무언가에 붙잡혀 있는 듯했던 메이린의 얼굴에 환한 미소가 걸림과 동시에 발걸음이 가벼워진 것처럼 보였다.

"할아버님, 약속이다해! 무조건, 꼭이다이거!"

"음, 약속하마, 약속해."

눈에 불같은 기대감을 담아 보채는 메이린에게 미라는 고개를 끄덕이며 걱정하지 말라고 답해주었다.

"감사감사다이거!"

메이린은 뛸 듯이 기뻐하며 그대로 바르바토스에게 기대감이 담긴 눈빛을 보냈다. 그 눈은 '다음에 꼭 대련하고 싶다'는 생각으로 반짝반짝 빛나고 있었다. 굳이 말을 하지 않아도 누구든 알 수 있을 만큼 알기 쉬운 생각이 담긴 눈이었다.

"아, 알겠습니다. 다음에 만나게 된다면……."

심지어 무슨 수를 써서든 고개를 끄덕이게 만들겠다는 압박감이 느껴져서 바르바토스는 엉겁결에 그렇게 답했다.

"약속했다이거! 꼭이다해!"

메이린은 확답을 들었다며 미소를 지어 보인 후, 그 말과 함께 달려 나가더니 "아, 깜장 씨, 바이바이, 또 보자이거~"라는 말을 남기고 떠나갔다.

발렌틴은 여전하다며 쓴웃음을 지었고 바르바토스는 엉겁결에 승낙했는데 괜찮은 걸까 싶은지 겁을 먹은 눈치였다.

그리고 미라는 그녀의 뒷모습을 배웅하며 의기양양한 미소를 짓고 있었다. 메이린은 받은 은혜를 몇 배로 돌려줄 만큼 성실한 성격이기 때문이다.

약속한 것을 들어주면 메이린에게 그에 상응하는 은혜를 베푸는 셈이 된다.

다시 말해서 차후에 실험이나 소재 수집 등, 이런저런 일에 어울려달라고 할 수 있는 것이다.

전위 역할도 할 수 있는 메이린이 있으면 할 수 있는 일의 범위가 크게 넓어진다.

　이거 좋은 장기말을 손에 넣었다. 미라는 그 행운에 기뻐하며 뭘 도와달라고 할지 차근차근 생각해두자며 미소 지었다.

20

"그럼 이만. 내일 예정했던 시간에는 끝날 게다."

"알겠습니다. 내일 받으러 찾아뵙겠습니다."

미라와 발렌틴은 마물 퇴치 부적의 처리가 완료되면 양도하겠다는 약속을 재확인했다.

그 일이 끝나면 각자 자신이 있어야 할 장소로 돌아갈 것이다.

"고맙습니다, 미라 씨. 여러모로 신세를 졌군요."

"이쪽이 할 말이다. 그대들 덕분에 무난하게 문제를 해결했으니 말이야."

그때 바르바토스와 만나지 못했다면 메이린과 둘이서 이번 싸움에 임해야 했을 것이다. 그렇기에 두 사람과 만난 것은 미라에게도 행운이었다.

그런 말을 나눈 후, 미라와 발렌틴 일행은 그 자리에서 그대로 해산했다.

발렌틴 일행은 전이술을 사용해 본거지로 귀환했다.

미라는 그런 두 사람이 있던 장소를 부럽다는 듯이 바라보았지만 이내 포기하고, 페가수스의 등에 올라타고 날아올랐다.

필즈섬에서 브루스와 합류한 후, 미라는 발할라로 가는 입구로 향하던 도중에 브루스 쪽에서 무슨 일이 있었는지에 대해 들었다.

중간에 마물과 조우했지만 전력은 충분해서 무난하게 격퇴했다.

그렇게 도착한 에토토의 집에 있던 어머니는, 매우 쾌활하고 굳센 여성이었다고 한다.

에토토 때문에 여러모로 힘들 텐데, 그조차도 웃어넘길 만큼 듬직하고 아름다운 여성이었다고 브루스는 절찬했다.

그녀가 어머니였기에 에토토는 그러한 경우에 놓여 있음에도 착하게 자란 것이리라. 그런 생각으로 감명을 받은 눈치였다.

"그렇다니 이 몸도 한 번 만나보고 싶구나."

대체 어떠한 여성일까. 관심이 생긴 미라는 언젠가 발렌틴 일행의 아지트에 갈 기회가 있으면 만나보자고 생각했다. 그리고 그때는 반드시 순간이동 술식을 익히고 말겠다는 계략을 꾸미기도 했다.

"호오, 투기대회에 출장하겠다고?! 그것 참 믿음직하구나!"

그리고 중간부터 시작된 잡담으로 브루스가 니르바나에 있었던 목적이 판명되었다.

놀랍게도 그는 실력이나 시험해볼 겸 투기대회에 출전하러 왔던 것이라 한다. 하지만 이왕 출전하기로 했으니 상위권을 노리고 싶다고 생각한 결과, 소환술사들에게는 동경의 대상인 발키리 소환을 습득해보기로 마음을 먹었다는 듯했다.

미라는 브루스가 입밖에 낸 투기대회 출전이라는 단어에 격하게 반응했다.

이번에는 니르바나 측의 선제 조치로 인해 해설자로 초대된 탓에, 미라는 투기대회에 출전할 수가 없었다.

그 때문에 투기대회에서 대활약해서 소환술을 세상에 널리 알리겠다는 야망은 무너지고 말았는데, 여기서 브루스라는 소환술의 구세주가 나타난 것이다.

그가 상당한 실력자라는 것은 분명한 사실이다. 더불어 발키리인 헤르쿠네 일행과 계약하는 데 성공하기도 했으니, 분명 투기대회에서도 상당한 활약을 보여줄 것이다.

다시 말해서 이게 바로 소환술이다, 라고 미라를 대신해서 브루스가 선전한다는 새로운 길이 열린 셈인 것이다.

"그런고로, 그런 그대에게 부탁하고 싶은 게 있다."

미라는 자세를 바로하고 진지한 얼굴로 브루스를 바라보았다. 그러자 브루스 역시 그 분위기에 휘말려들어 자세를 바로하고서 "무엇이든 분부만 하십시오"라고 답했다.

미라는 브루스에게 사정을 설명했다. 니르바나에서 해설자로 초대하는 바람에 대회에는 나가지 못하게 되었다고. 그리고 또, 이래서는 투기대회에서 소환술의 근사함을 널리 알릴 수가 없다고.

"그런 연유로 그대에게 부탁을 하려는 게다. 온 대륙의 이목이 집중된 대회에서 소환술사가 파죽지세로 활약하면 어떻게 될지…… 예상은 될 테지?"

길에는 둘밖에 없음에도 미라는 마치 비밀 이야기라도 하듯 속삭였다.

동서남북에서 남녀노소를 불문하고 전사와 술사가 모여들어 최고를 겨루는 투기대회. 진지하게 정점을 노릴 자도 잔뜩 있을 터인 그 대회를 소환술사의 평가 향상을 위해 이용한다.

그러한 뜻을 담아 말하는 미라의 표정은 그야말로 악당의 그것이었다.

"오오! 과연……! 수많은 강적을 소환술로 퍽퍽 쓰러뜨려 나가면……. 역시 미라 님이십니다. 온 대륙에서 강자가 모이는 대회에서 그런 일을 벌일 생각을 하시다니."

브루스는 그렇게 중얼거리더니 미라와 비슷한 미소를 지어 보였다. 분명 대회에는 실력자들도 상당히 많이 참가할 것이다. 다만 이번 목표는 실력을 시험해 보는 것이었던 탓에 브루스는 그곳에서 소환술이 얼마나 훌륭한지 증명할 생각까지는 없었던 모양이다.

그렇지만 브루스 또한 소환술의 재흥을 목표로 하고 있는 동지다. 그래서 미라의 말을 듣고 그 가능성을 알아챈 것이다. 이토록 효과적인 무대는 그리 흔치 않을 것이라고.

"하지만 저의 실력으로는……."

그렇지만 당연히 브루스는 그런 생각을 감히 해본 적도 없었던 탓에 자신의 실력으로 소환술의 이미지를 쇄신시킬 수준의 전투를 할 수 있을지 모르겠다며 낙담했다.

미라가 브루스에게 바라는 것. 그것은 아홉 현자를 대신하여 대회에서 활약하라는 것이기 때문이다. 지금까지의 수련과 실전, 연구를 통해 브루스도 소환술에는 그럭저럭 자신이 있었다. 하지만 비교 대상이 아홉 현자이다보니 그 자신감은 눈 깜짝할 새에 날아가고 만 모양이다.

"괜찮다, 그대라면 반드시 해낼 수 있을 게야. 앞으로 일주일

동안 더욱 강해질 터이니 말이야!"

미라는 그렇게 말하며 대담한 미소를 지어 보였다.

동굴을 나아가던 도중에 미라는 한시가 아쉬운 때라면서, 걸으며 지도를 하기 시작했다.

"투기대회니 당연히 도망칠 곳은 없을 게다. 그러면 소환술사의 약점이 두드러지고 말 테지."

본래 소환술사의 전투 방식은 떨어진 위치에서 전황을 파악하여 때에 따라 최적의 지시를 내리며 필요한 전력을 투입하는 것이다.

하지만 투기대회의 경우, 소환술사 또한 상대와 같은 무대에 서서 싸워야 한다. 다시 말해서 평소에 비해 전투 거리가 가까운 것이다. 분명 눈 깜짝할 새에 상대의 전투 범위 안으로 들어가게 될 거다.

"그러니 이것을 투입하는 게다."

전제 조건의 확인을 겸해 말하던 미라는 그대로 홀리나이트의 부분 소환을 선보였다.

그렇다. 이제부터 브루스에게 부분소환을 습득시킬 속셈인 것이다.

기질이 비슷한 탓인지 브루스는 크게 관심을 보여서, 방법을 알려주자마자 연습을 시작했다.

브루스는 이런저런 것들을 궁리했고 미라는 그를 지도했다. 그것은 무지개 계단을 올라 발할라에 도착한 뒤에도 이어졌다.

평소 알피나 일행이 이용하고 있는 훈련장에서 브루스는 부분 소환을 수없이 반복했다. 하지만 크레오스조차도 습득하는 데 시간이 걸린 기술이다. 이날은 타워 실드가 조금 안정되기 시작한 시점에서 종료했다. 브루스가 한계를 맞이한 것이다.

이제 서 있기도 힘든 상태가 된 브루스는 엘레티나의 부축을 받으며 궁전의 객실로 돌아갔다.

그리고 미라는 브루스에게 부분소환을 가르치는 한편, 마물을 다스리는 신의 검 조각을 봉인하는 작업을 병행했다.

알피나가 그 옆을 지켰다. 여차할 때에 대비해 대기하기로 한 것이다.

"──좋아, 이게 마지막이로군. 이제 내일 발렌틴에게 건네기만 하면 된다."

오두막에서 회수한 아무르테도 이용해서 모든 조각의 봉인 작업을 마친 미라는 곧장 알피나에게 말했다. "그나저나 이대로 브루스를 특훈시키기 위해 일주일 정도 체류하고 싶다만, 그래도 되겠느냐?"라고.

가장 큰 목적이었던 봉인 작업은 끝났다. 그렇다면 이제 발할라에 머무를 필요는 없지만 브루스를 단련시키는 데는 이대로 이곳에서 머무는 것이 가장 효율적일 것이다.

훈련용 시설이 갖춰져 있는 데다 브루스와 헤르쿠네 일행의 교류도 쉬워진다. 나아가 발할라는 마나의 농도가 높아서 자연스럽게 마나의 회복 속도도 상승한다. 다시 말해서 지상보다도 오랫

동안 아슬아슬한 훈련이 가능한 것이다.

짧은 기간 동안 브루스의 부분소환을 실전 투입이 가능한 수준 까지 숙달시키는 데는 이 장소가 가장 효율적이라 할 수 있을 것 이다.

"일주일! 물론입니다!"

1박 2일도 아니고 일주일. 미라의 말을 들은 알피나는 마치 하늘에 오를 듯한 표정을 지은 채 즉답했다. 그리고 아주 기쁜 얼굴로 '분부할 게 있으시다면 언제 어디서든 개의치 말고 불러주십시오, 아니, 분부할 게 없을 때 불러주셔도 상관없습니다'라고 말했다.

제1발할라의 영주라는 신분 덕분에 궁전에는 영주실이라는 미라 전용 개인실이 있었다.

미라는 그런 개인실에서 쉬며 정령왕 일행과 이번 일에 관한 대화를 나누고 있었다.

『──설마, 이전에 지나가며 했던 이야기가 흑악마 탄생 배경과 이어져 있었을 줄이야.』

『나도 놀랐다. 정령궁전에 갇혀 있는 동안 그러한 일이 벌어지고 있었을 줄이야. 그 왕과의 전투를 위해 지상에 내려갔을 때, 다른 이들에게 사정 설명을 다소 듣기는 했지만 원인까지는 알아내지 못했었으니 말이다.』

『이전에 이야기했을 때는 시신을 나누어 봉인했다고 했던가. 지금에 와서 그 그림자가 여기저기서 보이기 시작하다니. 우연이면 좋겠지만, 참으로 마음에 걸리는군그래.』

마물을 다스리는 신은 죽어서도 불멸인 존재였다. 때문에 그육체를 분할해서 엄중하게 봉인해 두었지만, 그 중 하나가 누군가에 의해 반출되는 사건이 벌어졌다.

그리고 뒤이어 이번 사건이 일어났다. 앞으로 아무 일도 일어나지 않으면 좋겠다고 미라는 생각했지만, 그리 낙관할 수 없는상황이라는 것은 분명했다.

『그나저나 이상한 일이네. 악마님들이 그렇게 된 후에, 천사님들 중 누군가가 봉인을 점검하는 일을 이어받았을 텐데. 검이 없어졌다면 보고가 올라갈 법도 한데 말이야.』

그때 마텔이 하나의 의문을 더 제시했다.

모든 악마가 흑악마로 변이해 버리는 사건이 일어난 후, 마르코시아스가 담당했던 봉인 점검 작업 등을 천사가 이어받았었다는 모양이다.

그렇다면 처음 점검을 한 시점에 이변을 알아챘어야 한다. 그때는 이미 봉인의 땅에 검이 없었으니.

『이거 조금 더 깊숙이 조사해 보는 게 좋을지도 모르겠군. 옛벗과 연락을 취할 수 있는지 시험해보도록 하지.』

마텔이 느꼈다는 의문점을 정령왕도 마음 한편에 두고 있었던모양이다.

정령왕이 아는 현재의 상황은 과거에 비해 많이 달랐다.

미라의 눈과 미라가 계약한 정령들을 통해 그러한 것들을 알아가는 것이 정령왕의 낙이다. 하지만 개중에는 되도록 빨리 파악해두어야 할 문제도 있을 수밖에 없었다.

정령왕은 정보 수집에 더욱 힘을 쏟아 보겠다고 말했다. 그를 위한 첫 걸음으로 누군가와 연락을 취해보겠다고 한다.

정령왕의 옛 벗, 상당한 거물일 것이라는 예감밖에 들지 않았지만 미라는 망설임을 버리고 호기심에 몸을 맡겨 그게 누구냐고 물었다.

『아아, 천사장인 가브리엘 공이다. 천사들이 맡은 임무를 파악하고 있지 않을까 싶어서 말이다. 연락이 된다면 무슨 방법이 생길지도 모르지.』

『오, 오호라…….』

천사장 가브리엘. 천사 하면 가브리엘이라는 이미지가 있을 정도의 거물이 언급되자 제아무리 미라라 해도 움찔할 수밖에 없었다.

또한 그런 정령왕이 하는 조사의 주축을 이루고 있는 것은 미라와 계약한 정령들이었다. 정령왕이 직접 나설 수 없는 현재, 그의 목소리를 들을 수 있는 샐러맨더들이나 워즈랑베르 등이 주변 정령들을 총괄하여 암암리에 여러 가지 일들을 하고 있는 듯했다.

다시 말해서 가브리엘과 연락이 될 경우, 정령을 통해 미라도 관계하게 될 것이라는 뜻이었지만 미라도 아직 거기까지 생각이 미치지는 않은 눈치였다.

21

조사 결과가 나올 때까지 할 수 있는 일은 없다. 대충 이야기를 일단락한 후, 미라 일행은 하잘것없는 잡담을 나누고 있었다.

『──에토토, 귀엽더라아. 게다가 그 눈은, 바르바토스 군을 사랑하게 된 듯한 눈이었어.』

『아니, 무슨 소리를 하는 거냐. 그건 아버지를 바라보는 듯한 눈이었을 터. 흑악마가 아버지라면 그 아이는 아버지의 얼굴을 모르고 자랐을 거다. 그러던 중에 그 다정한 악마, 바르바토스와 만났으니 부성애를 느끼는 게 당연한 흐름 아닌가.』

그렇다, 이번에도 어김없이 모든 일을 연애 관련으로 몰고 가려는 마텔과 정령왕의 공방이 벌어지고 있던 때였다.

"주인님, 목욕탕 준비가 끝났습니다."

어째서인지 의욕이 넘쳐 보이는 알피나가 그런 소식을 들고 온 것이다.

"오오, 그러하냐. 고맙구나. 그럼 씻어보도록 할까."

에토토에 관한 일로 언쟁을 벌이는 두 사람의 목소리를 흘려듣고 있던 미라는 발걸음도 가볍게 목욕탕으로 향했다. 발할라의 궁전 목욕탕. 그 또한 기대했던 것들 중 하나였기 때문이다.

"하아~ 천국이 따로 없구나아."

알카이트 성에 있는 분수 목욕탕도 상당히 으리으리했지만, 이

궁전의 목욕탕을 보면 분명 누구라도 놀랄 수밖에 없을 것이다.

왜냐하면 뜨거운 물이 허공에 떠 있기 때문이다.

"그나저나 어떤 기술이 사용된 겐지 원."

넓은 몸 씻는 곳과 커다란 욕조. 그 중앙에서 천장을 향해 솟구쳐 폭포처럼 떨어지는 뜨거운 물은 마치 용을 보는 듯했다.

그 중앙에 들어서면 뜨거운 물 위에 올라탈 수 있었다. 그리고 높은 천장까지 올라갔다가 떨어진다.

"음…… 꽤 재미있구나!"

중앙 근처는 바닥이 깊어서 안전하다. 미라는 몇 번인가 그것을 즐긴 후, 다음 곳으로 눈길을 옮겼다. 바닥에 펼쳐진 온수 웅덩이다.

하지만 평범한 온수 웅덩이가 아니었다. 높이는 1미터 남짓임에도 그것을 받아두기 위한 욕조가 없는 것이다.

다시 말해서 뜨거운 물이 뭉쳐서 놓여 있는 것이라 해야 할 상태다.

미라는 곧장 그 활용법을 알아챘다. 그리고 그 물에 들어가자마자 곧장 그것을 실천했다.

방법은 간단하다. 그곳에 드러눕기만 하면 되는 것이다.

누구나 한 번은 생각한 적이 있을 것이다. 누워서 목욕하고 싶다고. 이 온수 웅덩이는 그런 바람을 이루기에 충분한 것이었다.

"아아~ 이거 좋구나아."

미라는 뜨거운 물의 끄트머리로 얼굴만 내밀고 큰 대자로 누웠다. 그 압도적인 해방감과 적절한 압력으로 피부를 조여드는 뜨거운 물의 조화가 실로 기분 좋았다.

　설마 이런 식으로 목욕을 할 수도 있을 줄이야. 이전보다 더욱 진화한 궁전 목욕탕의 모습에 감동한 미라는 그대로 마음껏 최고의 목욕 시간을 만끽했다.

　주인님 제일주의자인 알피나에게 주인님의 시중을 드는 것 이상으로 우선할 사항은 없을 것이다. 입욕 후에도 "주인님, 식사 준비가 되었습니다"라는 말을 듣고 가보니, 식장에는 파티라도 열린 것인가 싶을 정도의 식사가 차려져 있었다.

　그리고 식사도 끝나 느긋하게 쉬고 있자 "주인님, 다과는 어떠신지요"라면서 티세트를 가져왔다.

　조금이라도 오래 함께 있고 싶은 모양이다. 그 밖에도 마사지를 잘한다는 소리를 하거나, 취침시의 아로마 향은 어떤 것이 좋겠냐며 태워 보이거나, 어떤 타입의 베개를 좋아하느냐며 양쪽 옆구리에 끼고 오는 등, 이래저래 이유를 만들어 방으로 찾아왔다.

　"흠, 역시 알피나로구나. 그렇게까지 간단히 다룰 줄이야."

　마치 메이드와 주인의 관계 같았지만 소환술의 현자와 발키리답다고 해야 할지. 정신을 차려보니 자연스럽게 전투에 관한 대화로 이야기꽃을 피우고 있었고, 정신을 차려보니 알피나와 성검 상크티아의 궁합 진단을 하고 있었다.

　"그렇게 칭찬을 해주시니, 몸 둘 바를 모르겠습니다!"

　언젠가 성검 상크티아를 사용했을 때, 미라가 하사한 성검이라는 점이 알피나는 미치도록 신경 쓰였던 모양이다.

때문에 이번에 진단을 위해 그것을 건네받자 알피나의 감정이 폭발한 것인지. 더없이 환한 미소를 띤 채 성검을 휘둘러 보였다. 그럼에도 그 칼놀림 하나하나가 섬뜩할 정도로 날카로워서, 온몸으로 무언가를 주장하는 듯 보이기도 했다.

그러던 도중, 느닷없이 문을 두드리는 소리가 들렸다.

"주인님~ 제 말 좀 들어주세요~!"

그렇게 우는 소리를 하며 문으로 고개를 내민 것은 크리스티나였다. 그녀는 고뇌에 찬 표정을 짓고 있었는데, 그랬던 얼굴이 순식간에 얼어붙었다. 도움을 청하러 찾아온 그곳에, 신이 나서 성검을 휘두르는 알피나의 모습이 있었기 때문이다.

"무슨 일이죠, 크리스티나?"

알피나는 검을 딱 멈추더니 행복한 시간을 방해받은 탓인지 험악한 얼굴로 크리스티나를 노려보았다. 그 목소리는 여전히 온화했지만, 그 말을 들은 크리스티나는 곧장 "역시 아무 것도 아니에요~!"라면서 발걸음을 돌려 달아나 버렸다.

"나 참…… 이유도 없이 주인님을 찾아오다니."

알피나는 어이가 없다는 듯 중얼거리고는 "동생이 실례를 범했습니다"라고 사죄했다.

"되었다, 되었어."

보나마나 크리스티나는 알피나의 훈련이 너무 힘들다는 등의 이야기를 하러 온 것이리라. 그랬더니 어째서인지 본인이 이곳에 있었다. 달아날 수밖에 없는 상황인 것이다. 그렇게 짐작한 미라는 너무 혼내지 말라고 감싸준 후, 그보다 성검은 좀 쓸 만하냐고 물어 화제를 돌렸다.

"네, 이토록 근사한 검은 처음입니다!"

아무래도 성공인 모양이다. 알피나는 그렇게 대답하더니 "역시 주인님의 성검이군요"라며 황홀한 눈으로 상크티아를 바라보았다.

그 후, 얼마간 송환하지 않고 둘 테니 상크티아에 적응해 두라고 미라가 말하자, 알피나는 뛸 듯이 기뻐하며 훈련장으로 달려갔다. 여차할 때 성검을 수족처럼 사용할 수 있게 해두겠다면서.

알피나는 주인의 시중을 들러 온 것이었지만, 역시 전사로서 도움이 되는 것이야말로 그녀가 가장 바라는 바인 듯했다.

알피나가 야간 훈련을 시작하고서 얼마쯤 지났을 때. 문을 두드리는 소리가 들리더니 이번에는 차녀인 엘레티나가 고개를 내밀었다.

"주인님, 잠시 시간 있으신지요?"

차녀임에도 엘레티나는 알피나보다 언니인 듯한 인상을 풍겼다. 그것은 분명 부드러운 태도와 늘 다정한 얼굴을 하고 있기 때문일 것이다. 그리고 무엇보다도 자매들 중 제일 가슴이 커서 넘치는 모성이 느껴지는 듯하다는 게 가장 큰 요인일지 모른다.

"음, 무슨 일이냐?"

궁전 안이기도 해서 무장은 하지 않고 간소한 평상복 차림새인 탓에 엘레티나는 평소보다 언니 같은 느낌을 강하게 풍겼다. 다정하게 자장가라도 불러줄 것 같은 인상이었지만, 역시나 발키리라고 해야 할지.

"주인님께 꼭 상담하고픈 게 있습니다."

미라를 찾은 것은 전투와 관련된 일 때문이었다.

자매들 중에서…… 아니, 발키리들 중에서 가장 활에 능한 엘레티나에게는 또 하나의 특기가 있었다. 그것은 부여 마법이다. 그녀의 경우는 무기를 대상으로 한 부여에 특화되어 있었는데, 주로 화살촉에 마법을 걸고는 했다. 명중하면 불이 붙거나 폭발하거나 감전되거나 하는 형식의 부여 마법이다.

그런 엘레티나는 지난 퍼지다이스와의 전투에서 엄호용으로 사용한 플래시 그레네이드풍 마봉폭석에 감명을 받았다는 듯했다.

그것을 부여 마법으로 재현할 수 없을지 연구하고 있었다는 모양이다. 대상에 맞지 않더라도 시각과 청각을 빼앗을 수 있는 그것은 획기적인 전술이고, 여러 방면으로 응용할 수 있는 가능성이 숨겨져 있다면서.

"실험을 거듭하고는 있지만, 그 격렬한 소리와 빛을 재현하기는 어려워서 진척이 더딥니다. 그래서 가능하면 주인님께 다시한번 그 마봉폭석을 보여주십사 부탁을 드리고자 왔습니다."

엘레티나는 미라의 앞에 무릎을 꿇고 그렇게 부탁을 했다. 부여 마법과 마봉폭석. 사실 이 둘에는 공통점이 있었다. 아닌 게 아니라 엘레티나의 부여 마법에서 아이디어를 얻어 덤블프가 구축한 것이 바로 정련기술이었기 때문이다. 다시 말해서 엘레티나라면 마봉폭석을 분석하여 그 효과를 재현하는 것도 충분히 가능한 것이다.

"흠, 상관없다. 돌려줄 필요는 없으니 차근차근 조사해 보거라."

그녀가 그것을 습득하면 마봉폭석을 소비하지 않고 같은 효과를 낼 수 있게 될 것이다. 그것은 분명 강력한 전술 중 하나가 될 가능성을 내포하고 있다. 따라서 미라는 마음껏 분석해보라며 그 마봉폭석을 건네주었다.

"감사합니다, 주인님."

엘레티나는 그것을 보물처럼 받아들고서 고개 숙여 인사한 후, "바로 분석해보겠습니다. 실례하겠어요"라고 빠르게 말을 쏟아내고서 떠나갔다.

"여전히 보기와 다른 면이 있구먼."

그녀는 약간 탑의 연구원과 비슷한 기질이 있었다. 분명 그 열의로 머지않아 목적한 바를 실현시킬 것이라고 확신하며 미라는 다음에 그러한 요소들을 전술에 편입시킬 수 없을까 궁리하기 시작했다.

"저기, 주인님. 여쭙고 싶은 게 있는데, 괜찮을까요?"

엘레티나가 돌아가고 얼마쯤 지나, 또다시 미라를 찾아온 이가 있었다. 그것은 사녀인 샤르위나였다. 문학소녀 같은 분위기를 띤 그녀는 겉모습으로 알 수 있듯 책에 대한 애정이 깊었다. 또한 자매들 중 가장 근면하고 냉정한 성격이었다.

그런 그녀가 진지한 얼굴로 찾아왔다. 분위기로 미루어, 아주 중요한 일이리라. 그렇게 느낀 미라는 차분하게 "음, 괜찮다. 말해보거라"라고 답했다.

"감사합니다."

샤르위나는 무릎을 꿇은 채 그렇게 감사인사를 했다. 하지만 다음 순간, 평소 냉정한 얼굴을 하고 있던 그녀가 돌변했다.

"주인님이 발할라에 오셨던 그날, 그때 말인데요. 주인님이 들고 있던 책이 너무나도 신경이 쓰여서요! 처음 보는 장정(裝幀)인데다 그림책과도 다른 발랄한 그림이 그려진 그 책은 대체 무엇이었나요?!"

샤르위나는 호기심에 온몸을 빼앗기기라도 한 듯 미라에게 바싹 다가섰다. 그녀가 가진 책에 대한 애정…… 아니, 집착은 엄청나게 강했다.

특히 최근 30년 동안 산업혁명 수준으로 인쇄기술이 발전한 탓에 지상에서는 책이 폭발적으로 늘고 있었다. 샤르위나는 요전에 퍼지다이스 포위망을 구축해서 학스트하우젠을 둘러보던 도중에 그런 현상을 알아챘다는 모양이다. 처음 보는 책이 대량으로 유통되고 있다는 사실에 전에 없이 흥분했다고 한다.

그때는 중요한 작전 중이라 꾹 참았다는 모양이다. 그렇지만 그날부터 계속 그 일이 신경 쓰였고, 미라가 비슷한 책을 가지고 있는 것을 보고 나자 참을 수가 없어졌다. 샤르위나는 흥분한 얼굴로 그렇게 말했다.

"그, 그러했느냐……."

집착이 다소 강하다는 사실은 알았지만, 폭발하면 이렇게까지 과격해지는 건가. 그녀에 관한 새로운 일면을 알게 된 미라는 입구섬에서 읽었던 책이 무엇이었더라, 하고 생각에 잠겼다.

(분명 그때는…….)

정령왕 일행과 아무르테의 취급 방법에 관해 의논한 후의 일이다. 아직 브루스의 계약이 끝나지 않았던 탓에 대기 시간 동안 느긋하게 읽고 있었던 책. 그림책과는 다른 발랄한 그림.

그게 뭐였더라, 하고 기억을 되짚어보다가── 만화였다는 사실이 떠올랐다.

"이것 말이구나."

문학소녀 기질이 있는 샤르위나와 만화책은 약간 이미지가 안 맞지 않나, 라는 생각을 하며 미라는 그것을 들어 보였다. 최근에 신간이 발매된 『트레저스 아발론』이라는 제목의 만화를.

그것은 이른바 동아리활동 계열 학원 코미디 작품으로, 어디선가 본 듯한 소재도 있는 점으로 미루어 작가는 플레이어 출신자이리라고 거의 확신할 수 있는 내용의 물건이었다.

그리고 세계관도 어쩐지 익숙한 데다 분위기도 현실에서 애독했던 만화에 가까운 탓에 지금의 미라가 마음에 들어 하고 있는 작품이기도 했다.

"아아! 그겁니다, 그 표지예요! 지금까지 본 적도 없는 귀여운 표지! 이건 대체, 어떠한 서적인가요?!"

샤르위나는 미라의 손에 매달리다시피 해서 질문을 날렸다. 그 눈은 호기심에 빛나고 있었고, 보물이라도 바라보는 듯한 설렘이 얼굴에 묻어났다.

하지만 그녀는 지금껏 글자만 있는 책을 읽어왔을 것이다. 과연 만화는, 그 눈에 어떻게 보일까. 너무도 다른 내용을 보고 낙담하지는 않을까, 등이 걱정되기는 했지만 미라는 "한번 보는 편이 이해하기 쉬울 게다"라면서 만화책을 건네주었다.

"봐도 괜찮을까요?! 감사합니다!"

샤르위나는 검이라도 받드는 듯한 동작으로 만화책을 받더니 그 겉면을 차분하게 살펴보며 "과연"이라느니 "이게 표지구나……" 따위의 말을 중얼거렸다. 그리고 충분히 표지를 감상한 후, 드디어 페이지를 펼쳤다.

"이건……! 이건 설마, 그림으로 이야기를 표현한 건가요?!"

한 페이지씩 넘기며 내용을 훑어보던 샤르위나는 흥분한 얼굴로 고개를 들고 또다시 미라에게 바짝 다가섰다. 아무래도 글자로 된 책만 보아왔다는 사실보다는 놀라움이 더 컸던 모양이다.

"음, 맞다. 그것은 만화라 하는 것인데, 보다시피 그림과 대사로 전개되는 구도로 되어 있지."

미라가 그렇게 설명하자 샤르위나는 "만화……"라고 중얼거리더니 계속해서 페이지를 넘기며 또다시 흥분한 투로 "이러한 책이 만들어지고 있었다니"라고 말을 이었다.

"이만한 그림을 그리려면, 대체 얼마나 많은 시간이 걸릴지……. 헤아릴 수 없을 정도의 노력이 한 페이지, 한 페이지에서 전해지는 것 같습니다."

한 권의 만화책을 보며 샤르위나는 그렇게 감상을 늘어놓았다. 아무래도 만화의 세계에 큰 감명을 받은 모양이다.

구분된 한 페이지 안에 그려진 여러 그림들. 때로는 약동적으로, 때로는 간략하게 표현되는 만화의 캐릭터들. 그러한 것들을 보고 회화와는 다른 독특한 구도라고 평가하더니, 근사하다며 절찬을 했다.

"시험 삼아, 조금 더 읽어볼 테냐?"

그녀에게는 새로운 형태의 책인 만화. 그것을 알게 되고 얼마나 놀라고 충격을 받았는지 얼굴에 쓰여 있는 듯한 샤르위나에게 미라는 그렇게 물었다.

"그래도 되겠습니까?! 아니 그보다, 더 있다고요?!"

샤르위나의 얼굴에는 기대감이 가득했다. 하지만 거듭 말하듯 지금까지 그녀는 매우 진지한 내용의 글자로 된 책만을 애독해 왔다. 그 안목에 맞는 만화가 있을지 고민이 되었다. 하지만 관심을 보이는 사람을 보면 그 바람에 보답해주고 싶어지는 것이 인지상정이다.

"음, 있다마다."

미라는 고개를 끄덕이며 말하고는 아이템 박스에서 차례로 만화책을 꺼내 테이블 위에 늘어놓았다. 이따금씩 서점에 들러 사 모았던 만화들이다. 학원물에 미스터리, 러브 코미디에 개그물, 모험물부터 무려 SF까지. 이 세계에 만화라는 장르가 성립된지는 몇 년 되지 않았을 텐데도 상당히 종류가 다양했다.

"아아…… 이렇게나 많다니!"

테이블 위에 늘어선 만화책은 다 합쳐서 50여 권. 그것들을 본 샤르위나는 환호성을 지르며 테이블에 달라붙어서 황홀한 미소를 지었다. 지금까지 샤르위나는 지적이고 냉정한 이미지라고 생각해 왔건만, 지금은 보석에 매료된 여성처럼 행복한 표정을 짓고 있었다.

이런 일면도 있었구나. 새로운 발견을 한 미라는 궁금한 게 있으면 몇 권이든 가져가도 좋다고 말해주었다.

"그래도 되겠습니까?!"

어떤 것을 빌려달라고 할지 품평을 하던 중에 샤르위나는 그러한 말을 들었다. 마치 마음속을 꿰뚫어본 듯한 타이밍이었던 탓에 얼굴이 다소 붉어지기는 했지만, 반사적으로 외친 그녀의 얼굴은 행복하기 그지없어 보였다.

"괜찮다, 괜찮아. 거기 있는 것들은 모두 다 읽은 것들이니."

이 정도로 기뻐해주다니, 사 모은 보람이 있다. 미라는 만족스러운 듯이 웃으며 "뭣하며 전부 가져가도 좋고"라고 말했다.

그러자 샤르위나의 표정이 한층 더 환해졌다.

"정말이십니까?! 감사합니다!"

미라의 허락을 얻은 샤르위나가 고를 선택지는 하나뿐이었다. 몇 초 후, 그녀는 테이블에 늘어서 있던 모든 만화책을 두 손으로 끌어안고 있었다.

"당장 가서 읽도록 하겠습니다!"

행복한 미소를 띤 채 인사를 한 후, 샤르위나는 그대로 경쾌한 발걸음으로 타박타박 문을 향해 걸어갔다.

"너무 밤늦게까지 보진 말거라."

그렇게 충고하고서야 미라는 알아챘다. 지금의 샤르위나는 두 손이 막혀 있어서 문을 열 수 없을 것임을.

저렇게 많은 책을 일단 내려놓기는 귀찮을 것이다. 대신 문을 열어주자. 그런 생각에 미라가 일어선 순간.

샤르위나가 살며시 몸을 움츠리는가 싶더니 문득 오른손이 사라졌고, 달칵 하고 문이 열렸다. 그리고 오른손은 이미 원래 위치로 돌아와 있었다. 만화책을 약간 공중에 띄운 채로 신속하게 일을 처리한 것이다.

"그럼, 실례하겠습니다."

그녀에게 문은 더 이상 장해물이 아닌 듯 보였다. 다시 한번 몸을 돌려 인사를 한 후, 샤르위나는 조금 전과 같은 방법으로 조심스럽게 문을 닫았다. 게다가 그 직후, 저토록 많은 만화책을 끌어안고 있음에도 불구하고 질주하는 듯한 발소리가 복도에서 들려오기까지 했다.

"역시 발키리로군그래……."

지금 당장 만화를 읽고 싶었던 모양이다. 그녀는 그것들을 읽고 어떻게 느낄까. 그런 생각을 하며 미라는, 다음에 서점에 들르게 되면 샤르위나가 좋아할 것 같은 책이라도 골라보기로 했다.

샤르위나가 떠난 후, 느긋하게 기능대전을 읽던 중에 또다시 미라의 방을 찾은 이가 있었다. 이번에는 삼녀인 플로디나였다.

"주인님께, 여쭙고 싶은 것이 있어요. 잠시 시간을 내주실 수 있을까요?"

문을 열자 플로디나가 그렇게 말하며 우아하게 인사를 했다. 그녀는 말투와 태도, 그리고 겉모습마저도 어쩐지 귀한 집안의 아가씨 같은 인상을 풍겼지만, 사실은 자매들 중 가장 가정적이다.

무엇을 묻고 싶냐고 물어보자 "내일 아침 식사로, 드시고 싶은 음식은 있으신가요?"라는 질문이 돌아왔다. 그렇다, 플로디나는 자매들의 식사를 도맡고 있는 요리장이다. 저녁 식사로 차려졌던 호화로운 요리들도 모두 그녀가 만든 것이다.

"흠…… 아침 식사라. 무엇이 좋을꼬."

이미 그 실력을 혀로 파악한 미라는 무엇을 만들어달라고 할까 고민에 빠졌다. 분명 무엇을 주문해도 근사한 일품이 식탁에 오를 것이다.

"글쎄다…… 아침은 팽 페르뒤(Pain Perdu : 우유와 계란을 섞은 것에 딱딱해진 빵을 적셔 구워내는 것. 프렌치 토스트.)를 먹고 싶구나!"

여러모로 생각한 끝에 미라가 입에 담은 것은 귀족스럽고 우아한 아침 식사라는 이미지가 있는 팽 페르뒤였다. 분명 귀한 집안 아가씨 같은 플로디나와 아가씨라는 단어에 품고 있던 미라의 빈

약한 이미지가 합쳐진 결과일 것이다.

"그거 마침 잘 됐네요. 사실은 어제, 오랜만에 우조프니르의 알을 입수했거든요. 그걸 사용하면 분명 최고의 팽 페르뒤를 만들 수 있을 거예요."

어쩐지 고상해 보이는 미소를 지은 채 플로디나는 "실력 발휘 좀 해야겠네요"라며 기합을 잔뜩 넣었다. 아무래도 우조프니르의 알이라는 것이 엄청나게 귀한 식재료인 모양인지. 우연히 운 좋게 손에 넣기는 했는데 어떻게 사용할지 고민하던 참이었다고 한다.

"분명 이 날을 위해 그런 행운이 찾아온 걸 거예요."

플로디나는 한껏 흥분해서 최고의 팽 페르뒤를 만들기 위해 지금부터 빵을 준비해 두어야겠다는 소리를 하더니 기합이 가득 담긴 얼굴을 한 채 조리실로 달려갔다.

팽 페르뒤는 남은 식빵을 계란물에 적셔 굽기만 하면 되는 요리. 그런 이미지였지만 아무래도 플로디나는 빵부터 만들 모양이다.

내일 아침에는 생각했던 것보다 훨씬 본격적인 요리가 나올 것 같다. 미라는 그렇게 기대하는 동시에 다음에 요리를 배우는 것도 나쁘지 않을지 모르겠다고 생각했다.

알피나로 시작해서 엘레티나에 샤르위나, 그리고 플로디나까지 찾아왔다. 훈련 후임에도 불구하고 다들 매우 활동적이다. 미라가 그렇게 감탄하고 있던 중에, 이번에는 오녀인 엘리비나가 모습을 보였다.

"저기, 주인님. 골라줬으면 하는데요."

어쩐지 새침스러운 느낌의 그녀는 찾아오자마자 그렇게 말했다. 무엇을 어떻게 고르라는 것인지는 모르겠지만 엘리비나는 두 손에 천으로 된 무언가를 잔뜩 끌어안고 있었다. 분명 그것이 본론일 것이다.

"흠. 잘은 모르겠다만 알겠다."

미라가 승낙하자 엘리비나는 두 손에 끌어안은 그것을 소파에 풀썩 내려놓았다. 그리고 이어서 그 중 몇 개를 그 자리에 펼쳐놓기 시작했다.

엘리비나가 골라달라며 가져온 것은, 여러 벌의 옷이었다. 하지만 평범한 옷과는 다른 듯했다.

"평범한 옷……은 아닌 것 같군."

겉으로 보기에는 조금 세련된 긴 소매 원피스였지만 자세히 보면 다르다는 걸 알 수 있었다. 군데군데에 새겨진 자수 아래에는 솜이 들어 있고, 관절 부분은 곱게 염색한 가죽으로 보강되어 있었던 것이다.

명백하게 평상복과 다른 부류의 옷임을 알 수 있는 만듦새였다. 그것이 무엇인지를 금세 알아챈 미라는 "내갑의(內甲依)로구나"라고 말했다.

내갑의란 말 그대로 갑옷 아래 덧입는 옷이다. 충격을 흡수하기 위해 솜을 넣거나, 동작 범위 때문에 갑옷으로는 보호할 수 없는 관절 부분을 보호하는 무언가를 집어넣는, 숨은 일꾼 같은 역할을 하는 옷이라 할 수 있었다.

"네, 아무튼 상의하고 싶은 게 있는데——."

엘리비나는 열 벌도 더 되는 내갑의를 앞에 두고 조금 전에 '골라주세요'라고 했던 말의 의미를 설명하기 시작했다.

지금 자매들이 입고 있는 내갑의가 너덜너덜해지기 시작해서 새로 장만하기로 결정한 것이 두 달 정도 전의 일이다. 그래서 바느질을 잘 하는 그녀가 그 일을 도맡기로 했는데, 생각 외로 난항을 겪고 있다고 한다.

가장 큰 문제는 내갑의로서의 기능과 디자인을 양립시키는 것이라고 엘리비나는 말했다.

그다지 눈에 띄는 물건은 아니지만, 내갑의는 방어구로서 기능하는 것은 물론이고 몸과 갑옷의 조화에도 영향을 미치는 중요한 옷이다. 따라서 기본적으로 기능을 중시해 이런저런 것들을 채워 넣기 마련인데, 엘리비나는 그 때문에 볼품없어지는 것이 예전부터 마음에 안 들었다고 한다.

하지만 막상 디자인에 무게를 두어 본 결과, 디자인과 기능의 양립이 끔찍하게 어려운 일이라는 사실을 새삼 알게 되었다는 듯했다.

그러나 한번 맡은 일이니 해내야만 한다. 결과적으로 디자인면에서 타협에 타협을 거듭해 가며 간신히 완성한 것이 이번에 가져온 옷들이라는 모양이었다.

"모을 수 있는 재료는 모조리 시험해 봤어요. 하지만 관절 부분이 도무지 마음에 안 들어서."

이것저것 시험해 봤지만 관절 부분에 쓸 만한 유연성과 강도를 겸비한 소재가 적어서, 뭘 어떻게 해도 그 부분만 꼴사나워졌다.

그것이 디자인을 포기해야만 하는 이유였다.

내갑의로서의 기능은 확보했으니 방어력은 걱정이 없지만 이 상태로는 디자인적으로 납득이 안 돼서 결정할 수가 없었다. 그렇다면 하다못해 주인인 미라의 취향에 맞는 걸 골라달라고 하자는 생각에 가지고 왔다는 듯했다.

"오호라……."

다만 마음에 안 든다는 본인의 말과 다르게 어느 것 할 것 없이 여러모로 궁리를 거듭한 흔적이 엿보였다. 적어도 미라의 눈에는 제법 만듦새가 훌륭한 두꺼운 옷으로 보였다. 굳이 흠을 찾자면 관절 부분이 다소 부자연스러워 보인다는 점이 있을 것이다.

그렇게 한 벌씩 확인하던 도중, 전혀 위화감이 느껴지지 않는 한 벌이 그 안에 섞여 있었다.

"흠…… 이건 다른 것과 조금 다른 것 같구나."

충격 흡수재가 채워 넣어진 두꺼운 내갑의다. 다른 것들은 어깨며 팔꿈치 부분을 가죽으로 보강했지만, 미라가 지적한 그것은 색이 다른 천이 짜맞춰져 있을 뿐이었다.

"아, 그건……!"

엘리비나는 어째서인지 당황하며, 그 한 벌은 실수로 가져온 것이라고 말했다.

그것은 광맥과 같은 특수한 환경에서만 서식하는 풀에서 채취되는 금속 섬유를 천으로 짜서 만든 한 벌이라는 듯했다. 어지간한 날붙이는 막아낼 만큼 튼튼하고 가죽보다 훨씬 가볍다. 이상적인 성능이기는 하지만 한 가지 결점이 있었다.

"사실은, 열에 엄청 약해서——."

엘리비나는 그렇게 말하더니 그 결점으로 인해 일어난 사고의 예를 들어 보였다. 놀랍게도 검을 휘두르며 갑옷과 계속 마찰되면 그로 인해 불이 붙는다는 모양이다.

"크리스티나에게 미안한 짓을 했어요."

반성하듯 중얼거린 후, 엘리비나는 이상적이기는 했지만 탈락시킬 수밖에 없었다고 말을 이었다.

"금속 섬유를 천에, 짜 넣었다라……."

크리스티나에게 무슨 일이 있었는지는 둘째 치고, 그 방식을 사용하면 엘리비나가 이상적이라 생각하는 것에 가까운 내갑의를 만들 수 있다는 모양이다. 그 말을 듣고 뭐 좋은 게 없을까 생각하던 미라는 가능성이 있을 법한 소재를 생각해 냈다.

"이걸 사용해보는 건, 어떠냐."

미라가 아이템 박스에서 꺼낸 것은 대량의 로프—— 아니, 로프처럼 보이는 케이블이었다. 고대지하도시에서 토벌했던 마키나 가디언의 몸에 사용된 귀중한 소재, '마키라이트 케이블'이다.

다양한 용도로 쓰이는 그것은 내열성에 강인성, 그리고 중량면에서도 매우 우수한 성질을 지녔다.

또한 로프 상태라 풀어내면 금속 섬유로 만들 수도 있다. 그것으로 천을 만들면 엘리비나의 이상을 실현할 수 있지 않을까. 그렇게 생각한 미라는 어떻게 생각하느냐고 엘리비나에게 물었다.

"이 섬유는, 보기보다 유연한데…… 이거면 되겠어요!"

차근차근 음미하던 엘리비나의 얼굴이 환해졌다. 애타게 찾던 소재를 만난 것에 따른 기쁨이 전해져오는, 득의양양한 미소였다.

"그래그래. 그것 참 다행이구나."

만족한 듯한 엘리비나의 미소를 보고 있자니 미라도 기뻐져서 전부 가져가라며 나머지 케이블도 그 위에 얹어주었다.

엘리비나는 그 양을 보고 놀라기는 했지만, 그것들을 받아들고는 최고의 내갑의를 만들어 보이겠노라고 맹세하고 자신의 방으로 돌아갔다. 양이 상당했음에도 한 번에 들고 간 걸 보면 역시 발키리는 발키리였다.

엘리비나가 돌아가고서 얼마 지나지 않아서 이번에는 육녀인 셀레스티나가 찾아왔다.

겉모습 때문에 반장이라는 호칭이 어울릴 것 같은 그녀는 방에 들어오자마자 미라의 앞에 다소곳이 꿇어앉았다. 그러더니 고민이 있는 듯한 얼굴로 "주인님과 상담하고 싶은 게 있어요……. 말해도 될까요?"라고 말했다.

"음, 상관없다. 무슨 일이냐?"

셀레스티나는 똑 부러지는 성격에 책임감이 강하다. 그런 그녀가 상담을 하러 왔다니 매우 큰 문제를 떠안고 있는 것이리라. 해결할 수 있을지는 모르겠지만 들어주는 것이라면 얼마든지 할 수 있다. 미라는 진지한 태도로 셀레스티나와 마주했다.

"주인님, 저, 생각을 해봤는데요——."

비통한 얼굴로 운을 떼더니 셀레스티나가 이야기를 시작했다. 하지만 그녀의 고민은 그리 중대한 것이 아니었다. 아니, 본인에게는 사활이 걸린 일만큼이나 중대한 문제라는 것은 진지해 보이는 눈빛만 보아도 알 수 있었다.

하지만 미라의 입장에서는 그렇게까지 고민할 만한 안건인가, 하고 고개가 갸웃해지는 이야기였다. 하지만 그렇다고 완전히 이해가 안 되는 것도 아니었다. 분명 자매이기에 그런 생각이 들 때도 있을 것이다.

그런 셀레스티나의 고민. 그것은 바로 필살기였다. 왜 그런 고민을 하는 것이냐고 묻자, 셀레스티나는 망설이는 눈치였지만 이내 대답했다.

듣자하니 최근에 크리스티나가 펼친 활약이 원인이라는 듯했다. 개중에서도 특히 마키나 가디언과의 전투에서 선보였던 성검의 일격은 셀레스티나뿐 아니라 다른 자매들의 눈에도 위협적인 위력을 지닌 것으로 보였다고 한다.

"저는 언니니까, 져서는 안 돼요."

셀레스티나가 육녀, 크리스티나는 칠녀라 두 사람은 훈련 때 한 조가 되는 일이 잦았다. 때문에 지금까지 계속 언니로서 크리스티나의 훈련을 도우며 성장하는 모습을 보아왔다.

셀레스티나에게 크리스티나는 손이 많이 가는 동생이었지만, 동생의 가까운 목표로 있고 싶다는 생각 또한 컸다.

하지만 그런 크리스티나가 어느 날, 장녀인 알피나조차 능가할 정도의 일격을 내질렀다. 그리고 지금 크리스티나를 그것을 성공시켰던 마나 집속 기술을 더욱 갈고닦고 있다는 듯했다.

그래서 셀레스티나도 질 수 없다는 생각에 분발해, 필살기 개발에 착수했다고 한다. 크리스티나처럼 필살기를 습득하기 위해서.

"하지만 필살기라는 것에 관해 생각해 본 게 처음이라, 어떻게 하면 좋을지 모르겠어요."

풀이 죽어 그렇게 말한 후, 셀레스티나는 한 권의 노트를 펼쳐 보이며 "어떻게 생각하시나요?"라고 말을 이었다. 자세히 보니 그 노트에는 그녀가 생각해낸 것으로 보이는 필살기의 아이디어가 빼곡하게 적혀 있었다. 심지어 기술의 설명 옆에는 대략적인 움직임을 표현한 그림도 첨부되어 있다. 하지만 그것은 그림을 잘 그리는 어린애 같은 그림인 탓에 필살기라는 생각이 들기는커녕 훈훈함만이 느껴질 따름이었다.

"흠…… 확실히 필살기라고는 할 수 없겠구나……."

필살기 노트. 어릴 적에 비슷한 것을 적었던 기억이 있는 탓에 미라는 그리움에 젖어 그것을 차분히 확인하고서 그렇게 평가했다.

셀레스티나의 필살기 노트에는 그녀의 특기가 대대적으로 반영되어 있었는데, 그렇기에 필살기라고는 부를 수 없을 듯한 기술이 대부분이었다.

셀레스티나의 특기. 그것은 그녀가 얼마나 천재인가, 라는 점과 맞닿아 있다.

발키리 일곱 자매는 모두가 검을 표준 장비로 장착하고 있다. 하지만 애초에 그녀들은 어떤 무기든 충분하고도 남을 수준으로 다루는 실력을 지녔다. 또한 엘피나는 장검, 엘레티나는 활, 크리스티나는 검과 방패 등, 각자 가장 잘 다루는 무기가 달랐고, 그러한 주무기들을 손에 쥐면 탁월한 실력을 발휘하고는 했다.

그리고 셀레스티나, 그녀는 놀랍게도 대부분의 무기를 잘 다루는 천재였다. 게다가 그녀들이 지닌 표준 무기는 모두 빛의 결정으로 만들어져 있다. 때문에 자유자재로 꺼내고 집어넣을 수 있었고, 그것이 그녀의 재능과 어우러져 최대의 잠재력을 발휘했다.

그 때문에 필살기 노트에는 무기에 따라 다른 아이디어가 적혀 있었다. 하지만 살펴본 결과, 그것들은 모두 다 연속기—— 게임에서 말하는 일반 공격을 연결한 것에 불과했다. 대충 훑어보면 완전히 콤보 안내서 그 자체였던 것이다.

물론 상당히 연구를 한 것인지 공격 도중의 파생기도 많았고, 그 일련의 흐름은 예술성까지 느껴질 정도로 세련되어 보였다.

러시 계열의 필살기만 놓고 보면 충분히 완성되어 있었다. 하지만 크리스티나가 사용했던 빛의 검과 같은 큰 기술이 목표라면, 이건 그것과 다르다고 평가할 수밖에 없었다.

"게다가 중간부터는 방향성을 잃었군."

노트를 넘기던 미라는 그렇게 느꼈다. 셀레스티나 본인도 적으며 그 사실을 알아챈 것인지, 노트는 중간부터 일격을 중시한 대기술집으로 바뀌어 있었다. 하지만 그것들은 모두 다 무기를 바꿔서 크리스티나의 기술을 흉내 낸 것이었다. 중요한 것은 마나를 집속하는 것이고, 그 점에 한해서 말하자면 크리스티나의 기술은 특출하다 할 수 있었다. 같은 일을 한들 모든 것이 열화판으로 보일 수밖에 없다.

크리스티나에게 지지 않고자 필살기를 개발하기 시작했다는 점을 생각하면, 이는 주객이 전도된 꼴이라 할 수 있을 것이다.

"저는 어떻게 하면 될까요……. 필살기란, 어떻게 습득하는 걸까요……."

미라가 노트를 덮자 셀레스티나는 자신감을 잃은 듯한 투로 중얼거렸다. 언니들에게도 물어보았지만 다들 단련 속에서, 전투 속에서 번뜩 떠오르기 마련이라고 답했다고 한다.

셀레스티나는 지금까지 그러한 번뜩임을 느낀 적이 없다고 한탄하더니, 간절한 눈으로 미라를 바라보았다.

(천재이기에 느끼는 고뇌라고 해야 하려나…….)

셀레스티나의 시선을 받으며 그렇게 느낀 미라는 그렇기에 힘이 되어주고자 그녀의 어깨에 살며시 손을 얹으며 "그렇다면, 같이 생각해 보자꾸나"라고 다정하게 말했다. 하던 일이 막혔을 때, 다른 사람과 함께 생각을 하다 보면 의외로 어이없이 해결되기도 한다. 특히 필살기는 미라의 특기분야라 해도 과언이 아니었다. 솔로몬, 루미나리아 일행과 함께 실용적인 것부터 바보 같은 기술까지 개발했더라는 생각에 미라는 그리움에 젖어 미소를 지어 보였다.

"아…… 감사합니다, 주인님!"

나만 믿으라는 듯 자신만만한 태도를 보이는 미라의 모습에서 평소보다 더 큰 안심감을 얻은 셀레스티나는 기쁨에 찬 미소를 지은 채 고개 숙여 인사했다.

23

필살기 고찰을 위해 우선 전투 스타일을 재확인할 필요가 있다
는 이유로 미라와 셀레스티나는 정원으로 나왔다. 지나치게 화려
하지 않게, 군데군데 꽃이 피어 있는 그곳에 미라는 기술을 받아
내는 역할로 홀리나이트를 몇 기 소환했다.

그리고 셀레스티나에게는 그 홀리나이트를 상대로 여러 가지
기술을 사용하게 했다. 무기를 다루는 방법이나 무기 전환, 여러
가지 상황에 대한 대응 등을 중심적으로 점검했다.

"어땠나요?!"

훈련과 달리, 게다가 주인인 미라가 보고 있음에도 자신의 실
력을 온전히 발휘한 덕인지. 셀레스티나의 목소리에는 자신감이
담겨 있었다.

"음, 훌륭하구나. 적과 상황에 따른 무기의 선택, 그리고 그것
을 다루는 기술. 모두 다 흠잡을 데가 없어."

대강 확인한 후, 미라는 셀레스티나의 실력을 그렇게 평가했
다. 그야말로 웨폰마스터라 부르기에 손색이 없었다. 순수한 전
투력만 놓고 보면 알피나에 필적할지도 모를 정도의 실력이다.

그렇게 말해주자 셀레스티나는 안도한 표정을 지었다. 하지만
이어진 미라의 말에 긴장하고 당황한 기색을 보였다.

"허나 그렇기에 필살기에는 이르지 못하는 것일지도 모르겠
구나."

셀레스티나의 전투 동작을 관찰한 미라는 그녀의 내면에 있는 무언가를 발견해냈다. 본인은 알아채지 못한…… 아니, 본인이기에 알아채지 못했을 원인을.

필살기라고 뭉뚱그려 부르기는 하지만 그것에는 여러 가지 정의가 있다. 하지만 이번 경우는 그 의미가 또렷했다. 크리스티나가 내지른 빛의 검이 발단이 된 탓에 셀레스티나가 목표로 하고 있는 필살기는 일격으로 전황을 뒤집을 수 있는 큰 기술이다.

하지만 그러한 계통의 필살기란 것은 능력과 노력, 그리고 한계 저 너머에 있는 것이다.

힘이 장사인 전사의 필살기라는 말을 들으면 사람들은 역시 바위나 땅을 가를 만큼 강력한 일격을 떠올릴 것이다. 다시 말해서 능력의 연장선상에 있는 한계를 넘어선 힘을.

그렇다면 셀레스티나의 경우는 어떨까. 능력과 노력. 그쪽은 흠 잡을 데가 없다. 알피나가 특훈을 시키기도 해서 충분히 토대는 완성된 상태다. 남은 일은 그 한계 너머의 영역을 찾아내는 것뿐이지만, 그녀에게 한계란 애초에 어떠한 것일까.

"뭐가 문제인가요……."

셀레스티나가 간절한 투로 물어왔다. 그러자 미라는 조금 전의 모의 전투를 보고 알아챈 요인을 늘어놓았다.

대부분의 무기를 잘 다루기에 셀레스티나는 온갖 상황에 대응할 수 있었다. 무기를 교체함으로써 어떠한 거리와 상태에서도 최대의 실력을 계속 발휘할 수 있다. 그것은 아무나 흉내 내지 못할, 그녀 자신의 근사한 능력이다.

하지만 바로 거기에 원인이 있다고 미라는 말했다.

"예를 들어서 말이다, 가까운 곳과 먼 곳에 적이 있다고 치자——."

미라는 그렇게 말을 잇더니 알기 쉽게, 친밀한 소재로 예를 들어 보였다.

쓰러뜨려야 할 적이 눈앞과 먼 곳에 있다. 하지만 그 자리를 벗어날 수는 없다. 그럴 때 장검의 달인인 알피나라면 어떻게 할까. 가까이에 있는 적을 베어 쓰러뜨린 후, 그 탁월한 기술로 참격을 날려서 먼 곳에 있는 적까지 장검으로 베어 쓰러뜨릴 것이다.

근접전투용 무기로 원격 공격을 한다. 그것은 얼핏 보면 모순적이다. 하지만 알피나는 장검을 계속 사용한 끝에 그것이 가능한 경지에 다다랐다. 지금은 장검 한 자루로 어떠한 전황에도 대응할 수 있을 정도로 만능에 가까운 전력이다. 다시 말해서 그녀는 자신의 한계를 뛰어넘어, 장검이 지닌 가능성을 이끌어내서 불가능한 일을 가능하게 만든 것이다.

"……이렇게 새삼스럽게 말해놓고 보니, 그대들의 언니는 정말 터무니없구나."

알피나의 기술은 물론 그뿐만이 아니다. 그 수많은 기술들을 보아온 미라는 그녀의 용맹한 모습이 떠올라 어이가 없다는 듯이 웃었다. 그러자 셀레스티나 역시 잘 아는 바인지라 쓴웃음을 지은 채 "그렇죠……"라고 답했다.

"그럼, 셀레스티나여. 그에 반해 그대의 경우는 말이다——."

미라는 알피나에 관한 이야기를 마친 후, 그대로 조금 전에 보았던 모의전의 결과를 토대로 차이점을 나열했다.

같은 조건일 때, 셀레스티나는 우선 근처에 있는 적을 검으로 쓰러뜨렸다. 여기까지는 알피나와 같다. 하지만 다음이 크게 달랐다. 멀리 있는 적을 치기 위해 그녀는 활로 무기를 바꾼 것이다. 그리고 그 자리에서 움직이지 않고 보기 좋게 머리를 꿰뚫어 보였다.

"검에서 무기를 바꾸고, 화살을 메겨 쏠 때까지의 속도는, 그야말로 흠 잡을 데가 없을 만큼 빨랐다. 허나 말이다, 그 때문에 무기에 지나치게 의존하는 경향이 엿보이는구나."

미라는 말했다. 무기 교체를 통해 모든 상황에 대응할 수 있기에 지금까지 필살기의 필요성을 느끼지 못했던 것이라고. 그리고 그렇기에 막상 이렇게 애타게 찾기 시작하자, 자신이 필요하다고 생각하는 필살기의 형태가 떠오르지 않는 것이라고 지적했다.

"확실히…… 그럴지도 모르겠어요……."

셀레스티나는 잠시 생각에 잠겼다가 그렇게 중얼거렸다. 아무래도 짚이는 바가 있는 모양이다. 무기가 여러 종류라는 것을 전제로 싸우고 있다 보니, 불리한 상황을 헤쳐 나가고자 할 때 가장 먼저 떠오르는 생각은 '어떤 기술을 쓸 것인가'가 아니라 '어떤 무기를 들어야 할까'였다.

"뭐, 그 무기 교체야말로 그대의 필살기일지도 모르겠구나."

특기를 연마한 결과, 지금의 셀레스티나가 있는 것이다. 그것은 결코 잘못된 일이 아니라고 미라는 덧붙여 말했다. 실제로 셀레스티나는 필살기가 없어도 충분히 강했다.

"어쩐지, 그다지 속이 시원하지는 않네요……."

"음, 이 몸도 마찬가지다."

하지만 지금은 필살기다운 필살기에 관해 이야기하는 중이었다. 화려하고 강력하고 믿음직한, 누가 보아도 그렇게 보이는 기술. 그것이야말로 진정한 필살기이고 지금 두 사람이 추구하고 있는 기술이었다.

따라서 이야기는 원점으로 돌아갔다. 하지만 미라뿐 아니라 셀레스티나 자신도 이전보다 훨씬 자기 자신을 보다 자세히 알게 된 덕에 필살기의 방향성만은 정해졌다.

재빠른 적에게는 단검이나 세검처럼 속도가 빠른 무기를 사용한다. 튼튼한 적은 전투 도끼로 전환해 때려눕힌다. 그것이 셀레스티나의 전투방식이었고 지금까지 쌓아 올려온 기술이었다.

지금의 그녀가 목표로 하고 있는 필살기는, 굳이 말하자면 단검으로 전투 도끼와 같은 일격을 내지르는 듯한 것이다. 하지만 셀레스티나의 특기를 살리자면 그것을 곧이곧대로 실현할 필요는 없다.

"다시 말해서, 전투 도끼를 통한 혼신의 일격을 확실하게 처넣을 수 있는 상황을 만들면 되는 게다."

각 무기로 기회를 만들어내, 최대 위력까지 힘을 고조시킨 전투 도끼를 박아 넣는다. 어떻게 움직이건, 어떻게 방어를 굳히건 맞추고 뚫고 분쇄한다. 차근차근 논의한 결과, 그것이야말로 셀레스티나의 최대 필살기로 적합하다는 결론이 나왔고, 지금은 그를 위한 특훈 중이었다.

무기뿐 아니라 그 무기를 사용한 기술도 뛰어나기에 여러 국면과 조건에서 전투 도끼까지 공격을 이어갈 수 있다. 그것은 셀레스티나의 필살기 노트를 한층 더 발전시킨 끝에 도달한 결론이었다.

활로 견제하며 거리를 좁히고, 단검으로 잽싸게 다리를 베어이동 속도를 늦춘다. 물 흐르는 듯한 동작으로 검술을 펼치다가느닷없이 전투 도끼로 전환해 내려친다. 두 사람은 특기를 충분히 살릴 방법은 물론이고 전투 도끼 자체에 의한 공격의 변화나그럴싸한 기술도 고안해 나갔다.

그렇게 정원에서 특훈을 시작한지 얼마쯤 지났을 즈음.

"셀레스티나와…… 주인님?! 무슨 소리인가 하고 와봤더니, 이건 혹시……."

알피나가 방이 아니라 어째서인지 지붕 위에서 내려왔다. 그녀는 주변을 빙 둘러보더니 두 사람이 이곳에서 훈련을 하고 있었다는 사실을 알아챈 듯했다.

"셀레스티나. 요전에 말했던 일을 주인님께도 상담한 거군요."

심지어 상황을 통해 경위까지 알아챈 모양이다. 감탄과 선망이반반씩 섞인…… 아니, 감탄이 1할, 질투가 9할인 얼굴로 돌아보며 말했다. 그러자 셀레스티나는 그 얼굴을 보고 시선을 피하며"네"라고 답했다.

"동생이 수고를 끼쳐드려 죄송합니다. 그리고 어울려주셔서 감사합니다."

분위기를 다잡듯 알피나가 무릎을 꿇었다. 셀레스티나의 노력을 뒤에서 지켜보고 있던 그녀는 미라를 통해 광명을 얻었다는 사실이 진심으로 기쁜 눈치였다. 하지만 당연히 거기서 끝이 아니었다.

"주인님, 특훈이라면 부디 저도 함께 하게 해주십시오!"

성검 상크티아를 쥔 손에 힘을 주며 알피나가 고개 숙여 부탁했다. 특훈에 어울려달라고 부탁하는 건 주제넘은 짓이라 생각했지만, 셀레스티나가 그 길을 열어주었다. 그렇다면 자신도 끼고 싶다는 생각에 큰마음 먹고 고개를 숙인 것이다.

그런 알피나의 말에 미라는 어떻게 할까, 하고 셀레스티나를 바라보았다.

셀레스티나는 허둥대고 있었다. 특훈만 하면 호랑이가 되는 그녀가 합류하면 어떻게 될까. 그렇게 생각하자 초조해질 수밖에 없었던 것이다. 그렇다고 지금 거절하면 알피나에게서 넘쳐나는 기백으로 미루어 볼 때, 두고두고 피곤하게 굴 것이 분명했다.

"상관은 없다만 이건 필살기 특훈이란 말이다. 그 부분에 있어 부족함이 없는 그대에게는 그다지 유익하지 않을 터인데?"

미라는 말을 받아주면서도 이미 완성된 영역에 있는 알피나에게는 필요 없지 않느냐고 에둘러 말했다. 그러나 그 말을 들은 직후, 알피나의 표정이 더더욱 환해졌다.

"그렇다면 마침 잘 되었습니다! 주인님께 빌린 이 성검을 사용해, 새로운 기술을 만들어낼 수 없을까 궁리하고 있었으니까요!"

알피나는 열의가 담긴 목소리로 오히려 최고의 타이밍이라고 말했다. 아무래도 그녀는 건네받은 지 얼마 되지도 않았건만, 상크티아를 다루는 법을 완전히 터득하고 만 모양이다. 심지어 그 영역 너머에 자리한 필살기를 탐구하던 참이었다고 한다.

"그…… 그러하냐. 그렇다면, 그래. 함께 훈련하자꾸나. 단——."

셀레스티나의 정신위생을 위하자면 따로따로 하는 게 좋았을 것이다. 하지만 거절할 수 없는 열의와 명확한 이유가 알피나에 게는 있었다. 때문에 미라는 조건부로 허가를 하기로 했다.

그 조건이란 미라가 훈련 감독을 하겠다는 것이다. 알피나가 주도하면 지옥 훈련이 되고 말 거라고 셀레스티나가 눈으로 호소한 끝에 내건 조건이었다. 그 결과, 의도와 달리 알피나의 눈에 깃들어 있던 빛이 압도적으로 늘어나고 말았다. '주인님께 지도를 받을 수 있다'는 사실이 그녀를 고양시킨 모양이다.

(뭐라고 해야 할지…… 그립군그래.)

과거에는 소울하울과 메이린, 라스트라다, 발렌틴 일행과 함께 곧잘 필살기 개발을 했었다. 그랬던 나날이 떠올라 미라는 기합을 넣고 "그럼 시작해보실까"라고 말하며 두 사람과 마주했다.

셀레스티나의 필살기 개발은 순조롭게 진행되었다. 의외로 알피나가 온 것이 좋은 방향으로 작용했다. 홀리나이트 대신 기술을 받아내는 역할을 부탁하길 잘한 것 같다. 홀리나이트보다 능숙하게 막아내는 알피나 덕분에 통하는 공격과 통하지 않는 공격이 명확해졌다.

또한 무기를 다루는 셀레스티나가 흥이 올랐다는 점도 요인 중 하나일 것이다. 평소처럼 모의전을 했다면, 빈틈을 보이는 순간 통렬한 반격을 맞았겠지만 지금의 알피나는 입으로 지적만

하고 있다. 그리고 그것은 당연히 미라의 지시에 따르고 있기 때문이다.

묵은 원한이라도 있는 것인지. 때는 지금이라 생각했는지 기백이 담긴 셀레스티나의 칼날은 날카롭게 움직였다.

또한 상대를 맡은 알피나의 특훈도 동시 진행 중이었다. 처음 성검을 받고서 시간이 그리 많이 흐르지 않았음에도 그녀는 이미 상크티아의 힘을 충분히 끌어내고 있었다.

셀레스티나의 맹공을 피하며 휘두른 성검은 배치해둔 잿빛기사를 향해 날아갔다.

일격은 방울처럼 맑은 소리를 내며 무지갯빛 궤적을 그린다. 심지어 그 궤적에서는 상크티아가 지닌 특수 효과로 인해 폭발이 일었다. 성검 자체의 예리함과 그 효과로 인해 알피나의 공격력은 몇 단계 더 상승했다.

그것은 말 그대로 달인의 기술이었다. 말도 안 되는 자세에서 날린 힘이 실린 참격이 잿빛 기사에게 날아든다.

하지만 잿빛기사도 보통내기가 아니라 그것을 보기 좋게 받아냈다. 학습능력이 있는 무구정령은 군세로서 운용되는 과정에서 알피나의 검술도 학습했던 것이다. 더불어 하이브리드형인 잿빛기사는 홀리나이트가 지닌 방어 기술을 이어받았다. 게다가 손에는 상크티아까지 들었다.

일대일이라면 아무리 성장한 잿빛기사라 해도 상대가 되지 않았을 것이다. 하지만 지금은 방어를 신경 쓰지 않고 공격에만 집중하는 웨폰마스터, 셀레스티나가 있다. 그 맹공을 피하며 둘을 상대하는 것은 제아무리 알피나라 해도 쉬운 일이 아닌 모양이다.

게다가 잿빛기사는 한 기가 아니다. 세 기가 포위해 서로를 보조할 수 있게끔 방어 태세를 취하고 있어서 난이도는 더욱 높아졌다.

(흠…… 이렇게까지 해도 막상막하인가. 새삼스럽지만 이렇게 보니 터무니없는 실력이로군. 그 무렵에 비해 많이도 성장했어.)

훈련하는 그녀들의 모습이 그리움을 불러일으켜 미라는 이 발할라에 처음 왔을 때의 일을 떠올렸다. 지금은 제1발할라의 정점에 있는 일곱 자매가 현재와 같은 실력을 갖추기 전인, 평범한 발키리였던 시절의 일을.

덤블프는 소환계약을 위해 처음으로 발할라를 찾았다. 그리고 어렵지 않게 시련을 극복해 보여 여러 자매들에게 인정을 받게 되었다.

다만 계약이 가능한 인원수는 제한되어 있다. 덤블프 정도의 실력자라도 두 팀, 혹은 세 팀까지가 한계였을 것이다.

여러 가지 특기를 지닌 자매들 중, 덤블프가 선택한 것은 아직 재능을 꽃피우지 못하고 있던 일곱 자매, 알피나 일행뿐이었다.

그 밖에도 즉시 전력으로 투입할 수 있고 능력도 출중한 자매는 많았다. 하지만 덤블프는 그 무엇보다 그녀들이 내뱉은 말에 공감했더랬다. 다른 자매들이 자신들의 특기에 관해 이야기하는 가운데, 알피나 일행은 그저 함께 강해지고 싶다고만 말했다. 그리고 그것은 덤블프 또한 바라던 바였다.

그렇게 계약을 한 후, 덤블프와 알피나 일행은 수많은 전장, 수많은 적을 상대로 싸웠다. 소환술의 방호 효과 덕분에 자매들은 상당히 부모한 전투에도 과감하게 몸을 던질 수 있었다. 어쩌면 지금의 알피나가 하고 있는 훈련보다 고됐을지도 모른다.

하지만 그렇게 한 보람이 있었는지 특징이 없었던 일곱 자매는 빠른 속도로 실력을 키워 나갔고, 그 결과 제1발할라의 정점에 오를 정도로 성장했다.

(잘 생각해 보니 그 무렵부터 언제나 이 둘은 최전선에 있었구나.)

덤블프였던 시절보다 더욱 실력이 좋아진 알피나와 셀레스티나. 훈련이라고는 해도 칼을 섞을 때마다 긴장감이 퍼졌고, 그 모든 순간에서 지금까지 그녀들이 쌓아올린 것들의 무게가 느껴졌다.

"잘 들어라, 셀레스티나. 이 몸의 무술 스승이 이렇게 말하더구나. 아무리 훌륭한 기술을 사용하는 자라 하더라도 공격으로 전환하는 순간에는 반드시 빈틈이 생겨난다고. 그대가 습득하려는 기술은 분명 이것의 연장선상에 있을 게다."

"알겠습니다!"

바라던 대로 함께 강해졌다는 생각에 잠시 감상에 젖기는 했지만, 미라는 그때그때 조언을 하며 두 사람의 특훈을 지켜보았다.

24

"좋아, 그만!"

특훈 개시로부터 30분 정도가 경과했을 즈음, 미라는 종료를 선언했다. 필살기 개발을 위한 시합이었던 것이 본격적인 전투가 되고 있다는 이유도 있지만, 상당히 밤이 깊어졌기 때문이었다.

정신이 들어보니 심야, 평소 같았으면 잘 준비를 할 시간이다.

하지만 역시나라고 해야 할지, 알피나는 아직 충분히 계속할 수 있다고 주장했다. 사실 그럭저럭 지쳐 보이기는 했지만 아직 멀었다는 표정을 하고 있었다.

"저도, 괜찮아요."

셀레스티나까지 뒤따라 그렇게 말했다. 지금까지 진척이 없었던 필살기 개발에 광명이 보인 것이 상당히 기뻤던 모양인지, 아직 기력은 충분히 남아 있다고 말하는 듯한 표정이었다.

하지만 미라는 수마에 저항할 수가 없어서 두 사람의 요청을 기각했다.

"아니, 오늘은 이만 하거라."

오늘의 특훈은 끝이라고 다시금 말했다. 졸리다는 이유가 가장 컸지만, 그보다 두 사람이 걱정되어 종료시킨 것이다.

일이 잘 풀릴 때는 지나치게 기를 쓰게 되어, 스스로 조절을 하지 못하게 되기 일쑤다. 그것은 미라가 스스로 몇 번이고 해온 경험으로 얻은 교훈이었다.

"쉬는 것도 특훈의 일환이다. 내일도 훈련을 해야 하지 않으냐? 그렇다면 더더욱 쉬어야지."

발키리 자매들은 매일 훈련을 하고 있다고 한다. 굳이 말하자면 훈련의 프로인 그녀들이라면 휴식이 중요하다는 사실도 잘 알 것이다.

미라가 그렇게 말하자 셀레스티나는 고양되어 있던 좀 전과 달리 "아…… 그랬죠"라고 말하더니, 단숨에 피로가 온몸에 퍼진 듯한 표정을 지었다. 아무래도 내일 훈련 메뉴가 생각난 모양이다.

분명 내일 훈련에 악영향을 미칠 거다. 그 사실을 알아챈 셀레스티나는 순순히 고개를 끄덕이며 "지도해주셔서 감사합니다!"라고 말하고는 잽싸게 돌아갔다.

그에 반해 알피나는 내일 훈련이라는 단어를 듣고도 안색 하나 바뀌지 않았다. 다만 특훈 상대인 셀레스티나가 사라지자 이대로 계속하지는 못하겠다고 판단을 내린 눈치였다. 그리고 이내 "주인님의 뜻이 그러시다면 따르겠습니다"라는 말과 함께 특훈 종료를 받아들였다.

하지만 미라는 놓치지 않았다. 알피나의 의욕이 아직 식지 않았다는 사실을. 성검 상크티아를 쥔 손이 아직도 활기로 떨리고 있다는 것을.

"내일에 대비해 오늘은 푹 쉬거라."

미라는 다시 한번 그렇게 말한 후, 그대로 알피나가 지니고 있던 성검 상크티아를 송환했다.

그 순간. "아앗!" 비명과도 같은 목소리가 알피나의 입에서 흘러나왔다. 역시 돌아가서 몰래 특훈할 생각이었던 모양이다. 조금 전까지만 해도 딱히 표정 변화가 없지만, 알피나는 그제야 동요한 듯한 얼굴로 쭈뻣거리며 미라에게 고개를 돌렸다.

"알겠느냐?"

"네…… 분부대로 하겠습니다."

미라의 말을 통해 자신의 계획을 들켰다는 사실을 알아챘는지. 알피나는 몹시 당황해서 답했다.

그렇게 축 처진 알피나의 뒷모습을 배웅한 후, 미라는 방으로 돌아가 곧장 잘 준비를 했다. 마리아나가 골라준 파란 잠옷을 입고 킹사이즈 침대에 누웠다.

밤의 발할라는 고요했고, 창문으로 보이는 별들만이 소란스럽게 반짝이고 있었다. 하지만 그것도 눈을 감은 순간 사라져, 정적이 깔렸다. 조금 전까지 요란하게 특훈을 했었다는 것이 믿기지 않을 정도로 고요했다.

그리고 나자 너무도 평온한 공기만이 남았다. 신비로운 안도감에 감싸인 채, 미라는 잠에 들었다.

"흠. 참으로 기분 좋은 아침이로군."

발할라에서 맞이한 아침은 그야말로 상쾌했다. 힘차고 다정한 태양빛으로 눈을 뜬 미라는 처음 느끼는 개운함에 놀랐다. 아침에 잘 일어나지 못하는 편이었지만 오늘은 매우 머리가 맑았다.

게다가 미라는 현재 시각을 확인하고 다시 한 번 놀랐다. 놀랍게도 시간은 6시. 평소 기상 시간보다 세 시간이나 빨랐던 것이다. 그럼에도 불구하고 잠기운은 전혀 느껴지지 않을 만큼 상쾌했다.

"가끔은 일찍 일어나는 것도 나쁘지 않군그래."

다시 자는 게 아깝다는 생각이 들 정도로 몸 상태가 좋다. 그대로 벌떡 일어난 미라는 잽싸게 옷을 갈아입고 볼일을 봤다. 그리고 이른 아침의 발할라를 산책하러 나섰다.

따끈따끈하고 기분 좋은 햇볕이 비추는 발할라는 봄을 연상케 하는 생기로 가득했다. 흐음, 이곳에도 계절이란 게 있을까 생각하며 미라는 궁전을 따라 산책했다.

소소한 준비운동 등에 이용된다는 제2훈련장이나 옷보다 갑옷이 많은 세탁장 등. 역시 발키리들이 사는 곳이라고 해야 할지, 번듯한 궁전임에도 지상에 있는 그것과 비교하자면 다른 시설들이 더 충실해 보였다.

"오, 저것은……."

그 밖에도 살벌한 무구가 늘어선 대장간 등이 보이는 가운데, 미라의 앞에 그것이 나타났다.

"이것 참 훌륭하군."

궁전의 규모를 생각하면 결코 넓다고는 할 수 없는 데다, 지금까지 보아온 장소에 비하면 상당히 뜬금없다는 느낌은 지울 수 없었다. 하지만 잘 손질된 정원이 그곳에 조용히 펼쳐져 있었다.

대체 어떤 기술을 사용하면 저렇게 되는 건지, 고개가 절로 갸웃해질 정도였던 제2훈련장.

대체 얼마나 피를 뒤집어쓰면 저렇게 저주라도 받은 것처럼 더

러워지는 걸까 싶어 공포심마저 느껴졌던 세탁장의 갑옷.

대체 무엇과 싸우기 위해 만든 것인지 이해하기가 어려웠던 대장간의 초특대검.

그런 살벌함으로 가득한 궁전 주변이기에 그 정원은 한없이 특이한 존재로만 보였다. 때문에 미라는 형형색색의 꽃을 바라보면서도 뭔가가 숨어 있지는 않을까 싶어서 정원을 구석구석 둘러보았다.

색깔별로 예쁘게 나뉜 꽃들은 모두 다 보란 듯이, 흐드러지게 피어 있었다. 정돈된 잔디와 늠름하게 핀 꽃이 대비를 이루고 있다. 모두가 실로 화려하면서도 조화로워서 개별로는 도달하지 못할 아름다움을 이루고 있었다.

분명 이곳을 손질하고 있는 자는 식물에 관해 잘 알 것이다. 소중하게 가꾸고 있다는 것이, 애정이 느껴지는 그런 정원이었다.

그냥 걷고만 있어도 마음이 편해진다. 그런 정원의 중앙에는 역시나 번듯한 벤치가 놓여 있었다. 그곳에 앉아 꽃을 구경하면 분명 최고의 안식을 얻을 수 있을 것이다.

그런 생각을 하다 보니 어느샌가 미라는 따스한 아침 햇살과 상쾌한 자연의 향기에 이끌려 정원 산책을 즐기고 있었다.

"오, 저쪽에도 있나 보군."

정원을 대충 둘러본 후, 미라는 보기 좋은 정원수의 틈새를 발견하고 그곳을 통해 안을 들여다보았다. 그러자…….

"어머나 주인님, 좋은 아침입니다."

그곳에는 어쩐지 농가 아주머니를 방불케 하는 차림새를 한 플로디나가 있었다. 게다가 몹시 고급스러워 보이는 빛을 내뿜는 은제 물뿌리개를 들고 있었다.

"음, 좋은 아침이다."

그렇게 인사한 후, 미라는 플로디나의 모습을 물끄러미 쳐다보고서 "혹 이 훌륭한 정원은 그대가 관리하고 있는 게냐?"라고 물었다.

"네. 저택 주변이 너무 화사하지 못하다는 생각이 들어서, 10년 정도 전부터 시작했죠."

훌륭한 정원이라는 미라의 말이 기뻤는지, 플로디나는 다소 수줍어하며 답했다.

"화사하지 못하다라……. 이 주변을 빙 둘러보았다만, 이 정원을 제외하면 죄다 살벌한 분위기로 가득하긴 하더구나."

"그렇죠……."

미라가 자신이 보고 느낀 바를 그대로 말하자, 플로디나는 쓴웃음을 지은 채 고개를 끄덕였다. 아주 오래 전부터 그렇게 느껴왔다는 모양이다. 그와 더불어 꽃을 좋아하기도 해서, 공터에 정원 만들기를 시작했다는 모양이다. 그리고 그랬던 것이 어느샌가 규모가 커져서, 지금은 이만한 정원이 되었다고 웃으며 말을 이었다.

또한 플로디나의 말에 따르면, 의외로 알피나가 이 정원을 마음에 들어한다는 모양이다. 훈련으로 한계까지 몸을 혹사한 후, 정원 중앙에 있는 벤치에서 휴식을 취한다고 한다. 듣자하니 그 벤치는 알피나가 어디선가 가져와서 설치한 것이라는 듯했다.

"저 벤치에 그런 경위가 있었을 줄이야. 알피나의 평소 태도만 보면 상상도 안 되는 모습이로군."

알피나는 전투와 자신을 단련하는 것에서만 삶의 보람을 느낄 것 같은 인상이었지만, 의외로 소녀스러운 부분도 있는 모양이다. 그런 알피나의 새로운 일면을 알고 놀란 참에 플로디나가 무언가가 퍼뜩 떠오른 듯한 표정을 짓더니 옅은 미소를 띤 채 "주인님…… 실은 말이죠――"라며 다른 비밀을 폭로했다.

그 이야기에 따르면, 놀랍게도 알피나는 토마토를 싫어한다고 한다.

"호오! 알피나에게 그러한 약점이 있었을 줄이야."

한없이 완벽해 보이기만 하는 알피나. 그런 그녀에게 그렇게 귀여운 약점이 있었을 줄이야. 너무도 뜻밖이라 놀랍기는 했지만, 그 이야기를 들으니 어쩐지 미라는 친밀감이 느껴졌다. 그리고.

"그래서 말인데요――."

뭔가를 경계하듯 주변을 확인한 후, 플로디나는 작은 목소리로 "알피나 언니의 토마토 혐오 극복 작전에, 힘을 빌려주실 수 없을까요?"라고 말했다.

"흠…… 자세하게 말해보거라."

살짝 재미있겠다는 생각이 절반을 차지하기는 했지만, 나머지 절반으로는 알피나를 위한 일이라는 생각을 하며 미라는 고개를 끄덕였다.

플로디나의 말에 따르면 알피나는 토마토라면 아주 질색을 한다는 모양이다. 토마토를 싫어하는 사람이라도 먹을 수 있도록 조리법을 바꾸는 등, 여러모로 노력을 해봤지만 토마토가 들어 있다는 사실을 아는 순간 알피나는 절대로 입을 대지 않는다고 한다.

"특히 씨 부분인, 그 물컹물컹한 부분을 싫어하는데. 깨끗하게 빼내도, 남아있을지도 모른다는 이유로 도망쳐버려요⋯⋯."

플로디나는 그렇게 말하며 깊은 한숨을 내쉬더니, 하지만 요리 자체에는 문제가 없을 거라고 자신 있게 주장했다. 알피나 말고 도 편식을 하는 자매는 있었지만, 다들 조리법을 바꿨더니 먹을 수 있게 되었다고 말을 이었다. 특히 크리스티나의 편식은 아주 심해서, 과자가 주식이었던 적도 있었다는 모양이다.

하지만 그런 크리스티나라도 먹을 수 있게 하고자 여러모로 공 부를 하다 보니 요리 실력이 쑥쑥 늘었다고 플로디나는 말했다. 그리고 결국은 전(全) 발할라 합동 요리 대회에서 명예의 전당에 등극하고 말았다면서 쓴웃음을 지어보였다.

"뭐라고 해야 할지⋯⋯ 고생이 많았구나."

전 발할라 합동 요리 대회가 어떠한 것인지는 모르겠지만, 분 명 굉장한 걸 거다. 생각지 못한 곳에서 예상치 못한 고생담을 들 은 미라는 그렇게 말해서 노고를 치하했다. 그러자 플로디나는 다소 쑥스러워하면서도 기쁜 듯한 미소를 띤 채 "감사합니다"라 고 말했다.

"아무튼, 그런고로 분명 알피나 언니도 일단 한 입 먹기만 하면 어떻게든 될 거예요."

토마토 혐오 극복 요리에는 분명한 실적이 있다고 플로디나는 가슴을 펴고 말했다.

실제로 크리스티나도 옛날에는 토마토를 싫어했지만, 플로디나가 개발한 토마토 요리를 먹고 극복했다는 모양이다. 지금은 토마토와 치즈를 얹은 피자를 아주 맛있게 먹어준다는 듯했다.

심지어 그녀는 모든 발할라에 있는 다른 발키리들에게 물어 토마토를 싫어하는 사람을 찾아서, 토마토 요리를 먹게 하는 실험까지 해봤다는 모양이다. 게다가 그 결과는 대성공이었다. 많은 이들이 토마토 혐오를 극복했다. 또한 일부는 극복하지는 못했어도, 그 토마토 요리만은 먹을 수 있게 되었다고 한다.

따라서 일단 한 입 먹기만 하면 분명 먹을 수 있게 될 거다. 플로디나는 자신 있게 그렇게 말했지만, 뭘 어떻게 해도 그 단계까지 갈 수가 없어서 두 손 두 발 다 들 수밖에 없었다며 어깨를 늘어뜨렸다.

"그래서, 주인님께서 도와주셨으면 해요."

플로디나가 생각해낸 작전. 그것은 단순하고도 명쾌했다. 알피나는 주인님 지상주의인 탓에 분명 미라가 자연스럽게 토마토 요리를 먹도록 유도하면 분명 먹을 것이다. 일단 입에 대게 만들어주기만 하면, 그 다음은 요리의 힘으로 어떻게든 해보이겠다. 플로디나는 그렇게 말하며 투지를 불살랐다.

"흠, 과연. 뭐, 좋다. 그런 일이라면 기꺼이 도와주마!"

완전히 갑질 같은 방법이기는 했지만 맛있는 토마토 요리를 먹지 못한다는 것은 불행한 일이다. 그런 핑계를 내세움과 동시에 살짝 재미있겠다는 생각에 흔쾌히 승낙한 미라는 그 자리에서 은밀하게 플로디니와 작전회의를 시작했다.

또한 알피나가 토마토를 싫어한다는 사실을 아는 자는 플로디 나뿐이라는 모양이다. 따라서 작전은 되도록 다른 자매들에게 들키지 않게끔 실행할 필요가 있다고 한다.

25

알피나의 토마토 혐오 극복 작전. 그 세부 내용을 정한 후, 미라
는 플로디나의 안내를 받아 정원의 보다 깊은 곳으로 들어갔다.

"오오…… 이것 참 훌륭한 밭이로구나."

그곳에는 여러 개의 밭이 있었다. 대략 다다미 여섯 장 정도 되
는 넓이로 구획된 밭이 열 개 이상 늘어서 있고, 채소와 과일 등이
탐스럽게 자라고 있었다. 듣자하니 정원 가꾸기가 밭 가꾸기까지
발전했고, 정신을 차려보니 이렇게 되어 있었다는 모양이다.

시금치에 감자, 고구마, 당근, 양파, 양배추에 양상추, 그 밖에
도 여러 가지 기본적인 채소가 밭의 대부분을 차지하고 있었다.
또한 딸기와 블루베리와 같은 과일류도 조금은 있다는 모양이다.

그리고 침입해오는 야생동물 등은 없음에도 불구하고 때때로
서리를 당하는 일이 있다고 플로디나는 투덜댔다. 심지어 그 범
인은 채소에는 눈길도 주지 않고 과일만 노린다는 모양이다. 게
다가 무엇보다도 그 범행이 실로 교묘하다는 듯했다. 어떻게 대
책을 세워도 보란 듯이 작은 빈틈을 뚫고 들어와, 증거 하나 남기
지 않고 사라진다는 것이다.

자세히 보니 확실히 밭 주변에서는 서리 대책용 술식이 전개된
낌새가 느껴졌다. 꽤나 경계가 삼엄하다.

다만 언젠가 현행범으로 잡아다 알피나 언니에게 끌고 가겠다
고 말하는 플로디나의 눈은, 어쩐지 즐거운 듯 보이기도 했다.

(그러고 보니 밭에 채소가 자라고 있는 모습을 이렇게 차분하게 본 건 처음인 것 같군그래.)

최고의 토미토 요리를 만들겠다고 의욕을 불사르는 플로디나와 함께 미라는 밭에서 토마토를 엄선했다. 알맞게 익은 토마토 고르는 방법을 배워 꼼꼼히 살피기 시작했다.

"플로디나여, 이건 어떠하냐?"

유달리 크고 새빨간 토마토를 발견한 미라는 플로디나를 불러다 의기양양한 얼굴로 그걸 가리켰다.

그 토마토는 척 봐도 알 수 있을 만큼 잘 익어 있었다. 심지어 꼭지 부분이 또렷한 별 모양으로 갈라져 있다. 달콤해지도록 물을 적게 주어가며 가혹한 환경에서 키웠다는 증거였다.

"완벽해요, 주인님!"

플로디나는 꼼꼼히 확인하고서 그렇게 대답하더니 곧장 수확했다. 그리고 두 사람은 그런 작업을 여러 번 반복하여 요리에 필요한 만큼의 토마토를 확보해 나갔다.

요리에는 다른 채소도 필요해서 플로디나는 그러한 것들을 수확하는 일에 착수했다. 그에 반해 토마토를 엄선한다는 중대한 일을 마친 미라는 100제곱미터는 될 밭을 느긋하게 둘러보고 다녔다. 서리꾼 대책용으로 깔아두었던 술식은 미리 해제해두었다.

그러고 보니 밭에 들어온 것도 처음 같다는 생각을 함과 동시에 지금까지 있었던 많은 일들을 돌아보며, 싱싱하고도 튼실하게 자란 채소의 생명력에 새삼 감명을 받았다. 그리고 새삼스럽지만 이런 상태로 보는 채소들은 평소에 비해 훨씬 맛있어 보인다는 생각도 들었다.

"이건 그냥, 먹어달라고 애원하고 있는 것 같구나."

딸기밭에 들어간 미라의 앞에는 크고 둥그렇게 열린 채 새빨갛게 물든, 큼지막한 딸기가 있었다. 빨간 그것이 '지금이 딱 먹기좋을 때야, 맛있어'라고 말하며 유혹하는 것만 같았다.

미라는 다른 밭을 흘끔 쳐다보았다. 그곳에는 마치 장인 같은 눈으로 가지를 바라보고 있는 플로디나가 있었다. 그 얼굴은 이쪽이 아닌 다른 방향을 향하고 있다. 지금의 미라는 그녀의 시야밖에 있었다.

(지금이라면……!)

그렇게 직감한 미라는 보기 좋게 익은 딸기로 손을…… 뻗기 직전에 그쳤다. 그리고 다시 한번 플로디나를 보고 말을 붙였다.

"플로디나~ 이 딸기가 먹어달라고 속삭이고 있다만, 하나 먹어도 되겠느냐~?"

서리니 범인이니 하는 말을 들은 탓인지 미라는 자신도 모르게 그 뒤를 따를 뻔했다. 하지만 플로디나는 마음이 넓다. 말을 하면 하나 정도는 허락해줄 거라고 생각을 바꾼 것이다.

그러자 웃음 섞인 목소리가 "아, 네, 딸기들의 말이 그렇다면 얼마든지 드세요~"라고 답했다. 그렇다, 이럴 때는 대개 몰래 슬쩍할 게 아니라 제대로 말을 하면 허락을 받을 수 있기 마련이다.

그렇게 밭주인의 허락을 받은 미라는 일말의 거리낌도 없이 처음 눈독을 들였던 딸기 하나를 땄다.

"이것 참, 잘도 자랐구나."

묵직한 무게감을 손으로 느끼며 딸기를 베어 물었다. 순간, 과즙이 입 안을 가득 메우고 달콤한 맛과 향이 폭발한 듯이 퍼져 나갔다.

"음~! 참으로 맛있구나! 이만한 딸기를 먹는 건 처음인 것 같군그래."

역시 발할라라는 땅이 특별한 것일까. 그 딸기는 기억에 있는 어떠한 딸기보다 맛있다고 단언할 수 있을 정도로 맛있었다.

그렇게 미라가 감동하고 있던 중에 어떠한 목소리가 들려왔다.

『미라 양이 그렇게까지 말하다니, 이거 질 수 없겠는 걸?』

그렇다, 마텔의 목소리다. 정원을 발견했을 때부터 흥미롭다는 듯이 견학하고 있던 그녀는 플로디나가 한 일들을 칭찬함과 동시에 경쟁심을 불태우기 시작했다. 성모와도 같은 외모와 다르게 식물, 특히 맛있는 과일이라는 분야에서는 지기 싫은 모양이었다.

플로디나의 밭을 돌아보는 동안 미라는 종종 허락을 받아 수확물을 맛보고 다녔다. 이윽고 끄트머리에 다다르자, 그 밭이 눈에 들어왔다.

"흠, 이곳만 아무 것도 없군."

아직 싹이 트지 않은 것일까. 아니면 아무 것도 심지 않은 걸까. 넓은 밭지대의 구석에 약간 튀어나온 듯이 자리한 그곳에는 밭을 갈았던 흔적이 남아 있었다. 하지만 푸릇푸릇하게 자라나 결실을 맺은 다른 밭과 달리, 그곳만 잊혀진 듯 텅 비어 있었던 것이다.

"주인님, 오래 기다리셨어요."

아무 것도 없는 밭을 보고 있던 중에 채소 선별을 마친 플로디나가 다가왔다. 그녀가 손에 든 바구니에는 갓 수확한 싱싱한 채소들과 주역인 토마토가 담겨 있었다. 그 모든 것이 알피나의 토마토 혐오를 극복시키기 위해 엄선된 정예들이었다.

"이거 원, 어느 것 할 것 없이 튼실하구나."

맛있게 자란 채소와 토마토가 플로디나의 손에 의해 일품 요리로 바뀔 것이다. 미라가 벌써부터 기대가 된다고 말을 잇자, 플로디나 역시 기합을 넣으며 최고의 일품을 만들어 보이겠다고 답했다.

"헌데, 이 밭만 아무 것도 안 심어진 듯하다만."

정면에 있는 밭으로 시선을 옮긴 미라는 화제를 바꾸어, 이곳은 무슨 밭이냐고 물었다. 그러자 플로디나는 "아, 이 밭은——"이라고 말하고는 약간 고민스러운 듯한 얼굴로 "사실——"이라고 말을 이었다.

플로디나의 말에 따르면 그 텅 빈 밭은 얼마 전에 확장한 장소라는 듯했다.

"희귀한 과일이 손에 들어와서 그 씨앗을 심으려고 준비하고 있었는데——."

'환상의 과일'이라 불리는 것을 우연히 손에 넣은 플로디나는, 지금까지는 표준적인 식물만 길렀지만 평범함을 벗어난 특별한 일에 도전할 절호의 기회라 생각하고 곧장 밭을 가는 일부터 시작했다고 한다.

하지만 그러는 동안 주범인 크리스티나와 셀레스티나, 엘리비나가 간식 대신 그것을 먹어버렸다는 모양이다.

"평소와 같은 선반이 아니라 다른 곳에 보관해 뒀어야 했어
요……."

플로디나는 늘 과일을 보관해두는 선반에 넣어둔 자신에게도
잘못이 있다고 인정하면서도, 처음 보는 과일을 망설임 없이 먹
어버린 동생들의 왕성한 식욕을 생각하면 쓴웃음밖에 안 나온다
고 했다.

또한 희귀한 과일의 씨앗은 취급하기가 매우 까다로워서, 건조
되기 전에 심어야만 했다. 하지만 버려져 있던 씨앗을 발견했을
때는 이미 완전히 마른 상태였던 것이다.

그렇게 심을 예정이었던 씨앗이 없어졌다. 그렇다고 특별한 일
에 도전해 보려고 갈아둔 밭에 평소와 같은 것을 심자니 마음이
복잡해져서, 지금은 다른 희귀한 씨앗을 찾는 중이라고 한다.

"저런저런……."

아무 것도 심어져 있던 밭에 그런 사연이 있었을 줄이야. 놀라
고 납득한 동시에 자매들이 어떻게 생활하고 있는지를 알게 된
미라는 그저 흐뭇할 따름이었다.

바로 그때. 마침 좋은 게 있었다는 사실이 떠올랐다.

"사정이 그러하다면, 이것들을 심어보는 것은 어떠냐?"

그렇게 말하며 미라가 꺼낸 것은 몇 종류의 씨앗이었다. 그것
은 소울하울을 찾기 위해 고대지하도시를 공략할 때 손에 넣었던
과일의 씨앗이다.

의문의 고대 문명에서는 몇몇 설비들이 아직도 가동되고 있

었다. 그곳에서 재배되고 있던 것은 여러 가지 과일들의 원종으로 추측되는 것들이다. 어처구니없는 맛이 나는 것부터 눈이 번쩍 뜨일 만큼 맛있는 것까지 여러 가지가 있었다. 그 중에서도 맛있었던 것들의 씨앗을 일단 챙겨두었던 것이다.

특별함으로 말하자면 당초 심을 예정이었던 희귀한 과일의 씨앗보다 훨씬 희귀할지도 모르는 물건이다.

"물건이 물건인 만큼 키우기가 상당히 까다롭다는 모양이지만 말이다. 이대로 밭을 놀게 두는 것보다는 유익하지 않겠느냐?"

모든 생육 환경이 자동으로 갖춰지는 시설에서 자라던 과일의 씨앗. 그것을 멀리 떨어진 땅에 심는다는 것은 꽤나 도전적인 일이리라. 이렇게까지 환경이 다르면 싹조차 트지 않을 수도 있다.

하지만 플로디나는 그런 불안감과는 거리가 먼지 "정말 받아도 괜찮을까요?!"라면서 미라가 내민 그 씨앗을 반짝반짝 빛나는 눈으로 쳐다보았다.

"음, 괜찮다."

미라가 고개를 끄덕이자 플로디나는 "감사합니다!"라고 말하며 공손히 무릎을 꿇더니 조심스럽게 씨앗을 자루에 담았다.

"아아, 그리고 말이다."

씨앗만 가지고 키우기는 막막할 것이라 생각한 미라는 아직 조금 남아 있던 과일 쪽도 플로디나에게 건네주었다.

감사인사를 하며 받아든 플로디나는 처음 보는 그것들을 흥미롭다는 듯이 관찰했다. 대체 이 과일은 어떻게 열릴지. 벌써부터 너무나도 기대된다며, 그녀는 정열적인 눈으로 텅 빈 밭을 바라보았다.

밭에서 장소를 옮겨 궁전 안 주방. 그곳은 다다미 여섯 장 정도의 넓이로, 카운터 너머로는 식당이 보였다. 하지만 아직 이른 시간인 탓인지 그곳에는 아무도 없었다.

주방에서는 플로디나가 능숙한 솜씨로 아침 식사 준비를 시작하고 있었다. 이번에는 자매들에 미라와 브루스의 몫도 준비해야 해서, 9인분의 아침 식사가 필요했다. 그것을 혼자서 만드는 모습은 그야말로 주방이라는 전장에 강림한 전사를 보는 듯했다.

그리고 그런 그녀의 옆에서 부엌칼을 쥔 자가 한 명 있었다. 그렇다, 미라다. 작전을 위해 토마토 요리의 사전 준비를 하고 있는 것이다. 하지만 딱히 어려운 일은 아니었다. 플로디나의 지시에 따라 토마토를 썰기만 하면 됐기 때문이다.

"이렇게 하면 되는 것이냐?"

아직 요리가 익숙지 않은 탓에 미라의 손놀림은 불안하기만 했다. 하지만 단순히 써는 작업이라 딱히 문제될 것은 없어서, 미라는 수확해온 토마토를 모두 다 썰었다.

"완벽해요, 주인님. 감사합니다."

약간 크기가 들쭉날쭉했지만 플로디나는 문제없다며 토마토가 든 그릇을 받아들었다. 그리고 그 다음부터는 그녀의 독무대가 펼쳐져서 미라는 그대로 또 하나의 목적에 집중했다.

거침없는 손놀림으로 요리를 해나가는 플로디나를, 미라는 가만히 지켜보았다. 최근에는 완성된 것으로 때우고 있지만, 역시 모험가 하면 야영과 그 자리에서 해먹는 모험가 요리라는 묘미를 빼놓을 수 없다.

그런고로 작전과는 별개로 플로디나에게 요리를 배우고 있었던 것이다.

"너무 오래 끓이면 풍미가 날아가 버리니 주의가 필요해——." "잘 익지 않을 것 같은 재료는 잘게 썰어서 익히면 돼요——." "거품을 너무 걷어내면 감칠맛도 없어지니——."

물 흐르듯 자연스럽게 조리를 진행하는 플로디나의 움직임은 매우 분주해 보였다. 하지만 중간중간 해설과 주의점을 입밖에 내며 그것들을 가볍게 완성해 나갔다. 그 모습에서는 여유마저 느껴졌고, 동시에 주인인 미라에게 무언가를 알려줄 수 있다는 것이 기쁜지 아주 신이 난 표정을 하고 있었다.

"흠…… 오호라, 과연…….."

미라는 차례로 날아드는 플로디나의 가르침을 열심히 메모해 나갔다.

처음에는 도우면서 배울 생각이었다. 하지만 플로디나의 움직임을 보고 오히려 방해가 될 것 같다고 판단하여 보고 듣는 데에 전념하기로 한 것이다. 그렇지만 몇 종류의 요리가 동시에 완성되는 모습을 보고 생각했다.

(이건, 참고가 안 될 것 같군그래…….)

오랜 세월 동안 실력을 키웠기에 가능한 판단과 순서 선정, 기술이 플로디나의 요리 현장에는 가득 담겨 있었다. 아닌 게 아니라 눈으로 좇을 수 있는 영역을 넘어서 있었다. 그러한 기술들을 습득하려면 요리 수행을 몇 년, 몇 십 년 해야 할까. 그런 생각에 미라는 쓴웃음을 지었다.

하지만 개중에는 지금 당장 써먹을 수 있을 듯한 기술과 지식도 있었다. 때문에 그쪽을 중점적으로 메모해 나갔다.

"오오, 드디어 시작이로구나!"

그러는 동안 조리가 진행되어 완성품이 차례차례 카운터에 늘어섰다. 그리고 드디어 플로디나 특제 토마토 요리가 완성된 순간, 드디어 미라가 주문했던 요리의 식재료가 등장했다. 갓 구워서 구수한 냄새를 풍기고 있는 그것은, 팽 페르뒤를 만들기 위해 플로디나가 준비한 빵이었다.

달걀에 우유, 설탕과 바닐라 에센스 등을 섞은 계란물. 그것에 빵을 적셔서 굽는 것이 팽 페르뒤다.

대충은 만드는 법을 알았던 미라는 대충 그렇게 진행될 것이라 생각하며 조리 과정을 지켜보고 있었다.

그녀가 어제 말했던 우조프니르의 알이라는 물건이 등장했다. 어린애의 머리만한 그것은 어째서인지 희미한 빛을 띠고 있었다.

(어째 신성해 보이는 물건인데, 이거 정말로 먹어도 되는 겐가……?)

뭔가 엄청난 생명체가 탄생하지는 않을까. 그런 가능성이 느껴지는 알을 앞에 두자 미라는 망설여지기 시작했다. 하지만 플로디나는 조금도 개의치 않고 알을 쩍, 하고 쪼갰다. 그리고 우조프니르의 알은 눈 깜짝할 새에 팽 페르뒤용 계란물로 변했다.

남은 일은 빵을 적셔서 굽는 것뿐이다. 자잘한 문제는 신경 쓰지 않기로 한 미라는 앞으로 완성될 팽 페르뒤에 의식을 집중하기로 했다. 하지만 그 다음 과정이 생각했던 것과 달라서 고개를 갸웃했다.

어째서인지 플로디나가 갓 구운 빵을 잘게 찢기 시작한 것이다. 심지어 거기서 끝이 아니라 몇 개를 분쇄해 빵가루 상태로 만들기까지 했다.

자신이 아는 요리법과 너무 다르자 미라는 어떻게 된 건가, 하고 당황했다. 하지만 상대는 요리의 프로인 플로디나다. 잠자코 어떻게 되는지 지켜보기로 했다.

가루가 된 빵과 작게 찢은 빵이 계란물에 투입되었다. 그러자 계란물이 눈 깜짝할 새에 빵에 스며들었다.

그리고 다음으로 플로디나는 네모난 프라이팬을 꺼내들어 마치 계란말이를 하듯 빵이 섞인 계란물을 거기에 붓기 시작했다. 심지어 서프라이즈로 사이에 치즈까지 끼워 넣었다.

(오오! 이럴 수가……. 흠 잡을 데 없는, 팽 페르뒤가 완성되었어!)

본 적이 없을 정도로 두꺼운 팽 페르뒤가 차례로 만들어졌다. 평범한 방법을 써서 이런 두께로 만들려 했다면 계란물이 가운데까지 스며들지 않았을 것이다. 하지만 플로디나가 선보인 방법이라면 이야기가 달라진다. 계란물이 골고루 스며들 뿐 아니라 안은 푸딩처럼 보들보들하게 만들 수 있는 것이다.

26

먹는 게 너무 기대되어서 미라는 완성되는 족족 카운터에 올라오는 팽 페르뒤의 접시를 눈으로 좇았다. 그때, 문득 그 건너편에 있는 식당의 문이 열렸다.

가장 먼저 들어온 것은 알피나였다. 간소한 옷을 입은 그녀는 "아침부터 수고가 많군요, 플로디나"라고 말하자마자 익숙한 솜씨로 테이블 청소를 하기 시작했다. 분명 이것이 두 사람의 아침 풍경일 것이다. 다만 플로디나는 "좋은 아침이에요, 알피나 언니"라고 대답하며 미라에게 슬쩍 시선을 보내더니 짓궂은 미소를 지어 보였다.

"어머, 오늘 메뉴는 꽤 특이하네요."

청소를 마치고 카운터로 다가온 알피나는 그곳에 늘어선 팽 페르뒤를 보고 그런 말을 입에 담았다. 아무래도 그녀들에게 그것은 특이한 부류에 속하는 모양이다. 나중에 들어보니 애초에 달콤한 음식이 식사로 오르는 일 자체가 드물다는 모양이었다.

또한 토마토 요리가 든 냄비는 아직 주방 안에 있어서 알피나 눈에는 보이지 않았다.

"그쪽은 어제 주인님께서 요청하셔서 만들었어요. 우조프니르의 알을 사용했으니 아침에 활력을 북돋는 데는 제격이죠."

플로디나가 그렇게 답하자 알피나의 표정이 단숨에 밝아졌다.

"과연, 그랬나요. 잘했어요, 플로디나!"

플로디나가 주인님을 위해 어제부터 움직였다. 그 행동과 마음가짐을 알피나는 덮어놓고 절찬했다. 보이지 않는 곳에서도 주인님을 위해 움직이는 동생이 자랑스러운 듯했다. 알피나는 분명 플로디나의 요리라면 만족해주실 거라고 자신만만하게 말하며 요리를 테이블로 옮겼다.

(뭐라고 해야 할지, 쑥스럽구먼…….)

알피나의 주인님 지상주의는 일상생활에도 적용되는 모양이다. 요리를 옮기면서도 "주인님의 자리는——" "마실 것은——"이라는 소리를 하며 바쁘게 돌아다녔다. 거기서 그치지 않고 팽페르뒤가 담긴 접시를 늘어놓더니, 마수와 대치할 때보다 집중해서 어느 것이 가장 맛있게 만들어졌을지 엄선하기 시작했다.

"……아~ 알피나여. 그렇게까지 할 필요는 없다."

알피나의 지나친 배려가 슬슬 부담스러워진 미라는 주방에서 빼꼼 고개를 내밀고 말을 붙였다.

직후, 알피나는 전혀 예상치 못한 일이었던 탓에 크게 놀랐는지. 미라의 목소리에 반응해 순간적으로 고개를 돌리자마자 얼빠진 목소리로 "주인님?!" 하고 외치고 말았다. 그것은 평소 늠름하고 냉정한 그녀가 순간적으로 보인 진귀한 한 순간이었다. 그리고 플로디나는 그런 언니의 모습을 보고 성공이라는 듯한 얼굴로 살며시 미소 짓고 있었다.

"좋은 아침입니다, 주인님. 계신 줄 몰랐다고는 하나 인사가 늦어져 죄송합니다."

마치 사냥감을 노리는 고양이 같은 눈으로 팽페르뒤를 노려보던 알피나는 허둥지둥 자세를 바로하고 완벽한 동작으로 고개 숙여 인사했다.

"음, 좋은 아침이다, 알피나여. 그리고 신경 쓸 것 없다. 곧장 얼굴을 보이지 않은 이 몸도 잘못이 있으니."

미라는 오히려 주인의 앞에서는 늘 격식을 차리는 알피나의 솔직한 모습을 보게 되어 기쁘기까지 하다고 말했다. 그러자 알피나는 "격식을 차린 게 아닙니다!"라는 소리를 하며 주방 안쪽에 있는 플로디나를 째려보았다.

플로디나는 살며시 모르는 척을 하며 뒷정리를 하기 시작했다.

"세상에, 요리를요……?!"

왜 주방에 미라가 있었는지. 너무나도 궁금해 하는 눈치이기에 간단하게 설명하자 알피나는 놀라움과 선망이 뒤섞인 표정을 지었다. 전투 이외의 분야에서도 도움이 되는 모습을 보인 플로디나가 부러운 모양이었다.

미라는 요리를 배우고 있었다고 이야기했다. 플로디나의 실력은 훌륭하다고 미라가 절찬하자 알피나는 자랑스러움과 약간의 질투가 섞인 눈빛을 하기는 했지만, 그녀는 발할라 제일의 요리사라고 답했다.

"좋은 아침입니다~. 아…… 주인님이다! 좋은 아침입니다아~!"

그러다 보니 크리스티나가 2등으로 식당에 들어왔다. 아침부터 기운이 넘치는 그녀는 미라의 모습을 발견하자마자 달려왔다. 그리고 미라가 주방 쪽에 있다는 사실을 알아채더니 기대 섞인 얼굴로 "혹시 오늘 아침 식사는 주인님이?!"라고 말했다.

"아니, 이 몸은 요리를 배우고 있었던 것뿐이다."

미라가 그렇게 답하자 크리스티나는 "그런 거였어요오?"라고 말하더니 노골적으로 아쉬워하며 어깨를 늘어뜨렸다. 하지만 플로디나는 그 말을 흘려들을 수가 없었던 모양인지.

"어머, 내 요리는 마음에 안 드나보죠?"

분노를 미소에 감춘 채 눈을 흘기며 말하자, 크리스티나는 조금 전 자신의 태도가 어땠는지를 되돌아보고 문제를 알아챈 듯했다. 마치 플로디나의 아침 식사에 불만이 있다는 듯이 말했다는 사실을.

"아뇨, 그런 뜻이 아니라, 주인님의 수제 요리를 먹을 수 있다면 좋겠다~ 라는 생각이 들어서요——."

크리스티나에게 식사를 좌지우지하는 플로디나는 알피나 다음으로 적으로 돌리고 싶지 않은 존재였다. 우물쭈물 변명과 함께 뒤로 물러나며 평화적으로 해결할 방법을 찾았다.

"그건, 확실히 일리가 있는 것 같군요."

어쩐지 궁색한 변명 같았지만 그럼에도 주인님이라는 단어가 가진 힘은 강력해서, 알피나의 찬성을 얻어내는 데 성공했다. 그 덕분인지 플로디나에게서 느껴지던 압박감도 줄어들어 안도의 한숨을 내쉰 참에 크리스티나는 그것을 발견했다.

"아, 이건!"

크리스티나가 눈을 빛내며 달려간 곳에 있던 것. 그것은 테이블 위에 일렬로 늘어선 팽 페르뒤였다.

주방에 있는 미라를 보고 크리스티나가 기대했던 일. 그것은 달콤한 음식이 식탁에 오르는 것이었다.

단 것이라면 사족을 못 쓰는 그녀는 밤낮으로 달콤한 것을 찾아 헤매었고, 그것을 얻기 위해 남다른 기술까지 익혔다. 아닌 게 아니라 그물처럼 둘러쳐진 감시망을 뚫고 달콤한 과일을 슬쩍할 수 있을 정도다.

다만 그것으로 위로하는 데에도 한계가 있었다. 케이크나 푸딩처럼 단맛에 특화된 요리에는, 싱싱한 과일에서 얻을 수 없는 만족감이 있기 때문이다.

하지만 조금 전에 알피나가 말했듯이 달콤한 음식이 식탁에 오르는 일은 흔치 않다. 하지만 거기에 평소와 다른 요소가 추가되면 어떻게 될까. 처음에 크리스티나가 입밖에 냈던 말에는 그러한 희망이 담겨 있었던 것이리라.

이러니저러니 해도 단 것을 좋아하는 미라가 아침 식사를 준비했다고 생각하자, 팬케이크 같은 메뉴가 저절로 머릿속에 떠올랐던 것이다.

그만큼 굶주려 있던 크리스티나의 앞에는 그토록 먹고 싶었던 달콤한 음식이 정렬되어 있었다. 그것을 본 순간의 감정은 굳이 말로 표현할 필요도 없을 것이다.

"그건 주인님께서 아침 식사 메뉴로 요청하신 음식이에요."

플로디나가 그렇게 말하자 크리스티나의 얼굴이 한층 더 환해졌다.

"역시 주인님이세요! 그렇죠?! 역시 아침 식사는 이래야죠!"

제발 이게 정식 메뉴로 자리 잡았으면. 그녀의 말에는 그런 마음이 듬뿍 들어 있어서, 플로디나도 "이런 날도 나쁘지 않네요"라고 말해 은근슬쩍 동의했다.

그리고 그러한 말들은 아무래도 알피나를 향한 것이었나 보다. 식탁에 달콤한 음식이 거의 오르지 않는 이유는 그녀였던 모양이다.

"네에, 그럴지도 모르겠네요."

다른 사람도 아니고 주인인 미라가 요청한 메뉴다. 그 사실이 주인님 지상주의인 알피나에게 생각을 고치는 계기로 작용한 듯했다.

"으음, 끄으응…… 이게 제일 커 보여! 저는 이걸로 할래요~!"

하트 무늬가 떠오른 듯한 눈이 되긴 했지만 엄청난 집중력으로 팽 페르뒤를 비교한 끝에 크리스티나의 관찰안(觀察眼)이 그 진가를 발휘했다. 오차라 할 수 있는 차이에 불과했지만 확실히 가장 큰 것을 집어든 것이다. 그리고 가벼운 발걸음으로 잽싸게 자신의 자리로 가지고 갔다.

"아니, 크리스티나! 아직, 주인님이 드실 걸──."

환한 미소를 띤 크리스티나를 알피나가 혼내려 했다. 하지만 그때, 미라가 "되었다, 되었어"라면서 제지했다.

"플로디나가 만든 요리이니, 분명 어떤 것을 고르건 일품일 게다."

미라가 그렇게 덧붙여 말하자 플로디나는 수줍은 듯한 미소를 지었고, 알피나 역시 옳으신 말씀이라며 창부리를 거두었다. 조금 전에 비슷한 짓을 하고 있었지만, 그건 없었던 일로 하기로 한 모양이다.

"좋은 아침입니다…… 아, 앗, 주인님?! 좋은 아침입니다!"

"어머어머, 좋은 아침입니다, 주인님. 그리고 알피나 언니, 플로디나, 어머, 크리스티나도 있었네."

크리스티나가 위기를 벗어난지 얼마 지나지 않아서. 사녀인 샤르위나와 차녀인 엘리티나가 뒤이어 식당으로 들어왔다.

"음, 좋은 아침이구나."

그렇게 인사에 답해준 직후, 미라는 알아챘다. 샤르위나가 밤을 샜다는 것을. 분명 어젯밤에 건넨 만화가 원인일 것이다. 어쩐지 졸린 듯한 눈으로 들어왔지만 미라의 모습을 보고 완전히 정신이 든 모양이다. 너무 늦게까지 읽지 말라는 충고를 들었음에도 지키지 않았다는 사실을 필사적으로 들키지 않으려 했다.

(나 원, 못 말리겠군그래…….)

하지만 미라 역시 만화가 지닌 특별한 매력을 너무도 잘 알았다. 따라서 이번에는 못 본 척 해주겠다는 생각으로 살며시 시선을 떼었다.

그에 반해 화살촉 개발을 시작했을 터인 엘레티나는 잠을 못 잔 듯한 낌새가 없었다. 차분하게 고개 숙여 인사하는 모습은 그림같아서, 그야말로 숙녀다웠다.

연구 시간과 휴식을 균형적으로 분배하고 있는 것이리라. 미라는 그렇게 생각하며 감탄했지만, 그녀의 눈 아래에 생긴 희미한

다크서클을 알아보지 못한 것은 엘레티나의 몸단장 솜씨가 탁월했기 때문이리라.

"아, 뭔가 달콤한 냄새가 나네요."

"어머, 정말이네. 어쩐 일일까."

샤르위나와 엘레티나는 감각이 날카로운 탓인지 평소에는 나지 않던 냄새가 감돌고 있다는 사실을 금세 알아챘다. 그리고 곧바로 팽 페르뒤를 발견하고는 눈을 반짝였다.

"아침 식탁에, 달콤한 음식이 있다니……."

"어머, 이렇게 근사할 수가."

아무래도 굶주렸던 것은 크리스티나뿐이 아닌 모양이다. 두 사람 역시 달콤한 음식을 앞에 두고 전율하더니, 그 기적을 함께 기뻐했다.

"그건 주인님의 주문 덕분에 실현된 거예요!"

크리스티나가 때는 지금이라는 듯이 벌떡 일어나더니 팽 페르뒤라는 달콤한 음식이 이곳에 있는 이유를 두 사람에게 열정적으로 설명했다. 누구보다도 위대한 주인님이 아침의 활력소로 삼으라며 귀중한 달콤한 음식을 식탁에 내려주셨노라고.

"역시 주인님이셔. 그래, 역시 아침에 달콤하고 맛있는 음식을 먹으면 기운이 나지. 오늘 이후에도 식후 디저트 같은 게 있으면, 더 기운을 낼 수 있을 텐데."

크리스티나의 의도를 알아챘는지, 엘레티나가 얌전한 미소를 지은 채 그 말에 동의했다.

"적절한 당분은 몸과 마음에 효과적이라고 생각해요."

샤르위나도 알아챘는지 그렇게 지원사격을 하기 시작했다. 식탁에 달콤한 음식이라는, 미라가 가져다준 이 기적을 한 번으로 끝낼 수는 없다면서.

크리스티나와 엘레티나, 샤르위나에 플로디나까지 미리 입을 맞추지도 않았는데 결탁하여 달콤한 음식의 일상화를 목표로 움직이기 시작했다. 무엇보다도 미라가 요청했다는 사실을 기치로 내세워서 에둘러 달콤한 음식의 필요성을 주장했다. 직접 호소하는 것이 아니라 알피나가 스스로 달콤한 음식 금지를 해제하도록 유도할 속셈인 듯했다.

"뭔가 아침부터 떠들썩하네."

"무슨 일인가요?"

아침 식사로 등장한 달콤한 음식으로 분위기가 뜨겁게 달아오른 식당에 오녀인 엘리비나와 육녀인 셀레스티나가 얼굴을 내밀었다. 그리고 두 사람은 주방에 있던 미라를 보고 놀라면서도 고개 숙여 인사한 후, 무슨 소란인가 하고 테이블을 둘러보았다.

요리는 이미 인원수만큼 테이블에 차려져 있었다. 다들 달콤한 음식에 관한 이야기를 하면서도 쉬지 않고 식사 준비를 하고 있었던 모양이다.

바로 그때 크리스티나가 마치 신의 계시라도 받은 듯한 투로 상황을 전달했다. 그러자 두 사람 역시 그 중대성을 이해했는지, 과한 섭취는 좋지 않지만 적당한 당분 보급은 효율을 높여준다며 장단을 맞추기 시작했다.

(별 생각 없이 팽 페르뒤를 먹고 싶다고 한 것이었건만, 일이

꽤나 커져버렸군…….)

여섯 명의 동생들은 입을 모아 장녀 알피나에게 개혁을 촉구했다. 그에 따르면 현재 맛 볼 수 있는 달콤한 음식은 아주 가끔 먹는 단 맛의 과일이 전부라는 듯했다. 지금처럼 손이 많이 가는 달콤한 음식이 식탁에 오른 것은 아닌 게 아니라 십여 년 만이라고 한다.

설마 일상적으로 즐기고 있는 달콤한 음식이 이곳에서는 그렇게나 구경하기 어려운 음식이었을 줄이야. 그 사실에 놀란 미라는 너무 가벼운 마음으로 주문한 게 아닐까 싶어 후회했다. 하지만 미라 본인은 애초에 디저트를 좋아했다. 따라서 굳이 말하자면 동생들 쪽으로 마음이 기울 수밖에 없었다.

"그나저나 궁금해서 그런다만, 어째서 과자가 금지된 것이냐?"
동생들은 달콤한 음식의 장점을 늘어놓고, 알피나는 가만히 입을 다물고 있다. 그러던 중에 미라가 문득 질문을 던졌다. 십여 년 동안이나 달콤한 음식이 식탁에 오르지 않았다는 것은, 십여 년 전까지는 올라왔다는 뜻이기도 하다. 그런데 어쩌다가 지금과 같은 상황이 된 것일까. 그 이유가 궁금해진 것이다.

"저기, 그건 그러니까, 옛날 일이니까 상관없지 않을까요……. 그보다 중요한 건 지금이에요, 지금!"
미라의 질문에 가장 먼저 반응한 것은 크리스티나였다. 그녀는 말했다. 중요한 것은 과거가 아니라 현재고, 이 앞에 펼쳐질 미래라고. 어지간히도 달콤한 음식 통제를 풀고 싶었는지 마치 사기꾼── 다단계 업체의 강사처럼 미래에 관해 이야기하기 시작했다.

　단적으로 보면 좋은 말을 하고 있는 듯 들렸지만, 크리스티나의 말에서는 어쩐지 과거에서 눈길을 돌리게 만들려는 듯한 의도가 엿보였다.

　"해서, 원인이 무엇이냐?"

　크리스티나의 변명을 흘려들은 후, 미라는 다시금 알피나에게 물었다. 그러자 알피나는 잠시 생각에 잠기더니 "동생의 치부를 들추는 이야기 같아 송구스럽습니다만――"이라고 운을 떼고서 그 이유에 관해 말하기 시작했다. 또한, 그 순간 크리스티나가 소란을 피웠지만 다른 자매들이 얌전하게 만들었다. 무슨 까닭인지 단념한 듯한 분위기가 그녀들에게서 감돌고 있었다.

　"그건, 17년 전의 일입니다. 마침 플로디나의 요리 실력이 비약적으로 향상되기 시작했을 무렵이죠."

　이 발할라는 지상세계와는 경계를 사이에 두고 맞물리지 않는 장소에 있다. 하지만 가끔씩 지상의 여러 물건들이 반입될 때가 있다는 모양이다. 그리고 그런 물건들 중에 있던 한 권의 책이 이전까지의 식탁에 커다란 변화를 가져다주었다고 알피나는 말했다.

　"네, 분명 그 책은 지금의 제 요리를 지탱해주고 있다 말해도 과언이 아니에요."

　도중에 플로디나가 그렇게 말을 이었다. 플로디나의 요리 실력을 지탱해준 한 권의 책. 그것은 대체 어떠한 책이었느냐고 묻자 그녀는 주방 구석에서 실물을 가지고 나왔다.

"이것 참, 이러한 물건이……."

사전처럼 두꺼우면서도 어쩐지 손수 만든 듯한 느낌을 풍기는 그 책은 다름이 아니라 요리책이었다. 거기에는 간단한 일품요리부터 플래터(Platter) 형식의 요리, 간편 요리 레시피는 물론이고 품이 많이 드는 것까지, 수많은 요리와 조리 순서가 꼼꼼히 적혀 있었다. 그리고 무엇보다도 눈길을 끈 것은 과자류 레시피의 양이었다. 이 책의 제작자는 분명 과자를 좋아하는 플레이어 출신자였을 것이다. 일본의 화과자뿐 아니라 세계 각국의 과자를 만드는 법이 아주 자세하게 적혀 있었다.

"이거 정말 훌륭하군그래."

책의 완성도도 훌륭했지만 그 레시피들은 미라도 알 수 있을 정도로 이해하기 쉽게 쓰여 있었다.

생전 처음 보았지만 도전하기 쉬워 보이는 과자들. 플로디나는 자매들의 식사를 담당하고 있었던 만큼 나름대로 요리를 좋아했고, 그렇기에 그 책을 보자 도전하지 않을 수 없었다고 한다.

"지금 돌이켜 보아도 그 당시는 이상했습니다. 매일, 아침점심저녁으로 식탁에 과자가 올라와 있었으니까요."

당시의 일을 떠올린 알피나는 어이가 없다는 듯한 표정을 지었다. 다시 말해서 요리책을 손에 넣은 그 날부터 플로디나는 매일 과자를 만들었다는 모양이다. 또한 플로디나 본인이 말하기를, 당시에는 모든 레시피를 재현해 보겠다며 의지를 불사르고 있었다고 한다.

아침점심저녁 식후 디저트로. 나아가 훈련 휴식 시간에도 온갖 과자들을 내놓았다. 요리책의 레시피를 모두 만들어낸 다음에는 특히 마음에 든 과자를 반복적으로 만들었다고 한다.

"그 시기에는 만들고 먹는 데에 정신이 팔려 있었어요. 그래서인지, 정신이 들고 보니……."

플로디나가 먼눈을 하고서 그 당시의 상황을 말했다. 그녀의 말에 따르면 그러한 나날을 보낸 결과, 알피나를 제외한 모든 자매들이 지금보다 살이 찌고 말았다는 모양이다.

"그치만…… 그치만 맛있는 게 매일 나오는걸!"

"그 유혹을…… 거스를 수가 없었어요."

당시를 떠올리고 자기혐오에 빠졌는지, 엘리비나와 셀레스티나가 고개를 푹 떨구었다. 듣자하니 살이 찐 정도에도 차이가 있어서 이 두 사람과 크리스티나는 상당히 큰 영향을 받았다는 모양이다. 특히 크리스티나는 왕성했던 식욕만큼 받은 영향도 컸다고 한다.

"플로디나 언니 때문이에요~!"

흑역사가 까발려지자 크리스티나는 모두 다 맛있는 과자를 너무 많이 만든 플로디나 때문이고, 자신은 피해자라고 주장하기 시작했다.

심지어 그것은 얼핏 들어도 억지 주장처럼 들렸지만 그 의견을 지지하는 자매가 절반을 넘는 것을 보니, 과자란 죄 많은 존재라는 생각이 절로 들었다.

"오호라…… 그러한 일이. 해서…… 살이 쪘다고 했는데, 구체적으로는 어느 정도였느냐?"

지금의 자매들은 몸매도 좋아서, 그러한 과거가 있었다는 사실이 도무지 믿기지 않았다. 그런 그녀들이 한탄하는 그 당시에는 대체 어느 정도였을까. 뚱뚱그려서 살이 쪘다 한들, 그 기준은 사람에 따라 다르기 마련이다. 따라서 미라는 단순히 궁금해져서 단도직입적으로 물었다. 지금을 기준으로 몇 킬로그램이나 쪘었느냐고.

그것은 여성에 대한 금기라 할 수 있는 질문이었다. 만약 미라가 소녀가 아니었다면, 만약 자매들의 주인이 아니었다면 섬세하지 못하다며 단박에 내쳐버릴, 그런 말이다.

"그건——."

하지만 소녀인 동시에 주인이기도 했던 탓에 알피나가 그 답을 공개했다.

엘레티나와 플로디나, 샤르위나는 5킬로그램 정도. 엘리비나와 셀레스티나는 7킬로그램 정도. 알피나는 담담하게 보고를 해나갔다. 호명할 때마다 이름을 불린 자들의 표정이 구겨졌다. 그리고 마지막 한 사람의 이름이 호명되었다.

"크리스티나는…… 15킬로그램이었습니다."

어지간히도 심각했는지 담담했던 알피나가 한숨 섞인 투로 말했다. 그 직후, "안돼애~!"라는 절규가 울려 퍼졌다. 확인할 것도 없이 크리스티나의 것임을 알 수 있는 목소리가 비통하게 절규했다.

다시 말해서 과자가 금지된 이유는 다이어트 때문이었다.

그때부터 플로디나는 과자 만들기를 금지 당했고, 이후부터 식탁에서는 달콤한 음식이 사라졌다. 또한, 평소 훈련에 다이어트를 겸한 특별 훈련 코스가 추가되었다. 같은 음식을 먹었던 알피나가 살찌지 않았던 것은 이전부터 자매들보다 혹독한 훈련을 자진해서 했기 때문이었고, 그래서 특별 훈련을 시켰던 것이다.

"흐음…… 그러한 경위가 있었나."

그녀들의 식탁에서 달콤한 음식이 사라진 원인을 알게 된 미라는, 그렇다면 어쩔 수 없었겠다며 알피나에게 동의했다.

"아으으…… 주인니임……."

크리스티나가 슬픔이 감도는 목소리로 말했고, 다른 자매들은 말없이 한탄했다. 유일한 희망이었던 미라가 알피나 쪽으로 기울어졌기 때문이다. 그러나 그녀들의 희망은 사라진 게 아니었다.

"과자를 금지한 것은, 어쩔 수 없는 조치였다 할 수밖에 없겠구나. 하지만 그렇다면, 이제 통제를 풀어도 되지 않겠느냐?"

이야기에 따르면 자매들이 과자 때문에 살쪘던 것은 십여 년 전에 일어난 사건이다. 그것의 통제와 훈련이 계속되고 있다는 것이 자매들의 고민거리였다. 그 사실을 알게 된 미라는 알피나에게 제안했다. 다이어트는 성공했고 체형은 이미 문제없는 상태로 돌아온지 오래다. 그러니 이대로 다이어트 훈련을 계속할 것이라면 2, 3일에 한 번 정도는 과자를 먹어도 괜찮지 않겠느냐고.

"굳이 말하자면 말이다. 하루 세끼에 간식까지 먹었던 당시가 지나쳤던 게다. 살이 찔 수밖에. 정도를 지켜가며 먹는다면 금방 살이 찌지는 않을 게다."

아무리 그래도 자매들이 불쌍하다고 생각한 미라는 그녀들의 말 없는 성원을 받으며 알피나를 계속 설득했다. 달콤한 맛은 마음의 영양소라고.

"네, 주인님의 말씀이 옳습니다……. 이제 풀어줄 때가 된 걸지도 모르겠군요."

역시 알피나라고 해야 할지, 미라의 말이 유독 잘 먹혀들었다. 그녀는 플로디나와 향후 식사에 과자 등도 추가하는 방향으로 의논해보겠다고 답했다.

그 순간, 크리스티나를 필두로 한 자매들에게서 기쁨에 찬 환호성이 터졌다. 알피나는 그 모습을 보고 어이가 없다는 듯이, 하지만 다정해 보이는 미소를 지었다. 그리고 미라 역시 그런 그녀들을 보고 살며시 웃었다.

27

"뭔가 아침부터 떠들썩한데, 무슨 일입니까?"

발키리 자매들의 달콤한 음식 사정에 개선의 빛이 들이치게 된 덕에 기쁨이 넘쳐나는 식당. 그곳에 뒤늦게 들어온 브루스가 흥미롭다는 듯한 얼굴로 물었다.

"무얼~ 그냥 식사에 관한 이야기를 하던 참이었다——."

이런저런 일이 있었지만 달콤한 음식이 식탁에 오르게 되었다. 미라는 그렇게 간결하게 설명한 후, 자아 슬슬 아침식사를 하자며 자리에 앉았다. 그렇게 주인이 솔선해서 움직이자 자매들도 곧장 뒤따랐다. 승전 축하회라도 열린 듯한 분위기였던 조금 전과 달리, 식당은 조용한 아침 식사 장소로 바뀌었다.

브루스는 잘 이해가 되지 않는지 "달콤한 음식?"이라고 되물었지만, 식탁에 오른 팽 페르뒤를 보고는 싱글벙글 웃으며 "저도 이건 좋아합니다"라고 말했다.

"자아, 오늘의 스프는 샐러드 스튜예요."

그런 말과 함께 플로디나가 주방에서 가져온 냄비에는 채소와 고기의 감칠맛이 어우러진 특제 스튜가 담겨 있었다. 그리고 그것을 각 테이블 위에 놓인 샐러드 그릇에 듬뿍 붓기 시작했다. 하지만 기분 탓인지 플로디나의 손길이 긴장되어 보였다.

(그나저나, 이러한 요리는 처음 보는구나.)

샐러드 스튜라는 것은 플로디나의 오리지널 요리였다. 그것은 작은 주사위처럼 네모나게 썬 다양한 채소를 바닥이 깊은 그릇에 쌓아올리고 그 위에 소고기를 주재료로 만든 스튜를 드레싱처럼 끼얹는, 섬세해 보이면서도 호쾌한 요리였다.

설명을 처음 들었을 때는 미라도 놀랐다. 하지만 자매들에게 이 샐러드 스튜라는 음식은 약간 사치스러운 아침 식사로 인식되고 있는 모양이었다. 달콤한 음식에 샐러드 스튜까지 나오다니, 라며 상당히 기뻐하고 있었다.

플로디나는 순서대로 테이블을 돌아다니며 그릇에 스튜를 따라 나갔다. 그때 크리스티나가 "고기 많이요!"라고 요구했지만 그 대신 토마토가 잔뜩 쏟아지자 깜짝 놀랐다.

그렇다, 토마토다. 조금 전에는 팽 페르뒤에 관심이 쏠렸지만, 이 샐러드 스튜야말로 아침 식사의 메인 퀘스트인 '알피나의 토마토 혐오 극복 작전'의 주역인 것이다.

평소와 달리 이번 스튜에는 토마토를 잔뜩 사용했다. 적당히 끓여서 흐물흐물해진 토마토는 그야말로 먹기에 딱 좋았다. 다만 큼지막하게 자른 탓에 존재감이 엄청나서, 척 보아도 토마토라는 것을 알 수 있는 상태였다.

그런 스튜가 드디어 알피나의 앞에 놓인 그릇에 부어졌다. 그 순간. 언제나 냉정한 알피나의 얼굴에 확연한 변화가 일어났다.

(이야기로 듣기는 했다만…… 토마토가 어지간히도 싫은 모양이로군…….)

어떤 반응을 보일까 하고 지켜보던 미라는 그 변화를 확실하게 포착했다. 토마토에 대한 혐오, 그리고 그 사실을 알면서도 그것을 식사로 내놓은 플로디나에 대한 원망이 그 눈에 또렷하게 떠올라 있었던 것이다.

(플로디나도 용케 견디는구나…….)

마치 쏘아 죽일 듯한 시선을 받으면서도 플로디나는 간신히 미소를 유지한 채 "아직 남았으니 더 드실 분은 드세요"라면서 냄비를 내려놓았다. 하지만 자리에 앉고서야 공포가 단숨에 밀려들었는지, 미소가 무너지더니 어깨를 부르르 떨었다.

미라는 그런 플로디나와 시선을 교환하며 애 많이 썼다고 눈으로 칭찬했다. 그리고 뒷일은 맡기라는 뜻을 담아 고개를 끄덕여 보였다.

그런 미라의 믿음직한 모습을 본 플로디나는 뒷일을 부탁한다는 듯이 옅은 미소를 짓더니, 힘이 다한 듯 축 늘어졌다.

"달아…… 달콤해……!"

"아아, 역시 달콤한 음식은 좋다니깐."

아침 식사가 시작된 직후. 엘리비나와 엘레티나뿐 아니라 모든 자매가 곧장 팽 페르뒤를 먹고 그 달콤함에 전율하고 있었다. 이러니저러니 해도 알피나도 달콤한 것은 좋아했는지. 아주 조금 기쁜 듯이 미소를 짓고 있었다.

달콤하고 맛있는 아침식사. 하지만 그것은 그 한 마디로 일축할 수 있는 것이 아니었다. 매우 희귀한 알과 전용으로 갓 구워낸 빵, 그리고 특별한 요리법으로 만든 팽 페르뒤는 미라가 아는 그 요리의 틀을 초월한 영역에 있었던 것이다.

"오오, 이렇게나 맛있다니!"

한 입만 먹어도 알 수 있을 정도로 지금까지 먹어온 것들과는 명백하게 달랐다. 구워내고서 시간이 지나 식은 덕에 푸딩 같은 식감이 증대되었다. 아침 식사라기보다는 디저트로 분류해도 될 수준이다.

그래서 더더욱 십여 년 동안 디저트를 멀리하며 지내온 자매들에게 그 팽 페르뒤는 디저트 해금(解禁) 기념일에 걸맞은 일품이라 할 수 있었다.

엘레티나는 한 입, 한 입을 차분하게 맛보았다.

플로디나는 잘 구워졌다며 만족스러운 표정을 지었다.

샤르위나는 맛뿐 아니라 탱글탱글한 식감을 즐기고 있다.

엘리비나는 그래봐야 팽 페르뒤인데 왜 그렇게들 호들갑이냐는 눈빛이었지만, 그 이외의 부분으로 기쁨을 표현하고 있었다.

셀레스티나는 아껴두었다가 나중에 먹을 생각인지. 한 입만 먹더니 다른 아침 식사 메뉴를 엄청난 속도로 처리하고 있었다.

그리고 이미 팽 페르뒤를 먹어치운 크리스티나는 그런 셀레스티나의 그릇을 호시탐탐 노리고 있다. 그렇지만 상대는 웨폰마스터인 셀레스티나다. 식사를 위한 나이프조차 그녀에게는 충분한 무기가 될 수 있다. 손가락 하나 까닥하는 순간, 크리스티나는 무참한 모습이 되고 말 것이다.

하지만 그 외의 것은 그렇게까지 경계하고 있지 않은 것인지. 크리스티나는 슬그머니 채소만 셀레스티나의 그릇으로 옮기고 있었다.

오랫동안 켜켜이 쌓였던 많은 감정이 소용돌이치는 식당의 한 장면 속에서, 그러한 소동이 있었다는 사실을 알 리 없는 브루스는 속 편하게 "이것 참 맛있군요"라는 소리나 했다.

그렇게 아침 식사 시간이 반쯤 지났을 무렵. 개인에 따라 먹는 방식에 차이는 있었지만, 대부분의 요리에 손을 대었을 때. 미라는 그 사실을 알아챘다. 자매들 중 유일하게 알피나만이 샐러드 스튜에 전혀 손을 대지 않았다는 사실을.

(저건, 심각하군그래…….)

알피나는 천천히 먹으며 가끔씩 뭐 하자는 짓이냐는 듯한 눈으로 플로디나를 째려보았다. 그리고 그때마다 플로디나는 도움을 구하는 눈빛을 미라에게 보냈다.

작전을 개시할 타이밍은 미라가 정하기로 했다. 지금처럼 플로디나가 꼼짝도 못하게 될 것을 예상했기 때문이다. 그리고 무엇보다 미라라는 계기가 있어야만 알피나에게 최대의 효과를 발휘할 수 있다는 이유도 있었다.

(이 샐러드 스튜라는 것은 확실히 일품이로군, 자신 있다고 큰소리를 칠 만해.)

작전 개시 타이밍. 그것을 살피기 전에 미라는 다시 한 번 확인을 하듯 샐러드 스튜를 입에 대었다.

여러 가지 향신료와 채소, 그리고 고기를 푹 끓인 스프에 발할라산 고구마로 농도를 조절한, 플로디나가 혼신을 다해 만든 스튜. 그것을 주사위 모양으로 자른, 아침에 수확한 신선한 채소에 끼얹는다는 대담한 일품. 하지만 그럼에도 섬세하게 균형을 이루고 있다. 향신료의 강도도 절묘한 데다, 토마토의 단맛을 추가함으로써 세련미가 더해진 그것을 샐러드와 조합한 순간, 그 모든 것이 까마득히 높은 경지로 승화되었다.

(이 정도면 토마토를 싫어하는 이라도 분명 괜찮겠지.)

샐러드 스튜에서 미라는 확실한 가능성을 느꼈다. 플로디나의 말대로 한 입이라도 먹으면 두 입, 세 입, 계속 먹게 될 것이다.

하지만 문제는 그 한 입이었다. 보아하니 알피나는 입에 대기는커녕 거들떠보지도 않았다. 이게 무슨 심술이냐는 듯한 눈으로 플로디나를 압박하고 있다.

또한 그 때문인지 플로디나도 별로 식사를 못 하고 있었다.

계속해서 구조 요청을 보내오는 플로디나의 얼굴은 창백하게 질려 있다. 슬슬 한계인 것 같다.

(그대의 다정한 마음, 반드시 닿게 해주마.)

알피나가 보내오는 무언의 압력. 이렇게 될 걸 알고 있었음에도 불구하고 토마토 혐오를 극복시키고 싶다고 했던 플로디나의 다정함. 그것을 속으로 되새기며 미라는 이제 작전을 개시하겠다는 뜻을 담아 고갯짓으로 답했다.

그 직후. 작전과는 아무 상관도 없는 크리스티나가 텅 빈 샐러드 그릇을 들고 일어났다. 그리고 그대로 스튜 냄비가 있는 곳을 향해 가벼운 발걸음으로 다가갔다.

"고기는, 무게 때문에 냄비 바닥에 가라앉아 있기 마련이라고요~."

아무래도 셀레스티나의 팽 페르뒤에서 남은 스튜 속의 고기로 타깃을 변경한 모양이다. 크리스티나는 냄비의 뚜껑을 열더니 국자를 손에 들고 냄비의 밑바닥을 훑기 시작했다. 그리고 목적한 대로 바닥에 가라앉아 있던 고기를 차례로 그릇에 퍼 나갔다.

"봐요~ 제 말이 맞죠~?"

고기로 채워진 그릇을 손에 들고 크리스티나는 행복한 미소를 지어 보였다. 아주 속이 후련할 정도로 욕망에 충실한 행동이다. 순간, 미라는 바로 지금이라는 생각에 대담한 미소를 지었다.

"어허, 크리스티나. 고기만 먹을 게 아니라 채소를 더 먹어야 할 게 아니냐. 다 보았다, 채소를 대부분 셀레스티나의 그릇으로 옮겨 놓았지?"

그렇게 말하며 미라가 자리에서 일어나자 크리스티나는 "하 윽!" 하고 어깨를 움찔했다. 그리고 그 즉시 모두의 시선이 꽂혀 바늘방석에 앉은 듯한 처지가 되었다.

"어쩐지 많다 했더니, 그래서였구나……."

피해자인 셀레스티나는 샐러드 스튜가 든 그릇을 잡은 채 크리스티나를 흘겨보았다. 오히려 곧장 알아채지 못한 게 신기할 지경이었지만 그게 눈에 들어오지 않을 정도로 그녀는 마지막에 먹을 팽 페르뒤를 기대하고 있었던 것이리라.

다만 흘겨보기는 해도 셀레스티나는 그 이상 추궁을 하지는 않을 듯했다.

다른 자매들도 대부분 못 말리겠다는 얼굴이다. 뭐, 크리스티나가 그렇지, 라는 듯한 분위기가 형성되기 시작했다.

바로 그때, 미라가 움직였다.

"자자, 이리 내 보아라."

미라는 때는 지금이라는 듯이 미소를 띤 채 크리스티나에게 다가가, 고기가 잔뜩 담긴 그릇을 빼앗았다. 그리고 이어서 냄비의 뚜껑을 열더니 국자를 들고 그릇 위에 토마토를 듬뿍 얹었다.

"채소도 골고루 먹어야지. 특히 이 토마토는 이 몸이 수확해서, 이 몸이 자른 것이거든. 어떠냐, 실로 맛있어 보이지 않으냐?"

고기가 보이지 않을 정도로 토마토가 담긴 그릇을 미라가 슥, 하고 내밀었다. 그러자 크리스티나는 그 그릇에 벌어진 참상에 놀람과 동시에 고개를 푹 숙였다. 그런데, 그때 문득 놀란 듯한 목소리가 들려왔다.

"어? 주인님께서요?!"

엘리비나다. 그녀는 알고 있었다. 토마토가 플로디나가 자른 것 답지 않게 다소 엉성하게 잘려 있다는 것을. 그래서 누구보다도 빨리 반응한 것이다.

"아까워서 못 남기겠네."

몹시도 걱정이 된다는 투로 말하며 일어난 엘리비나가 샐러드 그릇을 들고 다가왔다.

"오오, 엘리비나도 토마토를 먹을 테냐."

미라는 이번에도 그릇을 슬쩍 빼앗아서 토마토를 얹어주었다. 그러자 엘리비나가 화들짝 놀랐다.

"아, 주인님, 그건 제가——."

미라에게 심부름꾼 같은 일을 시킬 수는 없다며 엘리비나는 허둥댔지만, 미라는 웃으며 "되었다, 되었어. 겸사겸사 하는 일이니"라고 말하더니 고기도 빼놓지 않고 퍼담은 그릇을 내밀었다.

"가, 감사합니다."

엘리비나는 기쁜 듯한 얼굴로 그릇을 받아들었다. 그러자 그 모습을 본 다른 자매들도 차례로 일어섰다.

"이거, 금방 없어져 버릴 것 같구나."

이런 기회는 흔치 않다. 주인이 퍼주는 음식을 먹기 위해, 주인이 수확한 토마토를 먹기 위해 자매들은 그릇을 손에 들고 다가왔다. 알피나만큼 병적이지는 않지만 그녀들도 근본적으로는 같은 기질을 갖고 있었다.

또한 브루스도 슬그머니 거기에 끼어 있었다. 존경하는 아홉 현자 중 한 명인 군세의 덤블프에게 직접 식사를 건네받는 것은 그에게도 흔치 않은 일이었기 때문이다.

미라가 스튜 배급으로 분주한 가운데. 그 모습을 앞에 두고 태산처럼 버티고 있던 알피나가 드디어 움직이기 시작했다. 지금까지는 눈길도 주지 않았던 샐러드 스튜를 물끄러미 쳐다보기 시작한 것이다.

티가 나지 않을 정도의 험악한 얼굴로 플로디나를 노려보고 있었지만, 지금은 달랐다. 그녀는 각오를 굳힌 무사 같은 얼굴로 스푼을 집어 들었다.

이어서 알피나는 자결을 앞둔 무사처럼 스푼으로 토마토를 펐다. 그리고 후회는 없다는 듯 당당하게 눈을 부릅뜬 채, 칼로 목

을 치는 듯한 기세로 그것을 입에 넣었다.

알피나는 한 번, 두 번, 세 번, 음식을 씹었다. 그 모습을 플로디나가 마른침을 삼키며 지켜보았다. 토마토를 싫어하는 사람도 맛있게 먹을 수 있다고 자신한 요리였지만, 그럼에도 이번 상대는 중증이라 할 수 있어서 불안감이 가시지가 않는 눈치였다. 그녀는 기도라도 하는 듯한 심정으로 알피나의 반응을 살피고 있었다.

과연 성공할 것인가. 만약 실패하면 어떻게 될지 모를 일이다. 플로디나는 그런 생각으로 긴장했지만, 결과는 최고의 모양새로 나타났다.

토마토를 삼킨 후, 두 입, 세 입을 더 먹는가 싶더니, 알피나가 엄청난 기세로 샐러드 스튜를 먹기 시작한 것이다.

"됐어, 성공이에요!"

플로디나는 조용히 기쁨의 환호성을 질렀다. 작전은 대성공이다.

이번에 미라와 플로디나가 세운 작전의 취지는, 먹으라고 명령할 게 아니라 본인이 자신의 의지로 먹도록 유도하자는 것이었다.

그를 위해 플로디나는 미라에게 도움을 요청한 것이다. 주인님 지상주의인 알피나라면, 주인이 만드는 걸 도왔다는 요리를 계속 무시할 수 없을 것이다. 또한 손도 대지 않고 남기면 주인이 슬퍼할 거라 생각하리라. 그렇다면 알피나가 취할 행동은 하나뿐. 자신의 의지로 토마토를 먹는 것뿐이다.

그런 플로디나의 작전이 먹혀들어, 한 입을 먹게 하는 데 성공했다. 그리고 한 입만 먹으면 그 다음은 요리하기에 따라서 토마토도 맛있게 먹을 수 있다는 걸 알아줄 것이라는 말대로 되었다.

또한 이 작전을 개시하기 위해 두 사람이 계획했던 일련의 연극은 크리스티나의 등장과 미라의 재치로 인해 변경되었다. 그덕분에 보다 자연스러운 흐름으로 작전이 진행되었는데, 그 점도 플로디나의 마음의 짐을 덜어주었다.

만에 하나라도 실수를 해서 작전이 들통 날 경우, 플로디나는 주모자로 지목되어 큰일을 당하는 미래가 그려졌기 때문이다. 하지만 연극을 하지 않아도 된 덕분에 '주인님께서 토마토를 드시고 싶다고 하셔서'라는 비장의 카드를 꺼낼 필요는 없을 듯했다.

눈 깜짝할 새에 스튜를 먹어치운 알피나는 기세를 몰아 일어섰다. 그리고 들뜬 발걸음으로 배급 중인 미라의 곁으로 향했다.

(살짝 예상과 다른 반응이었군…….)

알피나에게 전해지도록 은근슬쩍 토마토에 관해 언급만 할 생각이었건만, 정신을 차려보니 급식 담당 같은 상태가 되어 있었다. 자매들에 이어 브루스에게까지 스튜를 퍼준 후 미라는 드디어 일단락 됐구나, 라는 생각을 하며 냄비를 들여다보았다.

남은 양은 1인분이 될까 말까 한 정도였고, 약간의 토마토와 고기가 데굴데굴 굴러다니고 있었다.

(뭐어, 작전대로 되기는 했지만!)

미라가 국자를 놓지 않은 것은 자신이 양을 조절해서 자연스럽게 마지막에 남는 고기를 독차지하기 위해서이기도 했다.

하지만 그런 미라의 계획은 또 하나의 작전이 성공함으로 인해 완수되지 않았다.

"주인님…… 저에게도, 주시겠습니까?"

약간 망설이면서, 하지만 기대에 찬 눈빛을 한 알피나가 그릇을 들고 다가온 것이다.

놀라서 고개를 든 미라의 눈에 알피나, 그리고 그 너머에 있는 플로디나의 모습이 들어왔다. 순간적으로 미라는 어느샌가 토마토 극복 작전이 성공했다는 사실을 깨달았다. 문득 눈이 마주친 플로디나가 성공이라는 몸짓을 취하는 모습이 보였기 때문이다.

"음, 오냐오냐, 든든히 먹거라."

어찌 되었건, 토마토를 극복하는 데 도움이 되었다면 그로 족하다. 미라는 알피나의 그릇을 받아, 마음속으로 알피나를 칭찬하며 남은 토마토와 고기를 반만 퍼서 그릇을 돌려주었다.

"감사합니다!"

알피나는 감개무량하다는 표정으로 받아들었다. 하지만 그 다음 이어진 미라의 말을 듣고 또다시 감명을 받게 되었다.

"하지만 남은 게 얼마 안 돼서 말이다. 이 몸과 반씩 나눠먹어야겠다."

미라가 남은 고기를 자신의 그릇에 퍼 담으며 내뱉은 말이, 알피나의 마음에 직격한 듯했다.

"아아, 주인님과 반씩……."

평범한 한 그릇보다는 주인과 반으로 나눈 것이 알피나에게는 더 귀한 요리로 느껴지는 모양이다. 황홀한 표정을 지은 채 자리로 돌아간 그녀는 지금까지 토마토를 싫어했다는 것이 믿기지 않는 얼굴로 한 입, 한 입을 음미하며 먹었다.

(이로써 한 건 해결이로군.)

즐거운 분위기의 식탁을 둘러보며 미라는 고기를 마음껏 맛보았다. 그렇게 아침 식사 시간은 평화롭게, 느긋하게 흘러갔다.

28

"감사합니다, 주인님!"

"무얼, 그대의 요리가 있었기에 가능했던 일이다."

식사 후, 미라와 플로디나는 몰래 얼굴을 마주보고 작전의 성공을 기뻐했다. 이제 식사에 조금씩 토마토를 투입하고 반응을 살펴가며 완전히 극복시켜 나가겠다는 모양이다.

그렇게 아침 식사의 뒷정리가 끝난 다음에는 평소와 같은 일상이 시작되었다. 크리스티나의 기대와 달리 미라가 직접 신경 쓰지 말고 평소처럼 지내라고 말한 탓에 자매들은 평소처럼 훈련을 시작했다. 오늘은 기초 반복 훈련과 자매들끼리 리그전 형식의 전투를 실시할 예정이라는 모양이다.

"자아, 슬슬 시간이 되었군그래."

미라는 브루스에게 같이 준비 운동이나 하라며 잿빛기사를 빌려준 후, 일단 지상으로 돌아와 있었다.

목적은 마물을 다스리는 신의 검 조각을 발렌틴에게 건네는 것이다.

지금은 루난리드와 폰티네가 장기 같은 것을 두며 놀고 있었던 나무로 된 덱에서 느긋하게 생초콜릿 오레와 풍경을 즐기며 기다리는 중이다.

참고로 이 장소의 관리인인 두 정령은 정령왕이 지켜보고 있을지도 모른다는 생각 때문인지 열심히 주변을 순회하는 임무를 수행하고 있었다.

산꼭대기에 뚫린 커다란 구멍에서 들이친 빛으로 빛나는 초원. 그 한가운데에 펼쳐진 호수, 그리고 호수 중앙에 자리한 꽃밭. 호반에 자리한 나무 덱에서 보이는 광경은 자연의 기적이라 할 수 있을 정도로 절경이었다.

드디어 느긋하게 만끽할 수 있게 됐다. 그런 생각을 하며 기다리다가 정확히 약속한 시간이 된 순간——.

미라의 옆에 마법진이 떠올랐다. 그리고 천천히 빛나기 시작해 정착되더니 발렌틴이 모습을 드러냈다.

"좋은 아침입니다. 잘 됐나요?"

"음, 좋은 아침. 보다시피 완벽하다."

간단하게 인사를 나눈 후, 두 사람은 곧장 본론으로 들어갔다.

미라는 발렌틴의 질문에 자신만만하게 답하자마자 테이블에 올려두었던 주머니를 건넸다. 새로 회수해서 봉인 작업을 한 모든 조각들이 든 주머니다. 이로써 조각나 있던 마물을 다스리는 신의 검이 모두 발렌틴의 아래 모이게 되었다.

"해서 그 아이…… 에토토는 좀 어떠냐. 그러한 일을 겪은 뒤인데, 푹 쉬기는 했느냐?"

"네, 어머니가 함께 있어서인지 상당히 차분해 보였어요. 게다가 그 아이의 어머니가 상당히 털털한 분이시더라고요. 돌아가 보니 이미 자기 집이라는 듯이 편히 자고 있었던 데다, 오늘도 아침부터 돕겠다면서 활기차게 일을 하기 시작했어요."

리리엘라 일행이 에토토와 함께 그녀의 어머니를 보호하러 갔었다. 보고에 따르면 그 일은 어이가 없을 정도로 순조롭게 진행되었다는 모양이다.

설득하는 데 시간이 걸릴 것도 감안해서 보호할 인원을 준비하는 등, 발렌틴은 여러 가지 상황을 고려하고 있었다.

하지만 예상과 달리 "괜찮아"라는 에토토의 한 마디만 듣고 그녀의 어머니는 리리엘라 일행의 제안을 흔쾌히 승낙했다고 한다.

그리고 오늘은 보호를 받기만 하려니 마음이 불편하다는 이유로 거점에서 일을 돕고 있다는 모양이다.

또한 에토토 쪽은 조금 전에 그녀와 같은 처지인 아이들과 만났다는 듯했다. 거점에 있는 아이들은 에토토가 어떤 고초를 겪었을지 알테니, 분명 사이좋게 지내줄 것이다. 발렌틴은 자신만만하게 그렇게 말했다.

"흠, 그래, 그렇단 말이지. 그렇다면 우선 안심해도 되겠구나."

이 일은 일단 마무리되었다고 보아도 될 듯하다.

그대로 아무 것도 알아채지 못했다면 에토토는 가장 큰 피해자가 되었을 것이다. 괴로운 일을 겪으면서도 착하게 자란 그녀를 구해낸 것이 이번 일의 가장 큰 성과라 할 수 있으리라.

그렇게 에토토가 잘 지낼 수 있을 것 같다는 이야기를 들은 미라는 진심으로 안심했다.

"──그나저나, 상의하고 싶은 게 있다만."

바로 그때. 미라는 호기심과 기대와 욕망이 뒤섞인 얼굴로 슬그머니 발렌틴의 어깨에 팔을 두르고 얼굴을 바짝 붙였다.

"자자, 어쩌면 이번 일처럼 이 몸이 도움이 될 때가 있을지도 모른다는 생각은 안 들더냐? 정령왕의 조언을 비롯해서 특전도 한가득 따라붙을 게다. 그런 의미에서, 여차할 때를 위해 이 몸도 전이술을 쓸 수 있으면 아주 편리할 것 같구나. 이봐라, 발렌틴. 어찌 생각하느냐?"

미라는 팔에 힘을 주어 놓치지 않겠다는 듯이 발렌틴을 끌어당 기더니 속삭이는 듯한 목소리로 그렇게 제안했다. 발렌틴 쪽에서 무슨 일이 생길 경우에 전력과 지식으로 도와줄 테니, 전이 술식을 가르쳐줄 수 없겠느냐고.

그렇다, 미라는 아직 그 가능성을 포기하지 않은 것이다.

발렌틴은 비밀을 누설하지 않기로 약속한 탓에 말할 수 없다고 했다. 때문에 미라도 한 번은 포기했었지만, 오늘 다시 눈앞에서 그 편리성을 확인하고 나니 가만히 있을 수가 없어진 것이다.

그가 누구에게 배웠고, 누구에게 약속을 했는지는 알 수 없다. 그렇기에 미라는 반칙이라 할 수 있는 정령왕의 이름까지 언급해 가며 압박했다. 정령왕의 이름이 지닌 신뢰성은 최고이기에.

그 누구인지 모를 인물도 정령왕은 무시하지 못할 거다. 굳이 말 하자면 호랑이의 위세를 빌리는 여우 작전을 쓰기로 한 것이다.

"……아~ 그렇게 나오지 않을까 싶기는 했어요."

협박과 애원을 동시에 하는 듯한 표정의 미라를 보고 발렌틴은 한숨 섞인 투로 답했다. 하지만 그는 어이가 없다기보다는 예상 했던 대로라 안심했다는 듯한 표정을 짓고 있었다.

그런 발렌틴이 이어서 "그래서 어디까지 공개해도 될지 물어보 고 왔죠"라며 입을 열었다.

그 역시 아홉 현자의 일원이기에 미지의 술식에 대한 탐구심도 이해하는 것이리라. 아니면 단순히 만날 때마다 시달리는 게 귀찮다고 생각했거나.

분명 미라라면 또 그것에 관해 언급할 것이다. 그렇게 예상하고 의문의 인물과 담판을 짓고 왔다는 듯했다.

"오오, 이제야 말이 통하는구나! 해서, 어땠느냐? 응?"

역시 발렌틴이라며 칭찬한 후, 미라는 기대로 가득한 얼굴을 한 채 몸을 앞으로 내밀고서 결과는 어땠느냐고 캐물었다.

"일단 몇 가지 정보는 공개해도 된다고 했으니, 허가받은 부분까지는 이야기할게요——."

발렌틴은 거리가 너무 가까워진 미라를 손으로 제지하며 특별히 허가받은 부분에 관해 말하기 시작했다.

우선 전이 술식을 사용하는 데 있어 가장 중요하고 반드시 이해해 두어야 할 점으로, 그것이 지닌 위험성이 언급되었다.

"멀리 떨어진 장소로, 순간적으로 이동한다. 이렇게만 말하면 위험 요소가 없을 것 같지만, 그렇게 간단하지가 않아요."

"흠. 혹, 그것 아니냐? 벽 안에 갇히게 된다거나 하는 문제?"

전이나 순간이동과 같은 부류를 논할 때, 그와 관련된 장르에 소양이 있는 자들에게는 유명한 사고가 있었다. 출현 지점을 잘못 설정하면 벽 안에 파묻히고 만다는 것이다.

그래서 미라는 그러한 주의점은 잘 알고 있다고 가슴을 편 채 답했다. 그리고 하늘 위에 나타나면 그만이라고 미라 나름의 해결책을 입밖에 냈다.

평범한 사람이라면 무사하지 못할 상황이지만 미라는 달랐다. 하늘을 달릴 수 있는 《공활보》라는 기능이 있는 데다 곧바로 페가수스를 소환하면 그만이기 때문이다.

"아~ 그 정도의 위험으로 그치면 좋겠지만, 실제 전이는 그렇게 간단한 게 아니었거든요."

옛날에는 자신도 그 정도의 인식을 가지고 있었다는 듯이 쓴웃음을 지어 보인 후, 발렌틴은 순간이동이나 전이와 같은 현상이 내포한 위험성에 관해 이야기했다.

"우선 첫째로 우리가 사용하는 전이 술식 말인데요, 이건 본래 어디로든 전이할 수 있는 술식입니다. 하지만 우리는 반드시 표식을 전이할 장소로 이용하죠. 오히려 이게 없으면 절대로 전이를 사용할 수 없어요. 이전에 그 술구를 드렸죠? 그것에는 전이할 곳의 상태를 조사하는 부류의 술식도 들어있는데, 가장 중요한 건 표식으로써 기능한다는 점이에요. 그럼 왜 그런 표식이 중요한가 하면, 그건 이곳이 행성의 지표라는 점이라고 요약할 수 있어요——."

전이 장소의 표식. 그것은 전이로 갈 수 있는 범위를 한정지어 버리는 물건이다. 없어도 사용할 수 있다면 자유롭게 전이할 수 있으니 압도적으로 편리할 것이다.

하지만 발렌틴은 그것이 가장 위험하다고 말했다.

그가 말한 행성이라는 단어. 그것은 지금 이 장소가 지구와 마찬가지로 우주공간을 떠도는 행성 중 하나임을 의미했고, 그런 사실은 하늘에 떠 있는 별을 보면 금방 알 수 있었다.

하지만 그렇기에 전이는 지극히 위험한 기술이라고 발렌틴은
말했다.

뭉뚱그려 전이라 부르지만 그것은 0초 동안 A지점에서 B지점
으로 이동할 수 있는 것이 아니라, 술식의 발동부터 전이 완료까
지 몇 초가 걸리는 기술이라고 한다. 그리고 이 행성은 초속 600
킬로미터라는 속도로 우주 공간을 내달리고 있다고도 말했다.

"──미라 씨도 아시다시피 일반적인 술식의 경우는 발동 지점
에 미약한 마나를 배치해 실행해서 아무런 영향도 받지 않아요.
하지만 전이는 그 특성상, 마나를 배치한다는 과정이 없죠. 수십
킬로미터, 수백 킬로미터의 거리를 전이하는 것이다 보니, 일반
적인 술식을 쓸 때 하는 것처럼 떨어진 지점에 간섭할 방법도 없
고요. 예를 들어 제가 이곳에서 니르바나를 전이 장소로 지정해
술식을 발동해서 전이하는 데 1초가 걸렸다고 치죠. 그러면 어떻
게 될까요. 제가 지정한 좌표를 B지점이라고 치면 그 B지점은 1
초 후에 어떻게 되어 있을까요."

소환 지점의 배치 등을 비롯해서 술식의 발동 지점을 지정하는
타입의 술식은 많다. 그리고 그것들은 발렌틴이 말했듯이 미약한
마나를 정착시킴으로서 발동된다.

하지만 전이 장소의 지정이라는 것은 이와 다른 원리로 되어 있
는 듯했다.

"전이 장소의 지정은 그 공간을 향해 순간 이동하는 부류의 것
인 탓에 취급 방법이 전혀 달라요. 그리고 지역 등이 아니라 공간
좌표가 기준인 탓에 1초 후의 B지점은 어디에 있는가, 라는 문제

와 부딪히게 되죠. 이 행성의 움직임에 맞춰 조정되는 게 아니라, 지정한 니르바나의 위치에서 600킬로미터 떨어진 지점으로 좌표가 바뀌는 거예요."

거기까지 이야기한 후, 발렌틴은 변경되는 전이 장소에 관한 알기 쉬운 예시를 두 개 들어 보였다. 그때의 공전과 자전 상황에 따라 다르겠지만 상공 600킬로미터 지점이나 땅속 600킬로미터 지점이 될 수도 있다고.

그렇게 되면 생존은 절망적이다.

"……오호라. 순간 이동이나 전이 같은 것은 너무도 흔한 소재라 그러한 요소를 전혀 고려하지 않았군."

어디로든 순간 이동하는 부류의 능력을 다룬 창작물은 많지만 그것을 실현하려 할 경우, 어떠한 문제가 걸림돌이 되는지. 그 중 하나를 알게 된 미라는 놀람과 동시에 옳은 말이라며 납득하고는 전이술의 위험성을 이해했다.

아니, 이해했다고 생각했다. 거기까지 설명한 발렌틴이 이유가 더 있다고 말을 이었기 때문이다.

또 다른 문제란 바로 관성이었다.

모든 물체가 지닌 관성이라는 성질. 외적인 힘을 받으면 그에 맞춰 변화하여 같은 속도를 유지하려 하는 관성이라는 존재가, 전이의 영향을 받으면 크게 변화한다고 한다.

공간에서 공간으로 순간적으로 이동하는 전이. 그것은 수많은 물리법칙을 무시하는 것인 탓에 일시적으로 관성조차도 0이 된다는 모양이다.

"──그렇게 관성이 작용하지 않는 상태에서 전이를 완료하면 어떻게 되는가 하면, 이것도 조금 전에 했던 행성 관련 이야기와 이어지는데요."

발렌틴은 그 결과를 입밖에 냈다. 관성이 없는 상태에서 B지점에 출현할 경우, 초속 600킬로미터로 움직이는 지면과 격돌하거나 초속 600킬로미터로 하늘 저편에 내동댕이쳐진다고.

"뭐어, 그렇게 되면 그 즉시 대기마찰로 불타버릴지도 모르지만요."

끝으로 웃으며 그렇게 덧붙여 말한 발렌틴은 그렇기에 미라에게 건넸던 것과 같은 표식이 꼭 필요하다고 말을 이었다.

표식에는 주변을 확인하는 기능뿐 아니라 계속해서 움직이는 좌표의 지정, 그리고 전이 완료시 관성을 이용자에게 전달하는 기능이 있다는 모양이다.

"──이렇게 지극히 위험한 술식이라, 관리할 수 있는 범위의 사람들로 한정지어서 알려주고 있는 거예요. 아, 공개해도 된다고 한 건 이 부분까지입니다. 어때요, 어째서 알려주기 어렵다고 했는지 아셨나요?"

발렌틴이 눈치를 살피듯 미라를 쳐다보았다. 속으로는 그래도 포기하지 않으면 어쩌나, 걱정하는 얼굴이었다. 실제로 미라의 뒤에는 정령왕이라는 상식을 초월한 존재가 버티고 있다. 공간 좌표니 관성 같은 것들도 어떻게 할 수 있을 것 같은 인상이 강했다.

다만 이번에는 발렌틴에게 유리한 쪽으로 결론이 난 듯했다.

"흐음…… 그런 이유라면, 어쩔 수 없을 것 같군그래……."

미라가 그렇게 말하며 물러난 것이다.

그 이유는 정령왕에게 들은 말이었다. 듣자하니 그러한 부류의 현상은 이공간의 시조정령인 리즈레인의 영역에 있는 것이라, 정령왕도 문외한이나 다름없다는 듯했기 때문이다.

그 위험성 때문에 개인적으로 멋대로 연구하기에도 위험성이 너무 크다. 미라는 그렇게 이해했지만, 그렇다고 완전히 포기한 것은 아니었다.

(시조정령 리즈레인…… 전에 받았던 이 공절의 반지를 남기고 기나긴 잠에 들었다고 했었지. 그리고 이걸 사용하면 눈을 뜰지도 모른다고——!)

이전에 정령왕과 마텔에게 들었던 이야기를 기억해낸 미라는 거기에서 가능성을 찾아내고 의기양양한 미소를 지었다.

마물을 다스리는 신의 검을 건네주고, 전이 술식의 위험성에 관해 들은 후.

"이봐라~ 브루스~."

발렌틴과 헤어져 다시 발할라로 돌아온 미라는 훈련장에서 엎어져 있는 브루스를 살며시 깨우고 있었다.

빌려주었던 잿빛기사와 함께 준비운동을 마친 모양이다. 녹초가 된 그 모습을 보니 다소 지나친 감이 있었던 것 같기는 했지만, 미라에게는 사소한 문제였다.

"그럼, 오늘도 시작해 보자꾸나!"

브루스가 정신을 차리자마자 마나포션을 내밀며 웃는 얼굴로 말했다. 그렇다, 오늘의 특훈은 지금부터가 진짜 시작인 것이다.

"자…… 잘 부탁드립니다!"

비틀대며 일어난 브루스는 건네받은 마나 포션을 비우고 힘껏 대답했다. 이미 녹초가 되었지만 아홉 현자에게 특훈을 받을 수 있다는 사실이 그의 원동력이 되고 있는 듯했다.

이렇게 실전에서 부분 소환을 활용할 수 있게끔 하기 위한 미라식 특훈이 시작되었다. 약과 장비 등으로 마나 회복량을 높이고 보충한 상태로 하는, 논스톱 특훈이.

미라는 브루스가 발동하는 술식을 차분하게 관찰하고, 그 술식의 구축과 흐름을 확인해서 수정점을 지시해 나갔다. 그것은 상대가 소환술을 숙지하고 있기에 가능한 지도법이었고, 그 덕분에 브루스의 술식은 눈에 띄게 발전하고 있었다.

(음음, 역시 나의 탑의 술사구나, 어딜 어떻게 보아도 우수하구나!)

분명 이대로 계속 성장하면 투기대회에서 상위권에 들 수 있을 거다. 미라는 그렇게 확신했지만, 그렇기에 생각하지 않을 수 없었다. 아니, 상위권이 아니라 우승 정도는 해내야지.

그렇지만 메이린이 출전한다는 점을 고려하면 어려울 것이다. 그렇다면 하다못해 결승까지는 진출해서 소환술이 이렇게나 강력하다는 것을 증명해 보이면 그만이다.

그렇게 생각한 미라는 브루스의 현재 전투력에 관해 다시금 고찰했다.

어지간한 불량배나 모험가 정도가 상대라면 그는 무적이라 할 수 있을 만한 실력을 지녔다. 탑에 소속되어 있는 시점에서 브루스는 일류라 할 수 있는 상위 술사이기 때문이다. 그렇게 쉽게 지지는 않으리라.

하지만 이번에 도전하고자 하는 무대는 대륙 전토를 들썩이게 하고 있는 투기대회다. 분명 그곳에는 톱클래스의 실력자들이 잔뜩 모여들 것이다.

"헌데 브루스여. 그대가 계약한 자매들의 실력은 어느 정도더냐?"

문득 궁금해졌다는 투로 미라는 물었다. 소환술 중에서도 특히 상위에 위치한 것이 바로 발키리 소환이었다. 소환술사에게 비장의 카드가 될 수 있는 강력한 술식이다.

하지만 한 가지 걱정거리가 있었다. 그것은 현 시점에서의 실력이다.

과거 미라가 갓 계약했을 무렵의 알피나 일행은 평범한 발키리라 해도 지장이 없을 정도의 실력을 가지고 있었다. 그럼에도 흔한 전사들보다는 훨씬 강했지만, 투기대회에서 결승 진출을 두고 겨룰 수준은 아니었다.

하지만 덤블프와 함께 싸우고 많은 전장을 경험한 덕에 지금은 발할라 제일의 실력자가 되었다.

그에 반해 브루스는 이제 막 계약을 했을 뿐이다. 경험도 성장도 이제부터 시작해야 하는 상황이다. 과연 현재의 실력이 투기대회의 결승급에서 통할지 어떨지. 미라는 그 점이 궁금해진 것이다.

"실력 말씀이십니까? 글쎄요…… 알피나 씨 자매에는 크게 못 미치겠지만, 상당했습니다. 저의 다크나이트로는 상대가 안 됐으니까요."

브루스는 어쩐지 우쭐해 하며 말했다. 하지만 그런 그의 말을 미라는 "흠. 그대의 것으로는 별로 참고가 안 될 것 같구나"라고 일축하더니 "말이 나온 김에 본인들에게 직접 확인해 볼까"라고 말을 이은 후, 불러보라고 재촉했다.

"알겠습니다!"

브루스는 간접적으로 아직 실력이 부족하다는 말을 들은 셈이었다. 하지만 분노나 슬픔과 같은 반발심은 일지 않았다. 누가 뭐래도 그렇게 말한 상대가 그 유명한 아홉 현자였기 때문이다. 그 길의 정점에 군림하고 있는 미라에게는 그런 소리를 할 만한 권리와 실력이 있다. 그 사실을 알기에 브루스는 그 말이 맞다며 다시금 기합을 넣고 발키리를 소환할 준비를 했다.

(호오…… 제법 솜씨가 좋군.)

아르카나 제약진을 배치하고 그것을 로자리오 소환진으로 승화시킨다. 그것은 상급 소환을 위해 필요한 작업이지만 속도 또한 중요했다. 거기서 이어진 술식의 구축, 영창, 소환문의 형성. 브루스는 그 모든 면에 있어 미라도 납득할 정도의 역량을 내보였다.

"저희 세 자매. 소환에 응해 대령했습니다."

그 말과 함께 소환진의 문에서 발키리 헤르쿠네가 내려섰다. 이어서 에르에네, 라그린네가 뒤따라 늘어섰다. 그런 세 자매 앞에서 브루스는, 어째서인지 감동에 젖어 몸을 떨고 있었다.

"아아…… 드디어 습득했구나아……."

아무래도 그 술식을 드디어 습득했다는 생각에 감정이 벅차오른 모양이다. 브루스는 감개무량하다는 얼굴로 하늘을 올려다보았다.

브루스가 그런 상태에 빠져 있는 가운데, 세 자매는 눈에 띄게 동요하고 있었다.

"잠깐, 여기는⋯⋯."

"어, 설마⋯⋯."

"저 분들은 혹시⋯⋯."

구름 말고는 아무 것도 없는 하늘. 멀리 보이는 곳에는 궁전 같은 건물이 있고, 반대편에는 훈련을 하고 있는 일곱 명의 발키리가 보인다. 그러한 것들을 자신의 눈으로 확인한 세 명은, 순식간에 긴장감으로 얼어붙었다. 이곳이 발할라에서도 가장 높은 곳에 위치한 시작의 섬이라는 사실을 알아챘기 때문이다.

어떻게든 저쪽에 있는 일곱 자매의 눈에 띄지 않도록 주의하자고 말하는 듯한 동작으로 등을 돌린 후, 세 사람은 브루스의 뒤에 숨듯이 움직여 "주드 공, 주드 공, 무슨 일로 부르셨습니까?!"라고 말하며 그를 흔들기 시작했다.

"응? 아, 아아. 미안하군. 미라 님께서 묻고 싶은 것이 있다고 하셔서 말이지."

겨우 정신을 차린 브루스는 그렇게 말하며 미라가 있는 방향을, 그녀들의 뒤쪽을 눈짓으로 가리켰다. 그러자 헤르쿠네는 마지못해 뒤를 돌아보았다. 그 직후. 그녀들은 미라의 모습을 보자마자 허둥지둥 다시 정렬해 그 자리에 무릎을 꿇었다.

"영주님. 인사가 늦어져서 죄송합니다."

세 사람은 고개를 숙였다. 그러자 미라는 "되었다, 되었어"라며 웃어 넘겼다. 이렇게 격식을 차린들 난감할 따름이지만 그러지 말라고 해봐야 '그럴 수는 없습니다'라는 말만 돌아올 거다. 때문에 미라는 흘려 넘기듯 "그보다 말이다——"라고 운을 떼어 용건을 전달하는 것을 우선시하기로 했다.

실력이 어느 정도인지 알고 싶다. 그 말을 들은 세 자매는 발키리 동료들 중 누구에게 이겼고, 누구에게는 이기지 못했다는, 다른 이가 듣기에는 매우 애매하게 느껴지는 답을 내놓았다.

발할라에는 마물 등이 존재하지 않아, 기본적으로 발키리와 동물만 사는 공간이었다. 요컨대 이곳에는 적당한 기준이 될 만한 존재가 없는 것이다.

그렇다면 이건 어떨까, 하고 미라가 알피나 일행을 기준으로 제시하자 이번에도 헤르쿠네 일행은 발치에도 못 미칠 것이라는, 모호한 답만 내놓았다.

따라서 결국 가장 알기 쉬운 방법으로 확인하기로 한 미라는 다크나이트를 소환했다. 시간은 걸려도 역량을 가장 잘 알고 있는 다크나이트이기에 기준으로 삼기에 적합하다고 생각한 것이다.

"흠, 그렇군."

각자 십여 분 동안. 헤르쿠네 일행은 한 명씩 끝도 없이 솟아나는 다크나이트를 상대로 실력을 내보이게 되었다. 그리고 숨을 헐떡이며 땅바닥에 주저앉은 에르에네를 끝으로 미라는 그녀들의 실력을 파악하는 작업을 마쳤다.

세 사람 모두 그렇게까지 실력 차이가 나지는 않았다. 그리고 그 실력은 대충 전갈과 비슷한 수준이었다.

이스즈 연맹의 정예, 히든의 전갈 말이다. 모험가 랭크로 말하자면 A의 중간 정도. 상당한 역량이라 해도 될 것이다. 하지만 투기대회에 출전할 강자들 중에는 당연히 그 정도 역량을 지닌 이들도 많을 거다. 아닌 게 아니라 결승 토너먼트에는 A랭크의 상위도 나올 것으로 예상된다. 그들을 이기고 올라갈 것을 염두에 두자면, 지금 상태로는 다소 부족하다고 할 수 있었다.

"좋아, 그럼 이렇게 해볼까."

미라는 그녀들을 파워업시키기 위한 방법을 떠올리자마자 세 자매의 등 뒤를 향해 손을 흔들었다. 그리고 "이봐라~ 알피나~!"라고 큰소리로 불렀다.

그 목소리가 뻗어나간 곳에는 평소보다 기합이 들어간 듯한 일곱 자매가 있었다. 3대3대1로 모의전을 치르고 있는 듯했다. 상당히 집중해서 겨루고 있는지, 떨어져 있음에도 곳곳에서 창칼이 부딪히는 날카롭고도 격렬한 소리가 고스란히 전해져 왔다. 또한 3대3대1에서 1은 알피나 한 사람을 의미했다.

그런 무시무시한 상황임에도 미라가 부른 직후, 누구보다도 빠르게 알피나가 돌아보았다. 그리고 손을 흔드는 미라의 모습을 발견한 순간, 마치 하늘을 날다시피 해서 달려왔다.

"무슨 일이십니까, 주인님."

질풍처럼 달려온 알피나는 가벼운 동작으로 미라의 앞에 무릎을 꿇었다. 헤르쿠네 일행은 그 화려한 모습을 보고 감탄한 동시에 긴장된 표정을 지었다.

"실은 이 자들에 관한 일로 불렀는데——."

미라는 그렇게 말하며 브루스의 뒤에 숨듯이 서 있던 세 자매를 눈짓으로 가리켰다. 알피나는 그를 따라 시선을 돌리더니 "꽤 분발하는 것 같더군요"라고 말했다. 아무래도 멀리서도 세 사람이 미라의 다크나이트를 상대로 선전을 펼치는 모습을 보고 있었던 모양이다.

하지만 그 목소리에는 약간 가시가 돋쳐 있었다. 주인님과 함께 훈련을 하다니—— 따위의 생각을 하고 있는 듯한 목소리였다.

하지만 세 자매는 그 희미한 감정의 가시를 알아채지 못하고, 알피나에게 칭찬을 받았다며 기뻐하고 있었다.

"——당분간 그대들의 훈련에 끼워줄 수 없겠느냐?"

미라는 헤르쿠네 일행의 실력을 향상시키는 일을 맡을 적임자는 알피나라고 말하고는, 그 이유에 관해서도 이야기했다. 입지가 좁아진 소환술사를 위한 일이라고. 그리고 투기대회에서 세 자매가 발키리라는 이름에 걸맞은 싸움을 펼쳐 보일 수 있게 하기 위한 일이라고.

일곱 자매의 훈련은 기초를 중시하면서도 실전적이어서 확실한 성과를 얻을 수 있다.

그 훈련은 자비가 없고 실로 고되다는 것을 크리스티나에게 전해듣기는 했지만, 그렇기에 투기대회까지 남은 짧은 기간 동안 실력을 격상시키는 데는 최적이라고도 할 수 있었다.

"이 몸은 술사 쪽을 단련시킬 터이니. 그대들이 이 자들의 실력을 한 단계 위로 성장시켜줬으면 좋겠구나."

당사자인 세 자매가 그러한 전개에 당황하고 있는 동안에도 미라는 이야기를 진행시켰다. 그리고 "어때, 부탁해도 되겠느냐?"라고 미라가 다시금 묻자 알피나는 당연하다는 듯이 답했다.

"맡겨만 주십시오, 주인님! 이 알피나, 반드시 주인님의 뜻에 부합할 수 있도록 성심성의껏 지도하겠습니다!"

존경하고 사모하는 미라의 부탁인 탓인지, 알피나의 마음에 엄청나게 커다란 불꽃이 밝혀진 듯했다. 그러한 찬연(燦然)히 빛나는 결의를 증명하기라도 하듯, 그녀는 검을 들어 맹세까지 해 보였다.

29

떨어진 장소에 있는 훈련장. 헤르쿠네 세 자매가 알피나를 비롯한 일곱 자매의 훈련에 참가하고서 세 시간이 경과했을 즈음. 기초훈련이 끝난 후, 3대3대3대1로 나뉘어 모의전을 치르고 있었다.

세 자매는 상당히 고전하고 있는지, 때때로 비명소리 같은 것이 미라 일행이 있는 곳까지 들려왔다.

"저건, 괜찮은 겁니까……?"

브루스가 걱정스러운 얼굴로 목소리가 들려온 쪽으로 고개를 돌렸다. 그런 그에게 미라는 미소를 지은 채 "남의 걱정을 하다니, 아직 여유가 있는 모양이로군"이라면서 다크나이트를 소환했다.

그 순간 브루스의 얼굴에서 핏기가 가셨다.

이쪽은 이쪽대로 브루스를 단련시키기 위한 특훈이 시작된 상태였기 때문이다. 보다 실전적으로 상대의 공격을 피하며 상급 소환을 성공시키기 위한 특훈이다.

이제야 좀 모양새가 갖춰진 방패의 부분소환을 구사해 다크나이트의 맹공을 막고 영창을 한다.

이러니저러니 해도 브루스의 역량도 출중해서, 몇 번 만에 상급 소환을 성공시켰다. 하지만 그것은 시작에 불과해, 더 큰 고난이 그를 덮쳤다.

다크나이트는 흑검(黑劍)이 아니라 훈련용 목검을 장비하고 있었다. 그리고 치유의 힘을 지닌 백사 아스클레피오스는 미라의 팔에 달라붙은 채 자신이 나설 차례를 기다리고 있다. 헤르쿠네 일행과 달리 브루스의 특훈에 할애할 수 있는 시간은 일주일로 정해져 있기에 작정하고 스파르타 특훈을 하기로 한 것이다.

게다가 이 다음에는 강의가 기다리고 있다. 새로운 소환술의 기술과 지식을 주입하기 위한 것이다.

훗날 브루스는 말했다. 그 일주일은 인생에서 가장 힘들고, 가장 충실한 시간이었다고.

그렇게 시간은 눈 깜짝할 새 흘러서 저녁 시간이 되었다. 요리가 완성되기를 기다리는 단란한 시간. 식당에 모인 자들 중에는 헤르쿠네 일행도 있었다. 듣자하니 실력이 한 단계 성장했다고 알피나가 인정할 때까지 세 자매도 이곳에서 공동생활을 하게 되었다는 모양이다.

궁전에 들어오기 전만 해도 세 사람은 꿈만 같다며 흥분한 듯 보였지만 지금은 달랐다.

훈련의 피로가 한꺼번에 밀려든 것인지. 테이블에 엎어져 축 늘어져 있었다. 녹초가 된 것은 둘째 치고 하루 만에 꽤나 여윈 것처럼 보였다.

그리고 일곱 자매는── 이쪽 역시 피곤한 기색이 역력했다. 세 자매만큼은 아니었지만 하나같이 표정이 어두웠다. 듣자하니 훈련 종료 직전에 혹독한 마무리 특훈이 있었다는 모양이다.

다만 플로디나는 저녁 식사를 준비해야 한다는 이유로 일찍 끝내기도 해서 일곱 자매들 중에서는 그나마 여유가 있어 보였다.

또한 훈련 중 죽을 것 같다는 얼굴을 하고 있었던 크리스티나는 막상 끝나고 나자 빠르게 회복된 모양이다. 오히려 훈련이 끝난 지금은 누구보다도 기운이 넘쳐 보였다.

"주인님, 주인님. 오늘 저녁 식사에는 디저트가 나온대요."

방긋방긋 웃는 얼굴로 그렇게 말을 건넨 크리스티나는 디저트 통제가 풀린 것은 주인님 덕분이라며 조잘댔다. 그리고 "다음에 주인님께서 저희——"라고 말하던 중에 그치더니 "다음에 시간 날 때 말씀드릴게요~"라면서 어쩐지 도망이라도 치듯 자리로 돌아갔다.

그 직후, 알피나가 다가왔다. 오늘 하루 동안 확인한 세 자매의 현재 상황과 실력, 그리고 향후 예정에 관해 정리했다는 모양이다. 알피나는 헤르쿠네, 에르에네, 라그린네의 훈련 방침이 적힌 표를 제출했다.

"흠…… 과연. 제법 밸런스가 좋은 것 같구나."

역시 알피나다. 표에는 세 사람의 적성을 꿰뚫어보고 그에 따라 결정한 훈련 내용이 빽빽하게 적혀 있었다.

아무래도 헤르쿠네는 탱커, 에르에네는 근접, 라그린네는 중거리에서의 전투에 적합하다는 듯했다.

"어떠십니까, 브루스 공. 적성으로 미루어 이 내용대로 하는 것이 가장 좋을 듯합니다. 하지만 브루스 공이 보유한 전력이나 전략에 따라서는 방침을 바꾸도록 하겠습니다."

알피나는 미라에게 보고한 후, 그 옆에 앉은 브루스에게 의견을 구했다. 계약자의 전투방식에 따라서는 그 방침이 가장 좋다고 할 수 없기 때문이다.

"아뇨, 흠 잡을 데가 없군요. 이 방침으로 모쪼록 잘 부탁드립니다."

전위 둘과 중위 하나. 미라와 달리 선술로 접근전을 펼치지 못하는 브루스는 후위를 맡을 테니 알피나의 훈련 내용은 현재 상황에 적합하다고 할 수 있었다.

"맡겨주십시오."

고개를 숙이며 그렇게 답한 후, 알피나는 곧장 세 자매가 있는 쪽으로 걸어갔다. 그리고 축 늘어져 있던 세 사람의 어깨를 두드려 일으켜서 훈련 계획표를 보여주었다.

헤르쿠네 일행의 언어화 되지 않은 비명이 울려 퍼졌다.

"호오, '음향시인(音響視認)'인가. 편리할 것 같군. 체크……."

떠들썩한 저녁 식사 시간이 끝난 후, 미라는 방에서 휴식을 취하며 '기능대전'에서 쓸 만한 기능을 찾고 있었다. 그러던 중에, 오늘도 방을 찾아온 이가 있었다.

"——……좋아, 괜찮은 것 같네요."

방 문으로 얼굴을 내밀자마자 두리번두리번 주변을 살핀 후, 크리스티나는 우는 소리를 하듯 "주인님, 제 말 좀 들어주세요~"라고 말하며 다가왔다.

"흠, 어제도 그런 소리를 하며 오더니, 무슨 일이냐?"

어제. 방에 알피나가 있었을 때 찾아왔던 크리스티나는 아무 것도 아니라며 돌아갔었다. 하지만 오늘은 괜찮다는 모양이다. 그 태도로 미루어 볼 때, 아무래도 알피나가 들으면 안 되는 이야기를 하러 온 듯했다.

미라는 그 용건이 뭐냐고 물었다. 그러자 역시나라고 해야 할지, 크리스티나는 훈련에 대한 푸념과 애원을 하러 온 것이었다.

"──그런고로, 평소 같았으면 그쯤에서 끝났을 거예요. 하지만──."

크리스티나의 말에 따르면 평소와 마찬가지로 겨우 혹독한 훈련이 끝났다고 생각했더니, 끝으로 알피나와 일대일 승부를 하게되어 모두가 보기 좋게 호되게 당했다는 모양이다.

훈련 때는 3대3대3대1이라는 형식을 취해서 알피나의 부담이 상당했을 것이다. 하지만 그 처절한 훈련 후, 알피나는 거기서 멈추지 않고 1대1로 모든 인원을 때려눕혔다고 한다. 과연 발할라 제일이라는 칭호에 걸맞은 실력이었다.

하지만 크리스티나의 말에 따르면 훈련 후에 이렇게 1대1 훈련을 추가한 적은 지금까지 한 번도 없었다고 한다.

"분명 주인님이 부탁하셔서 엄청 기합이 들어간 걸 거예요. 그리고 아마, 내일도, 모래도……. 그러니까 주인님! 저희의 훈련을 견학해주시면 안 될까요?! 그리고, 슬그머니……──."

크리스티나가 필사적인 얼굴로 애원하며 매달렸다. 하지만 그러던 중에 또 누군가가 온 모양인지, 문을 두드리는 소리가 들렸다.

순간, 크리스티나가 어깨를 움찔했다. 무언가를 느꼈는지 떨리는 목소리로 "설마……"라고 말하며 문이 있는 방향으로 고개를 돌렸다.

미라가 "들어오거라"라고 답하자 예상대로, 한창 도마에 올리고 있던 알피나가 문에서 모습을 나타냈다.

"주인님, 어제의 훈련을 이어서 하고자 합니다. 오늘도 성검을 빌려주시면 안 되겠습니까?"

알피나는 지금부터 성검 상크티아를 사용한 신필살기 개발 특훈을 하고 싶다고 말했다.

그리고 그런 대의명분을 내세워 오늘도 주인에게 성검을 받는 영광을 누리고 싶다는 생각도 했던 모양인지 약간…… 아니, 상당히 들뜬 표정을 하고 있었다.

"음, 상관없다. 허나 날짜가 바뀔 때까지만이다. 시간이 되면 푹 쉬고. 알겠느냐?"

다른 사람도 아니고 알피나. 확실하게 충고를 해두지 않으면 밤새 훈련을 할 것이다. 그리고 그 예상이 어느 정도 맞았는지 알피나는 약간 풀이 죽어서 "알겠습니다"라고 답했다.

하지만 성검 상크티아를 소환해서 그것을 건네자, 알피나는 언제 그랬냐는 듯이 무릎을 꿇은 채 감개무량하다는 듯이 몸을 떨었다.

"아아, 영광입니다!"

그렇게 얼마 동안 환희하고서 일어나, 그대로 아무 일 없이 떠나기를 크리스티나가 바라고 있던 그때. 알피나의 시선이 크리스티나에게로 향했다.

"그런데 크리스티나. 우리의 훈련이, 뭐 어떻다는 거죠? 견학이 어쩌니 하는 소리도 들렸는데요."

"네?! 저기, 그게…… 말이죠……."

조금 전까지 하던 이야기를 들은 모양이다. 다만 알피나의 태도로 미루어, 들은 것은 마지막 부분뿐인 듯했다.

크리스티나는 속으로 허둥대면서도 아직 끝나지 않았다며 머리를 굴렸다. 그리고 잠시 후, 떠오른 바를 입밖에 냈다.

"저기, 제가 생각을 좀 해봤는데요. 훈련 내용이 예전이랑 별 차이가 없는 것 같아요. 하지만 왜, 그 성검도 그렇고…… 그리고 그 잿빛 무구정령님도 그렇고, 주인님은 여러모로 달라지셨잖아요――?"

변명을 하는 데 익숙한 덕인지 그렇게 운을 뗀 크리스티나는 기세를 몰아 계속해서 말했다.

벌써 30년 이상 동안 같은 훈련을 변함없이 하고 있는데 과연 그건 지금의 자신들, 그리고 주인님에게 최적이라 할 수 있는 내용일까.

쓸 수 있는 수단과 전술이 바뀌면, 훈련도 그에 따라 바꿀 필요가 있을 것이다. 특히 지금의 주인님은 지금의 훈련을 시작했을 때보다 더 강해졌고, 그 전술도 다양해졌다.

크리스티나는 그런 내용의 말을 술술, 그럴싸하게 늘어놓았다. 그리고 끝으로 질문에 대한 답을 제시했다.

"그래서 생각했어요. 일단 주인님이 훈련을 견학하시고, 필요한 부분과 불필요한 부분, 이건 지나치지 않나~ 싶은 부분이나, 이렇게까지 할 필요는 없지 않나~ 싶은 부분, 그런 부분들을 직접 지도, 지적해주셨으면 좋겠다고!"

크리스티나는 진지한 얼굴로 알피나와 마주보았다. 마치 이것이 본심이라는 듯한 태도로, 거짓은 조금도 섞여 있지 않다는 듯 빛나는 눈을 하고서.

하지만 사실 전반부는 몽땅 거짓말이었다.

(이렇게까지 술술 막힘없이 이야기 할 수 있는 것도 재주는 재주로군…….)

익숙하다는 이유는 둘째 치고 천부적인 재능이 느껴질 정도의 변명이었다. 사실 그녀에게는 사기꾼으로서의 소질도 있는 게 아닐까. 그런 생각에 어이가 없었지만, 미라는 어떻게 될지 궁금해져서 아무 말도 하지 않고 알피나가 반응하길 기다렸다.

"당신이 그렇게 진지하게 훈련에 관한 생각을 하다니, 별일이군요."

알피나는 어쩐지 품평이라도 하는 듯한 눈으로 크리스티나를 물끄러미 바라보았다. 그 눈은 한 치의 거짓도 용납지 않겠다는 듯이 날카로워서, 어지간한 자라면 모든 죄를 털어놓고 뉘우치고 말 정도였다.

하지만 크리스티나는 그런 시선을 받으면서도 진지한 얼굴로 마주하고 있었다. 방금 생각해낸 변명이야말로 자신의 본심이라는 듯한 표정이다.

아니. 분명 입밖에 낸 순간, 그 말이 그녀의 진실이 된 것이리라.

실제로 크리스티나가 마지막에 한 말에는 그녀의 본심이 집약되어 있었다. 훈련에 불필요한 부분을 지적해주면 좋겠다는 본심이.

거짓으로 시작되었지만 진실로 끝낸 덕에, 크리스티나는 흔들리지 않고 자기변호를 할 수 있었던 것이다.

그 덕분에 크리스티나의 표정은 조금도 흔들리지 않았다. 그리고 그렇기에 알피나는 그 제안을 진지하게 검토하고, 일리가 있다고 인정하기에 이르렀다.

"과연. 크리스티나의 말이 옳을지도 모르겠군요."

힘껏 고개를 끄덕이며 그렇게 말한 후, 알피나는 확실히 현재 상황에서 지금의 훈련이 최적의 것인지 어떤지 확인을 부탁할 필요가 있겠다며 말을 이었다. 아주 늠름한 눈빛으로. 동시에 아주 생기가 도는 말투로.

미라가 훈련을 견학해줄 뿐 아니라 직접 지도까지 해준다. 크리스티나의 제안에 담긴 요소는 알피나도 바라마지 않던 것들이었기 때문이다.

"어떠신지요, 주인님. 크리스티나가 훈련에 관해 이렇게까지 진지하게 생각하는 일은 드뭅니다. 이런 동생을 위해서라도 부디."

주인님 지상주의인 알피나는 이러한 일을 부탁하기는 송구스럽다며 주저하고 있었다. 하지만 이번 이야기는 크리스티나가 꺼낸 것이다. 그 때문에 크리스티나를 위한 일이라는 명분을 내세워 알피나는 애원했다.

"흠, 글쎄다. 확실히 이 몸이 자세히 알지 못하면 문제가 될 수도 있겠구나."

잠깐 침묵하고 있던 미라는 그렇게 대답하고서 내일 훈련을 견학하겠다고 말했다.

알피나와 크리스티나. 서로의 계략이 교차하는 몹시도 혼란스러운 상황이다. 하지만 실제로 지금까지 아껴두었던 전술과 군세의 운용법 등이 많은 탓에 그것을 시험해볼 좋은 기회라고 생각한 것이다.

"감사합니다, 주인님!"

크리스티나는 눈에 띄게 기뻐하며 눈으로 '훈련 강도를 낮추도록, 잘 좀 말씀해주세요'라고 말하고 있었다.

"감사합니다."

알피나는 눈에 기쁜 듯한 낌새가 가득했지만 내색하지는 않고 조용히 고개를 숙였다.

그렇게 다음날은 발키리 자매의 훈련을 시찰하게 되었다. 성검과 훈련 지도 약속이라는 두 가지 목적을 얻어낸 알피나는 날개라도 돋아난 듯한 발걸음으로 필살기 특훈을 하러 갔다. 또한 크리스티나는 괜히 의심을 사지 않게끔 그녀보다 먼저 도망치듯 떠나갔다.

(자아, 그렇다면 브루스의 훈련은……. 흠, 뭐 조금 앞당겨도 되려나. 그 녀석은 우수하니 말이야.)

미라는 기능대전을 집어넣고 노트를 꺼내더니 대담한 미소를 지은 채 내일은 어떤 전술을 시험해 볼지, 지금까지 적어두었던 내용을 재확인하기 시작했다.

발할라에서 맞은 세 번째 날의 아침.

훈련 개시 시간. 미라는 섬에서 가장 넓은 훈련장에 있었다. 알피나 일행, 헤르쿠네 일행도 함께였다.

"──그리하여, 오늘은 크리스티나의 요청에 응해주시기로 한 주인님께서 우리의 훈련을 시찰하실 겁니다. 평소보다 너 정신 바짝 차리도록 하세요."

역시나, 라고 해야 할지 발키리들의 행동 양식은 체육계 사람들의 그것에 가까운 모양인지, "네!" 하고 칼 같이 맞춰서 대답을 했다.

(흠…… 아무래도 다들 환영하는 분위기 같군그래.)

그 광경과 하나같이 기쁜 듯한 표정을 짓고 있는 자매들을 본 미라는 그렇게 느끼고 안도했다. 상사가 일하는 곳에 오면 일하기 힘들기 마련이지만, 그런 부분은 신경이 안 쓰이는 모양이다. 오히려 잘 와주었다며 환영하는 듯한 분위기마저 느껴졌다.

그렇게 오늘 훈련에 관해 알피나가 설명하는 가운데, 크리스티나와 눈이 마주쳤다. 진지하게 알피나의 목소리에 귀를 기울이고 있는 듯한 얼굴을 하고서 흘끔흘끔 미라에게 눈짓을 하고 있다.

그 눈은 몇 번이나 계속해서 말하고 있었다. '말씀드렸던 것, 잘 부탁드릴게요'라고.

지옥훈련의 완화. 그것이야말로 크리스티나가 바라는 바였고, 이 세상에서 유일하게 그것을 할 수 있는 미라를 이곳으로 초대한 이유였다.

(어째…… 그걸 바라는 이가 한 명이 아닌 듯하다만…….)

자세히 보니 엘레티나를 비롯한 여섯 자매 모두가 미라에게 기대를 품고 있는지, 때때로 기도하는 듯한 시선이 날아들었다. 그만큼 나날이 하는 훈련이 고된 것이리라.

미라는 그러한 바람을 마음에 새기고 훈련하는 모습을 지켜보기로 했다.

또한 미라에게 지도를 받을 예정이었던 브루스는 멀리서 잿빛기사를 상대로 도망쳐 다니고 있었다.

오늘은 발키리 자매의 훈련을 확인하고 오겠다고 말한 후, 미라는 브루스에게 과제를 주었다.

그 내용은 잿빛기사를 부분소환만으로 쓰러뜨리는 것. 하지만 브루스는 부분소환을 배운지 얼마 되지 않은 탓에 전투 훈련에 투입하는 것은 오늘이 처음이었다.

게다가 방패의 부분소환은 그럭저럭 모양새가 갖춰지기 시작했지만 검은 아직 멀었다. 하지만 그 검으로 잿빛기사를 쓰러뜨려야만 하는 것이다.

잿빛기사가 가진 것은 훈련용 목검이지만 맞으면 당연히 아프다. 부상을 당한다 해도 옆에 대기하고 있는 아스클레피오스가 치료해주지만, 아픈 건 아픈 거다.

성공률은 낮지만 공격을 해야 끝난다. 뛰어다녀서 방어 횟수를 줄이고 최대한 공격에 마나를 할애한다. 그렇게 해서 브루스는 사자 새끼를 낭떠러지 아래로 던진 격이라 할 수 있는 미라의 훈련에 임하고 있었다.

(생각했던 것 이상이로군…….)

약 두 시간 후, 준비운동을 하듯 자연스럽게 시작된 스윙 삼만 번이 끝났다. 스윙이라는 말을 들은 미라는 검도나 야구 등의 연습 광경을 떠올렸지만 발키리의 그것은 상식에서 벗어나 있었다.

1초 동안 검을 몇 번이나 휘두르는 광경은 처절했고, 바람을 가르는 소리는 거의 폭풍을 방불케 했다.

심지어 알피나 일행은 이걸 매일 훈련을 시작할 때 하고 있다는데, 삼만 번이나 되다 보니 지친 기색이 역력했다.

참고로 헤르쿠네를 비롯한 세 자매는 한 시간이 지났을 즈음에 쓰러졌다.

그런 그녀들을 보고 알피나는 처음이니 어쩔 수 없다며 관대한 말을 해주었다. 다만 역시나 알피나답게, 10분 휴식 시간을 준 뒤에 다시 시작하게 했다.

(참으로 극단적이구나······.)

다음 훈련으로 넘어가기 전의 휴식 시간은 15분. 크리스티나와 그 언니들은 죽은 듯이 휴식을 취하며 애원이라도 하는 듯한 눈빛으로 미라를 바라보았다. 이게 개선해줬으면 하는 첫 번째 문제점이라고 호소하듯이.

그에 반해 알피나는 어쩐지 뿌듯하다는 듯한 표정을 짓고 있었다. 분위기를 보아하니 그녀는 정말로 준비운동이라고만 생각하는 듯했다.

일곱 자매 중에서도 알피나는 특출한 실력을 지녔다. 그 실력의 일부를 엿볼 수 있는 광경이었다. 그리고 그렇기에 훈련에 의한 피로도에도 차이가 발생했다.

(크리스티나의 말을 듣고 시작한 일이지만, 똑똑히 보고 확인

해둘 필요가 있을 것 같군.)

새삼 그렇게 느낀 미라는 메모장을 꺼내 알아챈 점들을 적어 나
갔다. 그러자 그런 미라의 행동에서 희망을 발견한 것인지, 자매
들의 얼굴에 안도한 듯한 빛이 떠올랐다.

30

다시 알피나 일행을 지켜보기 시작하고서 몇 시간이 흘러, 드디어 오늘의 훈련이 끝났다.

끝까지 확인한 미라의 감상은 '크리스티나의 심정도 이해가 된다'는 것이었다.

"그대들이 나날이 얼마나 노력하고 있는지 잘 알 수 있었던, 실로 유익한 시간이었다."

거의 집회소를 방불케 하게 된 식당에서 오늘 있었던 일을 돌아보았다.

또한 너무도 혹독한 훈련 때문인지, 헤르쿠네 일행은 어제에 이어 구석 쪽 테이블에 엎어져 있었다. 게다가 오늘은 브루스도 함께였다. 잿빛기사를 상대로 상당한 격전을 펼쳤는지, 지금은 그도 불타고 남은 새하얀 재가 되어 있었다.

그런 가운데 미라는 일곱 자매들의 노력을 칭찬하고 감사인사를 했다.

이에 가장 먼저 반응한 것은 알피나였다. 감동한 목소리로 "과분한 말씀이십니다"라고 답하며 몸을 떨었다. 차녀를 비롯한 나머지 자매들도 하나같이 기쁜 표정이었지만, 다른 데에 큰 기대를 걸고 있는지 미라가 다음 말을 내뱉기를 이제나저제나 하고 기다리고 있었다.

"자아…… 그래서 확인 결과를 말하자면——."

아무리 호의적으로 보아도 훈련 내용은 미라가 보기에 엄청나게 혹독했다. 특히 반복 훈련이 매우 신경 쓰였다. 스윙뿐 아니라 달리기에 기초 트레이닝 같은 것을 과하게 되풀이하고 있었던 것이다.

미라는 그 점을 지적하고서 알피나에게 조정하도록 제안했다. 몸을 단련하는 데에도 한계가 있으니 트레이닝은 적절하게 하고, 완전히 회복할 시간을 주는 편이 효율적일 것이라고.

그리고 무엇보다도 알피나의 실력은 동생들에 비해 특출하다고 콕 집어서 말해준 후, 그녀의 훈련량에 맞추면 과잉 훈련이 될 수밖에 없다고 지적했다.

"그랬던 겁니까……?!"

동생들을 어엿한 전사로 단련시키기 위해 노력해온 알피나는 놀란 듯이 눈이 휘둥그레지기는 했지만, 미라의 말을 차분히 받아들였다. 그리고 지적한 바를 감안해 훈련 내용을 재검토하겠다고 또렷하게 말했다.

그 말에 크리스티나 일행은 이제야 이해해주었다며 안도했다. 그리고 주인님의 말씀은 역시 위대하다고 마음속으로 박수를 보냈다.

하지만 거기서 끝이 아니었다.

"자아, 과한 것을 덜어내면 시간이 남겠지? 그래서 말이다만──."

미라의 진짜 목적은 오히려 이 다음 내용이었다. 빈 시간을 더욱 유익한 훈련에 할애해보지 않겠느냐고 제안한 것이다.

그 훈련 내용은 새로운 소대와 군세 운용에 관한 것이었다. 탑에서 연구 실험, 실용 실험을 반복하여 모양새를 갖춘 무구정령의 새로운 힘. 그것을 소대 단위나 군세로써 효율적으로 움직이기 위해 대장 역할을 맡을 그녀들이 지식과 기술을 습득해주었으면 한다. 이번 견학에는 그러한 의도도 깔려 있었던 것이다.

"우선은 이걸 봐다오."

그렇게 말하며 미라는 양쪽 옆을 시선으로 훑어 그 자리에서 소환술을 행사했다. 그러자 미라의 장기라 할 수 있는 다크나이트 세 기가 나타났다. 하지만 그것들은 이전의 것들과 달랐다.

다크나이트는 평소처럼 흑검을 들고 있지 않았던 것이다.

그럼 무엇을 들고 있는가 하면, 장창에 전투도끼에 활이었다. 그렇다, 무구정령의 새로운 힘이란 새로운 무기를 가리키는 것이었다.

무구정령이 보인 추가 성장요소. 그것은 검 이외의 무기에 깃든 정령을 통해 힘의 조각을 얻을 수 있다는 것이다.

연구 끝에 그 결과에 도달한 미라는 곧장 고전장으로 향해 무구정령을 찾아다녔다. 그리고 이 세 종류를 얻어낸 것이다.

"과연, 이건…….”

무기가 바뀌면 전투방식도 바뀐다. 같은 듯하면서도 완전히 다른 다크나이트가 된 것이다. 알피나는 놀란 동시에 미라가 말하려는 바를 이해한 듯했다.

검보다 파괴력이 뛰어난 전투도끼는 상대의 방어를 무너뜨리기 쉽다.

장창은 겨누고 있기만 해도 견제가 되고, 그 유효거리는 검보다 훨씬 길다.

그리고 활은, 말할 필요도 없을 것이다.

이러한 다크나이트들로 편성한 새로운 부대를 정확하게 운용한다면, 미라의 군세는 이전보다 훨씬 다양한 전술을 도입할 수 있을 거다.

하지만 지금은 아직 가능성의 단계일 뿐이다. 천에 달하는 군세를 완전히 제어하기 위해서는 각 부대를 지휘할 알피나 일행의 힘이 반드시 필요하다.

따라서 미라는 신생 다크나이트의 운용에 관한 훈련을 추가해달라며 한 권의 책을 꺼냈다.

"그를 위해 솔로몬에게 살짝 부탁해서 이러한 것을 준비해 보았다."

그것은 특별히 부탁해 병사 운용에 관해 정리해달라고 한 것이었다. 부대로서의 움직임에 초점을 맞춘 전술이 담긴 한 권이다.

또한 이것을 편집하기 위해 솔로몬이 소집한 인재에는 근위기사단 단장인 레이나드와 측근인 요아힘. 거기에 각 군단장 및 부대장에 지도역을 맡은 아론까지 포함되어 있었다.

미라는 아무 생각 없이 받아온 것이지만, 이것은 알카이트 왕국군의 총력을 결집해 완성한 한 권인 것이다. 다시 말해서 지금까지 군이 연구해온 모든 기술과 지혜의 결정체라 할 수 있다.

"과연…… 이건……! 이렇게 근사할 수가!"

그 책을 받아들고 대충 눈으로 훑어본 알피나는 그것만으로 그한 권에 얼마나 큰 가치가 있는지 알아챈 모양인지. 눈이 휘둥그레지도록 놀라더니 곧이어 기대로 가득한 표정을 지어 보였다.

그 한 권에 들어 있는 지식. 연습을 거듭하여 그것들을 습득하는 날에는 최강의 군세가 탄생하리라. 그리 믿어 의심치 않는 표정이었다.

"자아, 어떠하냐. 도전해 주겠느냐?"

새로운 군세의 운용. 다만 그것은 어디까지나 제안일 뿐이라, 미라는 반응을 살피듯 일곱 자매 쪽으로 시선을 돌렸다.

"열심히 하겠습니다!"

가장 먼저 그렇게 소리친 것은 크리스티나였다. 그것은 미라의 제안이라는 이유도 있었지만, 무엇보다도 훈련에 빈 시간이 생긴 채 두면 또 어떤 지옥 훈련 메뉴가 추가될지 모를 일이기 때문이었다.

그에 반해 미라의 제안대로 하면 명백하게 육체적인 부담은 줄어들 것이다.

"그렇다면, 제가 궁병 부대를 담당해야겠네요."

크리스티나에 이어 엘레티나도 동의를 표하자 다른 자매들도 뒤를 이었다. 심지어 신기하게도 다들 새로운 훈련임에도 불구하고 흥미롭다는 얼굴이었다. 싫은 표정을 짓기는커녕 오히려 기대된다는 듯한 반응을 보였다.

아무래도 지금까지 해온 혹독한 훈련 덕분에, 훈련에 대한 강한 정신력이 길러진 모양이다. 그녀들은 가벼운 훈련 정도라면 웃으며 해내고 말 기개를 품고 있었다.

오늘 훈련은 끝났지만 신생부대의 운용이라는 새로운 훈련에 대한 관심이 큰지, 저녁 식사 시간은 그 화제로 한참 동안 떠들썩했다.

그리고 저녁 식사 후에는 그대로 향후 훈련에 관해서, 라는 주제로 회의가 열렸다.

"······이걸 솔로몬 님이······ 정말이지, 터무니없는 물건이군요······."

알피나가 이래저래 이야기를 진행하는 가운데, 저녁 식사 시간이 지나서야 간신히 부활한 브루스는 특별 편집된 전술서를 넘기며 놀라고 있었다.

각 부대의 운용에 관해 적힌 책이지만 비슷한 소재를 다룬 다른 전술서와는 명백하게 다른 점이 있었기 때문이다.

"저도 어릴 적부터 병법을 배우기는 했지만, 이토록 과격한 전술은 처음 봅니다."

브루스는 본래 귀족의 자제였다. 그의 아버지는 군속이었고, 그랬기에 여러 가지 전술을 접할 기회가 있었다고 한다. 그리고 그러한 것들에 비해 이 한 권은 특이한 존재라고 말했다.

솔로몬이 중심이 되어 알카이트의 총력을 결집해 만들어낸 한 권의 전술서. 그 특징은 어떠한 희생도 불사한다는 것이었다.

어떠한 희생을 치르더라도 최대한의 결과를 추구한다. 이기는 것만을 목표로 한, 피투성이 전술로 가득 채워져 있었던 것이다.

분명 후세의 역사가가 이것을 보면 솔로몬왕은 냉혈한 왕이었다고 기록할 거다. 그런 생각이 절로 들 만큼 승리하기 위한 수단을 철저하게 추구하고 있었다.

그렇기에 브루스는 전율했다.

이것이 명백하게 미라만을 위해 만들어진 것임을 알아챘기 때문이다.

거기에 기재된 것과 같은 병사 운용이 실제로 가능할 리 없다. 가능하게 하려면 아무리 상처 입어도 일어서는 불멸의 병사가 필요할 것이다.

미라라면 그런 병사를 준비할 수 있다. 무구정령으로 이루어진 군세를.

그렇다, 여기 적힌 모든 전술은 그것을 전제로 구축되어 있었던 것이다.

브루스는 말했다. 이것이 실현되면 알카이트 왕국은 완벽한 방어 수단을 손에 넣게 될 것이라고.

"호오…… 그 정도란 말인가."

가벼운 마음으로 부탁해서 냉큼 받아온 전술서. 미라의 입장에서는 전술에 입문한다는 느낌으로 받아온 것이었다. 기본을 익힐 수 있으면 더 바랄 게 없겠지만, 군세를 평범하게 운용할 수 있게 되었으면 좋겠다는 것이 당초의 생각이었다.

하지만 브루스의 반응으로 미루어 볼 때, 이 한 권은 그러한 기초를 훌쩍 뛰어넘은 영역에 있는 듯했다.

미라는 마음속으로 조용히 감사인사를 하며 부대 할당 문제를 놓고 다투고 있는 일곱 자매의 회의에 복귀했다. 그 뒤에서 브루스는 몇 가지는 자신도 쓸 수 있을 것 같다는 생각에 헤르쿠네 일행과 함께 전술 공부를 하기 시작했다.

아침이 밝아 오늘도 훈련 시간이 되었다.

이 날은 새로운 전술 훈련을 시작하는 날이었는데, 그것이 실시되는 것은 훈련의 후반이다. 때문에 전반은 평소와 같이 시작되었다.

미라의 말 덕분에 크리스티나 일행의 기초 훈련은 어느 정도 경감되어 있었다. 하지만 그럼에도 기초 실력 자체가 다른 탓에 헤르쿠네 일행은 크게 고전하고 있는 듯했다.

미라는 브루스가 어제 하루 동안 얼마나 실력을 늘렸는지를 확인하고 있다.

어제는 잿빛기사를 상대로 부분소환만으로 싸우게 했었다. 결국 쓰러뜨리지는 못했지만 그런 특훈을 이겨낸 브루스의 실력은 눈에 띄게 향상되어 있었다. 어지간히 필사적으로 저항했는지, 방패의 부분소환은 몰라보게 숙달되어 있었다.

"옳지옳지, 이 정도면 충분히 실전에서도 통할 게다."

미라는 다크나이트의 일격을 보기 좋게 막아낸 브루스를 칭찬했다. 다만 검의 부분소환은 다소 속도가 오른 정도라 아직 실전 투입이 가능한 수준이라고는 할 수 없었다.

따라서 미라는 오늘부터 그 부분에 대한 특훈을 시작하겠다고 말하고는 잿빛기사를 소환했다.

칭찬을 받고 기뻐하던 브루스는 어제의 일이 떠올랐는지 얼굴이 파랗게 질려 뒷걸음질을 쳤다. 하지만 무정하게 내려진 개시 신호를 시작으로, 오늘도 브루스는 새하얗게 불타 재가 될 때까지 부분소환의 특훈에 놀누하게 뇌었나.

오후 후반이 되자 드디어 전술 훈련이 시작되었다. 또한 이 훈련은 대회에도 도움이 되는 데다 지휘 기능을 갈고닦을 수 있다는 의미에서 브루스와 헤르쿠네 일행도 참가했다.

우선은 소(小)그룹으로의 운용부터다.

알피나 일행이 대장이 되어 다크나이트로 이루어진 부대를 통솔해 나간다. 헤르쿠네 일행은 지휘의 기초조차 배우지 않은 탓에 능숙하게 통솔하지 못했지만, 어찌어찌 모양새는 갖추고 있었다.

또한 새로 추가된 부대인 궁병 부대는 엘레티나, 장창 부대는 샤르위나, 그리고 전투도끼 부대는 셀레스티나가 담당하게 되었다.

이 세 명은 특히 익힐 것이 많아서 강의의 비중도 많았다. 하지만 그만큼 일반 훈련량이 줄어서 공부를 해야 하는 데도 딱히 부담이 되어 보이지는 않았다. 그리고 무엇보다도 미라에게 도움이 될 것이라는 생각 때문인지 기쁜 마음으로 노력했다.

그렇게 훈련의 나날은 눈 깜짝할 새에 지나서 정신을 차려보니 발할라에 온지 일주일이 지나 있었다. 슬슬 지상으로 돌아갈 시간이다.

훈련이 시작되고서 여러 가지 일이 있었다. 저녁 식사 후에는 자연스럽게 모두가 미라의 방에 모여서 여러 가지 전술을 배우고 의견을 나누는 공부 모임이 열리기도 했다.

브루스의 특훈도 순조롭게 진행되어 그는 드디어 목표였던 부분소환만으로 잿빛기사 쓰러뜨리기를 달성했다. 미라가 말한 대로 일주일 만에 보란 듯이 한층 더 성장한 것이다.

헤르쿠네 일행도 매일 녹초가 되어가며 알피나 일행의 훈련을 받고 있다. 육체는 물론이고 근성적인 면이 특히 단련된 듯했다.

또한 그녀들은 브루스와 함께 전술도 배웠다. 그 결과 군세까지는 못 되더라도 부대 단위로의 전투에 대한 가능성 정도는 보일 수준이 되었다.

그리고 무엇보다 알피나 일행은 벌써 신생부대가 포함된 군세의 운용에 대한 요령을 터득하기 시작했다.

원래부터 군세의 지휘를 맡고 있었던 만큼 적응이 빨랐다. 특히 엘레티나가 지휘하는 궁병 부대의 일제사격은 그야말로 훌륭했다.

"분발해 주는 것은 좋다만, 너무 무리하지는 말도록 하거라."

지상으로 돌아가는 날 아침. 출입구가 있는 최하층 섬에 내려와 있던 미라는 배웅을 하러 온 알피나 일행에게 그렇게 말했다.

"아아…… 주인님. 황송한 말씀이십니다……."

미라가 있었던 일주일이 꿈만 같이 느껴졌는지. 알피나는 감격에 젖어 답함과 동시에 작별을 아쉬워했다.

"또 언제든 와주세요, 주인님."

크리스티나는 그렇게 밝게 말했다. 그러고는 훈련이 경감된 것에 대한 감사인사를 작은 목소리로 하고서 빙긋 웃어 보였다.

그 후, 미라는 자매들 한 사람 한 사람과 인사를 나누었다.

엘레티나는 궁병 부대의 화살로도 쓸 수 있는 부여마법도 연구해 보겠다고 열의를 담아 말했다. 그런고로 언제라도 좋으니 실험을 위해 소환해주었으면 한다고 말을 이었다.

마법이 얽히면 그녀는 상당히 적극적으로 돌변했다. 다만 미라가 그 부탁을 승낙하자 다른 이들도 소환해달라는 소리를 하기 시작해서, 결국 각자 일주일에 한 번은 소환하는 것으로 이야기가 마무리되었다.

플로디나는 받은 씨앗을 심었다는 모양이다. 심지어 벌써 싹이 트기 시작했는지, 아주 들떠서 다음에 경과를 보고하러 가겠다고 했다.

샤르위나는 요전에 받은 만화를 모두 독파하고 말았다고 한다. 그래서인지 아주 굶주린 눈으로 새로운 책이 있으면 꼭 좀 물려달라고 부탁했다.

또한 그녀는 솔로몬의 전술서도 독파했는데, 그 내용을 모두 기억하고 있었다. 향후 전술 훈련은 그녀를 참모 삼아 진행하기로 했다고 한다.

엘리비나는 새로운 내갑의의 제작이 순조롭게 진행되고 있다고 말했다.

요전에 건네받은 소재로 짠 천은 유연성은 물론이고 내열, 내구, 방검성까지 모두 예상 이상의 결과를 냈다는 모양이다.

이상적인 내갑의가 만들어질 것 같다며 아주 신이 나 있었다.

셀레스티나는 필살기 개발이 순조롭게 진행되고 있다고 기쁜 투로 말했다. 분명 조만간 선보일 수 있게 될 테고, 그렇게 되면 어떤 강적이든 쓰러뜨려 보이겠다며 의욕을 내비추었다.

그렇게 미라가 일곱 자매와 인사를 나누는 가운데, 브루스도 헤르쿠네 일행과 대화를 나누고 있었다.

같은 시간, 같은 장소에 있으며 함께 터무니없는 상사 아래에서 특훈을 받은 탓인지, 연대감이 보다 강해진 모양이다. 함께 강해지자며 일치단결하여 서로에게 기합을 넣어주고 있었다.

"그럼 일주일 후에 보자꾸나."

"신세 많이 졌습니다."

미라와 그렇게 말하며 문을 통과했다. 이리하여 두 사람은 충실한 시간을 보낸 발할라에서 지상으로 돌아갔다.

발할라에서 돌아온 미라 일행은 필즈섬에서 니르바나를 향해 날아올랐다.

그렇게 돌아가던 중, 하늘에서.

"잘 들어라. 무차별급에서는 어떤 상대와 붙게 될지 모를 일이다. 꼼꼼히 대책을 세워두거라."

"네? ……아! 아…… 네…… 알겠습니다!"

도시에 도착할 때까지 하잘것없는 잡담을 하듯 미라가 내뱉은 말. 당연하다는 듯이 입밖에 낸 그 말을 듣고 브루스는 전율했다.

왜냐하면 그는 술사를 대상으로 한 클래스별 대회에 출전할 생각이었기 때문이다.

술사라는 틀 안에서라면 탑에 소속된 그는 누가 뭐래도 톱클래스였고, 우승도 노릴 수 있었을 것이다.

하지만 전사와 술사의 구분이 없는 무차별급은 이야기가 다르다. 미라와 달리 평범한 소환술사에게 접근전에 능한 전사 클래스는 싸우기 불리한 상대이기 때문이다. 심지어 그 부문에는 프리퓨어가——아홉 현자 메이린이 출전하기로 되어 있다. 그 시점에서 우승은 불가능하다고 확정된 것이나 다름이 없는 것이다.

거기까지 생각하고서야 브루스는 깨달았다. 그토록 중점적으로 방패의 부분소환을 특훈시킨 것은 사령술사의 골렘이나 선술사, 강마술사와 같은 접근전에도 능한 술사가 아니라, 전사 클래스의 접근 공격을 막아내기 위한 것이었음을.

아슬아슬한 타이밍이 되어서야 무차별급에 출장할 수밖에 없다는 사실을 알게 된 브루스는, 마음이 딴 데 가 있는 사람처럼 소환술이 다시 번성할 날을 꿈꾸는 미라의 이야기를 들으며 서서히 가까워지고 있는 대륙을 애써 외면하려 했다.

후기

구입해주셔서 감사합니다!

자아, 후기 시간이 오고야 말았습니다.

이번 표지의 무대는 바로 발할라입니다!

지금까지와 마찬가지로 그 두루뭉술한 이미지를 바탕으로 이렇게까지 구체적으로 그려주신 후지 초코 선생님께는 그저 감사한 마음뿐입니다.

또 감사하게도 스에미츠 짓카 선생님의 코믹스판뿐 아니라 우오누마 유우 선생님의 외전과 바닐라 보우 선생님의 스핀오프까지 출간되었습니다.

이쪽도 모쪼록 잘 부탁드립니다!

그나저나 이 후기를 적고 있는 것은 11월 후반인데, 발매는 12월 말. 다시 말해서 조금만 더 있으면 드디어 애니메이션 방송이 시작됩니다!

네, 애니메이션입니다. 발표 후 시간이 꽤 지났지만, 드디어 방송일이 눈앞으로 다가왔습니다!

또한 저는 매주 방송일에 특별히 맛있는 음식을 먹고, 디저트까지 즐길 계획을 세우고 있습니다.

그렇게까지 하면 분명 체중 쪽도 상당한 영향을 받겠지요.

하지만 저는 결행할 겁니다! 인생에 한 번 있을까 말까 한 날이 오는 거니까요. 그런 날을 특별하게 보내려 하는 것은 당연한 일

아닐까요?!

　게다가 평소보다 더욱 분발해서 다이어트를 하면 그만입니다.

　자아, 뭘 먹을까……. 벌써부터 기대됩니다.

　그럼 다음 권도 모쪼록 잘 부탁드립니다!

현자의 제자를 자칭하는 현자 16

2022년 11월 14일 1판 1쇄 발행

저   자 류센 히로츠구
일 러 스 트 후지 초코
옮 긴 이 정대식
발 행 인 유재옥
담당편집자 정영길
편집 1팀 김준균 김혜연 박소연
편집 2팀 정영길 조찬희 박치우 정지원
편 집 3팀 오준영 곽혜민 이해빈
미   술 김보라 박민솔
라 이 츠 김정미 맹미영 이승희 이윤서
디 지 털 박상섭 김지연
발 행 처 ㈜소미미디어
등   록 제2015-000008호
주   소 서울시 마포구 토정로222, 403호 (신수동, 한국출판콘텐츠센터)
판   매 ㈜소미미디어
마 케 팅 한민지 최정연 박종욱 최원석
전   화 편집부 (070)4164-3962, 3963 기획실 (02)567-3388
판매및마케팅 (070)4165-6888 Fax (02)322-7665

ISBN 979-11-384-1449-4 04830
ISBN 979-11-5710-460-4 (세트)